DROEMER ✪

Becky Hunter

DAS CHAOS EINES AUGENBLICKS

ROMAN

Aus dem Englischen
von Andrea Brandl

Die englische Originalausgabe erschien 2023 unter dem Titel
»One Moment« bei Corvus, an imprint of Atlantic Books, London.

Besuchen Sie uns im Internet:
www.droemer-knaur.de

Aus Verantwortung für die Umwelt hat sich die Verlagsgruppe
Droemer Knaur zu einer nachhaltigen Buchproduktion verpflichtet.
Der bewusste Umgang mit unseren Ressourcen, der Schutz unseres Klimas
und der Natur gehören zu unseren obersten Unternehmenszielen.
Gemeinsam mit unseren Partnern und Lieferanten setzen wir uns für eine
klimaneutrale Buchproduktion ein, die den Erwerb von Klimazertifikaten
zur Kompensation des CO_2-Ausstoßes einschließt.
Weitere Informationen finden Sie unter:
www.klimaneutralerverlag.de

Deutsche Erstausgabe September 2023
© Becky Hunter 2023
Translation copyright © 2023 der deutschsprachigen Ausgabe
Droemer Verlag
Ein Imprint der Verlagsgruppe Droemer Knaur GmbH & Co. KG, München
Alle Rechte vorbehalten. Das Werk darf – auch teilweise – nur mit
Genehmigung des Verlags wiedergegeben werden.
Redaktion: Susann Harring
Covergestaltung: Zero Media
Satz und Layout: Adobe InDesign im Verlag
Druck und Bindung: CPI books GmbH, Leck
ISBN 978-3-426-30943-8

2 4 5 3 1

Prolog

Evie saß auf ihrem Handtuch am Strand, die langen Beine ausgestreckt, die Hände hinter sich im weißen Sand vergraben, ihre Haut geradezu peinlich blass im strahlenden Sonnenschein. Obwohl es noch zu früh für die Touristenmassen war, herrschte ringsum bereits rege Betriebsamkeit. Schirme wurden aufgespannt, Liegestühle in Reihen aufgestellt, Kinder planschten in den warmen, seichten Wellen, Pärchen schlenderten Hand in Hand leise plaudernd am Ufer entlang.

Und dann Scarlett, die gerade aus dem Wasser kam. Scarlett, das personifizierte Surfergirl mit den vom Salzwasser welligen Haaren und den blauen Augen, denen die Farbe des Meeres noch mehr Strahlkraft verlieh. Sie waren mit einer Gruppe Schulfreunde hergekommen, doch während die anderen nach einer wilden Partynacht noch in den Betten lagen, hatten sich Evie und Scarlett schon früh am Morgen aus dem Zimmer geschlichen.

»Was hockst du denn da herum?«, fragte Scarlett, als sie näher kam.

Evie legte den Kopf in den Nacken und sah sie durch ihre Sonnenbrille an.

»Wir sollten doch jeden Moment voll auskosten, schließlich sind wir bloß eine Woche hier«, fuhr Scarlett fort.

»Tue ich doch«, erwiderte Evie und breitete die Arme aus. »Genau das will ich jetzt gerade am liebsten tun.« An einem Strand auf Kreta zu sitzen, die Sonne zu genießen und das Ende der Schulzeit zu feiern. Gab es etwas Schöneres?

Scarlett stemmte die Hände in die Hüften und ließ fast abschätzig den Blick umherschweifen, ehe sie nickte, als hätte der Strand einen Test bestanden.»Das ist der perfekte Abschied«, sagte sie und lächelte zufrieden.

Abschied. Das stimmte wohl. Evie dachte daran, was Scarlett letzte Woche nach der Ausgabe der Abschlusszeugnisse gesagt hatte. *Ab jetzt geht's nur noch aufwärts.* Und das stimmte, oder? Zwar würden sie auf verschiedene Unis gehen, aber beide in Manchester, wie sie es geplant hatten. Evie würde ihr Musikstudium aufnehmen, Scarlett Modedesign studieren. *Der Beginn vom Rest unseres Lebens,* hatte Scarlett mit einer Inbrunst erklärt, die keinen Widerspruch duldete. Trotzdem konnte Evie nicht abstreiten, dass sie mit gemischten Gefühlen in die Zukunft blickte. Was, wenn sie es nicht schafften und nicht so erfolgreich wären, wie Scarlett prophezeite? Doch Evie bemühte sich, ihre Ängste zu unterdrücken.

»Vor uns liegt ein tolles Leben, Eves.« Lachend riss Scarlett die Arme hoch.»Das tollste Leben überhaupt!« Sie wirbelte herum und ließ ihr blondes Haar fliegen, ohne sich darum zu scheren, dass alle sie anstarrten. Evie konnte sich ein Lächeln nicht verkneifen.

Scarlett packte Evies Hand und zog sie hoch, und Evie ließ sich mitreißen, drehte sich lachend mit Scarlett im Kreis, wieder und wieder. Sie schloss die Augen und tat so, als wären sie ganz allein an diesem Strand, nur sie und Scarlett, sonst niemand. Und in diesem Moment beschloss sie, dass es nicht wichtig war. Es war nicht wichtig, wenn nicht alles nach Plan lief, wenn sich ihre Träume nicht erfüllten und sie sich neue suchen müssten. Solange sie einander hatten, war alles gut.

Kapitel 1

An dem Morgen, an dem ich sterben werde, habe ich es eilig. Gestern Abend war ich zu aufgewühlt, um einzuschlafen, weil mir nicht aus dem Kopf gehen wollte, was vorgefallen ist, deshalb habe ich heute Morgen prompt den Wecker überhört. Jetzt finde ich den blöden Schlüssel nicht, der lösliche Kaffee ist aus, und ich habe keine Zeit mehr, mir einen richtigen zu machen. Mit einem Blick auf die Uhr auf meinem Handy laufe ich in unsere winzige Küche und fluche, wenn auch ganz leise, um Evie nicht zu wecken. Wenn ich so weitermache, komme ich zu spät zu meinem Termin in der Nähe von Borough Market, und verschieben kommt nicht infrage. Der ganze verdammte Tag ist vollgestopft bis zu der Party heute Abend, bei der ich fit sein muss, weil Jason Investoren eingeladen hat, die Interesse an meiner Idee für ein neues Label haben.

Jason. Nein, ich werde jetzt nicht an ihn denken. Auf keinen Fall. Ich habe mir geschworen, nicht an ihn zu denken, zumindest nicht heute Vormittag. Außerdem geht es bei der Party nicht um ihn, die Leute kommen wegen *mir*. Wegen meiner Idee. Ich will recyclingfähige Materialien verwenden, was im Augenblick total angesagt ist, und meine Entwürfe haben ihnen auch gefallen, ihre »Kühnheit«, wie es hieß. Das wäre so was von cool. Etwas ganz allein zu erschaffen. Das würde mich für die langen Arbeitszeiten bei lausiger Bezahlung entschädigen, dafür, wichtigen Leuten ständig Honig ums Maul schmieren zu müssen.

Ich unterbreche die Suche nach meinem Schlüssel in der Obstschale – so absurd es klingen mag, aber Evie hat sie tatsächlich mal dort gefunden – und atme tief durch. Eigentlich brauche ich sie nicht, Evie kann mir auch aufmachen, wenn ich heimkomme. Als ich mich umdrehe und das magnetische Whiteboard und den Stift vom Kühlschrank pflücke, quietschen meine Sohlen auf den Pseudo-Terrakottafliesen, die in Wahrheit aus Kunststoff bestehen und sich in den Ecken und an der Kante des Küchenschranks wellen. Evie hat die kleine Tafel vor ein paar Jahren gekauft, weil ich ständig die gelben Haftzettel verliere. Seit unserem Umzug nach London ist es zur Tradition geworden, einander Nachrichten zu schreiben. Anfangs hatte ich einen Job als Praktikantin, was gleichbedeutend mit endlos vielen Arbeitsstunden bei null Bezahlung war, während Evie häufig unterwegs sein musste, um bei einem der zahllosen Amateurorchester vorzuspielen. Folglich waren wir nur selten zur selben Zeit zu Hause, weswegen Evie die Idee mit den Nachrichten am Kühlschrank aufbrachte. Damit fühlten wir uns beide weniger einsam und hielten uns gegenseitig auf dem Laufenden.

Inzwischen verwendet sie das Board nicht mehr oft. Ich weiß, dass es sie an manchen Tagen überfordert, überhaupt etwas zu schreiben, an anderen hat sie einfach nichts zu sagen – an jenen, wenn sie sich nicht einmal überwinden kann, einen Fuß aus der Wohnung zu setzen. An guten Tagen wiederum hinterlässt sie mir ein paar Worte oder sogar eine kleine Skizze, was ich als Zeichen werte, dass es ihr gut geht. Aber meistens überlässt sie die Kommunikation gänzlich mir.

Am Kühlschrank sind immer noch die Fotos zu sehen, die wir bei unserem Einzug aufhängten: Evie und ich direkt nach dem Schulabschluss am Strand von Kreta, wie wir Arm in Arm dastehen und in die Kamera grinsen wie Idiotinnen. Ich mit einer Champagnerflasche, die Evie mir nach dem Uniabschluss geschenkt hat. Wir beide an meinem einundzwanzigsten Geburtstag inmitten von Leuten, zu denen wir längst den Kontakt verloren haben. Früher hing dort auch eine Aufnahme von Evie bei ihrem Abschluss mit ihrer Geige im Arm, doch das hat sie an einem ihrer schlechten Tage vor einem halben Jahr heruntergerissen. Beim Anblick der Fotos verkrampft sich mein Magen, weil ich wieder an gestern Abend denken muss. Mir ist bewusst, dass ich zu weit gegangen bin.

Ich verdränge den Gedanken und lege das Whiteboard auf die Arbeitsplatte, zwischen die Obstschale, in der ohnehin nie Früchte liegen, und den schmutzigen Geschirrstapel. Eigentlich hätte ich gestern Abend noch abwaschen sollen, aber nach unserem Streit bin ich einfach in mein Zimmer gestürmt, sodass mich das mit Krümeln übersäte Schneidbrett mit dem butterverschmierten Messer und die leeren Müslischalen vorwurfsvoll ansehen. Ich muss den Blick abwenden.

Lass den Abwasch ruhig stehen, schreibe ich auf das Board. *Ich erledige es später.* Ich halte inne. Vielleicht kriegt sie meine Nachricht in den falschen Hals und glaubt, ich schreibe es nur, weil ich denke, sie kriegt es nicht hin oder so. Vor allem nach gestern. Ich wische das Board ab und fange noch mal an. *Heute wird es spät, warte also nicht auf mich. Großer Abend!! Ich gebe Bescheid, wie es läuft. Aber morgen Abend Curry und Wein, okay?* Dabei belasse ich es. Es würde nichts bringen, das Ganze noch breitzutreten. Morgen Abend reden wir, und dann ist alles wieder in Ordnung. Es gibt nichts, was Evie und ich nicht hinkriegen würden.

Ich drücke den Deckel auf den Stift und gehe ins Wohnzimmer. Auf dem Übergang zwischen den Plastikfliesen zu dem alten beigefarbenen Teppichboden bohrt sich etwas in meine Fußsohle, und ich stoße einen lauten Fluch aus. Ich inspiziere meinen Fuß. Blut quillt durch meine schwarzen Strümpfe, und im Schein der Deckenbeleuchtung glitzert eine winzige Glasscherbe. Auf einem Bein hüpfe ich zum Sofa, ziehe den Splitter heraus und lege ihn auf den kleinen Couchtisch, als ein flüchtiges Bild von gestern Abend in meinem Gedächtnis aufflackert: ein Glas, das klirrend auf dem Küchenboden zerbirst, Wasser spritzt, Scherben fliegen. Evie und ich, fassungslos dastehend, bis Evie steifbeinig zur Spüle tritt, um Schaufel und Besen zu holen.

»*Ich mache das schon*«, *sagte ich schnell.*

»*Schon gut*«, *stieß Evie mit zusammengebissenen Zähnen hervor.*

»*Aber ich –*«

»*Schon gut, habe ich gesagt, okay!*«

Ich sehe zu Evies Tür. Eigentlich sollte ich nach ihr sehen, aber ich bin spät dran und weiß nicht, wie lange es dauern würde, wenn wir jetzt zu reden anfangen. Ich muss los. Ich *will* los – vor mir liegt ein so ereignisreicher Tag.

Ich stehe auf, schlüpfe in meine schwarzen Stiefel, ohne den stechenden Schmerz in meiner Fußsohle zu beachten, und hebe meine Handtasche auf, die neben der Haustür liegt. Mein gesamtes Studium habe ich auf diese Tasche gespart und liebe sie heiß und innig, mit ihrem wunderschönen Kroko-Print von einem Designer, der damals gerade angesagt war: das perfekte Gesprächsthema für Interviews in der Zukunft.

In diesem Moment höre ich das Klicken von Evies Tür und drehe mich um. Evie ist immer blass, aber heute wirkt sie noch bleicher, und unter ihren Augen liegen dunkle Ringe. Sie trägt eine Flanellschlafanzughose und dieses potthässliche Shirt von Will, das sie immer noch im Bett anhat, obwohl dieser blöde Drecksack sie verlassen hat. In ihrem Blick spiegelt sich ein Anflug von Misstrauen; schätzungsweise sieht sie dasselbe in meiner Miene – die Nachwirkungen unserer Auseinandersetzung gestern Abend.

Verlegen streift sie ihre Kopfhörer ab. Sie tut so, als höre sie keine Musik mehr – zumindest nicht die Musik, die ihr viel bedeutet. Deshalb trägt sie Kopfhörer, statt sie laut in ihrem Zimmer zu hören. Sie will es nicht zugeben, trotzdem weiß ich, dass sie es tut, und sie weiß, dass ich es weiß, aber keine von uns bringt es zur Sprache.

»Du gehst?« Der leise Vorwurf in ihrer Stimme beschwört ein ungutes Gefühl in mir herauf. Es geht zu sehr in die Richtung von dem, was sie gestern Abend gesagt hat.

Ich räuspere mich. »Ja. Ich habe dir eine Nachricht geschrieben.« Ich deute in Richtung Küche, doch Evie sieht mich weiter direkt an.

»Ich dachte, du musst heute erst später los. Wegen der Party.«

»Ja, das ist richtig.« Wieso klinge ich so förmlich? Du liebe Zeit, ich rede mit *Evie*. Das ist ja grauenhaft. Evie und ich streiten sonst nie. Sie ist die Konstante in meinem Leben, und das muss sie auch sein. Ich brauche das. Trotzdem fällt mir nichts ein, um es irgendwie besser zu machen. Nicht in der Kürze der Zeit, die mir bleibt.

Sie steht immer noch mit verschränkten Armen da und wartet auf eine Erwiderung. Es gibt einen kurzen Moment, in dem ich die Wahrheit sagen könnte – was ich heute Morgen vorhabe und warum. Aber jetzt ist nicht der richtige Zeitpunkt dafür. Unser Streit ist noch zu frisch, und ich habe keine Zeit, um es ihr richtig zu erklären. Also lüge ich. »Ich muss früh zur Arbeit, um alles vorzubereiten.« Die Worte hinterlassen einen bitteren Geschmack auf meiner Zunge.

Sie nickt langsam, während ich sie von oben bis unten mustere, wie ich es seit ein, zwei Jahren tue, um ein Gefühl dafür zu bekommen, wie es ihr geht, was für einen Tag sie heute hat. Evie kneift die Augen zusammen, was mir verrät, dass sie meine Taktik durchschaut.

»Kommst du später auch zur Party?«, frage ich eilig.

»Vielleicht«, antwortet sie nach einer Sekunde. »Ich gebe

dir Bescheid. Ist das okay?« Auch sie klingt ungewohnt steif. Bereut sie ebenfalls, was gestern vorgefallen ist? Wahrscheinlich. Sie kann es nicht ausstehen, wenn sie die Beherrschung verliert.

»Klar.« Ich glaube nicht, dass sie kommt. In letzter Zeit verlässt sie so gut wie nie das Haus. Andererseits ist der heutige Abend wichtig für mich, vielleicht überrascht sie mich ja. Oder auch nicht ... nach allem, was gestern passiert ist. Wieder verkrampft sich mein Magen.

Ich höre, dass eine Nachricht auf meinem Handy eingeht, und krame es aus meiner Handtasche. Beim Anblick des Namens auf dem Display zieht sich mein Herz vor Schmerz und Freude gleichermaßen zusammen. Jason.

Komm vorbei, bevor du zur Arbeit gehst. Ich will dich sehen.

Das ist keine Frage, andererseits ist fragen auch nicht Jasons Stil. Die nächste Nachricht kommt:

Ich bin bis elf in der Wohnung in Soho.

Wie immer, wenn es um ihn geht, durchströmt mich ein unkontrollierbares Hitzegefühl, trotzdem packe ich mein Handy zurück in die Tasche und sage mir, dass ich nicht hingehen, sondern mich eisern an das halten werde, was ich mir vorgenommen habe.

Evie sieht mich immer noch an. Sie sagt nichts, trotzdem frage ich mich, ob sie weiß, von wem die Nachricht stammt. Wahrscheinlich. Wir konnten einander noch nie etwas verheimlichen, wollten es auch nicht. Evie ist der einzige Mensch auf der Welt, dem ich alles sagen kann, und ich weiß, dass es ihr genauso geht.

»Ich muss jetzt wirklich los«, sage ich wahrheitsgemäß. In ihrem Blick flackert Wut auf, die das Grün ihrer Iriden noch heller leuchten lässt. Ich habe ihre Augen schon immer bewundert, ihre Ausdrucksstärke. Nur an ihnen lässt sich ihr Zorn ablesen, auch wenn sie sich noch so anstrengt, ihn zu verbergen.

»Dann sehe ich dich später, ja?« Ich bemühe mich um einen optimistischen Tonfall, als wäre alles in bester Ordnung, doch ihre ausdruckslose Miene und die Art, wie sie die Arme um sich schlingt, verraten mir ihre Verbitterung. Sie will nicht, dass ich gehe. Vielleicht will sie nicht, dass ich sie allein hier zurücklasse, oder findet, wir sollten uns erst aussprechen, alle Unstimmigkeiten bereinigen.

Doch sie nickt, was ich als Erlaubnis werte. Und ich muss tatsächlich schleunigst los. Der Tag ruft. Außerdem brauche ich Zeit, um zu überlegen, was ich sagen, wie ich das Ganze aus der Welt schaffen soll. Ich bemühe mich um ein kurzes Lächeln, dann trete ich auf den muffig riechenden Korridor im ersten Stock unseres Wohnblocks mit den scheinbar ständig flackernden Deckenlampen.

»Scar?« ruft sie mir hinterher. Ich öffne die Tür noch einmal, um sie anzusehen. »Ich ...« Sie stößt den Atem aus. »Nichts.« Das Wort hallt in dem Raum zwischen uns wider. Auch sie weiß nicht, was sie sagen soll, oder? Weshalb auch? Am Ende hätte sie womöglich noch etwas gesagt, was sie bereut. Aber ich war diejenige, die sie gestern Abend provoziert hat, deshalb liegt es auch an mir, wieder alles geradezurücken. Es ist immer dasselbe Muster: Ich mache einen Fehler und bitte um Vergebung, und Evie verzeiht mir. Nur diesmal muss ich mir überlegen, wie genau ich es anstellen soll. Später, sage ich mir. Zuerst muss ich diesen Tag hinter mich bringen. Immerhin kann sich innerhalb eines Tages eine Menge ändern.

»Viel Glück heute, ja?«, sagt Evie. »Bestimmt machst du das

toll. Das wird dein Melanie-Griffith-Moment in *Die Waffen der Frauen*.«

Diesmal ist mein Lächeln aufrichtig. Weil sie ganz bewusst die Anspannung zwischen uns auflöst und mir den sprichwörtlichen Olivenzweig reicht. »Oder Reese Witherspoon in *Natürlich blond*.«

Evie legt den Kopf schief, sodass ihr langes dunkles Haar auf eine Seite fällt. »Aber keiner hat je daran gezweifelt, dass du es hinkriegst, oder?«

»Noch habe ich es ja nicht hingekriegt«, brumme ich.

Evie lächelt ein wenig traurig. Ich weiß das Lächeln, die Traurigkeit darin, nicht recht einzuschätzen. Vielleicht denkt sie, dass ich im Vergleich zu ihr gerade drauf und dran bin, meinen Traum zu verwirklichen, wohingegen sie ... »Doch. Selbst wenn das hier nicht klappt, was es bestimmt tut, hast du es trotzdem geschafft.«

Ungeduldig tippe ich mit dem Fuß auf, kann es kaum erwarten, endlich wegzukommen. »Eves, es tut mir total leid, aber ich muss wirklich ...«

»Geh. Ich weiß ja.« Sie macht eine Geste, als wollte sie mich verscheuchen. »Ich komme schon klar«, erklärt sie fest, und in diesem Moment erscheint es mir wie ein Versprechen. Dass Evie und ich stärker sind als das; dass wir zusammenhalten werden, egal, was passiert, so wie wir es immer getan haben.

Aber ich bekomme keine Gelegenheit, diese Theorie zu überprüfen, nicht?

Kapitel 2

Die Hände tief gegen die kühle Aprilmorgenluft in den Manteltaschen vergraben, gehe ich die Borough High Street entlang. Die Sonne scheint, der Himmel ist klar und strahlend blau, und in der Luft liegt so etwas wie Verheißung ... beinahe ironisch angesichts dessen, was gleich passieren wird.

Inzwischen habe ich den ersten Punkt auf meiner Tagesordnungsliste abgehakt und bin zeitlich wieder im Takt, trotzdem gehe ich zügig die Straße entlang, wobei sich das Stakkato meiner Stiefel mit der morgendlichen Geräuschkulisse Londons mischt. Eigentlich ist die Stoßzeit längst vorbei, trotzdem scheinen alle hier grundsätzlich in Eile zu sein. Das ist einer der Gründe, weshalb ich diese Stadt so liebe, ihre Unberechenbarkeit. Alles ist ständig in Bewegung, daher kann man nie sagen, wer oder was einen hinter der nächsten Straßenecke erwartet.

Ich betrete einen Coffeeshop und bestelle mir einen Black Americano, da ich das Haus heute Morgen ohne Kaffee verlassen musste. Meinen Kaffee schwarz zu trinken, habe ich mir vor Jahren angewöhnt, als ich meinen Abschluss gemacht habe. Ich darf wegen meiner Arbeit nicht zunehmen, und schwarzer Kaffee enthält keine Kalorien, dabei würde ich so gern eines dieser superleckeren Osterspecials mit viel Sahne und Zucker bestellen, die es im Angebot gibt, obwohl Ostern schon vorbei ist. Andererseits muss man mit seiner Kalorienzufuhr haushalten.

Ich lächle dem leicht genervt wirkenden Barista hinter dem Tresen zu, einem jungen Kerl von vielleicht Anfang zwanzig, ziehe mein Handy heraus und scrolle reflexartig meine

WhatsApp-Nachrichten durch. Jemand rempelt mich an, und ich ziehe eine Grimasse, ohne mir die Mühe zu machen, aufzusehen. Nach der jahrelangen Fahrerei mit der U-Bahn, wo Schubsen und Stoßen an der Tagesordnung sind, bin ich offenbar immun dagegen.

Meine Finger schweben über der Nachricht an Jason. Ich weiß, ich habe mir geschworen, nicht an ihn zu denken, aber er wird auf der Party heute Abend sein, deshalb kann ich ihn nicht einfach ignorieren. Na ja, theoretisch könnte ich das natürlich. Ich könnte *nicht* zu ihm in das Apartment gehen, ich könnte so tun, als hätte ich die Nachricht nie gelesen, und wenn wir uns heute Abend sehen, wird er sich zweifellos hochprofessionell geben. Niemand wird die Blicke bemerken, die er mir über die Menge hinweg zuwirft, ebenso wenig wie mein Lächeln in seine Richtung, weil ich immer schamlos flirte und alle so anlächle.

Verdammt, ich will ihn aber sehen. Ich will zu ihm gehen. Ich sollte es nicht tun, ernsthaft. Aber ich tue es trotzdem.

»Black Americano!« Der Tonfall des Barista verrät, dass er meine Bestellung nicht das erste Mal aufruft. Eilig stecke ich mein Handy ein – ohne Jason zu antworten –, nehme den Pappbecher entgegen, wobei ich mich über mich selbst ärgere, weil ich den wiederverwendbaren Becher zu Hause vergessen habe, den Evie mir letztes Jahr zu Weihnachten geschenkt hat. Direkt nach unserem Umzug nach London haben wir die Weihnachtstradition eingeführt, Socken am Kamin aufzuhängen, wobei die Geschenke anfangs hauptsächlich aus Krempel aus dem Secondhandladen bestanden, allerdings haben wir uns in den letzten Jahren zu Sinnvollerem hochgearbeitet, darunter auch dem Mitnahmebecher. Er sieht total albern aus, leuchtend rosa mit silberfarbenem »Bring on the Sparkle«-Glitzeraufdruck, wofür ich regelmäßig entsetzte Blicke kassiere, wenn ich ihn über den Tresen reiche. Ich gebe es zu, dass auch ich beim Auspacken erst einmal schockiert war. Evie brach in schallendes Gelächter aus, als sie mein Gesicht sah, und meinte, der Becher solle mich daran erinnern, mich selbst nicht so ernst zu nehmen, weil sonst alles, was ich aussuche, immer supertrendy und angesagt sein müsse. Normalerweise würde ich mich nicht einmal tot mit diesem Ding in der Hand erwischen lassen wollen, und anfangs habe ich ihn auch nur aus Respekt vor meiner Freundschaft mit Evie benutzt, doch inzwischen ist er mir ehrlich ans Herz gewachsen. Ich liebe das Teil, und wann immer ich es aus dem Schrank nehme, muss ich grinsen, was Evies Absicht gewesen sein dürfte.

Evie. Vielleicht sollte ich sie anrufen oder ihr eine Nachricht schreiben. Auch wenn sie mir die Hand gereicht hat, fühlt es sich seltsam an, dass die Situation zwischen uns ungeklärt ist. Aber ich entscheide mich dagegen. Weil ich – idiotischerweise, wie sich herausstellen wird – davon ausgehe, dass ich es später noch tun kann. Aus demselben Grund gehe ich auch nicht ran, als der Name meiner Mutter auf dem Display aufleuchtet. Ich weiß, weshalb sie anruft: Mein dreißigster Geburtstag steht bald an, und sie will eine Riesensause machen. Wofür ich sie wirklich liebe, aber gerade fehlt mir die Zeit, um das alles zu besprechen.

Der Druck ist so hoch: eine Party zu schmeißen, um den Ausklang der Zwanziger zu feiern, dabei will ich das gar nicht, weil ich mit Ende zwanzig eigentlich längst alles auf der Reihe haben wollte. Na gut, beruflich läuft es gut, und ich liebe London, aber so vieles andere ist noch ungeklärt. Hauptsächlich mein Beziehungsstatus. Mir ist klar, dass es schwachsinnig ist, sich daran aufzuhängen. Evie hat auch keine Beziehung, was mich ein Stück weit beruhigt, allerdings sind die meisten unserer ehemaligen Klassenkameraden längst unter der Haube. In London sei das alles anders, beruhigen meine Single-Kolleginnen und ich uns immer gegenseitig, hier habe man keine Zeit für Dating-Apps. Manchmal hilft mir das. Die meiste Zeit frage ich mich jedoch, was zum Teufel ich hier treibe und wieso ich immer noch nicht den Richtigen gefunden habe. Denn seien wir mal ehrlich – Jason zählt nicht.

Ich trete aus dem Coffeeshop auf die Straße, nippe an meinem Kaffee und verziehe das Gesicht, weil er so bitter ist. Vor mir leuchten die Ziffern der Fußgängerampel. Noch drei Sekunden, bis sie auf Grün springt. Es ist eine dieser besonders belebten Kreuzungen, bei denen man zuerst den einen Teil der Fahrbahnen überquert und dann eine halbe Ewigkeit auf dem Mittelstreifen warten muss, bis auch die andere Seite frei wird. Es sei denn, man gehört zu denen, die das Timing voll draufhaben und weiterrennen, bevor sich die wartenden Autos in Bewegung setzen.

Normalerweise gehöre ich auch zu denen, damit ich keine kostbaren Sekunden meines Lebens mit Warten vergeuden muss. Keine Ahnung, was mich an diesem Tag dazu veranlasst, kurz innezuhalten, genau diese entscheidende Sekunde, sodass ich auf meiner Straßenseite stehen bleiben und folglich gleich zwei Ampelphasen abwarten muss.

Hektisch trete ich von einem Fuß auf den anderen, während die Autos viel zu schnell vorbeibrettern, genauso wie die Radfahrer, die die grüne Radspur entlangflitzen. Ich sehe zu, wie ein Typ auf einem leuchtend roten Fahrrad um die Ecke geschossen kommt. Er ist nicht zu übersehen. Im Gegensatz zu den anderen Kamikaze-Radlern trägt er keine Trainingskluft, sondern Jeans und Pulli und keinen Helm, sodass sein wirrer dunkler Haarschopf im Fahrtwind weht.

Den Lenker hält er nur mit einer Hand fest, in der anderen hat er das Handy, das er sich ans Ohr presst. Er lacht, vermutlich über irgendetwas, das die Person am anderen Ende der Leitung gesagt hat, während er geradewegs auf die Ampel zusteuert, an der ich stehe. Vielleicht ist das der Grund, weshalb ich ihn beobachte, als er an mir vorbeirauscht, praktisch genau in dem Sekundenbruchteil, als die Ampel von Gelb auf Rot springt.

Ich sehe alles. Ich sehe, wie der Mann zu spät über die Ampel schießt. Höre, wie eines der entgegenkommenden Autos – das ebenfalls in letzter Sekunde über die Ampel fährt – laut hupt. Wie der Radfahrer vor Schreck zusammenzuckt, ins Schlingern gerät, immer noch einhändig, dann sofort in die andere Richtung ausweichen muss, herunter von der Fahrradspur, als ein weiterer Wagen direkt auf ihn zukommt.

Die Fußgängerampel schaltet auf Grün und piepst. Eigentlich sollte ich losgehen, aber ich stehe immer noch da und sehe nach links, dem Radfahrer hinterher. Ich sehe zu, wie er mit dem Kopf voran vom Rad stürzt, und halte den Atem an, weil er nicht wieder aufsteht. Autos hupen, aber niemand hält an. Auch von den Fußgängern macht keiner einen Mucks – ein klassischer Fall von Bystander-Effekt. Normalerweise würde ich mich genauso verhalten und es anderen überlassen, dem Opfer zu Hilfe zu eilen. Auch das kann typisch für London sein: Da es so viele Leute gibt, die helfen können, braucht man selbst nicht die Initiative zu ergreifen.

Doch diesmal stehe ich nicht bloß da. Kaffee spritzt durch das Loch im Deckel meines Pappbechers und verbrüht mir fast die Haut, als ich ihn fallen lasse. Die schwarze Flüssigkeit rinnt über den Asphalt.

Ich trete vom Bürgersteig auf den Radweg. Rückblickend betrachtet kann ich mich nur fragen, wieso ich das getan habe. Vielleicht lag es an dem Streit mit Evie, der mich im Geiste noch beschäftigte, der Gedanke, dass ich, wenn ich schon unterwegs war und ein Leben führte, das Evie verwehrt blieb, wenigstens etwas Sinnvolles tun konnte. Vielleicht dachte ich auch an Jasons Nachricht; daran, dass ich mich meinem Handeln stellen musste und mich deshalb verpflichtet fühlte, eine Art Gegengewicht zu schaffen, quasi um das Schlechte durch eine gute Tat auszugleichen. Wie auch immer, jedenfalls handle ich in diesem Moment absolut spontan, ohne einen Gedanken an das Warum und Weshalb.

Das Fahrrad des Mannes liegt halb auf der Straße, deshalb müssen die Autos darum herum navigieren, während er auf dem grünen Fahrradstreifen liegt. Ich gehe neben ihm in die Hocke und höre sein Stöhnen. Erleichterung durchströmt mich. Wenn er stöhnt, kann er wohl kaum tot sein.

Er sieht mich an, wobei mir auffällt, dass er wunderschöne Augen hat, warm und tiefbraun wie sämiger Mokka. »Sind Sie okay?«, frage ich, als ein Wagen hupend vorbeirauscht, als verschwände dadurch das Rad wie durch ein Wunder von der Fahrspur. Er nickt. Ich strecke ihm die Hand hin, die er ergreift und sich mit einem Stöhnen hochzieht. Wieder ertönt hinter mir ein Hupen. Sehen die Leute denn nicht, dass hier ein Unfall passiert ist?

Weitere Radfahrer preschen vorbei, vermutlich ist die Ampel umgesprungen. Schnell ziehe ich den Mann zur Seite, woraufhin er mich mit gerunzelter Stirn ansieht. Soll ich überprüfen, ob er eine Gehirnerschütterung hat? Wie geht das noch mal? Nach dem Wochentag fragen? Nach dem Namen des Premierministers?

Verdutzt sieht er sich um, als frage er sich, wie er hierhergekommen sein mag. Mein Blick fällt auf sein kaputtes Handy, das mehrere Meter über den Asphalt geschlittert ist. Ich vergewissere mich, dass kein Radfahrer kommt, renne hin, schnappe es und gebe es ihm zurück.

»Danke«, sagt er. »Und danke auch für …« Er macht eine Geste auf sich selbst, auf sein wenige Meter neben uns liegendes Fahrrad.

»Sie sollten nicht beim Radfahren telefonieren«, erkläre ich mit einer Mischung aus Strenge und Verachtung und unterdrücke ein Stöhnen, als ich meinen Tonfall registriere. Wieder rauscht ein Auto an uns vorbei, ich spüre den starken Luftzug im Rücken.

Die Brauen des Mannes schnellen hoch, trotzdem scheint er nicht gekränkt zu sein. »Allerdings.« Dann erscheint ein Grinsen auf seinem Gesicht, bei dessen Anblick ich mich sofort entspanne. *Ansteckend* ist das Wort, das mir dazu einfällt. Er macht eine Geste an sich hinunter. An der Schläfe hat er eine Schürfwunde, und auch seine Hände haben offensichtlich etwas abbekommen. »Wie man sieht.«

Ich lächle entschuldigend, dann, weil die Ampel gerade wieder rot und die Fahrbahn frei ist, trete ich hinaus, um sein Rad aufzuheben, da er selbst keine Anstalten macht. Ich packe es mit beiden Händen am Lenker und schiebe es ihm hin. »Entschuldigung, eigentlich wollte ich ja sagen …«

Und dann geht alles ganz schnell. Mitten im Satz werden mir die Worte aus dem Mund gerissen. Ich registriere kaum noch die Veränderung auf seiner Miene, sehe kaum, wie er sich nach vorn wirft, über den Radweg hinweg, als wolle er mich packen. *Er sieht nicht mich an.* Das ist der Gedanke, den ich in jener Millisekunde, die mir noch bleibt, im Sinn habe. Nicht ich habe diesen entsetzten, panischen Ausdruck auf seinem Gesicht verursacht, sondern etwas hinter mir, hinter meiner Schulter.

Mir bleibt keine Zeit mehr, mich umzudrehen und nachzusehen. Ich höre die Bremsen nicht, das Hupen, die Schreie. Zumindest nicht sofort. Erst als ich falle und den Schmerz bereits wahrnehme, heiß, scharf, allumfassend. Er zuckt durch meinen gesamten Oberkörper, als ich durch die Luft fliege, weg von dem Wagen, der mich erfasst hat, und zurück auf die Fahrbahn.

Dann in meinem Kopf. Etwas zerbricht, ein unbeschreiblicher Schmerz schießt durch meine Schädelbasis bis hinunter in meine Wirbelsäule mit einer Brutalität, die meinen ganzen Körper widerhallen lässt.

Aber es dauert nur ganz kurz, ist so schnell vorbei, dass ich es gar nicht mehr merke.

Mir ist nicht bewusst, was passiert ist, weil ich in der Sekunde, als ich auf den Asphalt knalle, tot bin.

Kapitel 3

Evie überlegte, ob sie wieder ins Bett gehen sollte, nachdem Scarlett die Wohnung verlassen hatte. Sie hatte vergangene Nacht nicht gut geschlafen. Ihre lautstarke Auseinandersetzung hatte sie enorm viel Kraft gekostet, vor allem nach diesen letzten schwierigen Wochen, doch obwohl ihre Knochen vor Erschöpfung schmerzten und ihr Kopf wie in Watte gehüllt war, schien sich ihr Körper der Müdigkeit nicht ergeben zu wollen, stattdessen hatte sie pausenlos im Ohr, was Scarlett ihr entgegengeschleudert hatte. Wut stieg in ihr auf, die sie jedoch sofort dorthin zurückdrängte, wo sie hingehörte. Scarlett die Schuld zu geben, war nicht fair. Schließlich konnte sie nichts dafür.

Wieder fiel ihr Blick auf das Bett. Doch sie wusste, wenn sie dem Impuls jetzt nachgäbe, würde sie den restlichen Tag liegen bleiben und bekäme nichts mehr auf die Reihe. Normalerweise waren die Vormittage die beste Zeit des Tages, und sie lernte allmählich, sie für sich zu nutzen. Also machte sie stattdessen das Bett.

Dann zog sie sich an, Leggins, ein langärmeliges Shirt und die wollene Strickjacke, die Scarlett so hasste, weil sie potthässlich war, vor allem jetzt mit diesem Loch an dem einen Ärmelbündchen. Andererseits bestand kein Grund, sich in Schale zu werfen, oder? Sie hatte bereits beschlossen, heute das Haus nicht zu verlassen. Dabei fühlte sie sich gar nicht so übel; zumindest besser als gestern, und schon der gestrige Tag war besser gewesen als der davor. Vorsichtig bewegte sie die Zehen, krümmte die Finger, rollte die Schultern und stellte erleichtert fest, dass ihr Körper ihr heute ein klein wenig mehr zu gehören schien.

Schlurfend verließ sie ihr Zimmer. Bald musste sie wieder zur Arbeit zurückkehren. Sie würde ihrem Chef schreiben, dass sie von zu Hause aus arbeiten würde. Was er bestimmt ganz, ganz toll fände. Denn in seinen Augen war das schlicht unmöglich. Wie sollten Assistenten die Finessen der Werbeindustrie erlernen, wenn sie den ganzen Tag zu Hause hockten? Aber Evies berufliche Fortschritte kümmerten ihn ohnehin nicht, vielmehr ging es einzig und allein um die Frage: Wie sollte sie so all die Privatangelegenheiten für ihn erledigen, zum Beispiel Geschenke für diverse Familienmitglieder besorgen, einen Tisch für ihn und seine Frau zum Abendessen reservieren und solche Dinge? Erst kürzlich hatte er seinen bevorstehenden Hochzeitstag erwähnt, und Evie wusste, dass die Vorbereitungen größtenteils an ihr hängen bleiben würden. Lediglich auf Druck der Personalabteilung hatte er ihr erlaubt, bisweilen von zu Hause zu arbeiten, und auch diese Unterstützung würde nicht ewig anhalten.

Als sie in die Küche kam, fiel ihr Blick auf Scarletts Nachricht am Whiteboard.

Großer Abend!!!

Evie starrte auf die Wörter und dachte daran, wie Scarlett sie eingeladen hatte. An ihre eigene Antwort. *Vielleicht.* Eine glatte Lüge, das wussten sie beide nur zu gut. Aber vielleicht sollte sie ja tatsächlich hingehen. Auch wenn Scarlett es nicht zeigte, wusste Evie, dass sie nervös war. Welche Auswirkungen hätte es, wenn Evie nicht hinginge? Denn ihr war sehr wohl bewusst, dass sie sich egoistisch benahm, oder? Sich zu weigern, hinzugehen, weil *sie* es nicht wollte, weil *sie* sich unwohl fühlen würde, statt es zu tun, weil ihre beste Freundin sie brauchte. Dabei hatte Scarlett nicht einmal explizit gesagt, dass sie Evie an ihrer Seite brauchte. Vielleicht wollte sie sie noch nicht einmal dabeihaben, weil Evie bloß eine Last für sie wäre, jemand, um den sie sich kümmern müsste. *Das* war das eigentliche Problem, richtig? Evie brauchte Scarlett mehr als umgekehrt.

Als sie Wasser in den Teekessel füllte, entdeckte sie ihn: Scarletts Hausschlüssel. Er lag hinter einem der Wasserhähne, kaum sichtbar, weil er fast dieselbe Farbe hatte wie das Spülbecken. Wie kam der denn dorthin? Wahrscheinlich hatte sie mit dem Abwasch von gestern anfangen wollen oder so. Evie sollte ihr ein Armband mit einem Haken besorgen, damit sie ihn nicht ständig verlor.

Seufzend zog sie ihr Handy heraus und schickte Scarlett eine Nachricht. Natürlich ging Scarlett davon aus, dass Evie sie nach der Party hereinlassen würde, aber wer konnte schon sagen, wann sie heimkäme? Wenn der Abend gut lief, würden sie bestimmt zur Feier des Tages noch auf den Erfolg anstoßen, und Evie schliefe längst.

Minuten vergingen. Scarlett antwortete nicht. Vielleicht war sie wegen gestern Abend immer noch sauer. Mit einem genervten Schnauben griff Evie wieder nach dem Handy. Sie waren doch erwachsen, und Scarlett war ihre beste Freundin, deshalb wäre es idiotisch, herumzusitzen und auf eine Antwort zu warten. Sie wählte Scarletts Nummer und lehnte sich gegen die Arbeitsplatte.

»Hallo?«

Evie zuckte zusammen, als sich eine männliche Stimme meldete, leise, aber abgehackt. Panisch. »Hallo?«, fragte sie vorsichtig. »Ich wollte eigentlich Scarlett sprechen.«

»Scarlett?« Wieder hörte Evie diesen abgehackten Laut, wie ein scharfer Atemzug, ehe er den Namen aussprach. Das Rauschen von Verkehrslärm und Wind im Hintergrund machte es noch schwerer, ihn zu verstehen. »Ja. Klar. Verdammt, tut mir leid. Scarlett. Sie ist ... Entschuldigung, aber wer sind Sie genau?«

Evies Finger schlossen sich fester um das Telefon. »Ich bin

ihre Freundin. Evie. Wir wohnen zusammen.« Sie wusste nicht genau, wieso sie sich zu dieser Erklärung bemüßigt gefühlt hatte. Wahrscheinlich als Beweis, dass sie Scarlett nahestand. »Aber wer sind Sie? Und wieso gehen Sie an Scarletts Handy?«

»Ich bin –«, begann er, als jemand ihn unterbrach.

»Sir? Fahren Sie mit ihr?«

Zögern. Dann: »Ja. Ja, ich bin –«

»Hallo?«, sagte Evie noch einmal, lauter und eindringlicher. »Könnte ich bitte Scarlett sprechen?«

Sirenen. Im Hintergrund hörte sie Sirenen heulen.

»Es tut mir wirklich leid, Evie, aber Scarlett, sie ...« Evie hörte den Mann schlucken und spürte, wie ihr eigener Mund schlagartig trocken wurde. »Sie hatte einen Unfall.«

Evie erstarrte. Erst jetzt wurde ihr bewusst, dass sie von einem Fuß auf den anderen getreten war, ungeduldig die Finger bewegt hatte. Ein heißes, schmerzhaftes Prickeln schoss ihr Rückgrat entlang, ein deutliches Warnsignal ihres Körpers.

»Was meinen Sie damit? Einen Unfall?« Ihre Stimme klang fremd in ihren Ohren.

»Sie ist ... O Gott. Sie schieben sie gerade in den Krankenwagen. Ich fahre mit ihr, okay? Sie bringen sie ins Guy's Hospital. In der Nähe der London Bridge.«

»Der London Bridge?«, wiederholte Evie automatisch. Ihr Gehirn arbeitete wie in Zeitlupe, schien sich zu weigern, die Informationen zu verarbeiten, deshalb klammerte sie sich an dieses einzelne, unwichtige Detail, das Einzige, worauf sie sich konzentrieren konnte. »Aber Scarlett arbeitet doch in Soho.« Und sie hatte am Morgen gesagt, sie fahre zur Arbeit, oder? Deshalb ergab es keinen Sinn, dass sie jetzt in der Nähe der London Bridge sein sollte. Wohnte Jason dort? Sie glaubte nicht.

»Ich bin –«

Zu spät ging ihr auf, dass das jetzt keine Rolle spielte. Sondern dass hier etwas Schlimmes passierte. »Was für einen Unfall?«, fragte sie scharf. »Was ist mit Scarlett? Kann ich sie sprechen?«

»Sie ist …« Ein erstickter Laut drang durch die Leitung, bei dessen Klang sich Evies Herz zusammenzog. Ein leises Wimmern kam über ihre Lippen. »Ich muss jetzt auflegen. Ich … Sie sollten ins Krankenhaus kommen, Evie. Es tut mir so leid. O Gott, es tut mir so leid. Ich … ich muss los.«

Er legte auf. Er legte tatsächlich auf. Evie stand da, das Telefon immer noch ans Ohr gepresst.

Scarlett. In einem Krankenwagen

Scarlett, die nicht mit ihr reden konnte.

Was für ein Unfall sollte das sein, dass sie nicht sprechen konnte? Nein. Darüber würde sie jetzt nicht nachdenken. Noch wusste sie nichts Genaues. Ihr Herz begann zu rasen. Sie durfte nicht ausflippen, sie musste in dieses Krankenhaus, musste einen kühlen Kopf bewahren. Für Scarlett. Für sie musste sie vernünftig und rational bleiben.

Sie rannte in ihr Zimmer, schlüpfte in das erste Paar Schuhe, das sie finden konnte, fluchte, als sich ihr Arm im Ärmel ihrer Jacke verhedderte. Während sie Schlüssel und Handtasche zusammensammelte, rief sie Scarletts Mutter an.

»Hallo, Evie, Süße. Ich habe gerade zu Graham gesagt, dass wir dich unbedingt anrufen sollten. Du weißt schon, wegen der Party zu Scarletts Geburtstag –«

»Mel.« Evie bemühte sich um einen ruhigen Tonfall, doch ihre Stimme war viel zu hoch und schrill. »Scarlett hatte einen Unfall. Sie wird gerade mit dem Krankenwagen ins Guy's Hospital in der Nähe der London Bridge gebracht.« Zu schnell. Sie redete viel zu schnell.

Ruhig, beschwor sie sich. Doch ihr Körper gehorchte nicht.

»Was?«, rief Mel barsch. »Was für einen –«

»Ich weiß es nicht«, erwiderte Evie ebenso ungehalten. Panik stieg in ihr auf. »Entschuldige. Ich weiß es nicht. Ich habe gerade einen Anruf bekommen und ...«

»Schon gut. Graham!« Evie hörte, wie Mels Stimme brach. Sie sah sie vor sich, in ihrem kleinen Cottage, in dem sie schon immer gewohnt hatten. »Wir nehmen sofort den Zug und treffen uns dort. Solltest du etwas in Erfahrung bringen, bevor ...«

»Gebe ich Bescheid.« Evie hasste das Zittern in ihrer Stimme. Was genau sollte sie ihnen denn erzählen?

»Sie wird schon wieder«, sagte Mel entschieden. »Wir reden hier von Scarlett. Sie schafft das schon.«

»Ja. Ja. Ja, sie schafft das.« Weil man so etwas sagte, oder? Selbst wenn die Panik einen im Würgegriff hielt und die Nervenenden mit kurzen, stromschlagartigen Impulsen traktierte, wenn sich einem die Kehle zuschnürte, sodass man kaum einen Ton herausbrachte. Genau das beteuerte man, um sich gegenseitig Mut zuzusprechen.

Sie legte auf und tippte die Nummer von Uber ein, fluchte neuerlich, als ihre Finger zu heftig zitterten, ehe sie es aufgab. Mit der U-Bahn ging es ohnehin schneller. Und zum ersten Mal seit über einem Jahr dachte sie nicht darüber nach, was alles schiefgehen könnte, wenn sie das Haus verließ. Weil jetzt nur eines wichtig war: Scarlett. Ihre beste Freundin, die im Krankenhaus war. Ihre beste Freundin, die sie brauchte.

Kapitel 4

Die ganze Fahrt über hält er meine Hand. Dieser Mann, dieser Fremde, umklammert meine Finger, als hielte er mich dadurch im Leben. Vielleicht tut er das ja. Vielleicht bin ich deshalb noch da, schwebe über allem. Kurz frage ich mich, ob meine Hand noch warm ist. Ich kann sie sehen, schlaff zwischen seinen Fingern, spüren aber nicht. Ich versuche zu reagieren, sie zu bewegen, den Druck seiner Hand zu erwidern, doch es geschieht nichts. Meine Augen sind geschlossen, während die Sanitäter mich wiederzubeleben versuchen. Mein Körper wirkt schlaff, zerbrechlich. Das ist er wohl auch. Oder war es. Zerbrechlich genug, um einfach so ausgeknipst zu werden, von jetzt auf gleich.

Die Rettungssanitäter sind immer noch mit der Reanimation beschäftigt, streifen mir eine Sauerstoffmaske über. Wissen sie, dass ich schon tot bin? Aber vielleicht bin ich es ja gar nicht, sondern das, was ich hier gerade wahrnehme – dass ich auf mich selbst herunterblicke –, geschieht nur, weil ich das Bewusstsein verloren habe. Wie bei einem dieser Nahtoderlebnisse. So etwas gibt es doch, oder? Es würde erklären, weshalb ich kein helles Licht sehe, auf das ich mich zubewege, keinen Tunnel. Kein Anzeichen von meiner Großmutter, die seit Jahren tot ist, oder von sonst jemandem, der mich abholen kommt. Ich habe mir nie groß Gedanken darüber gemacht, was passiert, wenn man stirbt, das kommt mir jetzt dumm vor.

Mit eigentümlicher Ruhe verfolge ich das Geschehen, während das Heulen der Sirenen und die Stimmen der Rettungssanitäter über mich hinwegspülen, als seien sie völlig unwichtig. »Wie heißt sie?«, fragt der kleinere der beiden Sanitäter den Fremden.

»Ich …« Er hält inne und schluckt. Sein Adamsapfel hüpft. »Scarlett. Sie heißt Scarlett.« Das weiß er, weil er mit Evie gesprochen hat. Ich habe ihre Stimme vorhin am anderen Ende der Leitung gehört, als er rangegangen ist. Nachdem er mein Handy aus meiner Handtasche genommen hatte. Wo ist meine Handtasche überhaupt? Im Krankenwagen sehe ich sie nirgends, deshalb muss sie wohl noch am Unfallort liegen, wahrscheinlich mitten auf der Straße. Die Tasche, für die ich so lange gearbeitet habe, kann ich vergessen. Bestimmt hat irgendein unbeteiligter Passant sie mitgenommen und denkt, heute sei sein Glückstag.

Jetzt spüre ich etwas. Erst nach einem kurzen Moment kann ich es als Übelkeit einordnen. Seltsam. Wie kann mir ohne Körper übel sein? Aber es ist so. Ich will nicht hier sein, will nicht auf mich hinunterblicken und zusehen müssen, wie sie darum kämpfen, mich zurückzuholen. Ich will nicht das ganze Blut sehen müssen, das mir immer noch aus der Kopfwunde sickert und mein Haar verklebt. Ich will nicht an Evie denken, die zu mir ins Krankenhaus rast, obwohl es kein *zu mir* mehr gibt. Trotzdem bleibe ich hier, weiter mit meinem Körper verbunden, weil ich offenbar keine Wahl habe.

»Es tut mir leid«, sagt der Mann jetzt über die Stimmen der Sanitäter hinweg, die wieder und wieder meinen Namen sagen und mich beschwören, bei ihnen zu bleiben. Das Gesicht des Fremden ist bleich, beinahe so bleich wie mein eigenes, das Haar fällt ihm ins Gesicht. »Es tut mir leid.« Wieder und wieder. Er hält meine Hand so fest umklammert, dass es ihm bestimmt wehtut. Bei dem Anblick regt sich etwas in mir, wenn auch kaum merklich, wie ein fernes Echo. Meine Empfindungen sind da, aber nur gedämpft. Als bestünde eine Distanz zwischen ihnen und mir, um mich zu schützen.

Der Krankenwagen hält vor der Klinik, dann bricht die Hölle los. Sanitäter, die mich auf der Rolltrage herausziehen.

Ärzte, die uns entgegeneilen. Meine Hand, die dem Fremden entrissen wird. Er hastet den Ärzten hinterher, wobei er prompt über die eigenen Füße stolpert, während sie ihn mit knappen, sachlichen Fragen bombardieren, solange sie die Trage Richtung Eingang rollen. Wieso tun die das? Glauben sie wirklich, sie kriegen mich wieder hin? Ginge das überhaupt? Meinen Körper wieder hinzukriegen, sodass ich ihn zurückbekomme? Vielleicht bin ich ja deswegen noch hier, also, meine Essenz – weil ich noch eine Chance habe. Eigentlich sollte mich dieser Gedanke mit Hoffnung erfüllen. Oder auch mit Angst. Das ist mir bewusst. Trotzdem stellen sich die Gefühle nicht ein, immer noch ist alles wie auf stumm gestellt. Dabei bin ich doch diejenige, bei der jeder Impuls sonst starke, unmittelbare Gefühlsregungen auslöst, im Gegensatz zu Evie, der Ruhigen, Vernünftigen von uns.

Die Ärzte rollen mich durch eine Doppeltür. Meine Arme hängen links und rechts schlaff herunter. Währenddessen weisen sie den Mann an, draußen zu warten. Blinzelnd sieht er sich im kalten Neonlicht um, unter dessen Schein die Schramme auf seiner Wange plötzlich viel heftiger aussieht. Ringsum sitzen Leute im Wartebereich. Einige mustern ihn, als fragten sie sich, was er hier zu suchen habe. Wie befohlen bleibt er zurück und steht da, als warte er auf weitere Anweisungen. Ich bleibe ebenfalls, verharre auf dieser Seite der Doppeltür. Offenbar darf niemand außer den Ärzten den Bereich dahinter betreten, seltsamerweise auch ich nicht – mein reales Ich, meine ich, nicht meinen Körper. Und ehrlich gesagt will ich auch gar nicht zusehen müssen, wie sie die Herzdruckmassage fortsetzen und mich von dort zurückzuholen versuchen, wo ich jetzt bin.

Eine Sekunde, bevor sich die Drehtür in Bewegung setzt, weiß ich es. Es ist, als könnte ich ihre Energie wahrnehmen. Dann kommt sie hereingelaufen, mit wehendem dunklem

Haar und in ihrem verkehrt zugeknöpften Mantel, unter dem diese potthässliche Strickjacke mit den vielen Löchern hervorblitzt. Wieso zieht sie das Ding immer noch an? Es lässt sie schäbig und altbacken wirken, obwohl sie das gar nicht ist. Ihre grünen Augen sind weit aufgerissen, ihr Atem geht schwer. Zu schwer. Vor dem Wartebereich bleibt sie abrupt stehen und sieht sich hektisch um, als suche sie nach jemandem. Nach mir. Wieder spüre ich das Echo einer Gefühlsregung, wie ein Phantomschmerz.

Sie geht mit steifen, ungelenken Bewegungen weiter. Ich habe mich so daran gewöhnt, dass mir der Anblick jetzt seltsam vorkommt. Vielleicht tritt es in einem Krankenhaus deutlicher zutage, wo die Leute davon ausgehen, dass man krank oder verletzt ist.

Sie tritt an den Empfang. »Ich suche meine Freundin.« Ich sehe ihr an, dass sie sich bemüht, entschlossen zu klingen, doch ihre Stimme ist zittrig und dünn.

Die Frau hinter dem Empfangstresen blinzelt mehrmals, als hätte sie Mühe, Evie klar zu erkennen.

»Meine Freundin«, wiederholt Evie. »Scarlett Henderson. Sie müsste inzwischen hier eingeliefert worden sein. Es gab einen Unfall, und sie …« Evies Stimme droht zu brechen. Sie holt tief Luft. »Wo ist sie gerade? Bitte?« Das letzte Wort klingt wie ein Wimmern. In diesem Moment ist mir geradezu schmerzlich bewusst, dass ich keinen Körper mehr besitze. Weil ich ihr nicht beruhigend die Hand auf die Schulter legen kann.

»Ich versuche, einen der Ärzte zu erwischen«, erwidert die Frau mit sanfter Ruhe. Bestimmt ist sie den Umgang mit panischen Menschen gewöhnt. »Bitte nehmen Sie doch in der Zwischenzeit Platz.«

Ich kann die Worte sehen, die Evie ihr am liebsten vor den Latz knallen würde, sehe die Röte, die über ihren Hals kriecht, während sie die Lippen fest aufeinanderpresst. Natürlich kann Evie nicht einfach eine Weile *Platz nehmen*. Für wen hält sich diese Frau eigentlich? Ich hätte sie angeblafft, Evie hingegen wirft ihr bloß einen Blick zu und verkneift sich jeden Kommentar. Der Mann, den ich völlig vergessen habe, tritt hinter Evie.

»Sind Sie Evie?« Seine Stimme ist heiser, als hätte er die ganze Zeit geschrien.

Evie wirbelt herum. »Ja. Wieso? Wer sind Sie?«

»Ich heiße Nate.« Er zuckt zusammen, als würde ihm bewusst, wie unwichtig das gerade ist. »Ich bin derjenige, der … der bei ihr war.« *Der bei mir war?* Das ist doch völlig falsch ausgedrückt.

»Was ist passiert?«, platzt Evie heraus. »Geht es ihr gut? Wo ist sie? Was ist passiert?« Sie tritt auf ihn zu, ergreift seine Hand und schließt ihre Finger darum. Die Verwundbarkeit dieser Geste bricht mir das Herz.

»Ich … vielleicht sollten wir uns hinsetzen.«

»Wann hören die Leute endlich auf, mir zu sagen, dass ich mich hinsetzen soll!« Sie rauft sich das Haar, das noch genauso wirr ist wie am Morgen. Bestimmt hat es heute noch keine Bürste gesehen. »Es ist schlimm, oder? Deshalb sagen Sie das. Die Leute wollen nur, dass man sich hinsetzt, wenn es schlimm steht.«

Sie hat recht. Niemand sagt in so einer Situation: »Vielleicht sollten Sie dafür lieber aufstehen.«

Evie kneift die Augen zusammen, dreht sich um und lässt sich auf den nächstbesten Stuhl fallen, der alles andere als bequem aussieht.

In diesem Moment spüre ich, wie mich etwas fortzieht. Keine Ahnung, wie und warum, jedenfalls bin ich nicht länger in diesem Krankenhaus bei Evie und Nate, sondern an einem Strand. Lachend lasse ich mich in den Sand fallen, während

Evie neben mir zu Boden sinkt, doch keineswegs resigniert und erschöpft, sondern voller Freude. Es ist eine jüngere, unbeschwertere Evie.

Kreta. Ich bin auf Kreta. Wo Evie und ich mit ein paar Freunden nach dem Schulabschluss hingeflogen sind. Wir kriegen uns nicht ein vor Lachen, allerdings weiß ich nicht mehr, warum. Außerdem ist das Szenario anders als bisher. Ich sehe nicht mehr von oben zu, was passiert, sondern bin mittendrin. Ich bin in meinem Körper, in jenem Körper, den ich damals hatte, empfinde alles genauso wie damals. Den Sand, der an meiner Haut klebt, die heiße Sonne auf meinem Gesicht. Das Gefühl der Leichtigkeit, die Zuversicht, dass die Welt uns gehört, Evie und mir. Ich versuche, nicht länger zu lachen, doch es geht nicht. Ich bin hier, stecke aber fest.

»*Da* seid ihr.« Jetzt erstirbt mein Lachen, und ich sehe hoch. Connor, mein erster Freund, steht mit in die Hüften gestemmten Händen da und sieht Evie und mich an. Du meine Güte, Connor! An ihn habe ich seit Jahren nicht mehr gedacht. Soweit ich weiß, ist er in unserer Heimatstadt in der Nähe von Cambridge geblieben und hat geheiratet, hat inzwischen vielleicht sogar Kinder. Ich dachte nie ernsthaft, das mit ihm und mir könnte halten. Schließlich war ich erst achtzehn und wusste, dass ich ihm mehr bedeute als er mir. Für mich war er jemand zum Üben, um für »etwas Richtiges« gerüstet zu sein. Aus heutiger Sicht erscheint es mir ziemlich gemein.

»Ich habe dich gesucht.« Ich höre den unterschwelligen Vorwurf in seiner Stimme, bei dessen Klang ich am liebsten eine Grimasse schneiden würde, doch mein jetziges Ich verkneift es sich. Stattdessen erhebt sich dieser Körper, der mir einmal gehörte, und tritt auf ihn zu. Geschmeidig. O Gott, habe ich mich früher tatsächlich so bewegt?

»Entschuldige«, sage ich und zwirble mir eine Haarsträhne um den Finger. Schamloses Flirten. Ich schätze, daran hat sich nichts geändert. »Wir wollten die Sonne genießen, und ihr wart alle so faul.« Ich lächle, wobei mir wieder einfällt, dass ich früher stets mit seinen Unsicherheiten gespielt habe. Schon damals wusste ich genau, wie der Hase läuft.

Evie steht auf, und ich sehe, wie ihre alte Gehemmtheit wieder die Oberhand gewinnt, als sie die Arme über ihrem Bauch in diesem schwarzen Monstrum von Badeanzug verschränkt.

»Tja, jetzt bin ich ja hier«, sagt Connor und schlingt die Arme um mich. Seine Haut fühlt sich heiß an meinem nackten Bauch an. Wie immer bin ich in eine Wolke seines Aftershaves gehüllt. Offenbar hatte er den Dreh noch nicht heraus, wie viel er verwenden muss. Ist mir das damals nie aufgefallen? Ich erinnere mich nicht. »Gehen wir eine Runde schwimmen«, raunt er. Ich merke sofort, dass er sich um einen verführerischen Tonfall bemüht. Mein jetziges Ich will sich von ihm lösen, unternimmt sogar einen angestrengten Versuch, meine Hände und Füße zum Gehorsam zu zwingen, doch es gelingt mir nicht.

»Geht nur«, sagt Evie lächelnd und mit einer lässigen Geste. »Ich komme schon klar. Ich gehe zurück zum Haus. Den Weg kenne ich ja.« Habe ich damals auch an sie gedacht? Oder habe ich mich ausschließlich auf Connor konzentriert, darauf, es ihm möglichst recht zu machen? Heute erscheint es mir dumm, dass mir das so wichtig war.

»Danke, Evie.« In Connors Stimme liegt keinerlei Ironie oder Bosheit. Er mochte Evie immer. Sie wusste stets, wie sie es anstellen musste, dass die Leute sie gut leiden konnten. Sie wusste, wann sie Fragen stellen und wann sie lachen musste. Ich glaube nicht, dass ihr das je bewusst war, es geschah rein instinktiv.

»Viel Spaß!« Ein verschmitztes Lächeln schleicht sich in ihr Gesicht.

Connor nimmt meine Hand und zieht mich mit sich, weg

von Evie und in Richtung Meer. Ich kreische und lache, als er mich nass spritzt. Ich spüre Evie hinter mir, kann aber nicht sehen, was sie tut, weil mein Erinnerungs-Ich sich nicht umdreht.

Evie. Was passiert hier? Wieso erlebe ich diese Erinnerung noch einmal? Ich will nicht hier sein, im Meer mit Connor, sondern muss zu Evie, muss mich vergewissern, dass es ihr gut geht.

Ohne Vorwarnung bin ich wieder im Krankenhaus, die Erinnerung ist mir entrissen – oder ich ihr –, während die salzige, sonnige Wärme und der Duft von Sonnencreme und Connors Aftershave einer seltsamen, unangenehmen Leere weichen. Ich weiß, wie es in einem Krankenhaus riechen sollte, kann mir die beißende Schärfe von Desinfektionsmitteln ausmalen, den Gestank von zu vielen Menschen auf engstem Raum und jenen typischen Geruch, den wir mit Blut assoziieren. Aber riechen kann ich all das nicht.

Evie ist immer noch im Begriff, sich auf einen der Stühle im Wartebereich sinken zu lassen. Ich weiß nicht, ob der Mann – Nate – ihr schon erzählt hat, was vorgefallen ist, aber er hat sich neben sie gesetzt, während sie vor ihm zurückweicht und den Kopf schüttelt. Also hat er es ihr wohl wirklich gesagt.

Eine Frau in Krankenhauskluft, offenbar eine Ärztin, tritt durch die Doppeltür, durch die sie mich zuvor geschoben haben. Sie lässt den Blick durch den Raum schweifen, bis er an Nate hängen bleibt. An Nate, nicht an Evie. Sie nickt ihm zu, diesem wildfremden Mann, statt meiner Freundin. Ihr Gang ist stramm, effizient, ihre Miene neutral, nur ihren Mund hat sie zu einer schmalen Linie zusammengepresst.

»Sir?« Beide springen auf. Die Ärztin streift Evie mit einem flüchtigen Blick, ehe sie sich wieder Nate zuwendet. »Sie waren bei der jungen Frau im Krankenwagen, die vorhin eingeliefert wurde?«

Nate nickt, doch Evie ergreift das Wort, bevor er Gelegenheit dazu hat. »Scarlett«, sagt sie. »Sie ist meine Freundin. Was ist mit ihr? Geht es ihr gut? Darf ich zu ihr?«

Wieder sieht die Ärztin zwischen Nate und Evie hin und her, ehe sich ihr Blick nach Nates kurzem Nicken auf Evie heftet. »Es tut mir leid, aber sie ist verstorben.« Evie starrt sie fassungslos an. »Wir konnten leider nichts mehr tun«, fährt die Ärztin ruhig fort, während Evie zu zittern beginnt. »Sie war nach dem Aufprall auf der Stelle tot, und alle Wiederbelebungsmaßnahmen ...« Die Ärztin spricht weiter, doch auf dem Weg zu mir verlieren ihre Worte ihre Bedeutung.

Stattdessen kommt die Erkenntnis. Tot. Natürlich wusste ich es die ganze Zeit. Deshalb bin ich meinem Körper vorhin nicht durch diese Tür gefolgt. Weil ich da bereits wusste, dass es sinnlos ist. Auch ihnen muss es klar gewesen sein. Sie wollten bloß sichergehen, damit sie später sagen können, sie hätten alles in ihrer Macht Stehende getan.

Jetzt braucht Evie niemand mehr aufzufordern, sich zu setzen. Ihr Körper sackt förmlich in sich zusammen, und sie schüttelt den Kopf. Nein, sagt sie wieder und wieder. Die Ärztin erklärt ihr etwas. Kopfverletzung. Rückenmark. Medizinkram, den ich nicht hören will. Weil er nicht mich betrifft, sondern nur meinen Körper.

»Es tut mir leid«, wiederholt Nate fast zeitgleich mit Evies unablässigem Nein. Es tut mir leid, so leid, so leid.

Eine weitere Empfindung macht sich in mir bemerkbar. Und diesmal ist sie nicht gedämpft, sondern heiß und lodernd. Wut. Weil es ihm leidtun *sollte*. Er hätte nicht auf dem Fahrrad telefonieren, nicht einhändig fahren dürfen. Hätte er aufgepasst, wäre es nicht zu diesem Unfall gekommen, ich hätte nicht zu ihm laufen müssen, um ihm zu helfen. Er wäre auf dem Weg dorthin, wo auch immer er hinwollte, und ich unterwegs ins Büro. Zu Jason, meinem Chef, den Investoren.

Ich verharre, wo auch immer ich gerade sein mag, und sehe zu, wie Evie von ihren Tränen übermannt wird. Sie schreit die Ärztin an, sie in Ruhe zu lassen, mehr für mich zu tun, ohne sich der Blicke der anderen Wartenden bewusst zu sein oder sie zur Kenntnis zu nehmen. Nate streckt die Hand aus, um ihren Unterarm zu berühren, hält jedoch inne, weicht zurück.

Gut. Denn ich will nicht, dass er ihr nahe ist. Wäre Nate nicht so leichtsinnig gewesen, wäre ich noch da. Dann müsste Evie gar nicht getröstet werden. Wenn, wenn, wenn. Szenarien flackern vor meinem inneren Auge auf, eine Flut aus Bildern und Erinnerungen. Es ist zu viel. Sie ergeben keinen Sinn. Nichts von alledem ergibt einen Sinn.

Nur das eine. Nur die eine Tatsache, dass ich noch leben würde, wenn dieser Mann nicht gewesen wäre.

Kapitel 5

Evie stand am Rand des gekiesten Parkplatzes, der zu der Kirche der Kleinstadt nahe Cambridge gehörte, wo sie und Scarlett aufgewachsen waren. Die Leute kamen aus dem Gottesdienst und machten sich auf den Weg zum Leichenschmaus, doch Evie wollte nicht mit ihnen reden. Sie hätte es nicht ertragen, wäre jemand zu ihr getreten und hätte gefragt, wie es ihr ging. Deshalb stand sie mit hochgezogenen Schultern ein Stück abseits, allein, über ihr der graue, wolkenverhangene Himmel, und wartete, dass es sich leerte.

Sie war eine der Ersten gewesen, die aus der Kirche geflohen waren. Die meisten Trauergäste waren nach vorn zum Altar gegangen, wo Mel und Graham neben Scarletts glänzendem dunklem Sarg standen. Graham hatte die Hand auf die Schulter seiner Frau gelegt, um ihr Halt zu geben. Evie konnte sich nicht einmal ansatzweise vorstellen, wie es für sie sein musste, sich wieder und wieder von den anderen anhören zu müssen, wie leid es ihnen tue. Graham hatte Mels Trauerrede zu Ende bringen müssen, nachdem sie mittendrin zusammengebrochen war. Deshalb hatte Evie nicht nach vorn gehen und mit ihnen reden wollen. Sie würde es später nachholen, doch gerade waren sie vielleicht dankbar für ein paar Minuten Ruhe, so wie sie selbst. Außerdem war das nicht Scarlett, die in diesem Sarg lag. Völlig unmöglich.

Tränen brannten in ihren Augen. Sie kniff sie zusammen und vergrub die Hände tiefer in den Manteltaschen, während sie verzweifelt um Fassung rang. Sie schlug die Augen wieder auf und sah einen Mann näher kommen. Der Blick aus seinen dunkelbraunen Augen war fest auf sie geheftet. Es dauerte einen Moment, ehe der Groschen fiel. Er sah anders aus als im

Krankenhaus, trug einen dunklen Anzug, hatte sein wirres Haar gebändigt und wirkte nicht mehr ganz so aufgewühlt. Die Schramme in seinem Gesicht war abgeheilt, wenngleich die frische Haut darüber noch rosig aussah, und er trug einen Dreitagebart. Trotzdem würde sie dieses Gesicht niemals vergessen.

Er bewegte sich langsam auf sie zu, als hätte er Angst, sie könnte beim kleinsten Geräusch flüchten. Wie hätte er auch ahnen sollen, dass sie schlicht nicht in der Lage dazu wäre, selbst wenn sie es wollte. Heute waren ihre Muskeln noch steifer als sonst. Gleichzeitig hielt sie diese Starre aufrecht, deshalb sollte sie vielleicht sogar dankbar dafür sein, weil es gewährleistete, dass sie nicht in sich zusammensackte.

Zwei Wochen waren seit Scarletts Tod vergangen. Auf den Tag genau. Evie hatte sich vorübergehend beurlauben lassen, wobei ihr die Zeit ewig lange vorgekommen war und gleichzeitig, als hätte sie gerade einmal geblinzelt, seit die Ärztin vor ihr gestanden und diese Worte ausgesprochen hatte. *Sie ist verstorben.*

Seitdem hatte sie sich weitgehend in ihrem Zimmer aufgehalten und sich nur weiter in die Wohnung vorgewagt, wenn es unbedingt sein musste. Abgesehen von den Sachen in ihrem eigenen Zimmer gehörte alles in dem Apartment Scarlett, und Evie ertrug den Anblick nicht. Wäre sie zu ihrer Mutter gegangen, hätte sie bloß mit ihr reden und sich ihr Gejammer darüber anhören müssen, welches Leiden sie anscheinend nun schon wieder heimgesucht hatte, was noch viel unerträglicher gewesen wäre. Dann lieber allein sein. Sie hatte sich mit Schlaftabletten beholfen, was sie normalerweise nie tat, weil die Benommenheit auch am nächsten Tag noch anhielt, womit sie auch ohne Tabletten schon mehr als genug zu kämpfen hatte. Doch in den letzten beiden Wochen hatte sie die Wattigkeit im Kopf sogar genossen, weil dieses Gefühl der Surrealität, als wäre all das nicht ihr Leben, der einzige Antrieb gewesen war, um weiterzumachen.

Der Mann – Nate, wie ihr jetzt wieder einfiel – stand nun direkt vor ihr. Er hatte die Hände tief in den Hosentaschen vergraben, vielleicht gegen die Kälte, die sich wegen der klammen Feuchtigkeit des drohenden Regens noch unangenehmer anfühlte. Dabei wäre es durchaus passend, wenn es regnen würde, und Evie war dankbar für den trostlosen grauen Himmel. Weil es sich richtig anfühlte, dass die ganze Welt heute um Scarlett trauerte.

»Hi, Evie.« Nates Stimme klang brüchig und zu kratzig für ihre angeschlagenen Nerven. Sie musste sich beherrschen, nicht zusammenzuzucken. Er war größer, als sie ihn in Erinnerung hatte.

»Hallo.« Allein dieses Wort über die Lippen zu bringen, war eine Anstrengung.

»Wie fühlen Sie sich? Sind Sie okay?«

Evie starrte ihn an, spürte sich langsam blinzeln. Selbst das erforderte Kraft. Wieso redete er mit ihr? Was wollte er von ihr? Aber natürlich konnte sie ihn das nicht fragen. Scarlett hätte es getan. Evie malte sich aus, wie Scarlett jetzt die Augen verdrehte, weil Evie wieder einmal zurückhielt, was sie wirklich dachte; genauso wie sie Scarletts boshaft-verschmitztes Grinsen während ihrer Trauerrede vor Augen gehabt hatte. *Erfolgreich, klug, liebevoll und freundlich, ja? Schluss jetzt mit den Komplimenten, Evie, sonst werde ich noch rot! Wie wär's stattdessen mit nervig, anmaßend, immer ein bisschen egoistisch?* Evie hätte gelacht und Scarlett den Kopf geschüttelt. *Schwer, all diesen Adjektiven gerecht zu werden.* Evie musste beinahe lächeln und spürte, wie ihre Züge weich wurden. Bis die Realität wieder zuschlug, mit voller Wucht. Scarlett konnte niemandem mehr gerecht werden.

»Verdammt, tut mir leid«, sagte Nate und fuhr sich mit der

Hand durchs Haar. »Natürlich sind Sie nicht okay. Ich wollte damit nicht ...« Er machte Anstalten, sie am Arm zu berühren, ließ es jedoch sein und sah zur Kirche hinüber – einem grauen Bau unter einem grauen Himmel. »Ich hasse Beerdigungen«, sagte er seufzend und wandte sich ihr wieder zu.

»Waren Sie denn schon auf so vielen?« Evie war sich der leisen Schärfe in ihrer Stimme bewusst. Sie wusste nicht, warum sie das gefragt hatte; nur, dass sie verwundbar war, nicht dieselbe Selbstbeherrschung an den Tag legte wie sonst. Normalerweise war sie stolz darauf, dass sie, zumindest meistens, ihre Zunge im Zaum halten konnte. Sie mochte die Kontrolle über ihren Körper teilweise verloren haben, trotzdem gab es immer noch Dinge, die sie im Griff hatte. Heute jedoch schien etwas in ihr zerbrochen zu sein.

Die Stille zwischen ihnen hielt einen Moment zu lange an, ehe Nate fortfuhr: »Auf einer. Außer ...« *Außer dieser hier*, aber das sprach er nicht aus. Doch allein die Art, wie er »eine« sagte, ließ Evie aufhorchen, sie spürte, wie sich ihr Herz verkrampfte und Schuldgefühle in ihr aufstiegen, wenn auch nur ein Hauch davon, weil für mehr gerade kein Raum in ihr war. Denn das hier war ihre »eine«, richtig? *Es dürfte nicht Scarletts sein,* dachte sie bitter. Scarletts Beerdigung dürfte nicht ihre erste sein.

»Tut mir leid«, sagte sie steif, woraufhin er eilig den Kopf schüttelte.

»Nein, nein, ich wollte nicht ... mir ist klar, dass so etwas nicht schön ist. Dass man manchmal am liebsten vor all dem fliehen will.« Sein Mundwinkel hob sich kaum merklich. »Ich dachte wohl, es wäre leichter für Sie, mit jemandem zu reden, den Sie nicht kennen«, sagte er als Antwort auf ihre unausgesprochene Frage. »Dass Sie allein hier stehen könnten, selbst wenn ich da bin.«

Ein Kloß bildete sich in Evies Kehle, und sie blickte auf den

Kies, als ihr die Tränen in die Augen stiegen. Denn genau so war es, oder? Ohne Scarlett *war* sie allein. Sie holte tief Luft, spürte das Schluchzen in ihrer Kehle aufsteigen und schluckte dagegen an. Die ersten Tage hatte sie hemmungslos geweint, hatte gespürt, wie die Schluchzer sie schüttelten, sie von innen heraus zerrissen, bis sie sich gefühlt hatte, als wäre nichts mehr von ihr übrig. Während der Beerdigung hatte sie sich bemüht, nicht zu weinen, weil sie gewusst hatte, dass sie nie wieder aufhören würde, sollte sie jetzt anfangen, und schließlich musste sie ja ihre Rede halten. Scarlett hatte es sie explizit versprechen lassen, als Evie einmal das Thema aufgebracht hatte – sie war stets davon ausgegangen, dass sie vor Scarlett sterben würde, vor allem nach ihrer Diagnose. Deshalb hatte Evie sich geradezu zwanghaft damit auseinandergesetzt, wohingegen Scarlett versucht hatte, dem Thema seine Ernsthaftigkeit zu nehmen, indem sie so getan hatte, als plane sie ihr eigenes Begräbnis. *Also, du musst eine Trauerrede halten, selbst wenn du nicht willst. Natürlich wird mein künftiger Ehemann ebenfalls eine halten, und meine Mum auch. Wenn sie dann noch lebt.* Scarlett hatte die Stirn gerunzelt. *Obwohl, wenn ich es mir recht überlege, werde ich wahrscheinlich eher eine Rede bei ihrem Begräbnis halten, was? O Gott, wie deprimierend. Wieso musst du auch so ein deprimierendes Thema aufbringen?*

Ich wollte doch nicht – hatte Evie sie zu unterbrechen versucht, doch Scarlett hatte abgewinkt.

Jedenfalls wäre es gut, wenn du einen Promi engagieren könntest. Du weißt schon, einen der Hemsworth-Brüder. Welcher ist noch mal der, der in Die Tribute von Panem *mitgespielt hat?*

Evie trommelte mit den Fingern auf ihr Knie. *Ich glaube, Chris. Ich schaue es nach und rufe ihn einfach an, okay?*

Genau. Nur als Unterstützung für das Label, das ich gründen werde, verstehst du? Damit meine Kreationen andere noch über meinen Tod hinaus inspirieren. Scarlett warf den Kopf in den Nacken, brach in lautes Schurkengelächter aus und schwenkte ihr Weinglas, als stoße sie auf ihren zukünftigen Erfolg an. *Und ich will diesen Song. Du weißt schon, den, zu dem wir immer tanzen.*

Ich bin mir nicht sicher, ob ich das Song nennen würde, sondern eher –

Du musst ihn spielen. Scarlett stellte ihr Weinglas ab und ergriff Evies Hände. *Du musst ihn spielen, weil du es besser hinkriegst als eine Aufnahme, und dadurch bekommt er erst richtige Bedeutung, verstehst du?*

Ich glaube nicht, dass ich in der Lage sein werde …

Eviiiiie!, hatte Scarlett in diesem Jammertonfall gerufen, den sie immer anschlug, wenn Evie ihr auf die Nerven ging oder sie sich aufregte, weil sie nicht nach ihrer Pfeife tanzte, und Evie hatte gelacht, weil sie immer lachte, wenn Scarlett das tat.

Na gut. Ich spiele den Song.

Ein Versprechen, das sie nicht gehalten hatte. Weil sie es nicht *konnte,* aber trotzdem. Es war das Einzige, was ihre beste Freundin sich von ihr gewünscht hatte, aber Evie hatte es nicht getan. Stattdessen hatte sie ihr Handy an den Lautsprecher angeschlossen und den Song über Bluetooth abgespielt.

Immerhin war Jason da gewesen. Sie hatte zuvor zwar bloß Fotos von ihm gesehen, aber gewusst, dass er es war. Sie hatte ihn nicht direkt eingeladen, weil sie nicht gewusst hatte, wie sie ihn erreichen sollte, deshalb hatte sie eine E-Mail an Scarletts Büro geschickt, die offensichtlich an ihn weitergeleitet worden war. Eigentlich wollte Evie ihn nicht hier haben, wusste aber, dass Scarlett es gewollt hätte. Um ein Haar wäre sie zu ihm gegangen und hätte ihn mitten ins Gesicht gefragt: Woher kannten Sie Scarlett? Und dann hätte sie zugesehen, wie er rot anlief. Sie bezweifelte, dass sie den Mut dafür aufgebracht hätte, aber die Frage stellte sich gar nicht erst, weil er sofort nach der Zeremonie verschwunden war, gleich als Erster. Als hätte Scarlett ihm rein gar nichts bedeutet.

Tränen liefen ihr übers Gesicht. Sie wischte sie weg, wohl wissend, dass Nate sie immer noch ansah. »Und was machen Sie hier?« Es kostete sie Mühe, nicht zu nuscheln. Das passierte nur, wenn sie besonders müde oder gestresst war, und sie konnte es auf den Tod nicht ausstehen, diesen Kontrollverlust über ihre eigene Stimme.

Er verzog leicht das Gesicht, ehe er wieder eine neutrale Miene aufsetzte. »Ich bin nur hier, um ... ihr die letzte Ehre zu erweisen.«

Wut wallte in Evie auf, verdrängte einen Teil der Erschöpfung. Sie waren nur in dieser Lage, weil Scarlett stehen geblieben war, um Nate zu helfen. Wäre er nicht gewesen, hätte sie kein Auto erfasst. Ihr war bewusst, dass sie die Schuld dem Autofahrer geben sollte, der Scarlett überfahren hatte, und das tat sie auch. Den gestrigen Tag hatte sie am Telefon zugebracht und versucht, bei der Polizei in Erfahrung zu bringen, wer am Steuer gesessen hatte und was mit dem Mann oder der Frau geschehen war. Doch die Polizei hatte sie lediglich mit den Worten abgespeist, man kümmere sich darum und gebe ihr dann Bescheid. Worthülsen ohne jede Bedeutung. Und nun stand dieser Mann vor ihr und versuchte, sie zu trösten? Oder seine eigenen Gewissensbisse zu unterdrücken? Sie konnte nicht leugnen, dass sie auch ihm die Schuld an dem gab, was passiert war.

Doch es gab da etwas, das sie erfahren wollte. Allein deswegen blieb sie neben ihm stehen. »Wieso war sie da?«

Nate runzelte die Stirn. »Wie bitte?«

»Wieso war sie da?«, wiederholte Evie. »An diesem Tag. In Borough Market. Dort waren Sie doch, als sie ...«

Er schluckte, sodass sein Adamsapfel hüpfte, und nickte. »Ja. Dort ist es passiert.« *Es ist passiert.* Was für eine passive

Art, es auszudrücken. Es ist nicht *passiert,* sondern Scarlett ist gestorben. Sie wurde getötet.

Evie bewegte ihre steifen Schultern. »Ich verstehe nicht, weshalb sie dort war.« In ihrer Stimme lagen ein fast flehender Unterton und wieder dieses Nuscheln, das sie so hasste. »Ich verstehe nicht ... Eigentlich hätte sie gar nicht dort sein sollen. Sie war auf dem Weg zur Arbeit. In Soho.« Und wäre sie in Soho gewesen, wo sie hätte sein sollen, hätte sie Nate nicht vom Fahrrad stürzen sehen. Sie wäre nicht losgerannt, um ihm zu helfen, und wäre nicht ...

»Keine Ahnung, warum sie dort war.« Seine Stimme war sanft und nicht mehr so rau. »Wir haben kaum –« Er unterbrach sich und schüttelte den Kopf. »Keine Ahnung«, wiederholte er. »Tut mir leid.«

Sie schloss die Augen. Natürlich wusste er es nicht. Wie auch? Der einzige Mensch, der es wusste, war Scarlett selbst.

»Ich muss jetzt gehen«, sagte Evie, noch immer mit geschlossenen Augen, machte jedoch keine Anstalten, sich in Bewegung zu setzen. Beim Leichenschmaus würden die Leute mit ihr reden wollen. Bisher hatte sie es vermieden, mit ihren alten Klassenkameraden zu reden, mit all den Leuten, die sie und Scarlett seit Jahren nicht mehr gesehen hatten. Sie hatten während der Trauerfeier geweint. Den Frauen war die Wimperntusche zerlaufen. Evie hatte sich gar nicht erst die Mühe gemacht, welche aufzutragen, obwohl sie wusste, dass Scarlett sie deswegen getadelt hätte. *Willst du etwa nicht so gut wie möglich für mich aussehen, Evie?*

Sie sollte ihnen nicht böse sein. Bestimmt waren sie aufrichtig traurig. Nur weil sie den Kontakt zueinander verloren hatten, bedeutete das noch lange nicht, dass ihnen der Verlust nicht naheging. Trotzdem brodelte die Wut in ihr, suchte nach einem Ventil. Sie holte tief Luft, atmete durch, spürte die kühle Luft in ihrer Mundhöhle, als wollte sie sie beruhigen.

»Okay.« Noch immer lag dieser sanfte Ton in Nates Stimme. Sie hasste das. Sie wollte keine Sanftheit, nicht von ihm.

Abrupt schlug sie die Augen auf. »Kommen Sie auch zum Leichenschmaus?«

»Nein«, antwortete er nach einer Sekunde des Zögerns, und Evie spürte, wie die Erleichterung sie durchströmte. »Ich will mich nicht aufdrängen.«

Sie nickte. Vielleicht sollte sie ihm beteuern, dass das nicht der Fall wäre, aber das stimmte nicht, außerdem wollte sie ihn nicht dabeihaben. Sie wandte sich ab, ohne sich die Mühe zu machen, sich von ihm zu verabschieden.

»Warten Sie.«

Sie drehte sich um und sah ihn in seiner Hosentasche kramen. Er zog eine Visitenkarte heraus, die er ihr reichte. Reflexartig nahm sie sie entgegen und runzelte die Stirn.

»Das ist meine Karte«, erklärte er.

Sie sah sie an, las die Worte. »Sie sind Journalist?« Ihr war bewusst, wie tonlos und desinteressiert das klang.

Wieder fuhr er sich mit der Hand durchs Haar. »Ja. Hauptsächlich Reisejournalismus. Allerdings bin ich gerade zwischen zwei Projekten und deshalb für ein paar Wochen in London.« Er schüttelte den Kopf, als sei ihm aufgegangen, wie irrelevant diese Erklärung war. »Aber sollten Sie etwas brauchen ... also, ich wüsste zwar nicht, was das sein könnte, aber falls doch, rufen Sie mich an. Meine Handynummer steht da drauf.«

Wie betäubt blickte Evie wieder auf die Karte, ehe sie sie, weil sie immer noch zu sehr Evie war, um sie ihm einfach wieder in die Hand zu drücken, in ihre Manteltasche steckte. »Okay«, sagte sie. Als sie sich neuerlich zum Gehen wandte, spürte sie, wie sie schwankte, und obwohl sie die Zähne zusammenbiss und unter Aufbietung all ihrer Willenskraft ihren Körper zum Gehorsam zu zwingen versuchte, geriet sie ins

Stolpern. Sekunden später war Nate an ihrer Seite, hatte die Distanz zwischen ihnen mit einem beneidenswert flüssigen, mühelosen Schritt überwunden und stützte sie.

Sie riss ihren Arm weg und starrte ihn finster an. »Ich bin nicht betrunken«, platzte es aus ihr heraus, ehe sie es verhindern konnte. Zwei Mal direkt nacheinander, das war ein klares Zeichen, wie es ihr ging.

»Und selbst wenn, würde ich deswegen nicht schlecht von Ihnen denken«, erwiderte Nate ruhig.

Sie hatte keine Ahnung, weshalb sie den Drang verspürt hatte, sich zu rechtfertigen. Wahrscheinlich war ihr die Vorstellung, er könnte es als Zeichen der Respektlosigkeit Scarlett gegenüber werten, zuwider. »Ich habe MS«, fügte sie mit einem Seufzen hinzu. »Multiple Sklerose.« Sie sah ihn abschätzend an, wartete auf das obligatorische Zurückzucken, den mitleidigen Gesichtsausdruck, das Abwinken mit der Erklärung, man kenne Soundso, der oder die es ebenfalls hätte, aber gut damit zurechtkäme. Andere blickten unwillkürlich auf ihre Beine, als überlegten sie, ob sie bald einen Rollstuhl bräuchte, aus Höflichkeit jedoch nicht fragen wollten. Oder sie erntete Stirnrunzeln à la *Das ist doch eine Krankheit, oder? Sie sehen eigentlich gar nicht krank aus.*

Nate hingegen legte den Kopf schief. »Verstehe.«

Eine krasse Nicht-Reaktion. Evie runzelte die Stirn. »Deshalb ist mein Gang manchmal ein bisschen seltsam«, fügte sie fast ungeduldig hinzu.

»Ja. Viel weiß ich nicht darüber, aber ich habe gehört, dass das ein Symptom sein kann. Echt übel. Tut mir leid für Sie.« Es klang aufrichtig, aber nicht übermäßig nach Entschuldigung, wie bei vielen anderen, was sie jedes Mal nervte. Aus irgendeinem Grund kam sie sich sogar blöd vor, es überhaupt erwähnt zu haben. Weshalb sollte es ihn interessieren? Wieso erzählte sie ihm das? Es ging ihn doch nichts an. Sie machte kehrt und ging davon, so hoch erhobenen Hauptes, wie sie nur konnte. Ihre Mutter wartete bereits am Wagen auf sie, um sie zum Trauermahl zu fahren. Sie sah Scarletts Eltern aus der Kirche treten. Graham hatte noch immer seine Hand auf die Schulter seiner Frau gelegt. *Du schaffst das.* Zwar glaubte sie es nicht, aber das spielte keine Rolle. Sie musste bloß die nächsten paar Stunden überstehen, dann konnte sie verschwinden und Trost in den Tabletten auf ihrem Nachttisch suchen.

Kapitel 6

Ich sehe zu, wie Evie Nate den Rücken zukehrt und ihn einfach stehen lässt. Noch während ich verfolge, wie er ihr hinterhersieht, durchströmt mich ein heißes, hässliches Gefühl. Er sollte ihr nicht hinterhersehen, sollte nicht mal mit ihr reden.

Ich bin froh, dass sie ihn stehen gelassen hat, und weiß nur zu gut, wie sie sich gerade fühlt, weil ich ganz genauso empfinde. Ich wünschte, ich wäre nie von diesem Bürgersteig getreten, um ihm zu helfen. Ich hasse ihn dafür. Das ist dieses Hitzegefühl. Es kann sich nicht unter meiner Haut ausbreiten, deshalb ergreift es Besitz von der Wahrnehmung meines Selbst, umfängt mich regelrecht. Ich hasse diesen Mann, weil ich wegen ihm jetzt nicht bei den Menschen sein kann, die ich liebe, sondern in diesem merkwürdig schwebenden Zwischenzustand gefangen bin. Wäre er nicht gewesen, müsste ich jetzt nicht zusehen, wie meine Mutter zusammenbricht, wie mein Vater sich bemüht, einigermaßen die Fassung zu wahren, wie Evie all ihre Strahlkraft verloren hat. Vielleicht wäre Nate ja unversehrt geblieben, wenn ich nichts unternommen hätte. Vielleicht wäre er aufgestanden, hätte sein Rad von der Fahrbahn aufgehoben und wäre davongegangen. Vielleicht wäre jemand anderes zu ihm gelaufen, um ihm zu helfen. Vielleicht auch nicht – vielleicht hätte der Wagen ihn erwischt statt mich, aber in diesem Fall wäre ich noch da.

Es gibt noch so vieles, was ich tun will. Ich will wissen, ob das zwischen mir und Jason etwas Richtiges war. Ich will heiraten, die perfekte Hochzeit feiern, bei der mir am Ende vom Lächeln das Gesicht wehtut. Ich will sehen, ob dieses neue Modelabel funktioniert hätte, und es weiter versuchen, falls es floppt. Ich will Leute in Klamotten von mir auf der Straße sehen, will hören, wie sie meinen Namen sagen. Ich will etwas bewirken, dieser Welt etwas hinterlassen. Ich will von Bedeutung gewesen sein.

Ich bin noch nicht mal dreißig. Es ist nicht fair, dass ich tot bin.

Evies Seufzen hallt in meinem Kopf wider. *Aber genau das ist das Problem, oder, Scar? Dass das Leben nun mal nicht fair ist.*

Dann bin ich wieder dort, in die Erinnerung von vor zweieinhalb Jahren zurückkatapultiert, stehe abermals in dieser Wohnung, die ich vor zwei Wochen verlassen habe, und gehe im Wohnzimmer auf und ab, während Evie auf dem Sofa sitzt. Wir sind gerade von dem Termin beim Neurologen zurückgekommen. Auf dem Rückweg haben wir kein Wort gesprochen, weil jede mit ihren eigenen Gedanken beschäftigt war. Ich glaube, wir dachten wirklich, es sei nichts Ernstes. Auf dem Weg dorthin hatten wir noch über alles Mögliche geplaudert – mein jüngstes Dating-App-Erlebnis, Evies bevorstehenden Kurzurlaub mit Will, über Henry, ihren Chef, der sie in den Wahnsinn trieb –, denn es gab keinen Grund, sich Gedanken zu machen. Evie war jung und gesund, der Hausarzt schickte sie aus reiner Vorsicht zum Neurologen, mehr nicht.

Und jetzt ... MS.

Diesmal fällt es mir leichter, in die Erinnerung einzutauchen, mehr im Geschehen zu sein. Ich glaube, weil ich mich nicht mehr dagegen sträube. Ich will nicht in der Gegenwart sein und zusehen, wie meine Familie und Freunde leiden. Ich will die Wellen des Schocks, die mein Tod ausgelöst hat, nicht sehen müssen.

Evie ist zu Hause, sitzt auf unserem kleinen roten Sofa und starrt ins Leere, als wäre sie paralysiert. Inzwischen ergibt alles einen Sinn: das unangenehme Kribbeln, das sie manchmal überkommt und das sich auch mit Schmerztabletten nicht abstellen lässt. Die Momente, in denen ihr alles vor den Augen verschwimmt, die seltsame Gliedersteife, die überwältigende Müdigkeit.

Letztlich war es das Zittern, das sie bewogen hatte, zum Arzt zu gehen. *Man geht doch nicht zum Hausarzt, wenn man sich müde oder steif fühlt, oder?*, hatte sie gemeint, und selbst nachdem das Zittern aufgetaucht war, hatte sie erst auf mein Drängen hin einen Termin vereinbart. Sie wolle das Gesundheitssystem nicht unnötig strapazieren, so ihr Argument, und ich wusste, dass sie dabei an ihre Mutter dachte. Irgendwann hatte sie sich breitschlagen lassen, und der Hausarzt hatte sie allen möglichen Untersuchungen unterzogen, ehe er sie an einen Neurologen überwiesen hatte.

Die Erkrankung ist alles andere als leicht zu diagnostizieren. Selbst wenn Sie früher gekommen wären, hätte man es womöglich übersehen. Das hatte er aus purer Freundlichkeit gesagt, auch, damit Evie sich keine Vorwürfe machte, vermute ich. Denn er hatte ebenfalls erläutert, dass die Behandlung – die lediglich der Verzögerung, aber nicht der Heilung diene – umso erfolgreicher sei, je früher die Erkrankung erkannt werde, was bei ihr nicht der Fall sei. *Aber jetzt wissen wir ja, womit wir es zu tun haben,* hatte er mit einem ermutigenden Lächeln erklärt und uns mit einem Stapel Informationsbroschüren und einem Medikament zum Ausprobieren, das die Zahl und Schwere der »Schübe« reduzieren sollte, nach Hause geschickt.

Hilflos sehe ich zu, wie ich aufgebracht gestikulierend im Wohnzimmer herumtigere und Spuren in den schwarz-weißen Teppich aus dem Secondhandshop laufe, doch mein jetziges Ich kann nichts dagegen tun. »Das ist einfach nicht fair, Evie.«

Evie seufzt, löst sich aus ihrer Erstarrung, schließt die Augen und fährt sich mit den Händen übers Gesicht. *Aber genau das ist das Problem, oder, Scar? Dass das Leben nun mal nicht fair ist.*

»Aber …« Ich weiß noch, dass mich diese Bemerkung damals auf die Palme gebracht hat, nun jedoch geschieht nichts dergleichen. Mein Verhalten von damals kann ich nicht beeinflussen, nur meine Gefühle sind noch ein Teil von mir. Ich wollte, dass sie tobt vor Wut, war überzeugt davon, dass sie genau das tun sollte, aus dem einfachen Grund, weil es genau das war, was *ich* an ihrer Stelle getan hätte. Ich wollte, dass sie schrie und weinte. Jetzt sehe ich all das so klar und deutlich vor mir und bin beschämt. »Du bist jung und brillant«, sage ich, »und verdienst das nicht.«

Evie lässt die Hände sinken und sieht mich an. Für einen friedfertigen Menschen hat sie einen erstaunlich direkten Blick. »Im Gegensatz zu all den anderen MS-Patienten, die es verdient haben?«

Ich stoße ein empörtes Schnauben aus. »Das habe ich doch nicht gesagt. Ich wollte nur … wieso reagierst du nicht darauf?«

Evie schüttelt den Kopf. Allein diese Geste wirkt müde. »Was soll ich deiner Meinung nach denn sagen?« Die Resignation in ihrem Tonfall schmerzt mich. Es ist schwer, diesen Moment noch einmal zu durchleben. »Du willst wissen, ob ich mir wünsche, es wäre nie passiert? Natürlich. Und ich habe schreckliche Angst, Scar.« Ihr Tonfall verändert sich, und ich registriere, wie etwas zerbricht. Etwas in mir, in meinem Körper von damals, zerbricht beim Klang ihrer Stimme. »Ich habe Angst davor, was passieren wird, welche Auswirkungen es auf alles hat, und ich bin so …« Sie holt tief Luft. »Ich bin so verdammt wütend, dass es ausgerechnet mir passieren musste.«

Evie flucht so selten, dass ich zusammenzucke. Ich sehe den Ausdruck in ihren Augen und weiß, dass sie die Wut bereits wieder tief in ihr Inneres zurückdrängt.

»Es ist grauenvoll, weil es bedeutet, dass ich nicht tun kann, was ich tun möchte, und dass ich es auch nie können werde. Dass das –« Sie wedelt mit ihrer Hand. »Dass das hier nicht mehr weggehen wird.«

Ich setze mich neben sie auf das Sofa. »Es tut mir leid«, sage ich leise. »Es tut mir so leid. Ich wollte damit nicht sagen, dass du …« Ich schüttle den Kopf. »Natürlich kannst du damit umgehen, wie es sich für dich richtig anfühlt. Und wir stehen das durch. Okay? Ich helfe dir. Wir können uns dieses Besteck mit den Gewichten besorgen, von dem er gesprochen hat.« Ich spüre, wie sich meine Lippen an einem Lächeln versuchen, doch obwohl es keinen Spiegel im Wohnzimmer gibt, merke ich, dass es mir nicht gelingt.

Evie seufzt. »Ich glaube nicht, dass sich das mit ein paar Gabeln mit Gewichten in den Griffen wieder hinkriegen lässt.« Sie bricht in Tränen aus. Ich lege den Arm um sie und spüre das tröstliche Gewicht ihres Kopfes an meiner Schulter. »Na ja, vielleicht Messer mit Gewicht«, fügt sie mit gedämpfter Stimme hinzu, was mir verrät, dass sie sich zumindest bemüht.

»Pfannen mit Gewicht?«

»Und eine Fernbedienung mit Gewicht.«

»Gewicht an …« Mir fällt nichts mehr ein.

Evie winkt ab. »Ach, wir können das ganze Apartment mit Gewichten beschweren. Wieso auch nicht?«

Einen Moment lang herrscht Stille. Dann sage ich: »Das wird schon wieder.«

»Aber das wissen wir nicht, oder? Im Grunde habe ich aus dem Termin bloß mitgenommen, dass er es nicht weiß. Niemand weiß, wie es weitergeht.« Den Kopf immer noch an meiner Schulter, kneift sie die Augen wieder zu. »Wir wissen nicht, welchen Verlauf die Krankheit nimmt, ob es noch schlimmer wird. Wir wissen es nicht, wir wissen es nicht, wir wissen es nicht.« Die Worte kommen mit untypischer Schärfe über ihre Lippen. Und ich verstehe sie. Gut sogar. Unvorhersehbarkeit gehört zum Schlimmsten, was Evie passieren kann, auch heute noch. »Würde mir doch einfach jemand sagen, was passieren wird, dann könnte ich mich darauf einstellen.«

Ich erwidere nichts darauf. Dies ist eine der wenigen Situationen, in denen ich nicht weiß, was ich ihr sagen soll. Ich kann ihr nicht beteuern, dass es nicht noch schlimmer werden wird – weil ich weiß, dass genau das passieren wird.

Evie schlägt die Augen auf. »Ich sollte Will anrufen«, sagt sie mechanisch, als wäre sie dazu verpflichtet. Ich brumme nur missbilligend.

Evie seufzt. »Nicht.«

»Ich habe nichts gesagt.« Ein Anflug von Trotz liegt in meiner Stimme.

»Das nicht, aber ich kann deine Gedanken hören.«

»Hast du's neuerdings mit Telepathie?«

Ein Lächeln huscht über ihr Gesicht. »Nur bei dir.«

Ich schnaube. »Langweilig. Dann lieber fliegen können.«

Sie lacht, und etwas in mir erhellt sich. »Oder sich unsichtbar machen?«, schlägt sie vor.

»Nein, die Leute sollen mich sehen und wissen, dass ich die bin, die etwas bewegt. Mit Lichtgeschwindigkeit fliegen, das wäre super. Keine Zeit mehr vergeuden, um von A nach B zu gelangen.«

»Na gut. Dann bin ich die Invisible Woman aus *Fantastic Four*, und du kannst ... wer ist richtig schnell unterwegs? Flash, oder?«

Ich nicke. »Gebongt.«

Evies Lächeln verharrt kurz auf ihren Zügen, ehe es verblasst. »Was soll ich Will sagen? Ich will nicht ... was, wenn er mich anders sieht, wenn ich ihm erst von ... von dieser Krankheit erzählt habe?«

»Aber ich weiß es und sehe dich auch nicht anders.«

»Das stimmt, aber du bist auch du.«

Ich halte inne. Mir ist bewusst, dass ich meine Worte mit Bedacht wählen muss. »Ich würde warten und es ihm erzählen, wenn du dich bereit dafür fühlst. Du hattest ja noch nicht mal Zeit, dich selbst damit auseinanderzusetzen, deshalb solltest du dir vielleicht ein paar Tage – oder Wochen – Zeit lassen, um zu überlegen, wie du damit umgehen willst.«

»Aber ich kann ihn nicht belügen.«

»Tust du doch nicht. Du … wartest einfach ab.«

Evie rümpft die Nase. Mein Vorschlag gefällt ihr nicht. Ich schätze Evie wirklich sehr, aufrichtig, aber manchmal ist sie in diesen Dingen ziemlich radikal, als gäbe es nur schwarz oder weiß. Dabei kommt doch niemand zu Schaden, wenn sie Will nicht sofort einweiht, oder?

Soweit ich mich erinnere, sagte sie es ihm ein paar Tage später, und von da an ging alles den Bach runter. Andererseits hätte sie gar nicht erst mit ihm zusammen sein dürfen. Ich habe keine Ahnung, was sie an ihm mochte, ob sie ihn überhaupt jemals mochte oder einfach bloß daran gewöhnt war, dass er da war. *Er ist verlässlich,* hatte Evie geantwortet, als ich sie einmal danach fragte. Ich hatte eine Grimasse geschnitten. *Vielleicht wäre Verlässlichkeit auch ganz gut für dich,* hatte sie zurückgeschossen.

Ich hatte nur geschnaubt. *Vergiss es. Das ist nicht mein Stil, Eves.*

»Es wird wieder«, beteuere ich noch einmal, und Evie nickt, allerdings scheint sie nicht überzeugt zu sein, deshalb fahre ich fort. »Wir stehen das gemeinsam durch, Eves. Wir nehmen es, wie es kommt, und finden eine Lösung, okay?«

Sie seufzt. »Du weißt, dass ich dich lieb habe, oder? Nur für den Fall, dass ich vergesse, es dir zu sagen, wenn mein Gehirn erst mal Matsch ist. Oder wenn ich nicht mehr richtig reden kann.«

Ich lache über ihren Scherz, auch wenn mir die Besorgnis in ihrer Stimme nicht verborgen bleibt. »Ich werde dich daran erinnern, wenn du dich beschwerst, weil ich den Abwasch nicht anständig erledige oder mich bei einer Party mal wieder danebenbenehme, weil ich zu viel getrunken habe.« Wieder lächelt sie kurz. »Und du weißt, dass ich dich auch lieb habe, oder?«, füge ich nach einem Moment hinzu. Wieso fiel es mir bei Evie immer so leicht, es zu sagen? Wahrscheinlich weil es eine andere Art der Liebe ist. Eine, auf die man leichter zählen kann als auf die eine, große Liebe.

»Danke, Scar«, sagt Evie in meiner Erinnerung. »Danke, dass du das mit mir durchstehst.«

»Immer.« Ich klatsche in die Hände. »Also.« Sie setzt sich auf, ich ziehe mein Handy heraus, schließe es an unseren Bluetooth-Lautsprecher an und sehe sie an. »Dir ist klar, was jetzt kommen muss.«

Sie verzieht das Gesicht und schüttelt den Kopf, aber ich lasse mich nicht beirren, sondern drücke die Play-Taste. Und da ist er: unser Song. Na gut, er hat keinen Text, was Evie eigentlich nicht mag, aber wie sollen wir ihn sonst bezeichnen? Diese Musik haben sie auch auf meiner Beerdigung gespielt. Ich hatte Evie gebeten, den Song zu spielen, aber das hat sie nicht getan. Wegen des Tremors, das ist mir klar. Ich weiß nicht einmal mehr, wann wir dieses Lied für uns entdeckt haben. Ich glaube, wir waren noch Teenager, und es tauchte auf Spotify auf, so schmissig und mitreißend, dass wir beschlossen: Das ist unser Song.

Ich drehe die Lautstärke auf, springe auf und strecke ihr die Hand hin. »Du kennst die Regel«, erkläre ich mit fester Stimme. Sie lautet: Wann immer eine von uns diesen Song hört, müssen wir tanzen, ganz egal, wo oder mit wem wir zusammen sind. Und zwar albern. So albern, wie wir nur können. Was gut funktioniert, weil keine von uns die geborene Tänzerin ist.

Wieder verzieht Evie das Gesicht, und kurz denke ich, sie weigert sich. Doch dann steht sie auf. Wie konnte ich das vergessen? *Sie steht auf.* Wir hüpfen wie die Bekloppten, tänzeln um das Sofa herum, und Evie macht einen Spezial-Move, bei dem sie stocksteif wird und sich dann von einer Seite zur anderen wiegt, ihre Diagnose damit auf die Schippe nimmt, und ich kriege mich nicht ein vor Lachen.

Das hatte ich tatsächlich vergessen. Ich erinnere mich, wie sie ihre Diagnose bekommen hat, aber nicht, wie sie danach aufsteht und mit mir im Zimmer herumtanzt. Es war nicht so, dass sich eine Art Schalter umgelegt hätte, sondern mehr ein schrittweises Abbauen, als hätte die Situation ihr Selbstvertrauen mehr und mehr untergraben, als sie der Krankheit gestattet hat, sich durch sie definieren zu lassen.

Wann haben wir das letzte Mal so ausgelassen und albern getanzt? Ich weiß es nicht mehr. Ich glaube, ich habe den Versuch aufgegeben, weil ich dachte, sie macht sowieso nicht mit, und jetzt habe ich nie wieder die Chance dazu. Und Evie? Wird Evie jemals wieder so tanzen? Wird sie überhaupt je wieder tanzen?

Kapitel 7

Evie lag mit ihren Kopfhörern auf dem Sofa. Eigentlich gab es keinen Grund mehr, sie aufzusetzen. Niemand würde die Musik hören können und sie mitleidig ansehen, weil sie der Art von Musik lauschte, die sie selbst nicht mehr spielen konnte. Aber es war ihr zur Gewohnheit geworden. Sie hörte sich ein Stück an, das eigentlich beruhigend wirken sollte, doch ihre Müdigkeit machte es ihr schwer, zu unterscheiden, ob sie beruhigt oder nur erschöpft war. Dabei war es gar nicht diese abgrundtiefe MS-Mattigkeit, die sie immer wieder aus heiterem Himmel zu jeglichen Tageszeiten überfiel, sondern eher gewöhnliche Müdigkeit. Mittlerweile hatte sie zwar den Überblick verloren, was in ihrem Stadium »gewöhnlich« war, doch in den letzten zwei Wochen waren die Symptome nicht mehr ganz so schlimm gewesen, und sie hatte die Schlaftabletten ausgeschlichen, weil ihr klar war, dass sie langfristig alles nur noch schlimmer machen würden.

Es war Freitag, nach dem Wochenende sollte sie wieder zur Arbeit zurückkehren. Diese vier Wochen Auszeit waren das Maximum gewesen. Die Personalleiterin war eine sehr nette und dazu noch extrem professionelle Frau, aber auch ihr waren die Hände gebunden. *Sie haben ja kein enges Familienmitglied verloren, Evie.* Wie sie das hasste! Es war ihr ein Gräuel, ihre Beziehung zu Scarlett definieren zu müssen. Gleichzeitig tat es ihr womöglich gut, ins Büro zurückzukehren, dachte sie auf eine distanzierte, leidenschaftslose Art. Es böte ihr einen Grund, morgens aufzustehen. Gleichzeitig würde es sie einige Überwindung kosten, denn nach dieser langen Pause würde Henry ihr garantiert nicht erlauben, von zu Hause aus zu arbeiten.

Sie stemmte sich weit genug hoch, um ihr Handy zu nehmen, das neben ihr auf dem Sofa lag. Ihre Mum bat in einer SMS – sie weigerte sich kategorisch, WhatsApp zu installieren – um Rückruf. Evie ignorierte die Anrufe ihrer Mutter schon eine ganze Weile und sagte sich auch jetzt, dass sie am Abend antworten würde. Außerdem war ein Anruf eingegangen. Sie setzte sich vollends auf. Es könnte die Polizei sein, die sich endlich meldete. Aber es war eine Handynummer. Würde die Polizei mit einem Handy anrufen? Sie googelte die Nummer, fand jedoch nichts. Und eine Nachricht hatte der Anrufer auch nicht hinterlassen. Aber wenn es wichtig wäre, hätte der- oder diejenige das doch getan, oder?

Sie legte das Handy weg und sah sich in der Wohnung um. Alles viel zu kahl. Letzte Woche hatte sie Scarletts Sachen ausgeräumt, weil sie den Anblick nicht länger ertragen hatte. Nur Scarletts Zimmer nicht. Sie hatte sich nicht überwinden können, es zu betreten. Zwar hatte sie davorgestanden, die Tür aufgemacht und hineingesehen, aber ihre Füße hatten sich schlicht geweigert, über die Schwelle zu treten. Die Vorhänge waren zurückgezogen gewesen und hatten den Raum viel zu hell wirken lassen, obwohl er doch düstere Trauer verströmen sollte. *Zeig gefälligst ein bisschen Respekt,* hätte sie das Zimmer am liebsten angeschnauzt. Aber es war ja bloß ein Raum und konnte nicht selbst die Vorhänge zuziehen.

Scarlett hatte stets bei geöffneten Vorhängen geschlafen, was Evie überhaupt nicht verstehen konnte, aber Scarlett hatte gemeint, sie bekäme es gerne mit, wenn die Welt ringsum schon wach sei, damit auch sie den Tag in Angriff nehmen könne. Sie hatte Scarlett um ihre unerschöpfliche Energie bewundert, vor allem in den letzten Jahren, in denen sie ihr selbst gefehlt hatte. Nun vermisste sie sie nur noch.

Sie hatte Scarletts Eltern gebeten herzukommen und ihr Zimmer auszuräumen, doch Mel hatte gemeint, sie ertrüge die Vorstellung nicht, und da Evie es ebenso wenig tun wollte, war alles noch so wie zuvor. Sie hatte Mel und Graham immer nahegestanden, vor allem Mel, doch seit dem Begräbnis hatte sie kaum ein Wort mit ihnen gewechselt. Beim Gedanken an die beiden überkamen sie Gewissensbisse.

Es klopfte an der Tür. Evie blieb sitzen, in der Hoffnung, dass der Besucher sich verziehen würde. Doch es klopfte erneut, also gab sie es auf und erhob sich. Heute schien sie sich ein wenig besser bewegen zu können als sonst, was eine Wohltat war.

Sie öffnete die Tür und erstarrte.

»Will«, sagte sie und zog die Brauen zusammen.

»Hallo, Evie.« Seine Stimme war genauso seidig und glatt, wie sie sie in Erinnerung hatte. Er war gewohnt sorgfältig rasiert, breitschultrig und muskulös von den zahllosen Stunden im Fitnessstudio, mit dunkelblondem Haar, das ihm ins Gesicht fiel.

Etwas regte sich in ihr, sie ließ den Blick über seine vertraute Gestalt wandern, konnte allerdings nicht benennen, was es war. Wann hatte sie ihn zuletzt gesehen? Vor etwa acht Monaten, als sie Kartons mit ihren Sachen ausgetauscht hatten. Ihre letzte richtige Unterhaltung lag jedoch noch etwas länger zurück. Damals hatte er ihr an einem Wochenende, an dem Scarlett über Nacht nicht nach Hause gekommen war, gestanden, dass er fremdgegangen war.

»Jemand hat mich unten ins Haus gelassen«, erklärte Will jetzt und verlagerte leicht das Gewicht – das einzige winzige Anzeichen, dass ihm nicht ganz wohl dabei war, ohne Vorwarnung vor ihrer Tür zu stehen. Aber an Selbstvertrauen hatte es ihm noch nie gemangelt, was einer der Gründe war, die ihre Beziehung so unkompliziert gemacht hatten: weil es ihr gestattet hatte, sich von ihm mitziehen zu lassen. Evie runzelte die Stirn. »Ich habe das von Scarlett gehört und wollte sehen, ob mit dir alles in Ordnung ist«, platzte Will heraus, bevor Evie etwas sagen konnte. »Ich dachte, du kannst bestimmt einen Freund gebrauchen«, fügte er mit einem angedeuteten Lächeln hinzu.

Wieder sah sie ihn an. Eigentlich sollte sie ihm die Tür vor der Nase zuknallen, oder? Ihre Finger zuckten. Was könnte sie ihm an den Kopf werfen? *Leck mich?* Ziemlich melodramatisch, oder?

Sie ließ die Hand sinken und trat zur Seite, um ihn hereinzulassen. Weil sie es ja nie geschafft hatte, diese Leck-mich-Tour durchzuziehen, die Scarlett stets so leichtgefallen zu sein schien. Und weil ... na gut, sie brauchte tatsächlich einen Freund, und in der Not frisst der Teufel bekanntlich Fliegen, oder?

Wann bist du so ein armseliges Würstchen geworden, Evie?
Sie beschloss, die Frage lieber unbeantwortet zu lassen.

»Willst du einen Tee?« Sie erschrak leicht über die Kratzigkeit ihrer Stimme. Wann hatte sie das letzte Mal mit jemandem gesprochen?

»Ich mache das schon«, sagte Will eilig, zog seine Lederjacke aus und hängte sie hinten an die Tür, ehe er in die Küche ging. »Ich weiß ja noch, wo alles steht.«

Evie sah ihm zu. Er bewegte sich mit einer Selbstverständlichkeit in ihrer Wohnung, als hätte jemand die Zeit zurückgedreht. Ihr fiel nichts ein, was sie sagen könnte, deshalb schwieg sie. Ihr Blick fiel auf die Broschüren, die Scarlett am Abend vor ihrem Tod mit nach Hause gebracht hatte und die immer noch auf der Mikrowelle lagen. Das war ihr letzter Abend mit Scarlett gewesen, und sie hatten ihn mit einem Streit vergeudet.

Möglichst unauffällig trat sie an Will vorbei, der gerade den Wasserkessel aufsetzte, und stopfte sie in eine Schublade. Er brauchte sie nicht zu sehen.

Was wollte er überhaupt hier? Interessierte ihn tatsächlich, wie es ihr ging? Seit ihrer Trennung hatten sie nicht mehr miteinander geredet. Seine Begründung hatte sich damals so logisch und nachvollziehbar angehört. Sie sei ständig müde, wolle nie etwas unternehmen, interessiere sich nicht für ihn, sein Leben, seine Hobbys. Seine Hobbys, die eigentlich nur darin bestanden, ins Fitnessstudio zu gehen, was für sie selbst nicht infrage kam, selbst wenn sie es gewollt hätte. Und dann der große Knackpunkt: *Es ist, als wolltest du überhaupt keinen Sex mehr mit mir haben.* Und ja, sich mit einer unheilbaren Krankheit arrangieren zu müssen, hatte sich tatsächlich negativ auf Evies Libido ausgewirkt, und diese Müdigkeit, die sie an manchen Tagen überfiel, hatte ihren Teil dazu beigetragen. Nicht, dass ihre Beziehung jemals extrem leidenschaftlich gewesen wäre – Evies Empfinden nach hatte sie schon immer eher auf Routine beruht –, allerdings war ihr Liebesleben gegen Ende hin nahezu vollständig zum Erliegen gekommen. Und genau das hatte er ihr zum Vorwurf gemacht und als Grund genannt, weshalb er mit einer anderen Frau geschlafen hatte.

Was? Also ist es meine Schuld, ja?

Nein! Nein, das habe ich nicht damit gemeint. Ich versuche doch nur, es dir zu erklären. Evie hatte stocksteif dagesessen und nicht gewusst, wie sie damit umgehen sollte. Schließlich hatte er sich geräuspert. *Vielleicht sollte ich lieber gehen.*

Also hatte sie die Millionen Dinge hinuntergeschluckt, die sie ihm am liebsten an den Kopf geworfen hätte, all die Schimpfworte, die ihr auf der Zunge lagen. Sie hatte sich zusammengerissen und *Ja, ich glaube, das wäre das Beste* erwidert.

Zum »offiziellen Trennungsgespräch« zwischen ihnen war es also nie gekommen. Sie hatte darauf gewartet, dass er anrief und sie anbettelte, ihn zurückzunehmen, und als er es nicht getan hatte ... tja, war's das gewesen. Scarlett war diejenige, die die Nachwirkungen miterlebt hatte, den Strudel der Verzweiflung, der Evie erfasst hatte, weil diese Trennung doch der eindeutige Beweis war, dass etwas nicht mit ihr stimmte, oder? Der Beweis, dass niemand mit ihr zusammen sein wollte, weil es bedeutete, dass derjenige automatisch auch ihre MS mit dazubekam.

Aber jetzt war Will hier. Wieder da. Weil er den Seitensprung und die Trennung bereute? Weil er aufrichtig ihr Freund sein wollte?

Er reichte ihr einen Becher Tee. Es hatte etwas Tröstliches, umsorgt zu werden. Nach all den Wochen, die sie ganz allein hier zugebracht hatte, war endlich jemand hier und kümmerte sich um sie.

Sie standen auf gegenüberliegenden Seiten des Küchentresens. Will stützte sich mit den Ellbogen auf und musterte sie mit seinen graublauen Augen – die nicht ganz so strahlend waren wie Scarletts blaue –, als suche er ihren Körper nach Anzeichen physischer Schäden ab.

»Und wie geht's dir so?«, fragte er, wieder mit dieser selbstsicheren Samtstimme. Als gäbe es für ihn keinen Grund, nicht hier zu sein und diese Unterhaltung zu führen.

»Ich ...« Evie schloss beide Hände um ihren Becher und genoss die behagliche Wärme des Porzellans. »Gott, ich habe keine Ahnung. Irgendwie komme ich wohl klar.« Sie war sich nicht sicher, ob das stimmte ... ob andere ihre Definition von »klarkommen« bestätigen würden.

»Sie war ein toller Mensch«, sagte Will, obwohl es aus seinem Mund irgendwie seltsam klang. Er und Scarlett hatten einander nie sonderlich gemocht und auch keinen Hehl daraus gemacht. »Es ist ein Schock, wenn man bloß daran denkt.«

Evie nickte. Was sollte sie auch sonst tun? Es war eine dumme Bemerkung. Und eine falsche noch dazu. Hätte sie andererseits jemand gefragt, was denn das Richtige wäre, hätte sie es nicht sagen können.

»Also sollten wir es lassen.« Will richtete sich auf.

»Was?«

»Lass uns über etwas anderes reden, okay? Uns ablenken. Wie läuft es bei der Arbeit?«

»Oh, frag lieber nicht.« Evie winkte müde ab, während er sie noch immer mit Blicken maß. »Henry ist immer noch ein Albtraum auf zwei Beinen, sagen wir mal so.« Als er mitbekommen hatte, dass sie am Montag wieder anfangen würde, hatte ihr Chef ihr sofort eine Nachricht geschickt und gemeint, sie müssten sich unbedingt über seinen bevorstehenden Hochzeitstag »unterhalten.« Denn natürlich hatte Henry keine Ahnung, wie er ihn gestalten sollte. Aber sollten Werbefritzen nicht kreativ sein?

»Besorgst du immer noch die Geburtstagsgeschenke für seine Frau und seine Tochter?«

Sie wollte lächeln, doch allein der Versuch war ihr zu anstrengend. »Jedes Jahr wieder.« Sie erzählte ihm nicht, dass sie sich Sonderurlaub genommen hatte, weil es sich anfühlte, als würde sie dadurch eine Schwäche zugeben. »Aber lass uns nicht von mir reden. Wie läuft es bei dir beruflich?«

Will lächelte und entblößte dabei sein perfektes weißes Gebiss. Sie wusste, dass er sich einem Bleaching unterzogen hatte. Machte man das jedes Jahr oder nur einmal? Wahrscheinlich immer wieder, sonst würden seine Zähne wohl kaum so strahlend weiß bleiben. »Gut. Ich bin befördert worden.«

»Wirklich?« Sie bemühte sich, etwas mehr Enthusiasmus in ihre Stimme zu legen, als ihr auffiel, wie hohl sie klang. »Das ist ja toll.« Darauf hatte er schon vor ihrer Trennung hingearbeitet. Sie konnte sich zwar nicht vorstellen, was eine Beförderung in einer Immobilienagentur abgesehen von einer Gehaltserhöhung bringen sollte, wusste aber, dass es ihm viel bedeutete. Vielleicht lukrativere Projekte? Je größer, umso teurer, oder? Sie hatte ihn einmal damit aufgezogen, als sie ein telefonisches Verkaufsgespräch für ein Einzimmer-Apartment in Hackney mit angehört hatte: *Perfekt in seiner Kompaktheit, was die Pflege erheblich leichter macht, wenn man viel unterwegs ist. So spart man sich die Kosten für eine Putzfrau,* so seine Argumentation.

Im Grunde sagst du, es ist gerade groß genug, um ein Einzelbett reinzustellen, und der Kunde soll einziehen, wenn er zu arm ist, um sich eine Putzfrau leisten zu können?, hatte Evie gesagt.

Will hatte die Ironie nicht kapiert.

Sie ließ ihn quatschen und war dankbar, dass er offenbar nur ab und zu minimalen Input wie ein »Aha« oder »Mhmmhm« benötigte. Bis zu einem gewissen Grad hatte er sogar recht: Es lenkte sie tatsächlich davon ab, in den Abgrund zu blicken, der sich vor ihr auftat.

Er machte noch einen Tee, und sie setzten sich aufs Sofa. Wie früher. Auch die Vorhersehbarkeit ihrer Routine spendete ihr so etwas wie Trost.

»Wollen wir uns einen Film ansehen?«, schlug Will vor, nahm die Fernbedienung vom Couchtisch und zappte durch Netflix. »Etwas mit Action«, sagte er entschieden. »Nichts Trauriges oder Rührseliges.«

Evie zuckte halbherzig die Schultern, wohl wissend, dass sie sofort ausschalten würde, wenn er ging. *Und wann wird das sein?* Sie betrachtete ihn, wie er gebannt in den Fernseher sah. »Will, wieso bist du hier?«

Er sah sie an. »Habe ich doch gesagt: Ich dachte, du könntest einen Freund gebrauchen.« Sein Tonfall wirkte aufrichtig, doch die Worte fühlten sich irgendwie unangenehm klebrig an. Waren sie jemals wirkliche Freunde gewesen? Vermutlich schon, da Menschen, die eine Beziehung hatten, üblicherweise auch bis zu einem gewissen Grad Freunde waren. Aber sie hatten sich über eine Dating-App kennengelernt und waren keine Ewigkeit befreundet gewesen, bevor sie ein Paar geworden waren – und nach der Trennung war es mit der Freundschaft definitiv vorbei gewesen. Andererseits könnte es ganz nett sein, jemanden um sich zu haben. Ohne Scarlett fühlte London sich schrecklich einsam an.

Er hatte einen Film ausgesucht, dessen Titel sie noch nicht einmal mitbekommen hatte, doch nun legte er die Fernbedienung weg und wandte sich ihr zu. »Außerdem ... habe ich dich vermisst, Evie.« Sie konnte nur die Stirn runzeln. Damit hatte sie als Letztes gerechnet. »Ich wollte mich schon seit Monaten bei dir melden, wusste aber nicht, wie. Und dann habe ich das von Scarlett gehört und ... na ja, das hat mir wohl den Schubs verpasst, den ich gebraucht habe.« Dass Scarletts Tod nötig gewesen war, um sich zu melden, stieß Evie höchst unangenehm auf, doch sie zwang sich, nicht weiter darüber nachzudenken, weil sie wusste, dass sie sich dadurch nur noch mieser fühlen würde.

Er berührte sie, ließ seine Hand an ihrem Arm hinuntergleiten. Unwillkürlich lehnte sie sich näher. Sie sehnte sich nach Berührung, nach jemandem, der sie in den Arm nahm und ihr beteuerte, dass alles wieder gut werden würde. Was bislang niemand getan hatte. Ihre Mutter war nicht der Typ dafür, und Scarletts Eltern hatten mit ihrer eigenen Trauer zu kämpfen. Ihre einstigen Schulkameraden hatten sie bei der Beerdigung flüchtig umarmt, doch keiner hatte sie wirklich festgehalten. Sie war erstaunt, wie sehr sie sich danach gesehnt hatte.

Er rückte näher. Sie wusste genau, was jetzt passieren würde. Will ging stets auf dieselbe Art und Weise vor. Er legte die Hand um ihren Nacken, strich mit dem Daumen über die Haut. Sie sah ihn nur an, ohne sich vom Fleck zu rühren. Er beugte sich vor, küsste ihren Nacken, dann ihren Mund. Es war alles so tröstlich in seiner Vorhersehbarkeit. Sie spürte, wie ihr Körper automatisch reagierte, als erinnere er sich an die Abläufe. Und weshalb auch nicht? Sie wollte nicht allein sein, sich nicht einsam fühlen.

Sie war davon ausgegangen, dass es jemanden in seinem Leben gab. Nicht die, mit der er sie betrogen hatte, aber sie hatte Fotos von ihm und seiner neuen Freundin auf Instagram gesehen. Vielleicht war diese Frau ja doch nicht seine Neue gewesen. Oder sie hatten während des letzten Monats Schluss gemacht. Evie hatte sich aus den sozialen Medien zurückgezogen, weil sie die vielen Posts über Scarlett, teilweise mit Fotos und Beteuerungen, wie leid ihnen all das tue, nicht ertrug. Vielleicht war all das inzwischen abgeflaut, aber solange sie sich nicht sicher sein konnte, hielt sie sich fern. Was sollte das alles? Scarlett bekäme ohnehin nichts davon mit.

Hätte sie es sehen können, wäre sie begeistert gewesen, wie die Leute sie feierten, um sie trauerten. Schließlich war sie ein Mensch gewesen, der gern im Zentrum der Aufmerksamkeit stand. Der Gedanke ließ Evie beinahe lächeln – eine Geste, die Will völlig falsch verstand.

»Na also«, sagte er leise und küsste sie ein weiteres Mal. Sie erwiderte den Kuss, ließ sich nach hinten drücken, während er sich über sie beugte. Sie ließ es geschehen, weil es leichter war, als sich dagegen zu sträuben, und, ja, weil sie sich nach Ablenkung sehnte und ihr diese körperliche Zuwendung in der Phase unendlicher Einsamkeit schmerzlich gefehlt hatte. Weil Scarlett fort war, ihre Essenz sich in dem Moment verflüchtigt hatte, als dieser Wagen sie erfasste, und sie wollte lieber Will küssen, als darüber nachdenken zu müssen. Also leistete sie keinen Widerstand, als er ihr Shirt hochschob, strich mit der Hand über seine muskulöse Brust, nachdem er sich ebenfalls ausgezogen hatte – alles ging mühelos vonstatten, weil er es schon so häufig gemacht hatte.

Sie dachte nicht darüber nach, was danach passieren würde, sondern schloss die Augen und ließ sich in den Zustand köstlicher Leere fallen.

Kapitel 8

Natürlich sehe ich ihnen nicht zu. Nachdem klar geworden war, was sich hier gleich abspielen würde, sah ich mich außerstande, auch nur einen Moment länger in der Wohnung zu bleiben. Allem Anschein nach kann ich meine Gedanken ungehindert umherschweifen lassen und überall hingehen, wo ich will – egal, ob in der Vergangenheit oder der Gegenwart. Aber ich musste zurückkommen, nach ihr sehen. Inzwischen sind sie wieder anzogen. Evie setzt sich auf dem Sofa auf und schlingt die Arme um ihren Oberkörper.

Will ist so ein blöder Arsch. Schlimmer noch, er ist ein schlechter Mensch. Es war so eindeutig, dass er sie bloß ausnutzt. Angesichts der Unverfrorenheit, mit der er sie betrogen hat, sollte es mich eigentlich nicht wundern, trotzdem hätte ich nicht gedacht, dass er so tief sinken würde.

Sichtlich unbehaglich kämpft er sich in seine Klamotten, wobei er Evie kaum ansehen kann. Was zum Teufel hat sie an diesem Idioten bloß gefunden? Natürlich verstehe ich, dass sie sich Zuneigung gewünscht hat. Schließlich bin ich keinen Deut besser, sondern war selbst nie länger als einen Monat ohne eine Beziehung in irgendeiner Form. Ich verurteile Evie nicht, weil sie Sex hat, beileibe nicht. Wenn es ihr hilft und sie tröstet, wieso auch nicht? Allerdings sieht es nicht so aus, als fühle sie sich jetzt besser, außerdem war es seine Idee, nicht ihre.

Ich wünsche mir verzweifelt, einen Körper zu haben, damit ich ihn zur Tür hinausschubsen und ihm irgendetwas hinterherwerfen kann. Ich will, dass er leidet, für den Schmerz bezahlt, den meine beste Freundin unweigerlich als Resultat dieser Episode erleiden wird.

Doch es fliegen keine Gegenstände durch die Gegend, keiner der beiden erschaudert oder sieht sich um, als hätten sie meine Gegenwart wahrgenommen. Es passiert rein gar nichts. Ich stecke in dieser leeren Blase fest, meine Seele in einem Vakuum zwischen Leben und Tod.

Will räuspert sich. »Ich sollte dann mal gehen.«

Evie steht auf, ohne die Arme zu lösen. »Ich bringe dich raus.«

Ich sehe ihr an, dass sie mit sich kämpft, und die Vorstellung, dass sie es bereits bereut und es ihr noch schwerer fallen wird, die Fassung zu wahren, wenn Will erst fort ist, macht mich ganz krank.

Gemeinsam gehen sie nach unten, wobei keiner von ihnen Anstalten macht, den anderen zu berühren. Evie öffnet Will die Haustür, obwohl er es eigentlich gut selbst tun könnte. Vermutlich will sie höflich sein. Ich hätte ihn ja ohne viel Federlesen aus der Wohnung bugsiert … andererseits hätte ich mich mit jemandem wie Will gar nicht erst eingelassen. Dieser Kerl hat offenbar keinen Funken Moral im Leib.

Allerdings sollte ich mich mit Urteilen über Moral lieber zurückhalten.

»Es war schön, dich mal wieder zu sehen, Evie«, sagt Will und drückt ihr einen Kuss auf die Wange. Ist er mit dieser konkreten Zielsetzung hergekommen? Zutrauen würde ich es ihm.

»Gleichfalls«, sagt Evie, obwohl die Worte mechanisch über ihre Lippen kommen und ich ihr ansehe, dass sie nicht aufrichtig gemeint sind. Ich frage mich, ob Will es auch bemerkt. Hoffentlich.

Sie schließt die Tür hinter ihm und blickt auf den Briefstapel im Eingangsbereich. Eigentlich hat der Briefträger einen Zugangscode, um ins Haus zu gelangen, und sollte die Briefe in die Schlitze der jeweiligen Wohnungen schieben, allerdings kommt es vor, dass Zustellungen auf dem Fußboden landen. Evie hebt die an uns adressierten Briefe auf. Einer ist mit meinem Namen versehen.

Ich sehe, wie sie auf dem Weg nach oben gegen die Tränen anblinzelt, und wünschte, ich wüsste, was sie denkt. Es ist unfair. Sollte der Tod einen nicht allwissend oder so was machen? Sollte es nicht irgendeinen kleinen Bonus geben, wie die Fähigkeit, Gedanken zu lesen?

Erst jetzt fällt es mir auf. Will hat sich kein einziges Mal nach Evies Gesundheit erkundigt. Ihr Zustand war angeblich der Grund, aus dem er fremdgegangen ist und sich von ihr getrennt hat, mit dem Ergebnis, dass sie sich einbildete, nicht mehr liebenswert zu sein und von Glück sagen zu können, überhaupt noch einmal jemanden zu finden, der »sie nimmt«, und er hat das Thema nicht einmal angeschnitten?

Evie bleibt abrupt stehen. Ich höre es auch. Jemand spielt Geige. Ein bisschen verhalten und schief. Bei Weitem nicht so, wie Evie stets gespielt hat.

Sie geht weiter, tritt zögernd um den Treppenabsatz und bleibt stehen. Auf der obersten Stufe in unserem Stockwerk sitzt ein etwa zwölfjähriges Mädchen mit mausbraunem, zu einem Knoten auf dem Kopf frisiertem Haar und ohne jedes Make-up. Sie trägt eine weite Hose und einen Hoodie und starrt mit finsterer Miene ihre Geige an.

Evie tritt näher. Das Mädchen hebt den Kopf. »Oh. Hallo.«

»Hallo«, sagt Evie langsam. Ich sehe ihr an, dass sie sich ebenso wie ich fragt, wer dieses Mädchen sein könnte.

»War der Typ Ihr Freund?«, fragt das Mädchen mit einer Direktheit, die ich offen gestanden fast ein bisschen bewundere.

»Äh ...«

»Ich bin gerade in die Wohnung gegenüber eingezogen«, sagt das Mädchen, als erkläre das ihre Frage, und zeigt auf die weiße Tür mit der Sechs, gegenüber der Vier. »Na ja, kommt darauf an, was man unter *gerade* versteht. Also, vor drei Tagen.«

»Ah. Verstehe. Na dann, herzlich willkommen.«

»Ich habe ihn gesehen. Sie beide. Auf dem Weg nach unten. Ist er Ihr fester Freund?«

Seufzend massiert sich Evie die Schläfen. »Nein.«

»Oh. Dann *ein* Freund?«

»Eigentlich auch nicht.«

»Wieso ist er hergekommen?«

Evie zieht die Brauen hoch, doch das Mädchen macht keine Anstalten, die Frage zurückzuziehen. »Um zu sehen, ob es mir gut geht.«

»Und wieso ist er wieder gegangen?«

»Weil er ein Mann ist«, erwidert Evie trocken.

Nachdenklich schürzt das Mädchen die Lippen. »Ich glaube nicht, dass alle Männer gehen, wenn sie merken, dass es einem nicht gut geht. Das wäre doch ganz schön deprimierend.«

Evie legt den Kopf schief. »Wer behauptet denn, dass es mir nicht gut geht?«

»Sie. Mehr oder weniger. Sie haben den *Rückschluss* gezogen.« Sie spricht das Wort aus, als probiere sie es zum ersten Mal aus.

Statt einer Antwort nickt Evie in Richtung der Geige. »Spielst du?«

»Ich versuch's.« Sie verzieht das Gesicht. »Aber es ist schwierig.«

Ein Lächeln spielt um Evies Mundwinkel. Mir fällt auf, dass es das erste seit Wochen ist. »Ja. Das ist es. Aber es ist die Mühe wert.«

Das Mädchen nickt langsam und dreht den Bogen zwischen Daumen und Zeigefinger. »Sie spielen auch?«

Evie erbleicht kaum merklich. »Ich …«

Doch das Mädchen lässt sie nicht zu Ende sprechen. »Mum ist genervt, wenn sie mich in der Wohnung spielen hören muss, aber ich muss üben.«

»Deshalb bist du raus auf den Korridor gegangen«, schlussfolgert Evie, und das Mädchen lächelt sie an, als wären sie und Evie endlich auf derselben Wellenlänge.

»Ja.« Sie hebt die Violine an, platziert sie unter ihrem Kinn, wie ich es zahllose Male bei Evie beobachtet habe, und setzt den Bogen an. Beim ersten Klang verzieht sie das Gesicht, obwohl ich keine Ahnung habe, wieso.

Evie setzt sich neben die Kleine auf die Stufe und streckt die Hand aus. »Darf ich mal sehen?« Das Mädchen zögert, kurz schließt es die Finger um das Instrument. »Ich bin auch ganz vorsichtig, versprochen.« Etwas in Evies Tonfall hat das Mädchen offenbar überzeugt, denn es reicht Evie die Geige, die sie behutsam entgegennimmt.

»Sie ist bloß ein bisschen verstimmt, das ist alles«, stellt Evie fest.

»Aber ich habe sie stimmen lassen.«

»Kann sein, aber wenn sie runterfällt, kann sich alles wieder verstellen.« Evie nimmt die Geige in Augenschein.

»Ich lasse sie nie fallen.«

Evie sieht dem Mädchen direkt ins Gesicht und lächelt wieder – ein echtes, aufrichtiges Lächeln. »Gut. Das solltest du auch unbedingt vermeiden. Aber vielleicht hat sie beim Umzug Schaden genommen?«

Wieder schürzt das Mädchen die Lippen, schweigt jedoch. Evie dreht an einem der Knöpfe oben – Stimmwirbel, wie mir wieder einfällt. Ihre Hand zittert. Ihre Miene verfinstert sich.

»Was ist denn mit Ihrer Hand?« Das Mädchen hat einen scharfen Blick, denn heute ist das Zittern nur minimal. Es stellt sich nur ein, wenn Evie etwas tun will. *Intentionstremor,* hat der Arzt es bei einem der Termine genannt. Evie löst ihre Hand von dem Instrument, bewegt die Finger und sieht sie an.

»Ich habe MS.«

»Oh.« Das Mädchen zieht die Nase kraus. »Ich glaube, meine Oma hat das auch. Das ist diese Krankheit, bei der man immer müde wird, richtig?«

»So ungefähr.«

»Das ist übel.«

»Stimmt.« Evie beäugt ihre Hand beinahe vorwurfsvoll, als sei sie sich nicht sicher, wie sie Teil ihres Körpers sein kann.

»Mein Dad hat uns verlassen«, erklärt das Mädchen nach einem Moment. »Mich und meine Mom. Deshalb sind wir hier. Weil wir es uns nicht leisten konnten, weiter in unserem Haus zu wohnen, aber Mum muss wegen ihrer Arbeit in London bleiben.«

Evie lässt die Hand sinken. »Tut mir leid. Auch das ist echt übel.« Und sie muss es wissen.

»Ja.«

Trotz des Zitterns ihrer Hand gelingt es Evie, die Wirbel korrekt einzustellen. Schließlich streicht sie mit einem Finger seitlich über das Holz. »Fühlt sich das besser an?«, fragt sie leise. Das Mädchen runzelt die Stirn, und Evie wird rot, als sei ihr erst jetzt bewusst geworden, dass sie die Worte laut ausgesprochen hat. Das ist so typisch für die wunderbare Evie, dass ich mich augenblicklich besser fühle. So ist sie: Sie spricht mit Geigen. Hauptsächlich mit ihrer eigenen.

Mit einem Räuspern reicht sie die Geige dem Mädchen zurück, als kaschiere das ihre Worte. »Hier, versuch es jetzt mal.« Das Mädchen gehorcht, und selbst für meine Laienohren hört es sich sehr viel harmonischer an. Evie steht auf und will sich zum Gehen wenden, sieht das Mädchen jedoch noch einmal an. »Ich bin übrigens Evie.«

Das Mädchen zögert. »Astrid«, sagt sie dann und beginnt zu spielen, während Evie in die Wohnung zurückgeht.

Eine gute Minute lang steht sie mit dem an mich adressierten Umschlag in der Hand da, ehe sie ihn ungeöffnet auf den Küchentresen legt. Ich weiß, dass sie meine Post nicht aufmachen will. Was in diesem Fall gut ist, weil ich nicht will, dass sie diesen speziellen Brief öffnet. Ich glaube nämlich zu wissen, wer ihn geschickt hat, und bin mir sicher, dass sie ihn ohne eine Erklärung meinerseits in den falschen Hals kriegen wird. Deshalb ist es unter diesen Umständen besser, wenn sie nie erfährt, was drinsteht.

Kapitel 9

Evie sah Nate, sobald sie das Café betrat. Sie zögerte kurz, als ihr die Mischung aus Stimmengewirr, dem Surren der Kaffeemaschine und dem Brüllen eines Kleinkinds in der Ecke entgegenschlug und sie nach der langen Zeit in der Stille der Wohnung zu überwältigen drohte. Sofort war ihr zu warm in ihrer Jacke, die sie sicherheitshalber angezogen hatte. Im Mai wusste man schließlich nie, richtig?

Sie streifte die Kopfhörer ab und schlängelte sich zwischen den Tischen hindurch. Nate sprang auf, als er sie bemerkte, und ließ seinen Blick über ihr Gesicht schweifen. *Augen wie Kaffee*, dachte sie.

»Evie, hi«, begrüßte er sie mit übertriebener Förmlichkeit und schüttelte sofort den Kopf, als bedaure er es. »Darf ich Ihnen etwas holen? Kaffee? Tee?«

»Ich mache das schon.« Evie blickte zum Tresen, vor dem sich die obligatorische Schlange gebildet hatte. Dies war eines dieser angesagten Cafés in Clapham: klein, unabhängig, mit pochierten Eiern und Avocado auf Toast und veganen Keto-Brownies auf der Speisekarte sowie einem ganzen Sortiment an Milchalternativen. Es hatte zu Scarletts Lieblingscafés gehört, und nun, da Evie hier war, machte sich der Schmerz des Verlusts in ihrem Innern wieder sehr viel deutlicher bemerkbar. Sie hätte einen anderen Treffpunkt vorschlagen sollen, doch in ihrer Panik, die sie ergriffen hatte, sobald sie Nates Nummer gewählt hatte, war das Café das Erstbeste gewesen, das ihr eingefallen war.

»Nein, nein, ich übernehme das«, beharrte Nate und drängte sich bereits in Richtung Tresen. Evie zögerte. Es wäre gut, sich setzen zu können – allein der Marsch hierher hatte sie angestrengt. Und sie brauchte einen Moment, um sich zu sammeln und zu überlegen, was genau sie sagen wollte. »Einen Latte. Wenn es okay für Sie ist.«

»Ein Latte, kommt sofort.« Er hob einen Finger und schnitt neuerlich eine Grimasse. Er war nervös. War das ein schlechtes Zeichen? Wahrscheinlich. Andererseits spielte es ihr in die Karten. Möglicherweise war er in diesem Zustand eher geneigt, ihr zu sagen, was sie wissen wollte.

Sie setzte sich und zog die Jacke aus, wobei sie hätte schwören können, dass die anderen Gäste sie ansahen. *Hör auf mit dem Quatsch, Evie*, ermahnte sie sich. *Niemand beobachtet dich.* Diese latente Angst hatte sich in den Monaten vor Scarletts Tod eingenistet – die Vorstellung, andere Leute würden sie anstarren und ein Urteil über sie fällen, weil sie fanden, dass sie wegen ihrer MS irgendwie *anders* aussähe.

Sie checkte ihr Handy, auch, um sich von dem mulmigen Gefühl im Bauch und ihren schwitzigen Handflächen abzulenken. Die Musik, die sie auf dem Weg hierher gehört hatte – ein lautes, voluminöses Stück mit raschen, markanten Crescendos, das ihr geholfen hatte, alles andere auszublenden –, drang immer noch aus den Kopfhörern in ihrer Tasche. Sie schloss Spotify, wobei sie die beiden eingegangenen Nachrichten bemerkte. Als Erstes öffnete sie die ihrer Mutter.

> Wie geht's dir? Ich wollte ja vorschlagen, dass du am Wochenende nach Cambridge kommst, aber leider setzt mir das Wetter gerade sehr zu, und ich habe neulich einen Artikel über die Vogelgrippe gelesen, womit ich dich natürlich nicht anstecken will, falls es das sein sollte. Ich gehe gleich am Montag zum Arzt und gebe Bescheid. Vielleicht können wir uns ja sehen, wenn ich grünes Licht bekomme.

Evie spürte das verräterische Pochen in den Schläfen, das sich bemerkbar machte, wann immer sie eine derartige Nachricht von ihrer Mum bekam, und beschloss, mit ihrer Antwort noch ein wenig zu warten.

Die zweite Nachricht stammte von Scarletts Mutter.

> Es ist okay, Evie-Schatz. Wir halten uns einigermaßen. Melde dich und komm uns bald einmal besuchen. XXX

Ihr Magen verkrampfte sich noch mehr. Sie hatte sich bei Mel gemeldet, um sich nach ihrem Befinden zu erkundigen, wenn auch mit einem schlechten Gewissen, weil sie nicht mehr für sie tat. Noch hatte sie ihnen nichts von ihren Anrufen bei der Polizei erzählt, um es nicht noch schwerer für sie zu machen, wenn sie nicht die gewünschten Antworten bekam.

Sie legte das Handy mit dem Display nach unten auf den Tisch, als Nate mit ihrem Latte und einem normalen Kaffee für sich selbst zurückkam. Schwarz, wie auch Scarlett ihren immer getrunken hatte. Er räusperte sich, als er sich setzte. Erneut fielen ihr die Stoppeln an seinem Kinn auf – wie bei der Beerdigung. Vielleicht trug er ja immer Dreitagebart.

»Wohnen Sie hier in der Gegend?«, fragte er.

»Ja, in der Nähe der U-Bahnstation Clapham North, falls Sie die kennen.«

»Sagt mir etwas. Ich bin in Kent aufgewachsen, aber mein Bruder wohnt inzwischen in London, deshalb besuche ich ihn für eine Weile. Er lebt in West-London. Hammersmith.«

Nickend zog Evie ihren Caffè Latte heran, den der Barista mit einem Blatt verziert hatte. Sie bewunderte die Leute, die so was konnten – einen einfachen Kaffee mit Milchschaum in ein kleines Kunstwerk verwandeln. Deswegen hatte sie Skrupel, ihn zu trinken. Bei einem ihrer letzten Besuche hatte sie gewartet, bis sich das Blatt von allein aufgelöst hatte und mit dem Schaum darunter verschmolzen war. Scarlett hatte sie wegen ihrer Rührseligkeit ausgelacht.

Sie bemerkte, dass Nate sie beobachtete, und räusperte sich.

»Sie leben also eigentlich nicht in London?«

»Nein. Ehrlich gesagt lebe ich überhaupt nirgends.« Evie runzelte die Stirn. *Höflich sein,* ermahnte sie sich.

»Ich bin viel unterwegs«, erklärte er. »Immer dort, wo meine Arbeit mich hinführt.«

»Stimmt ja. Reisejournalismus.«

»Ja, unter anderem. Ich nehme, was ich kriegen kann. Ich reise an den Ort, über den ich berichte, bleibe eine Weile und ziehe weiter, wenn der Artikel geschrieben ist oder ich anderswohin geschickt werde.«

»Klingt ... interessant.« Eigentlich lag ihr *anstrengend* auf der Zunge, doch irgendetwas sagte ihr, dass es unpassend wäre. Außerdem wurde doch von einem erwartet, die Reisebranche spannend zu finden, oder nicht? Doch allein die Vorstellung, ständig seine Sachen zu packen und von Ort zu Ort zu ziehen, hörte sich schrecklich kräftezehrend an – ein anderes Wort fiel ihr dafür nicht ein. »Aber jetzt sind Sie erst einmal in London?« Eine überflüssige Frage. Die eigentliche Frage war doch: *Warum?* Wenn er so viel unterwegs war und eigentlich gar nicht in London lebte, musste man sich doch fragen, warum er an dem Tag von Scarletts Tod in der Stadt gewesen war. Es hätte alles anders verlaufen können.

»Ja. Ich bin zu Besuch hier, weil ich gerade zwischen zwei Projekten stecke. Außerdem steht der vierzigste Geburtstag meines Bruders an, deshalb will ich so lange hierbleiben.«

Sie nickte und stellte fest, dass ihr der Small-Talk-Gesprächsstoff ausgegangen war. Er schien es zu spüren und stellte seine Kaffeetasse auf das niedrige Tischchen zwischen ihren beiden Sesseln. »Also. Sie hatten Fragen?«

Es brachte nichts, um den heißen Brei herumzureden. Sie

setzte sich aufrechter hin. »Sie haben der Polizei erzählt, es sei ein Unfall gewesen«, sagte sie, woraufhin er die Stirn runzelte, wie in Zeitlupe, als müsse er den Gedanken erst auf sich wirken lassen. »Ich habe dort angerufen«, erklärte sie und löste ihre Hände, als sie sich dabei ertappte, dass sie sie im Schoß knetete. »Ich wollte wissen, was sie unternehmen. Im Hinblick auf Scarletts Tod, meine ich.«

Mit einem langsamen Nicken nahm Nate seine Tasse wieder auf, ohne jedoch zu trinken. »Das war es auch. Ein Unfall, meine ich.«

»War es nicht«, widersprach Evie sofort und strich sich das Haar aus dem Gesicht. »Ich meine, das kann gar nicht sein.« Ein flehender Unterton schwang in ihrer Stimme mit. »Wer auch immer da am Steuer gesessen hat« – die Polizei hatte sich geweigert, Evie einen Namen zu nennen –, »hat Scarlett angefahren. Der- oder diejenige hat sie über den Haufen gefahren.« Und nicht nur das, sondern der Aufprall war so heftig gewesen, dass sie auf der Stelle tot gewesen war.

Nate wählte seine Worte mit Bedacht. »Sie ... sie stand auf der Fahrbahn.«

»Aber sie kann doch unmöglich mitten auf der Straße gestanden haben«, herrschte Evie ihn an und spürte, wie sie stocksteif wurde. Sie atmete tief durch und rang um ihre Beherrschung, die sie neuerdings offenbar ständig zu verlieren drohte. »Sie hätte sich doch nicht einfach mitten in den Verkehr gestellt. Der Fahrer muss zu schnell gewesen sein oder sie nicht gesehen haben oder ...« Sie brachte es nicht über sich, weiterzusprechen.

Nate stellte seine Tasse wieder ab. »Sie hat mein Fahrrad geholt. Es lag noch auf der Fahrbahn.«

»Ihr Fahrrad?« All das hatte er ihr bereits erzählt. Dass er vom Rad gefallen und Scarlett stehen geblieben war, um ihm zu helfen, wobei sie angefahren worden war. All diese Details hatte er ihr im Krankenhaus geschildert, doch sie war nicht in der Lage gewesen, mehr als das absolute Minimum an Informationen zu verarbeiten.

»Mein Fahrrad, na ja, eigentlich gehört es ja meinem Bruder … es lag auf der Straße, und sie hat sich umgedreht und ist auf die Straße getreten, um es aufzuheben, und dabei …« Er stieß abrupt den Atem aus. »Der Wagen … also die Person am Steuer hatte keine Chance, noch anzuhalten oder sie auch nur zu sehen oder …«

Evie registrierte, dass sie den Kopf schüttelte, noch bevor er geendet hatte. Aber es war alles falsch. Was er sagte, war schlicht falsch. »So etwas hätte Scarlett doch nie getan«, sagte sie. »Sie war doch keine … Sie war nicht blöd und wäre niemals in den laufenden Verkehr gerannt, um Ihr Fahrrad zu holen. Ich meine, sie kannte Sie doch gar nicht.« Tränen schossen Evie in die Augen, und sie wandte den Kopf ab. Nate kapierte es einfach nicht. Scarlett war so klug gewesen. Sie hatte gewusst, was sie tat. Sie hatte stets gewusst, wann sie noch in die U-Bahn springen konnte, obwohl sich die Türen bereits schlossen, hatte es auf die Sekunde genau getimt, hatte sich wie ein Ninja zwischen den Leuten auf der Rolltreppe hindurchgeschlängelt und … »Wieso sagen Sie so was?«, flüsterte Evie, wobei sie ihn auch jetzt nicht ansah. »Diese Person hat sie überfahren, hat sie getötet, und wegen Ihrer Aussage ist die Polizei jetzt …« Sie wandte sich ihm wieder zu. »Die Polizei tut rein gar nichts«, erklärte sie barsch. »Deshalb wird niemand für das bezahlen, was passiert ist.« Sie schluckte. »Wer auch immer am Steuer gesessen hat, muss eine rote Ampel überfahren oder telefoniert haben oder sonst etwas.«

»Ich –«

»Woher wollen Sie es überhaupt wissen?« Die Wut brach aus ihr heraus, heiß und ungezügelt, sie ließ sich nicht länger in ihrem Innern verbergen wie sonst. Und es fühlte sich gut an. Es war eine Wohltat, nach dieser wochenlangen Leere etwas mit solcher Intensität zu empfinden. Deshalb kümmerte es sie auch nicht, dass die anderen Gäste sie nun tatsächlich anstarrten. Es war ihr egal, was Nate von ihr dachte und ob durch ihren Ausbruch alles noch schlimmer wurde. Es war ihr scheißegal. »Sie waren doch gerade vom Rad gestürzt, oder? Haben Sie nicht auf dem Boden gelegen? Konnten Sie den Wagen überhaupt herannahen sehen? Woher wollen Sie wissen, dass die Person am Steuer unschuldig ist?«

Er verzog das Gesicht, erwiderte jedoch nichts. Sie wusste, dass er seine Aussage nicht zurücknehmen würde. Diese Unterhaltung war völlig sinnlos. »Es gab andere, die genau dasselbe gesagt haben wie ich«, sagte er leise. »Andere Zeugen. Außerdem gab es Kameras an der Ampel. Wenn jemand Schuld hatte, dann –«

Evie unterbrach ihn mit einem Kopfschütteln. Sie wollte seinen Versuch einer rationalen Erklärung nicht hören. Denn nichts an diesem Vorfall war entschuldbar. Und nun weigerte er – der wichtigste Zeuge und derjenige, dem Scarlett geholfen hatte – sich auch noch, ihr zu helfen.

Evie stand auf und schnappte ihre Jacke. Das Blatt auf ihrem noch unberührten Kaffee verlor bereits seine Konturen. »Das hier war ein Fehler«, sagte sie und wandte sich zum Gehen.

»Evie, warten Sie.« Sie machte ein paar ungelenke Schritte in Richtung Ausgang, obwohl sie sah, dass er hinter ihr aufsprang. »Evie!«

Doch sie wandte sich nicht um. Unwirsch wischte sie sich die heißen Tränen ab, die ihr über die Wangen liefen, ohne dass sie es mitbekommen hatte. *Nutzlos!* Sie fühlte sich absolut nutzlos.

Doch auch die Wut war noch nicht verraucht. Normalerweise schluckte sie sie hinunter, verdrängte sie in ihre Tiefen, doch diesmal hielt sie sich an ihr fest. Denn alles war so viel leichter, wenn man jemanden hassen, jemandem die Schuld geben konnte, statt das Gefühl zu haben, dass das Universum selbst ihr Scarlett brutal und ohne jeden Sinn entrissen hatte.

Kapitel 10

Mit boshafter Befriedigung sehe ich zu, wie Evie aus dem Café stürmt und Nate einfach stehen lässt. Schon zum zweiten Mal.

Erst jetzt wird mir bewusst, dass die Person am Steuer in meinen Gedanken bisher gar nicht vorkam, sondern lediglich der Wagen, der Gegenstand selbst, der mich getötet hatte – und natürlich Nate. Sein Gesicht in dem Moment, bevor der Wagen mich erfasst hat. Selbst jetzt ist die Fahrerin oder der Fahrer gesichtslos. Ich habe die Person am Steuer nicht gesehen. Und eigentlich will ich auch gar kein Gesicht erkennen, weil es den Unfall nur real machen würde. Das klingt ziemlich albern, was? Ich weiß, dass ich tot bin, doch aus irgendeinem Grund befinde ich mich in diesem seltsamen Zwischenstadium. Keine Ahnung, wie ich es sonst bezeichnen sollte. Es ist beinahe so, als könnte ich so tun, als wäre es nur vorübergehend, als gäbe es auf wundersame Weise einen Weg zurück.

Gleichzeitig ist mir klar, weshalb Evie unbedingt will, dass jemand bestraft wird. Die Frage ist bloß, was sie täte, wenn sie diesen Jemand gefunden hätte und er oder sie tatsächlich hinter Schloss und Riegel säße. Ich kann mir nicht vorstellen, dass sie sich freuen würde, wenn das Leben eines anderen Menschen zerstört werden und sich der Kollateralschaden auf vielfältigste Weise manifestieren würde. Deshalb könnte Nate womöglich recht haben, so ungern ich es auch zugebe.

Er hat sich nicht dazu bekannt, dass er derjenige war, der die rote Ampel überfahren hat, oder? Wieso nicht? Was soll das Spielchen? Doch selbst während ich mir diese Frage stelle, ist mir aus irgendeinem Grund klar, dass das kein Spielchen von ihm ist. Ich will ihm misstrauen, bringe es allerdings nicht recht über mich. Ich habe den Schmerz in seinen Augen gesehen, als er die Ereignisse noch einmal geschildert hat – im Gegensatz zu Evie, soweit ich es beurteilen kann. Dabei *wollte* ich es nicht sehen. Ich will keine Gefühlsregungen an ihm mitbekommen, will die Ereignisse nicht aus seiner Perspektive betrachten.

Als Resultat dessen, dass ich so intensiv an diesen Tag gedacht habe, spüre ich nun, wie ich in der Zeit dorthin zurückversetzt werde, spüre die kühle, klare Brise auf meiner Haut, habe noch das nussige Aroma des Coffeeshops in der Nase.

Doch ich blocke die Eindrücke radikal ab. Ich will diesen Moment nicht noch einmal durchleben, aus purer Angst, das könnte es dann endgültig gewesen sein. Natürlich weiß ich nicht, ob es wirklich so wäre, es ist mehr ein Gefühl, aber dieses Zwischenstadium, dessen Sinnhaftigkeit sich mir nach wie vor nicht erschlossen hat, ist immer noch besser als die Alternative.

Also lenke ich meine Gedanken auf andere Dinge, auf die SMS, die Evie bekommen hat; nicht die von ihrer Mutter, sondern von meiner.

Unvermittelt befinde ich mich in dem Haus, in dem ich aufgewachsen bin und in dem meine Eltern seit jeher leben. Mom sitzt im Gästezimmer auf dem Einzelbett, dessen blaue Tagesdecke ein Sternschnuppenmuster hat. Im Haus gab es immer drei Schlafzimmer: mein Zimmer, das auch noch nach meinem Auszug mir gehörte, das Schlafzimmer meiner Eltern und dieses Gästezimmer. Ich glaube, es war für das zweite Kind gedacht, das meine Eltern jedoch nie bekommen haben. Ich weiß, dass meine Mum sich weitere Kinder gewünscht hat, obwohl sie es nie laut ausgesprochen haben, und sie erging sich auch nie in Details über das Warum, sondern beschränkte sich auf Erklärungen à la »es sollte nun mal nicht sein«. Und wenn ich danach fragte, gab es die scherzhafte

Antwort: *Vielleicht fand das Schicksal ja, dass wir mit dir schon alle Hände voll zu tun haben!* Das könnte ein Grund sein, weshalb Evie und ich uns immer so nahestanden; wir waren Wahlschwestern und beste Freundinnen.

Moms Gesicht ist fleckig, ihre Haut wirkt fahl und schuppig, ihre Lippen sind rissig. Normalerweise ist sie pingelig, was ihre Friseurtermine betrifft – alle sechs Wochen kommt die Friseurin ihres Vertrauens vorbei –, doch nun zeigt sich der graue Ansatz am Oberkopf in ihrem gefärbten Brünett deutlich. Mein blondes Haar habe ich von Dad geerbt, der inzwischen jedoch fast kahl ist. Mum hält ein Foto in den Händen – es zeigt sie und mich zusammen an einem Strand, wie wir in die Kamera lächeln. Dad hat es aufgenommen, in Bournemouth. Ich war siebzehn, und dies war unser letzter Familienurlaub. Mum hatte uns dazu gezwungen, als hätte sie geahnt, dass es keinen weiteren mehr geben würde. Ich hing eigentlich bloß herum, maulte, dass mir langweilig sei und ich niemanden hätte, mit dem ich etwas unternehmen könnte. Doch nach dem Foto gingen meine Mutter und ich ins Nagelstudio und danach noch eine Runde shoppen. Wir machten ein paar tolle Schnäppchen, und ich entdeckte einige echte Schätze in Secondhandshops. In dieser Zeit versuchte ich, innovativ zu sein, Stilrichtungen zu mixen, quasi als Übung für meine zukünftige Karriere. Schon damals war ich mir meiner Sache ganz sicher.

»Wenn ich *hier* die Ärmel abschneide«, sage ich mit einem grünen Top mit potthässlichen Ärmeln in der Hand (mir ist klar, wieso ich sie unbedingt weghaben wollte), »und mit *dem hier* kombiniere« – ich halte das Oberteil vor einen wadenlangen schwarzen Rock –, »dann könnte es richtig gut aussehen.« Mom sitzt mit einer Tasse Tee auf dem Sofa und lässt mich plappern. Mit geschürzten Lippen ziehe ich die restlichen Teile aus der Tüte und breite alles auf dem Fußboden des kleinen

Ferienhauses aus. Ich habe mir einen leichten Sonnenbrand im Gesicht geholt und zupfe an den Fetzen, die sich bereits ablösen. Erinnern kann ich mich daran nicht. Eigentlich habe ich mich immer für jemanden gehalten, die ohne Umweg braun wird, aber nie rot.

»Und wenn ich erst mal anfange –« Das Knarzen von Holzdielen lässt mich innehalten. Ich hebe den Kopf und sehe Dad im Türrahmen stehen. Er ist noch nicht ganz so kahl und ohne das Bäuchlein, das er in den letzten Jahren bekommen hat.

»Was ist dann? Kleiner Shoppingrausch, was?« Er zwinkert mir zu, und ich verdrehe die Augen.

»Alles aus dem Secondhandshop, deshalb ist es erlaubt. Damit hilft man der Welt, vor allem wenn ich die Sachen verwende, um etwas Neues daraus zu entwickeln. Das ist sogar doppelte Hilfe, weil ich den Leuten etwas Neues schenke, das sie anziehen wollen, obwohl es eigentlich gar nicht neu ist.«

Dad lacht. »Und wen willst du mit diesen ›neuen‹ Sachen beglücken?« Er setzt sich neben Mom aufs Sofa und legt den Arm um sie. Mir wird bewusst, dass ich sie schon länger nicht mehr so vertraut und entspannt miteinander erlebt habe.

»Nein, Dad«, erwidere ich ein wenig ungeduldig. »Ich spreche von der Zukunft. Wenn ich in die Modeindustrie gehe.«

Dad seufzt. »Ernsthaft, Scarlett? Immer noch?«

Ich sehe ihn von meinem Platz auf dem Fußboden an, wo ich mich im Schneidersitz niedergelassen habe. »Was meinst du mit ›immer noch‹?«

»Na ja, ich dachte, du hättest dich von dieser Idee inzwischen verabschiedet. Nächstes Jahr gehst du von der Schule ab, deshalb solltest du dich konzentrieren und deine Zukunft im Blick haben.«

»Ich *habe* meine Zukunft im Blick.« Selbst jetzt noch spüre ich den Stich, den seine Worte mir versetzen.

»Mag ja sein, aber ich meine –«

»Lass doch«, schaltet sich Mum ein. Dad nimmt den Arm weg.

Ich spüre, wie die Wut binnen Sekunden in mir zu brodeln beginnt. Eigentlich will ich mir die Worte verkneifen, will ihn nicht so anschnauzen, nicht mehr. Aber natürlich habe ich mich nicht im Griff. »Warum? Nur weil du dir deinen Traum nicht erfüllt hast?« Ich bin mir nicht einmal sicher, ob Dad einen Traum hatte. Habe ich ihn jemals gefragt, was er sich für sein Leben vorgestellt hat? Oder bin ich einfach davon ausgegangen, dass er nie Träume hatte? Dass er mit seiner Arbeit als Buchhalter glücklich war? Ich wünschte, ich könnte die Zeit zurückdrehen und ihn fragen.

Wieder seufzt Dad. »Ich will doch nur, dass du glücklich wirst.«

»Nein«, kontere ich. »Du sagst mir gerade, dass du nicht an mich glaubst.«

»Du bist ein kluges Mädchen, Scarlett«, erwidert er ernst, »und könntest so viel mehr aus dir machen.«

»Und wer sagt, was ›mehr‹ ist? Ein langweiliger Bürojob wäre besser, stimmt's? Nur weil du es sagst.«

»Nein, weil die Gesellschaft es sagt. Das sind nun mal die Jobs, mit denen man sich seinen Lebensunterhalt verdient.« In einer hilflosen Geste hebt Dad die Hand. »Ich mache die Regeln nicht.«

»Wie auch immer. Ich muss mir das jedenfalls nicht anhören.« Damit raffe ich meine neu erworbenen Schätze zusammen und stürme nach oben, wobei ich mir alle Mühe gebe, mit Nachdruck auf jede einzelne Stufe zu stampfen. Ich gehe in mein Zimmer, lasse ich mich auf das Bett fallen und ziehe mein Handy heraus. Connor hat mir geschrieben, aber es erscheint mir klüger, ihn noch eine Weile schmoren zu lassen. Stattdessen schreibe ich Evie.

> Dieser Urlaub ist der Horror. Ich wünschte, du wärst hier.
> Bloß noch zwei Tage. Und bald geht's zu Green Man!

Das Festival, das Evie und ich besucht haben. Unser Allererstes.

> Noch zwei Tage, das überlebe ich nicht.

Meine Güte, wie melodramatisch.

> Ich bin zuversichtlich, dass du außergewöhnliche Momente der Nähe erleben wirst – wie bei Im Dutzend billiger, nur ohne die elf anderen Kinder.

In meiner Erinnerung knalle ich mit einem Schnauben das Handy aufs Bett. Dabei hätte ich eigentlich dankbar sein müssen, oder? Weil meine Eltern mit mir in die Ferien fahren wollten, meine ich. Ich bin ein Teenager, da ist Gemecker wohl erlaubt, aber trotzdem. Evie hatte so etwas nie. Soweit ich mich erinnern kann, ist ihre Mutter kein einziges Mal mit ihr in den Urlaub gefahren.

Ich höre meine Eltern unten streiten. Das Haus ist alles andere als weitläufig.

»Wieso musst du sie auch so provozieren?«, sagt meine Mum.

»Herrgott, Mel, ich provoziere sie doch nicht, sondern versuche bloß, ein vernünftiger Vater zu sein.«

»Vielleicht überlegt sie es sich mit der Zeit ohnehin noch anders, weshalb also jetzt schon deswegen einen Streit vom Zaun brechen?«

Zu hören, dass auch meine Mum mir nicht zutraut, mein Ziel zu verfolgen, ärgert mich. Oder nicht zugetraut *hat*.

»Und wenn nicht?«

»Dann sollten wir sie unterstützen.«

»Du bist viel zu nachsichtig.«

»Ich bin überhaupt nicht nachsichtig, Graham, sondern versuche nur, mein Bestes zu tun.«

»Du bist zu nachgiebig«, beharrt er. »Es ist, als ...«

»Als was?«

Stille. Dann: »Nichts.«

»Nichts. Natürlich.« Ich sehe förmlich vor mir, wie meine Mutter genervt das Gesicht verzieht. Dann seufzt sie. »Wir sollten uns nicht streiten, sondern lieber als Einheit auftreten.«

»Hast du das aus einem deiner Erziehungsratgeber? Ich dachte, du hättest inzwischen aufgehört, das Zeug zu lesen.«

»Tja, einige Dinge behält man eben im Kopf.« Ich höre ein Scheppern. Hat Mom ihre Teetasse auf den Tisch geknallt? »Ich gehe jetzt hoch und sehe nach ihr. Bestimmt schmollt sie. In Zeiten wie diesen wünschte ich ...«

»Was? Was wünschst du?«

Nun ist Mum diejenige, die »Nichts« sagt.

Die nachfolgende Stille hält zu lange an, um bedeutungslos zu sein. »Ich dachte, wir hätten das hinter uns, Mel. Es sollte nun mal nicht sein.« Mein Magen verkrampft sich. Obwohl sie nie ein Geheimnis daraus gemacht haben, dass Mom kein zweites Mal schwanger werden konnte, tut es trotzdem weh, es laut ausgesprochen zu hören. Nicht nur das Wissen, dass Mom die Erfüllung eines Herzenswunsches verwehrt blieb, sondern auch die Tatsache, dass ihr einziges Kind – ich – ihr so jäh entrissen wurde.

Ich glaube, dieser Gedanke katapultiert mich in die Gegenwart zurück, in der Mum immer noch auf dem Bett im Gästezimmer sitzt. Inzwischen ist es Abend geworden. Die Vorhänge sind zurückgezogen, draußen ist es dunkel. Noch habe ich nicht herausgefunden, wie die Zeit in meiner Wahrnehmung vergeht und wie ich zwischen Erinnerung und Realität hin- und herwechsle; dabei glaube ich, dass ich nicht einmal ständig »hier« bin, sondern mich gelegentlich auch in einer Art Bewusstlosigkeit befinde. Der Gedanke macht mir Angst, deshalb schiebe ich ihn weg und konzentriere mich wieder auf Mum.

Ich wünschte, ich könnte mit ihr reden. Aber was würde ich sagen? Dass es mir gut geht? Aber das tut es ja nicht, oder?

Es klopft an der Tür, und Dad kommt herein. Ist es seltsam, dass er klopft? Ich bin mir nicht sicher. »Alles in Ordnung?«, fragt er. Gott, er ist so grau. Nicht sein Haar, obwohl die wenigen Strähnen, die er noch hat, durchaus ergraut sind, sondern seine Bartstoppeln und auch seine Haut. Grau, faltig und alt.

Mum sieht auf und blinzelt, als sei sie aus einer Trance erwacht. »Ja«, krächzt sie. »Es ist alles in Ordnung.« Eine glatte Lüge.

»Ich gehe ins Bett. Brauchst du noch was?« Mum schüttelt den Kopf, und Dad zögert kurz, ehe er sagt: »Gut. Dann bis morgen.« Ich habe den Eindruck, als hätte ihm etwas anderes auf der Zunge gelegen. Er schließt die Tür.

Ich weiß noch, wie er sie gehalten hat, als sie bei der Beerdigung zusammengebrochen ist. Was ist aus dieser Fürsorglichkeit geworden? Wieso setzt er sich nicht zu ihr und tröstet sie?

Mom steht auf und zieht eine der Kommodenschubladen auf. Ihre Kleider – das sind ihre Sachen in den Schubladen. Etwas an der Routiniertheit ihrer Bewegung irritiert mich. Es ist alles zu selbstverständlich.

Ich überlege, wann ich das letzte Mal hier war. Vor ein paar Monaten. Eigentlich hatte ich schon eine ganze Weile vorgehabt, sie zu besuchen, war aber zu beschäftigt gewesen, mit der Arbeit – und mit Jason, zugegebenermaßen. Jedenfalls rief ich Mum vorher immer an, um ihr Bescheid zu sagen, dass ich mich auf den Weg machen würde. Sie holte mich dann vom Bahnhof in Cambridge ab, obwohl es eine Fahrt von einer halben Stunde ist.

»Kommt Evie auch mit?«, fragte sie.

»Nein«, antwortete ich nach einer Sekunde des Zögerns. »Sie fühlt sich nicht danach.«

»Es geht ihr doch gut?«

»Ja. Oder zumindest bald wieder. Aber nicht die MS«, fügte ich eilig hinzu. »Die wird nicht wesentlich besser, aber ihre mentale Verfassung schon. Bald ist sie bestimmt wieder unternehmungslustiger.« Die Krankheit verlief in Schüben, mit guten und weniger guten Phasen, und ich dachte, sie hätte einfach eine schlechte Phase, die bald überwunden wäre.

»Sag Bescheid, falls sie es sich anders überlegt, okay? Damit ich ein paar Sachen umräume und das Gästezimmer sauber mache.«

»Wieso? Dort schläft doch nie jemand.«

»Nein, nein, aber ich würde vorher lüften und so. Du weißt schon.«

Ich hatte keinen weiteren Gedanken daran verschwendet, genauso wenig wie an die Tatsache, dass ich einige von Mums Sachen im Familienbadezimmer gesehen hatte, die sie sonst in dem Bad aufbewahrte, das an ihr und Dads Schlafzimmer angrenzte. Aber jetzt fällt es mir auf. Vielleicht verleiht mir der Tod ja doch eine Art Allwissenheit. Oder vielleicht sehe ich auch bloß genauer hin. Denn inzwischen schlafen sie schon eine ganze Weile getrennt, richtig? Allerdings haben sich mich belogen und bei meinen Besuchen so getan, als teilten sie sich weiterhin das Schlafzimmer. Sie haben mir vorgegaukelt, alles sei in bester Ordnung.

Und ich war viel zu sehr mit meinen eigenen Dramen beschäftigt, um etwas davon mitzubekommen.

Kapitel 11

Evie konnte noch nicht einmal genau sagen, wieso sie auf Instagram war, als sie Wills Posting entdeckte. Schätzungsweise hatte sie ein bisschen herumgescrollt, um zu sehen, ob die Leute immer noch Scarletts gedachten. Doch nun, da sie den Beitrag gesehen hatte, konnte sie es nicht mehr rückgängig machen.

Auf dem Foto hielt er das Mädchen im Arm, das sie auch schon an seiner Seite gesehen hatte, bevor er vor ihrer Tür aufgetaucht war. Er strahlte mit seinem Zahnpastalächeln direkt in die Kamera. Das Mädchen sah eher nach »seinem Typ« aus als Evie, das musste sie ganz objektiv zugeben. Sie war schlank, zierlich gebaut, mit glattem, glänzendem kastanienbraunem Traumhaar und demselben Strahlelächeln wie Will, wenngleich es etwas aufgesetzt wirkte. Ebenso wie Wills. Sie standen im Freien, mit sanften grünen Hügeln im Hintergrund. »Kurzer Trip aufs Land!«, lautete die Bildunterschrift.

Sie war selbst schuld, verdammt. Sie hätte Will nicht erlauben dürfen, sie zu küssen. Und schon gar nicht hätte sie ihm hinterher eine Nachricht schicken dürfen, in der sie fragte, ob er Lust hätte, sich auf einen Kaffee zu treffen.

Ich bin im Moment ziemlich beschäftigt, aber bald mal.

Abserviert, ganz eindeutig. Erbärmlich! *Erbärmlich, Evie.*
Sie schloss die Augen und stellte sich vor, was Scarlett dazu sagen würde. *Er ist hier der Schwachkopf, Evie. Nicht du.*
Sie fuhr hoch, als es an der Wohnungstür klopfte. War das etwa schon wieder Will? Hatte sie ihn mit der Macht ihrer

Gedanken hergelockt? Sie schleuderte die Decke weg, stand auf und tappte zur Tür.

Davor stand tatsächlich ein Mann. Aber nicht Will.

»Was machen Sie denn hier?«, platzte sie heraus, wobei sie einen Moment lang vergaß, dass sie noch im Schlafanzug war. Um elf Uhr morgens. Okay, um elf Uhr morgens an einem Sonntag, aber trotzdem. Sie trug diesen potthässlichen karierten Flanellpyjama, in dem sie seit anderthalb Wochen praktisch nonstop herumlief. Nicht dass es sie kümmerte, was Nate von ihrem Aussehen hielt … Sie reckte das Kinn, dem Drang, die Arme schützend über der Brust zu verschränken, widerstehend – ein kleiner Akt des Trotzes. »Woher wissen Sie, wo ich wohne?«

»Ich bin Journalist, schon vergessen? Ich habe so meine Methoden«, erwiderte er lässig. Sie quittierte seinen Versuch, liebenswert zu sein, mit einem Stirnrunzeln. Denn das war nicht liebenswert, sondern gruselig. Aufdringlich. Seine Miene wurde ernst. »Ich möchte Sie gern mitnehmen«, erklärte er, »und hatte Angst, Sie sagen Nein, wenn ich Sie am Telefon frage.«

»Also sind Sie einfach hergekommen in der festen Erwartung, dass ich zu Hause bin?«

Er zuckte die Achseln. »Ich dachte, ich riskiere es eben.« Ausgerechnet jetzt, da sie sich als erbärmlicher Jammerlappen präsentierte. Und wieder dieses Wort. »Bitte. Ich würde Ihnen gern erklären, weshalb ich der Polizei das so gesagt habe. Was an diesem Tag passiert ist.«

Sie wich zurück, trotzdem konnte sie nicht verhindern, dass die Worte auf sie niedergingen wie eine Handvoll Kiesel, die ihr jemand entgegenschleuderte. Nate sah sie an. Sie sah ihn an. Beide warteten ab.

»Ich bin nicht angezogen«, platzte sie heraus. Als wäre dies das größte Problem hier.

»Ich werde warten.«

»Ich muss zuerst duschen.«

»Okay.« Der Kerl hatte die Ruhe weg. Das konnte doch nicht sein. Zerfraß es ihn denn nicht innerlich? Er hatte Scarlett zwar nicht gekannt, aber … wäre sie in seiner Lage, würde sie … nun ja, sie würde sich definitiv anders benehmen.

Gleichzeitig wollte sie verstehen, weshalb er sich weigerte, gegen den Fahrer oder die Fahrerin auszusagen, und ob Nate ihr anbieten wollte, es jetzt nachzuholen. Und was war die Alternative zu seinem Vorschlag, ihn zu begleiten? Allein zu Hause zu sitzen und auf morgen zu warten, wenn sie zur Arbeit fahren und der realen Welt wieder entgegentreten musste? Henry hatte ihr bereits eine Liste mit Aufgaben geschickt, um ein wenig »Dampf zu machen«. Auf der Liste fand sich auch der Punkt, eine Reise für ihn und seine Frau zum Hochzeitstag zu buchen. Mit Sonderrabatt. Nächstes Wochenende.

Evie musterte Nate prüfend. »Sie sind doch kein Axtmörder, oder?«

Ein Grinsen flog über sein Gesicht. »Nein.«

»Das würden Sie wohl auch sagen, wenn Sie ein Mörder wären.«

»Ich habe nie behauptet, kein Mörder zu sein, sondern bloß kein Axtmörder. Sie sollten sorgfältiger mit Ihren Fragestellungen umgehen.«

Sie musste zwar nicht lachen, doch sie spürte, wie sich zumindest ihre finstere Miene ein wenig erhellte. »Wohin gehen wir?« Sie biss sich auf die Lippe. Das klang, als hätte sie bereits eingewilligt. »Ich meine, wohin wollten Sie mich mitnehmen?«

Er zögerte. »Das kann ich Ihnen nicht erklären. Sie müssten es sehen. Aber am Ende ergibt es einen Sinn, versprochen.«

Wieder beäugte sie ihn. Nate machte keine Anstalten, den

Blickkontakt zu unterbrechen, sondern sah sie weiter direkt an, ruhig und unaufgeregt. Die meisten Menschen wichen ihrem Blick aus – Scarlett hatte ihr mehr als einmal erklärt, sie hätte eine geradezu beängstigende Art, andere Menschen anzusehen, und solle bei Menschen, die sie neu kennenlernte, vielleicht lieber einen Gang herunterschalten. Allerdings hatte Evie nie herausgefunden, wie das ging. Nate schien jedoch gegen ihren Blick immun zu sein.

»Okay«, sagte sie schließlich. »Sie dürfen reinkommen und warten, während ich mich fertig mache.«

Der Wagen, den Nate vor dem Haus geparkt hatte, gehörte seinem Bruder – ebenso wie das Fahrrad. Auf ihre Frage hin, ob er überhaupt irgendetwas besaß, zuckte er bloß die Achseln und antwortete: »Eigentlich nicht. Ich bin viel unterwegs, deshalb sind meine Besitztümer etwas reduziert.«

Sie ließen Clapham hinter sich und fuhren nach Südwesten. Das Radio lief, und Nate unternahm keinen Versuch, Evie ein belangloses Gespräch aufzudrücken, wofür sie ihm mehr als dankbar war.

In Wimbledon hielt er gegenüber dem Park. Alles war herrlich grün, die Bäume zeigten sich in ihrer vollen Pracht, die Äste bogen sich unter den schweren Blüten. Evie stieg aus und registrierte die sanfte Wärme auf ihrem Gesicht. Mai. Bald kam der Sommer, und überall würde es vor Touristen, die zu den Turnieren anreisten, nur so wimmeln.

Sie und Scarlett hatten sich immer wieder vorgenommen, sich ebenfalls Eintrittskarten zu besorgen, waren aber nie dazu gekommen. So viele Dinge würde Scarlett nie tun können.

»Hier entlang.« Nate nickte in Richtung eines kleinen Ladens, in dem es hauptsächlich Töpferwaren gab, aber auch ein paar Kerzen und einen Ständer mit Ohrringen. Der Geruch von Räucherkerzen hing in der Luft, und der Laden wirkte durch die großen Panoramafenster hell und freundlich.

»Was machen wir hier?«, zischte Evie. Vielleicht hätte sie ja doch nicht mitkommen sollen. Schließlich wusste sie nichts über ihn. Vielleicht diente der Laden bloß als Tarnung für irgendeine finstere Höhle darunter. Und genau dorthin ging er – die Treppe hinunter.

Evie zögerte, doch dann folgte sie ihm. Dass er ihr nach dem Leben trachtete, war nicht gerade wahrscheinlich, oder? Nicht in einem Keramikladen voller anderer Menschen.

Die meisten, die ihren steifbeinigen Gang bemerkten, versuchten, ihr zu helfen, doch nicht Nate. Sie fragte sich, ob er einfach nur rücksichtslos war, doch es schien eher so, als fiele es ihm gar nicht auf. Eine Hand fest um das Geländer gelegt, folgte sie ihm nach unten, wobei ihr aufging, dass sie erwartet hatte, von ihm betüddelt und umsorgt zu werden – inzwischen ging sie davon aus, dass *alle* Leute sie behandelten, als sei sie aus Glas. Auch Will: Kaum hatte er von ihrer Diagnose erfahren, war er mit ihr umgegangen, als sei sie beschädigt.

Unten war es deutlich dunkler, der Raum erinnerte fast an eine Kellerbar mit düsterem Licht und Kerzen in den Ecken. Kinder saßen an runden Tischen und blickten zu der Frau im vorderen Teil des Raums. Evie warf Nate einen fragenden Blick zu, doch auch er blickte zu der Frau mit den goldenen Armreifen, den baumelnden Ohrringen und den dunklen Locken, die sich um ihr Gesicht bauschten. Sie zog ihre lila Stola enger um sich, verzog die dunkelrot geschminkten Lippen zu einem Lächeln und nickte, als sie Nate bemerkte, ehe sie mit einer Geste auf den einzigen freien Tisch im hinteren Teil des Raums wies.

Er schob Evie darauf zu und zog einen Stuhl für sie heran. »Aber was –« In diesem Moment setzte die Frau zum Sprechen an, und Evie hatte keine Gelegenheit mehr, ihre Frage zu beenden, weil sie das gleiche Gefühl beschlich wie früher in der Schule, dass man getadelt wurde, wenn man quasselte, solange die Lehrerin das Wort hatte.

»Heute arbeiten wir an unseren Schüsseln weiter. Wir werden ein bisschen malen.«

Erst jetzt sah Evie, dass die Kinder getöpferte Schalen sowie Pinsel und Farben vor sich stehen hatten. Auch auf ihrem und Nates Tisch lagen die Utensilien, allerdings keine Schüsseln. Die Frau wies die Kinder an, sich an die Arbeit zu machen, ehe sie zu Evie und Nate trat.

»Danke, dass Sie gekommen sind«, sagte sie freundlich zu Nate, obwohl Evie nicht entging, dass sie ihre Stola fester um sich zog, als vielleicht nötig gewesen wäre.

Nate nickte. »Tasha, das ist Evie. Evie, das ist Tasha.«

»Hallo«, sagte Evie, die vergeblich versuchte, sich ihre Verblüffung nicht anmerken zu lassen.

»Das Töpfern habt ihr verpasst, aber ihr könnt die bemalen, die wir schon fertig haben.« Sie nahm zwei Schüsseln aus dem Regal neben ihnen, die sie auf den Tisch stellte. »Sucht euch schon mal ein paar Farben aus und fangt an. Ich bin gleich wieder hier, muss nur kurz die Kinder anleiten.«

Kaum war sie fort, öffnete Nate alle Farbtöpfchen, während Evie ihn fassungslos ansah. »Was um alles in der Welt machen wir in einem Töpferkurs?«

»Tasha gehört dieses Geschäft«, erklärte Nate, obwohl das Evies Frage nicht beantwortete. »Einige der Kinder kommen jede Woche und bezahlen für die Kurse, während andere aus schwierigen Familienverhältnissen stammen und sie sich nicht leisten können. Tasha verwendet das Geld derjenigen, die bezahlen können, für die Finanzierung des Materials für die anderen Kinder, damit sie auch mitmachen können.«

»Verstehe«, sagte Evie langsam. »Und was hat das mit Scarlett zu tun?«

Bevor Nate antworten konnte, trat Tasha wieder an ihren Tisch. »Malen!«, befahl sie und hob die Hände, sodass ihre Armreifen klirrten.

Evie fuhr zusammen und schnappte sich den Pinsel, als hätte sie einen Rüffel kassiert. Sie tauchte die Pinselspitze in die Farbe – und dann setzte das Zittern ein. Dieses Symptom gehörte zu denen, die sich am schlechtesten kontrollieren ließen. Sie hatte es mit diversen Medikamenten versucht, wobei einige sie so benommen machten, dass sie kaum arbeiten konnte, wohingegen andere kaum Wirkung zeigten. Ihr Arzt meinte, aktuell sei der Tremor medikamentös am schwierigsten in den Griff zu bekommen, aber es gäbe immer wieder Neuerungen und Fortschritte.

Mit einem unterdrücken Fluch ließ sie die Hand wieder sinken. »Ich kriege das nicht hin«, murmelte sie.

Unterdessen versuchte Nate, grüne Linien auf seine Schüssel zu zeichnen, wobei er so konzentriert arbeitete, dass er unwissentlich die Zungenspitze zwischen die Zähne geschoben hatte. Schließlich sah er Evie an. »Wieso nicht?«

»Meine Hand ... sie zittert bei solchen Dingen.« Es fiel ihr schwer, nicht verbittert zu klingen.

»Wieso zeichnen Sie keine wacklige Linie und nennen es künstlerische Freiheit?«

»Weil ...« *Weil es blöd aussehen wird,* wollte sie sagen.

»Muss es denn perfekt sein? Meine Schüssel wird es jedenfalls nicht.« Er machte sich wieder an die Arbeit und widmete sich seiner Schüssel. Aber er konnte es schließlich auch, richtig? Er hatte kein körperliches Handicap, das ihn daran hinderte. »Früher habe ich mir immer gewünscht, Maler zu werden«, fuhr er fort, ohne zu ahnen, welche düsteren Gedanken sie ihm gegenüber hegte. »Das war einer meiner Berufswünsche als Junge. Bis ich festgestellt habe, dass ich keinerlei künstlerisches Talent besitze«, fügte er mit einem Grinsen hinzu.

In einer der vorderen Reihen schleuderte ein kleines Mädchen den Pinsel auf den Tisch und verschränkte mit einem verdrossenen Laut die Arme vor der Brust. Tasha ging zu ihr, und Evie hörte sie geduldig erläutern, dass man nicht gleich wütend zu werden brauchte, nur weil einmal eine Kleinigkeit schieflief. Vielmehr sollte sie die Angst, die sie gerade empfand, für sich nutzen, weil aus dieser Gefühlsregung häufig große Kunst entstand.

Evie ertappte sich dabei, wie ihre Lippen belustigt zuckten, und seufzte. Sie kam sich wie eine Idiotin vor, weil sie es noch nicht einmal versuchte. Im Gegensatz zu diesem kleinen Mädchen war sie schließlich kein Kind mehr. Außerdem war es gar nicht wichtig, sagte sie sich, als sie erneut nach dem Pinsel griff. Wieder setzte das Zittern ein, trotzdem machte sie weiter. Es spielte keine Rolle. Es war bloß eine Keramikschüssel.

Am Ende sah das Ding absolut lächerlich aus. Die krakeligen blauen und grauen Linien überlappten sich und verschwammen unkontrolliert ineinander, was allerdings auch daran liegen konnte, dass sie sich nicht hatte überwinden können, beim Malen wirklich hinzusehen.

Zu ihrer Überraschung klatschte Tasha in die Hände und forderte sie auf, allmählich zum Ende zu kommen. Evie sah auf ihr Handy und stellte fest, dass eine ganze Stunde vergangen war, ohne dass sie es mitbekommen hatte. Eine Stunde, in der sie sich nicht gefühlt hatte, als würde sie am liebsten vom Erdboden verschluckt werden, sondern in der sie … abgelenkt gewesen war und zwar auf eine gesunde, positive Art, im Gegensatz zu der Ablenkung, die Will im Sinn gehabt hatte.

Strahlend trat Tasha an ihren Tisch und lachte ein wenig, wenngleich gutmütig, beim Anblick von Nates Kunstwerk aus grünen und roten Linien, ehe sie Evies Schüssel begutachtete und einen leisen Laut ausstieß, der sich wie ein Schnurren anhörte. »Wie ein Himmel bei Sturm!«, erklärte sie. »So abstrakt. Ich bin begeistert!«

Abstrakt, so konnte man es wohl auch bezeichnen. Andererseits hatte sie sich überwunden.

»Wir glasieren und brennen die Schüsseln, dann könnt ihr sie jederzeit abholen kommen«, fuhr Tasha fort und zeigte auf die Treppe, über die die Kinder bereits verschwunden waren. Evie beugte sich zu Nate.

»Müssen wir bezahlen?«, flüsterte sie.

»Keine Sorge, ich habe das schon geregelt.«

An der Ladentür schloss Tasha beide Hände um Nates. »Ihr kommt doch wieder, oder?«

»Ich auf jeden Fall«, versprach Nate und drückte Tashas Hände mit einer Sanftheit, die Evie unangenehm an den Moment erinnerte, als sie nach Scarletts Begräbnisgottesdienst vor der Kirche gestanden hatte. »Wann immer ich wieder in London bin, komme ich vorbei.« Die beiden tauschten einen Blick, den Evie nicht recht deuten konnte, und Tasha presste die Lippen aufeinander, als wollte sie verhindern, dass sie zitterten. Sie schluckte und wandte sich dann lächelnd Evie zu, die unter dem Lächeln Tränen zu entdecken glaubte.

»Und dasselbe gilt natürlich auch für Nates Mädchen. Sie sind jederzeit willkommen.«

Evie runzelte die Stirn, hauptsächlich über »Nates Mädchen«, aber auch weil sie immer noch keine Ahnung hatte, wer diese Frau war und weshalb Nate sie hierhergeschleppt hatte.

Er hielt Evie die Tür auf. Sie trat hinaus, während sie in ihre Jeansjacke schlüpfte, sog tief die frische Luft ein, die den Geruch von Farbe vollends vertrieb. Als sie sich Nate zuwandte, war der Blick aus seinen kaffeebraunen Augen direkt auf sie gerichtet.

»Also, das war ja alles sehr nett«, sagte sie, »trotzdem ver-

stehe ich es immer noch nicht. Was sollte das jetzt erklären?«
Sie schob die Hände in die Taschen, als sie den Weg zum Wagen einschlugen. In dieser Stunde war ihre Wut auf ihn verraucht, mit dem Resultat, dass sie nicht recht wusste, wie sie mit ihm umgehen sollte.

Er schwieg. Sie wandte sich ihm zu und sah, dass er auf den Park hinausblickte. »Weil …« Er sah sie an. »Weil diese Frau, Tasha, diejenige ist, die Scarlett überfahren hat.«

Kapitel 12

Scheiße! Damit habe ich nicht gerechnet. Ich dachte, Nate wolle Evie zu irgendeinem merkwürdigen Tagesausflug entführen, damit sie ihm verzeiht. Und sie ist tatsächlich etwas aufgetaut. Ich weiß, dass sie es nicht will, aber genau das ist passiert ... das Töpfern, die Kinder, das ganze beschissene Klischee sind nicht ohne Wirkung geblieben.

Wie Patrick Swayze in Ghost, würde ich jetzt zu ihr sagen, in einer Welt, in der ich noch lebe und zu Hause bin, während sie bei diesem ... na ja, ein Date ist es nicht, aber unter anderen Umständen könnte es genau das sein.

Genau wie Patrick Swayze in Ghost!, würde sie erwidern.

Die Ironie entgeht mir nicht – dieser Film ist die perfekte Referenz, nicht nur wegen des Töpferns, sondern weil ich hier bin und ihnen zusehe.

Ich sehe die Kränkung, die Wut in Evies grünen Augen aufblitzen, kann sie regelrecht spüren. Die Frau ist also diejenige, die mich überfahren hat? Mit der blöden Stola und den klimpernden Armreifen? In diesem Moment spüre ich wieder das Blech des Wagens an der Rückseite meiner Beine, gefolgt von dem Geschmack von Blut im Mund. Erinnerungen, von denen mir nicht bewusst war, dass ich sie in mir trage, weil alles so schnell ging.

»Was?«, fragt Evie. »Wie können Sie ...«

»Ich habe sie gesehen«, sagt Nate mit leiser, ruhiger Stimme. »Als sie an dem Tag aus dem Wagen gestiegen ist, um nachzusehen, was passiert ist.« Er holt zitternd Luft.

Diese Dreistigkeit! Unfassbar. Als sei *er* derjenige, der ein Trauma erlitten hat! Aber er ist nicht derjenige, der tot ist, oder? Und, großer Gott, diese Frau. Tasha.

»Ich habe sie danach ausfindig gemacht. Weil ich ...« Er lässt den Satz unvollendet. Ich frage mich, ob er überhaupt weiß, was er sagen wollte. Ich wünschte, ich wüsste es.

»Ich glaub's nicht.« Evies Stimme ist kaum mehr als ein Flüstern und dennoch messerscharf. »Ich glaube es nicht, dass Sie mich hergeschleift haben, um ... was? Was wollen Sie beweisen?« Ihre Stimme schwillt an. Nicht zu einem Schreien, aber laut genug, dass Passanten sich zu ihnen umdrehen. Ich bin nicht sicher, ob Evie es mitbekommt. »Ist das ein Versuch, mich zu manipulieren und –« Sie unterbricht sich, wendet sich ab. Mir ist klar, warum sie das tut: Sie will sich entziehen, bevor aus ihr herausplatzt, was sie unterdrückt. Es schmerzt beinahe körperlich, mitanzusehen, wie sie darum ringt ... das Wissen, wie sehr sie leidet.

Nate will ihren Arm berühren, doch sie schüttelt ihn ab, dann aber wendet sie sich ihm zu und streicht sich das Haar aus dem Gesicht. »Machen Sie das hier zu einer Art moralischem Urteil, nach dem Motto: Sie ist so ein ›guter Mensch‹, was auch immer das bedeuten mag, und sollte deshalb nicht bestraft werden? Sie hat meine beste Freundin getötet. Kapieren Sie das nicht?«

Es überkommt mich wie eine unkontrollierbare Woge der Übelkeit. Sie hat mich *getötet*. Diese Frau hat mich getötet. Einen Moment lang brennt sich die Erkenntnis in mein Bewusstsein, heiß und düster zugleich.

Dann ebbt das Gefühl wieder ab. Weil ich genauso wie Nate weiß, dass Tasha nichts hätte tun können. Ich habe nicht auf die Straße gesehen, bevor ich auf diese beschissene Fahrbahn getreten bin, um sein Fahrrad aufzuheben – nur weil er wie der letzte Vollidiot über diese Kreuzung gefahren ist. Aber egal, ob Nate eine gewisse Schuld daran hat, trifft es auf Tasha nicht zu. Ich hätte nicht einfach loslaufen dürfen. Tief im Innern weiß ich, dass sie nicht dafür bestraft werden sollte. Und Evie wird irgendwann zur selben Erkenntnis gelangen.

Doch nun weint sie, und obwohl ich es nicht möchte, sehe ich doch hin und beobachte, wie Nates Züge sich gequält verzerren. »Evie, ich versuche doch gar nicht ...«

Doch auch jetzt bringt er seinen Satz nicht zu Ende. Offenbar gehört er zu den Menschen, die gerne einmal etwas sagen, ohne vorher nachzudenken, und dann ins Stocken geraten. Gehandelt hat er jedenfalls nach diesem Prinzip. Er ist das genaue Gegenteil von Evie. Vielleicht weiß er nicht einmal, weshalb er mit ihr hergekommen ist und was er bezweckt hat. Herrgott noch mal, hat er seine Idee überhaupt zu Ende gedacht?

»Es spielt doch keine Rolle, ob dieser Mensch gut oder schlecht war«, fährt er fort. »Es ist ein Mensch, jemand mit einem eigenen Leben, und eine Gefängnisstrafe ... kann einen komplett zerstören.« Etwas an der Art, wie er diesen letzten Teil sagt, lässt mich aufhorchen. Da ist etwas, ganz eindeutig. Allerdings glaube ich nicht, dass Evie es auch gehört hat. War er schon einmal im Gefängnis? Eigentlich sieht er nicht danach aus, aber wie zum Teufel soll jemand aussehen, der schon mal gesessen hat? Automatisch muss ich an Kahlschädel denken, an aufgepumpte Arme, Tattoos. Lächerlich.

»Das weiß ich auch«, blafft Evie und schließt kurz die Augen. Ich sehe ihr an, dass sie ihren barschen Tonfall bereut und Angst hat, wohin diese Wut sie führen wird. Sie war nicht immer so, ständig darauf bedacht, ihre Gefühle in ihrem Innern zu vergraben. Andererseits hatte sie vor ihrer Krankheit auch nicht viel, weswegen sie hätte wütend sein sollen. »Aber manche verdienen es trotzdem«, flüstert sie.

»Manche, das stimmt«, bestätigt er. »Aber in diesem Fall nicht.« Er zögert, ehe er sanft fortfährt: »Es war ein Unfall. Ein tragischer, schrecklicher Unfall.«

Wieder schießen Evie die Tränen in die Augen, und ich spüre, wie etwas in mir zerbricht. *Ein Unfall.*

Nicht unvermeidbar. Sondern etwas, das passiert ist, weil ich zur falschen Zeit am falschen Ort war. Weil ich an diesem Tag eine ganze Reihe falscher Entscheidungen getroffen habe – ebenso wie Nate.

»Es tut mir leid. Es tut mir so leid, Evie.«

»Hören Sie auf, das zu sagen«, schluchzt sie und schüttelt hektisch den Kopf. »Ich weiß nicht, was ich machen soll. Ich wollte denjenigen finden, der sie getötet hat, und ...« Sie ringt um Atem. Mir wird bewusst, dass sie keine Ahnung hatte, was sie tun sollte, wenn sie die Person gefunden hätte. Hass kommt in mir auf, weil Nate sie in diese Lage gebracht hat. Er hätte warten müssen, bis sie von allein zu der Erkenntnis gelangt. »Und was jetzt? Ich kann doch nicht noch mal da reingehen und dieser Frau gegenübertreten. Ich weiß doch gar nicht ...«

Ihre erstickten Atemzüge beschleunigen sich. Nate vergräbt die Hände in den Hosentaschen und versteift sich. Er will sie berühren, das sehe ich ganz deutlich. Im Lauf der Jahre habe ich diese Körpersprache zu interpretieren gelernt, bin zu einer Art Expertin geworden. Nicht nur bei Jason, sondern bei Männern im Allgemeinen. Ich weiß immer genau, wann sie mich berühren wollen, und deshalb sehe ich, dass Nate den Drang verspürt. Aber er hält sich zurück. Als wüsste er, dass es alles nur noch schlimmer machen würde.

»Schon gut«, sagt er. »Das brauchen Sie auch nicht. Wenn Sie sie nie wiedersehen wollen, ist das auch in Ordnung. Aber jetzt wissen Sie es.«

Sie fährt sich mit der Hand übers Gesicht. »Hatten Sie denn keine Angst, ich mache einen auf *Psycho,* wenn ich es erfahre?« Ein Anflug von Bitterkeit schwingt in ihrer Stimme mit, doch ich erkenne, was sie hier macht. Sie versucht, die Anspannung zu lösen, so wie sie es am Morgen meines Todes getan hat. Sie spricht von dem alten Schwarz-Weiß-Film, in dem man eine schemenhafte Person mit dem Messer in der Hand den Duschvorhang zur Seite reißen sieht. Aber Nate versteht die Anspielung nicht.

»Auf die Idee bin ich gar nicht gekommen, wenn ich ehrlich sein soll«, sagt er und reibt sich den Nacken, als dämmere ihm zum ersten Mal, dass er diese Option hätte in Betracht ziehen müssen. »Tun Sie's? Wollen Sie noch mal reingehen und mit ihr reden?«

»Ja«, antwortet Evie barsch, macht jedoch keine Anstalten, sich umzudrehen. Sie will Tasha zur Rede stellen *wollen,* fühlt sich womöglich sogar dazu verpflichtet. Trotzdem bin ich mir ziemlich sicher, dass sie es nicht tun wird. »Sie hat Scarlett überfahren«, sagt sie wie betäubt. »Tasha hat sie überfahren. Sie hat sie getötet.«

Nate tritt zu ihr, sodass sie zu ihm hochsehen muss. Er ist ein Stück größer als sie, wenn auch nicht viel. »Evie, es war nicht Tashas Schuld. Allenfalls …«

Scheiße, er tut es. Er übernimmt Verantwortung und sagt es ihr. Keine Ahnung, warum, aber bei der Vorstellung regt sich leise Panik in mir, ich ertappe mich dabei, dass ich am liebsten zwischen sie treten würde, um es zu verhindern. Was natürlich idiotisch ist. Er *sollte* es ihr sagen. Und ein schlechtes Gewissen haben. Vielleicht will ich dazwischengehen, weil ich weiß, dass sie an die Grenzen ihrer Belastbarkeit gelangt ist. Aber natürlich kann ich nur hilflos zusehen.

»Ich war unkonzentriert«, gesteht Nate. »Ich habe telefoniert, hatte nur eine Hand am Lenker und bin in letzter Sekunde über die Ampel gefahren, und …« Er starrt auf den Bürgersteig. »Ich habe nicht aufgepasst und bin gestürzt, als mich beinahe ein Auto erwischt hätte. Scarlett ist stehen geblieben und hat mir geholfen.«

Der Augenblick, als ich ihn auf diesem roten Fahrrad gesehen habe, flammt wieder vor meinem geistigen Auge auf. Evie starrt Nate fassungslos an. Einen Moment lang begegnen sich ihre Blicke. Dann wendet sie sich wortlos ab und geht davon.

Er läuft ihr hinterher. Offenbar kristallisiert sich hier so etwas wie ein Muster heraus: Sie geht, er folgt ihr. »Warten Sie, Evie.«

»Nein!«, erwidert sie scharf, ohne sich umzudrehen. »Ich kann damit jetzt nicht umgehen. Mit Ihnen nicht. Ich gehe.«

Nate hat die längeren Beine, außerdem bewegt sie sich recht langsam, deshalb hat er sie innerhalb von Sekunden eingeholt und baut sich vor ihr auf, sodass sie stehen bleiben muss. Sie versucht, sich an ihm vorbeizuschieben, doch er vertritt ihr wieder den Weg. Unter anderen Umständen wäre die Situation beinahe komisch.

»Warten Sie doch«, sagt er noch einmal. »Erlauben Sie mir wenigstens, Sie nach Hause zu fahren.« Ein flehender Unterton schwingt in seiner Stimme mit.

»Nein«, erwidert Evie knapp, doch sie versucht nicht länger, sich an ihm vorbeizudrängen, und lässt resigniert die Schultern sinken. »Sie sollten jetzt lieber gehen.«

»Aber ich –«

»*Ihretwegen* ist sie tot.« Sie richtet sich auf, drückt die Schultern durch, reckt das Kinn. Nate fällt es womöglich nicht auf, doch ich kenne sie gut genug, um zu sehen, dass sie innerlich kocht. »Das ist es, was Sie mir eigentlich sagen wollen, stimmt's? Ich hatte …« Sie schüttelt den Kopf, doch die Worte sind eindeutig, auch wenn sie unausgesprochen bleiben. *Ich hatte Ihnen ohnehin die Schuld gegeben.* »Sie waren leichtsinnig, aber nicht *Sie* haben mit dem Leben dafür bezahlt, sondern Scarlett.«

»Das weiß ich. Großer Gott, natürlich weiß ich das. Ich versuche doch nur, es wiedergutzumachen …«

»*Wiedergutmachen?*«, wiederholt sie ungläubig. »So etwas kann man nicht wiedergutmachen. Das ist kein beschissenes Konto, das man einfach ausgleichen kann, verdammt noch mal!« Da ist sie. Endlich. Die ungebändigte Wut, die aus ihr herausbricht. Ich kann sie sehen, wie sie in ihr tobt, ihren Körper regelrecht vibrieren lässt. »Ich muss mit alldem irgendwie klarkommen. Muss ihre Sachen zusammenpacken. Muss mir eine neue Wohnung suchen.« Zornig wischt sie sich eine Träne ab. »Ich kann das nicht, kapieren Sie das nicht? Ich muss morgen wieder zur Arbeit, in die Realität. Mein Chef will, dass ich ihm einen Last-Minute-Wochenendtrip für seinen dämlichen, völlig unwichtigen Hochzeitstag buche, irgendwo, wo es supertoll ist, aber nichts kostet, und wenn ich es nicht hinkriege, hat er vielleicht die Nase voll, und ich fliege raus, aber ich darf meinen Job nicht verlieren, weil ich wegen dieser beschissenen MS nicht so leicht etwas Neues finde, und …«

»Dabei kann ich bestimmt helfen«, wirft Nate ein.

Sie schnappt nach Luft. »Was?«

Er räuspert sich. »Bei der Reise. Ich habe Kontakte in der Branche und könnte helfen, etwas Passendes zu finden.«

»Ich will Ihre Hilfe aber nicht«, schnauzt sie ihn an. »Ich will nicht, dass Sie mir helfen, nur damit Sie sich besser fühlen können.«

Nate erwidert nichts darauf. Unwillkürlich frage ich mich, ob sie recht hat, ob er ihr wirklich helfen will oder es nur wegen seines schlechten Gewissens tut.

»Was hatten Sie denn erwartet?«, fährt Evie bitter fort. »Dass Sie mich hierherschleppen, mir alles erklären, und ich strahle Sie an und sage ›Danke, jetzt kann ich das Ganze endlich abhaken‹? Oder dass ich Ihnen den Rücken tätschle und Sie beruhige, dass Sie ja nichts dafür können? Denn das stimmt nicht!« Ihre Stimme ist erstickt, als hätte sie Mühe, die Worte über die Lippen zu bekommen. »Es war Ihre Schuld.

Und Tashas und ...« Inzwischen strömen ihr die Tränen ungehindert übers Gesicht und hinterlassen zwei glänzende Spuren auf ihren bleichen Wangen.

Diesmal tritt Nate vor und berührt ihren Arm.

»Fassen Sie mich nicht an!«, schreit sie, woraufhin er zurückweicht. »Scarlett ist weg. Sie ist weg, und nichts kann es wiedergutmachen, nichts bringt sie zurück. Für Sie ist das weiter kein Problem, schließlich haben Sie sie nicht gekannt. Sie können sie vergessen, und Ihr Leben wird sich nicht verändern, aber meins! Sie war meine beste Freundin, der einzige Mensch, für den ich immer Zeit hatte und haben wollte, und jetzt habe ich niemanden mehr, und ich ...« Sie kann nicht weitersprechen, sinkt zu Boden, schlingt sich die Arme um die Knie und weint haltlos, mitten in der Öffentlichkeit, mitten auf dem Bürgersteig vor geöffneten Geschäften.

O Gott, es ist die pure Qual. Ich will ihr so gern sagen, dass ich noch hier bin, dass es mir leidtut, weil ich sie an diesem Morgen zurückgelassen habe, dass alles wieder gut wird.

Nate steht da und sieht sie unentschlossen an. *Tu etwas*, beschwöre ich ihn lautlos. Denn, na gut, er ist nicht meine erste Wahl und ein leichtsinniger, rücksichtsloser, draufgängerischer Idiot, aber außer ihm ist niemand hier. Mir ist klar, dass er mich nicht hören kann, trotzdem kann ich einen Anflug von Triumph nicht leugnen, als er sich neben sie auf den Bürgersteig setzt.

Er sagt nichts, berührt sie nicht, sondern sitzt nur neben ihr.

»Gehen Sie weg«, stößt Evie tränenerstickt hervor und umschlingt ihre Knie fester. Noch immer schweigend legt er ebenfalls die Arme um die Knie, sodass sie Schulter an Schulter auf dem Randstein hocken. Passanten werfen ihnen neugierige Blicke zu, doch Nate reagiert nicht darauf, sofern er es überhaupt bemerkt.

»Bitte, gehen Sie einfach«, flüstert Evie. Ganz allmählich versiegen die Tränen, ihr Atem wird ruhiger.

Er schüttelt den Kopf. »Ich lasse Sie hier nicht allein«, erklärt er in einem Tonfall, der keinen Widerspruch duldet. Und zum ersten Mal erkenne ich, dass mehr in ihm stecken und er nicht bloß ein egoistischer Idiot sein könnte.

Tränen glitzern in ihren Augen, als sie sich ihm zuwendet. »Wieso?«

»Weil ...« Er stößt den Atem aus. »Weil ich weiß, wie es ist, wenn man traurig und einsam ist.«

Meine Beerdigung fällt mir wieder ein.

Waren Sie denn schon auf so vielen?

Auf einer.

»Mag sein, dass ich Ihnen nicht helfen kann, die Traurigkeit zu überwinden«, fährt er fort, »aber gegen das Alleinsein kann ich etwas tun.«

Könnte ich den Atem anhalten, würde ich es glatt tun.

Evie erwidert nichts darauf, sondern sieht Nate für einen langen Moment an, ehe sie an ihm vorbei auf den Park mit all dem Grün blickt.

Und dann sitzen beide schweigend da. Still und allein. Aber zusammen allein.

Kapitel 13

Zum dritten Mal in dieser Woche brach Evie morgens früher auf, als sie eigentlich musste, was ihr ausreichend Zeit für die Fahrt ins Büro in Waterloo gab. Scarlett hatte ihr vorgeworfen, sie »gebe auf«, weil es sich nach all den Aushilfsjobs um ihre erste Vollzeitstelle handelte, womit Evie im Grunde erkläre, dass sie sich von ihrem Traum verabschiede, mit Musik Geld zu verdienen und sie zu ihrem Lebensmittelpunkt zu machen. Vielleicht hatte sie damit ja recht, dachte Evie. Vielleicht hatte sie es sogar schon vor der Diagnose getan, weil die ständigen Vorspieltermine und vielen Absagen sie schlicht ausgelaugt hatten.

Und jetzt steckte sie in einem Job fest, den sie nicht ausstehen konnte, denn im Lauf der Jahre war ihr klar geworden, dass sie nicht das geringste Interesse an Werbung hatte. Wieso musste man pausenlos versuchen, die Bevölkerung zum Kaufen zu verführen? Hatten die Leute denn nicht schon genug Krempel zu Hause? Natürlich hatte sie das in der Agentur nie laut gesagt, wenn in Meetings darüber philosophiert wurde, wie man Haushaltswaren »sexier machen« oder Verbrauchern suggerieren konnte, dass eine bestimmte Marke ihnen zu mehr Liebe und größerem Respekt verhalf.

Sie verlangsamte ihre Schritte, als sie Astrid an der mit einer Mattglasscheibe versehenen Eingangstür des Wohnhauses stehen sah. Das Mädchen trug eine Schuluniform, bestehend aus einer schwarzen Hose, weit geschnittenem Blazer und Krawatte. Ihr Haar war zu einem mitten auf dem Kopf sitzenden Knoten frisiert, wie bei ihrer ersten Begegnung vor ein paar Tagen.

Evie blieb in dem kleinen Vorraum stehen. »Hallo, Astrid.«

Sie drehte sich um und blickte Evie an, wobei sie auf ihrer Unterlippe kaute. Ihre schlichte schwarze Schultasche mit Schulterriemen hielt sie in der Hand. »Ich muss zur Schule«, sagte sie leicht widerstrebend.

Evie nickte langsam. »Und ich zur Arbeit.«

»Wenigstens werden Sie dafür bezahlt.«

»Stimmt.« Genau das hatte Evie während ihrer Schulzeit ebenfalls als Argument angeführt … dass die Lehrer für ihre Anwesenheit wenigstens Gehalt bekamen. Heute würde sie dagegen alles darum geben, auf die Schulbank zurückkehren zu können, zurück in eine Zeit, in der Scarlett noch am Leben war, sie selbst nicht unter einer unheilbaren Krankheit litt und die Zukunft sich noch hell und strahlend und voller Möglichkeiten vor ihr ausbreitete.

»Heute ist mein zweiter Tag«, erklärte Astrid. »Am Montag durfte ich zu Hause bleiben, aber heute nicht mehr. Gestern war der Horror. Es ist das letzte Trimester, und alle kennen sich längst, aber ich kapiere nicht mal die Hälfte von dem, was die Lehrer erzählen, außerdem geht es ständig um den Abschluss nach der Zehnten, obwohl es erst nächstes Jahr so weit ist … als würde ich jetzt schon deswegen Panik schieben wollen!« Die Worte sprudelten in einem Atemzug aus ihr heraus, ehe sie innehielt und tief Luft holte.

Evie rechnete nach. Wenn der GCSE-Abschluss nächstes Jahr anstand, war sie jetzt … »Wie alt bist du?«

»Dreizehn.«

Für dreizehn sah Astrid ziemlich jung aus, was allerdings auch daran liegen konnte, dass sie weit geschnittene Sachen trug.

»Vielleicht solltest du ja einem Klub beitreten. In der Schule. Also«, erklärte Evie, als Astrid sie skeptisch ansah, »um neue Freunde zu finden.« Unter Astrids vielsagendem Blick wurde Evie bewusst, dass das einer dieser typischen Erwachsenenvorschläge war. »Oder vielleicht auch nicht«, sagte sie mit einem Seufzen. »Leider muss ich los. Du weißt schon, Sklave des Establishments und so.«

»Was?«

»Schon gut.« Evie wollte zur Tür treten, doch Astrid machte keine Anstalten, zur Seite zu gehen.

»Die haben dort ein Orchester«, sagte Astrid. »Und einen Musikklub. Die Sozialarbeiterin an der Schule hat mir gestern alle Klubs aufgezählt. Aber ich habe keine Lust auf so was.« Sie sah Evie an. »Haben Sie das gemacht? In der Schule gespielt?«

Evie zögerte kurz, dann nickte sie. »Ja.«

»Und hat es Ihnen gefallen?«

»Ja.« Evie dachte an das Gefühl, die Geige an ihrer Wange zu spüren, den Bogen zwischen ihren Fingern, an die Art, wie sie die Augen schließen und einfach *sein* konnte, sobald sie spielte. »Ja, es hat mir Spaß gemacht. Die Auftritte zwar nicht unbedingt, aber es war schön, Teil von etwas zu sein.« Sie hatte keine Ahnung, wieso sie das gesagt hatte. Es klang total blöd.

»Ich will das alles nicht«, sagte Astrid. »Ich will zurück an meine alte Schule.«

»Wieso musstet ihr denn umziehen?«

Astrid verzog das Gesicht. »Früher haben wir in Nord-London gewohnt. Mum hat versucht, dort eine Wohnung zu finden, aber es gab keine, die sie bezahlen konnte, und meine alte Schule ist viel zu weit weg. Sie will nicht, dass ich quer durch die ganze Stadt fahre, außerdem liegt sie wohl in einem anderen Schulbezirk. Dad wohnt immer noch dort«, brummte sie. »Ich glaube, das ist der eigentliche Grund, weshalb Mum dort nichts gefunden hat. Er hat eine andere und wohnt jetzt mit ihr in meinem Haus. Er hat uns verlassen, trotzdem kriegt er das Haus. Wie kann so was fair sein?«

»Ist es nicht«, erwiderte Evie nur.

Astrid sah sie erstaunt an, als hätte sie mit einer ganz anderen Erwiderung gerechnet. »Stimmt. Ist es nicht. In welche Richtung müssen Sie denn?«

»Clapham Junction«, erwiderte Evie etwas verdattert über den abrupten Themenwechsel.

»Cool. In die Richtung muss ich auch. Wir können ja zusammen gehen.«

Astrid trat hinaus, doch der Druck, sich als die verantwortungsbewusste Erwachsene in dieser Situation zeigen zu müssen, ließ Evie zögern. »Du gehst aber zur Schule, ja?«, fragte sie und sah sich um. »Wo ist deine Mum?«

»Sie musste früh los, zur Arbeit. Ich habe gesagt, ich kriege den Weg auch alleine hin. Außerdem soll keiner sehen, wie meine Mutter mich zur Schule begleitet.«

»Das verstehe ich.« Evie folgte dem Mädchen aus dem Haus. Es regnete, wenn auch nur leicht. Trotzdem kramte sie in ihrer Handtasche nach dem Schirm. So viel zur Vorhersage eines schönen Maitages. »Und du wirst auch nicht blaumachen, oder?« Evie war noch immer unsicher, ob sie sich nicht erwachsener verhalten sollte.

»Blaumachen? Also schwänzen? Nein. Na gut, ich habe darüber nachgedacht, aber damit käme meine Mutter wohl überhaupt nicht klar.«

Evie nickte. »Gut. Na dann, lass uns gehen.«

* * *

Im Büro setzte Evie sich an ihren Schreibtisch und lächelte ihrer Kollegin Suzy zu, als diese wenig später eintraf.

»Morgen, Schätzchen.« Mit ihrem freundlichen Wesen und dem runden, offenen Gesicht, auf dem stets ein Lächeln lag, verströmte Suzy eine behagliche Mütterlichkeit, die noch dadurch verstärkt wurde, dass sie keinerlei Anstalten machte, den Kampf gegen ihr ergrauendes Haar aufzunehmen (»Wenn ich damit erst anfange, wird mich das ein Vermögen kosten.«) Sie hatte zwei Kinder, was der Grund für ihre fürsorgliche Art sein konnte. Vielleicht stellte sich die Mütterlichkeit ganz automatisch ein, sobald man Kinder bekam. Andererseits war es bei ihrer Mutter nicht so gewesen, also stimmte ihre Vermutung vielleicht doch nicht.

»Colafläschchen?« Suzy hielt Evie die Tüte hin.

Evie sah zu, wie Suzy hineingriff und ein Gummiteil herauszog, obwohl es gerade mal neun Uhr morgens war, und malte sich aus, wie die restlichen Fläschchen in der Türe verzweifelt *Neeeiin, bitte iss mich niiiiicht, Suzy* riefen. Arme Colafläschchen.

Allmählich trudelten auch die anderen ein. Es mochte noch früh sein, doch in der Agentur bekamen die meisten Schleimerpunkte diejenigen, die sich am häufigsten zeigten. Jeder wusste das, und natürlich war ihr Chef Henry der Allererste, der angelaufen kam.

»Sie sehen gut aus, Evie«, sagte er anstelle einer Begrüßung. Sie hatte schon vor langer Zeit gelernt, dass das aus seinem Mund kein Kompliment war, sondern er ihr den Spruch seit ihrer Diagnose in halb regelmäßigen Abständen aufs Auge drückte, als wollte er signalisieren, dass sie nicht krank aussah und deshalb ihr Leben »wie alle anderen auch« führen sollte. »Wie läuft es denn mit der Wochenendplanung? Meine Frau hat hohe Erwartungen, und ich will sie natürlich nicht enttäuschen.«

Wieso kümmerst du dich dann nicht selbst um deinen Privatscheiß, du fauler Sack? Natürlich war es Scarletts Stimme, die Evie im Ohr hatte. Laut erwiderte sie nur: »Ich bin dran.«

»Was soll ich bloß machen, Suzy?«, rief sie, sobald Henry verschwunden war. »So schnell finde ich nichts Passendes mehr.« Sie hatte bereits zwei Tage lang herumtelefoniert, doch keines der Hotels war bereit gewesen, ihr einen Rabatt zu gewähren, was logisch war, schließlich kannte Henry kein Mensch. Er mochte sich für eine ganz große Nummer in London halten, in Wahrheit jedoch krähte kein Hahn nach ihm. »Ich kriege es nicht hin, und was dann? Was wird er sagen?« Sie spürte Panik in sich aufsteigen, denn so klar ihr sein mochte, wie viel einfacher ihr Leben ohne diesen Job wäre, führte kein Weg daran vorbei, dass sie ihn brauchte.

Suzy winkte ab. »Lass es einfach. Feuern kann er dich deswegen nicht. Das gäbe einen Riesenzirkus mit der Personalabteilung.« Hilfreich. Sehr hilfreich, vielen Dank.

»Mag ja sein, aber er kann mich sehr wohl deswegen feuern und einfach behaupten, es passiere aus einem anderen Grund.«

Darauf wusste Suzy nichts zu erwidern. Evie rief ihren Posteingang auf und begann, ihre Mails zu checken, um sich abzulenken, als sie bei der dritten stutzte.

Sehr geehrte Miss Jenkins,
wir freuen uns, Ihre Buchung im Balmoral Hotel in Edinburgh bestätigen zu dürfen. Die Junior Suite ist für kommendes Wochenende, Freitag, 13. Mai, bis Montag, 16. Mai, reserviert. Im Preis enthalten sind zwei Wellnessbehandlungen sowie Frühstück und Abendessen in unserem preisgekrönten Restaurant. Sollten Sie Fragen haben, rufen Sie uns gern an.

Mit freundlichen Grüßen
Reservierungsabteilung

Evie las die Mail ein zweites Mal. Sie hatte in diesem Hotel nie angerufen, weil es exklusiv und damit außerhalb von Henrys

Budget war. Hektisch durchforstete sie ihr Gedächtnis, ob sie es in den vergangenen beiden Tagen nicht vielleicht doch versucht und in dem Wust an Telefonaten bloß vergessen hatte. Ihr Neurologe hatte sie gewarnt, dass MS neben den bekannten physischen auch zu kognitiven Einschränkungen führen konnte, und obwohl ihr bislang nichts dergleichen aufgefallen war, könnte dies eine Premiere sein – eine winzige Gedächtnislücke. Ihr Herz hämmerte schmerzhaft in ihrer Brust.

Sie rief in dem Hotel an und bat, mit der Reservierungsabteilung verbunden zu werden.

»Hallo, hier spricht Katie. Wie kann ich Ihnen helfen?«

»Ja, hallo, hier spricht Evie Jenkins. Ich habe gerade eine Mail von Ihnen bekommen und bin mir nicht sicher, ob da nicht ein Missverständnis vorliegt. Es ist eine Bestätigung einer Buchung für dieses Wochenende, aber ich habe gar nicht reserviert, deshalb wollte ich herausfinden, ob …« *Tja, was, Evie?* Ob sie nicht nur ihren Körper, sondern auch ihren Verstand verlor?

»Verstehe. Bleiben Sie bitte einen Moment am Apparat.« Evie hatte ein klares Bild vor sich, wie jemand mit so einer Stimme sein musste – eine Frau mit einem breiten, fröhlichen Lächeln.

Augenblicke später wurde erneut abgehoben. Diesmal war ein Mann am anderen Ende der Leitung,

»Hallo, hier ist der Direktor.«

Evie wollte dieselbe Erklärung vom Stapel lassen, doch der Mann unterbrach sie, kaum dass sie ihren Namen genannt hatte. »Ah, ja. Nates Mädchen.«

Nates Mädchen. Dieselbe Wortwahl wie Tasha. Evie zuckte zusammen. Nate. Er hatte direkt neben ihr gesessen, als sie geweint hatte, bis sie so erschöpft gewesen war, dass sie nicht einmal mehr aus eigener Kraft aufstehen konnte. Er hatte ihr aufgeholfen und sie zu seinem Wagen gebracht. Den ganzen

Rückweg zu ihrer Wohnung hatten sie geschwiegen, doch etwas hatte sich zwischen ihnen verändert – etwas, das Evie nicht recht einzuordnen wusste.

»Nate?«, wiederholte sie.

»Ja. Er hat sich bereit erklärt, als Gegenleistung für einen kleinen Rabatt einen netten Artikel über uns zu schreiben.« Evies Herz überschlug sich beinahe, als der Hoteldirektor die Zahl nannte. Ein kleiner Rabatt war wohl die Untertreibung des Jahres. »Es ist für Ihren Chef, richtig?«

»Ja«, antwortete Evie, noch immer fassungslos. Ihr Wutanfall kam ihr wieder in den Sinn. *Dabei kann ich bestimmt helfen*, hatte er gesagt, dann das Thema jedoch wieder fallen lassen. Evie hatte sich weiter nichts dabei gedacht.

»Nate ist schon einmal im Zuge eines Artikels bei uns abgestiegen, und wahrscheinlich bringt er uns in den ›Top 10 der besten Hotels in Schottland‹ unter, deshalb brauchen Sie keine Gewissensbisse zu haben. Freunde von Nate sind auch unsere Freunde. Wie heißt Ihr Chef denn? Ich lasse seinen Namen in unserem Reservierungssystem hinterlegen anstelle von Ihrem, ja?«

Sie gab ihm Henrys Daten durch und war geistesgegenwärtig genug, ihn um eine Bestätigungsmail zu bitten, um sicherzugehen, dass das kein mieser Trick oder so etwas war. Danach starrte Evie ungläubig ihr Telefon an. Das hatte sie Nate zu verdanken. Immerhin bedeutete das, dass sie nicht den Verstand verlor.

Suzy sah herüber. »Was ist passiert, Herzchen? Alles in Ordnung?«

»Ich …« Evie schüttelte den Kopf. »Ich habe gerade ein Hotel für Henrys Wochenendtrip gefunden.«

»Das ist ja wunderbar. Wieso guckst du dann so verdattert?«

»Weil …« Sie schilderte Suzy, wer Nate war, wie er sie hintergangen und das Ganze ohne ihr Wissen eingefädelt hatte.

Suzy nickte. »Also, ich gebe zu, das klingt alles ein bisschen kompliziert, aber als *hintergehen* würde es nicht unbedingt bezeichnen, Süße.«

»Aber er hat kein Wort gesagt.«

»Vielleicht wollte er nicht die Lorbeeren dafür ernten.«

»Hörst du mir nicht zu, Suzy? Hast du nicht mitbekommen, was er getan hat?«

»Doch, habe ich.« Suzy nahm noch ein Colafläschchen aus der Tüte. »Aber vielleicht versuchst du mal, dich in seine Lage zu versetzen, mhm? Es ist doch logisch, dass er dir etwas Gutes tun will.«

Evie zuckte innerlich zusammen. *Es wiedergutmachen,* hatte er es genannt. Allein das Wort war grauenvoll. Und sie wollte nicht in Nates Schuld stehen. Woher wusste er überhaupt, wo sie arbeitete, und wie hatte er sich ihre Mailadresse beschafft? Andererseits war beides kein Staatsgeheimnis. Er war Journalist, und ihre Kontaktdaten standen auf der Agenturwebseite. Wie es aussah, war es geradezu beschämend einfach, sie zu stalken.

Die Bestätigungsmail leitete sie an Henry weiter, was er mit einem »gute Arbeit« quittierte. Sie atmete auf, als ihr Handy läutete.

Es war dieselbe unbekannte Rufnummer, deren Besitzer es bereits mehrere Male versucht hatte. Nach einem kurzen Blick, um sicherzugehen, dass Henry nicht in der Nähe war, ging sie ran.

»Hallo?«

»Spreche ich mit Evie?«

»Ja.« Sie runzelte die Stirn. Die Stimme kam ihr nicht bekannt vor. »Wer ist da?« Suzy warf ihr einen Seitenblick zu.

»Jason. Wir wurden einander nie offiziell vorgestellt, aber ich bin …«

»Ich weiß, wer Sie sind«, unterbrach Evie eisig, als ein Bild vor ihrem inneren Auge aufflammte: Scarlett, die weinend auf dem Sofa lag. *Ich liebe ihn, Eves.*

»Klar. Natürlich. Nun ja, wie Sie wissen«, fuhr er förmlich fort, »habe ich einige Mal mit Scarlett zusammengearbeitet, und wir ... ein paar Kollegen sind gerade dabei, ihre letzten Arbeiten zusammenzutragen. Wir wollten sehen, ob die Investoren immer noch am Aufbau des Labels interessiert sind. Es liefe unter ihrem Namen«, fügte er eilig hinzu. »Das wäre die Chance, dass sich ihr Traum doch noch erfüllt, obwohl sie ...« Seine Stimme brach und mit ihr die Förmlichkeit. Er atmete hörbar durch. »Wir haben uns gefragt, ob sie vielleicht noch Material zu Hause hat. Skizzen oder Entwürfe, die sie noch niemandem gezeigt hat. Ein paar haben wir hier, aber wir wollten eben sehen, was wir zusammenbekommen. Wir würden ein Shooting machen, damit wir etwas zum Vorzeigen hätten und ... tut mir leid, ich überfalle Sie regelrecht.« Sein förmlicher, professioneller Tonfall stellte sich wieder ein. »Ich ... also, ich wusste nicht, wen ich sonst fragen sollte. Ich weiß, dass Sie zusammengewohnt haben und sich sehr nahestanden. Deshalb dachte ich, wenn jemand etwas weiß, dann Sie.«

Schweigend lauschte Evie einen Moment lang dem Schlag ihres Herzens, während sie die Worte auf sich wirken ließ. Scarletts Label. Eine Chance für ihre Entwürfe. Ihre eigenen Ideen, die produziert werden würden. Bestimmt hätte sie so etwas gewollt.

»Ich weiß nicht«, sagte sie schließlich. »Aber ... Es könnte eine Möglichkeit sein. Wann soll das alles über die Bühne gehen?«

»Noch ist nichts offiziell. Es ist bloß eine Idee.«

»Ich sehe mal nach«, versprach Evie, bevor sie es sich anders überlegen konnte und ihr die Vorstellung, wie sie sich durch Scarletts Sachen wühlte, keine andere Wahl ließ, als

Nein zu sagen. »Sollte ich etwas finden, rufe ich unter dieser Nummer zurück.«

»Gut. Danke, Evie.«

Sie zögerte, überlegte, ob sie noch etwas zu diesem Mann sagen sollte, wegen dem ihre beste Freundin so sehr gelitten hatte. Doch dann beließ sie es bei einem »Klar«. Manche Dinge ließen sich nicht am Telefon aussprechen.

Nun, da Scarlett nicht mehr da war, musste so vieles ungesagt bleiben. All die Unterhaltungen, die Streitereien, das Gelächter, das sie miteinander geteilt hätten, wäre sie nicht an dem Tag von diesem Bürgersteig auf die Fahrbahn getreten, waren nun für immer verloren, fortgerissen von einer anderen Realität, die über sie alle hereingebrochen war.

Kapitel 14

Jason hat Evie angerufen. Er hat es tatsächlich getan! Und was er vorhat ... nun ja, es beweist, wie viel ich ihm bedeutet habe, oder nicht? Wärme durchströmt mich. Er will etwas, um die Erinnerung an mich lebendig zu halten. Und ich will das auch. Sehr sogar. Das war stets eine gewaltige Triebfeder für mich; nicht die einzige, aber ein beträchtlicher Teil meiner Motivation: die Vorstellung, dass Menschen meinen Namen kennen und erzählen, sie seien losgezogen und hätten ein exklusives Teil von Scarlett Henderson gekauft.

Ich will Details hören. Wieso hat Evie nicht nachgehakt? Sie sitzt immer noch da, in diesem Knast von einem Büro, und starrt das Telefon an. Es ist das erste Mal, dass ich die Agentur zu sehen bekomme. Sie hat mir nie erzählt, wie trostlos sie ist. Alles in uniformiertem Grau und Weiß, mit halb heruntergezogenen Jalousien, damit das Kunstlicht auch schön zur Geltung kommt. Man würde annehmen, dass es in einer Werbeagentur sehr viel farbenfroher und lebendiger zugeht. Ich will, dass sie aufsteht, nach Hause geht und zu suchen beginnt, gleich jetzt, was sie ohnehin tun sollte, weil es die pure Verschwendung ist, an diesem Job weiter festzuhalten. Das habe ich ihr schon hundertmal gesagt.

In der Wohnung liegt auf jeden Fall ein brauchbarer Entwurf, den Evie ohne große Mühe finden könnte. Eigentlich hatte ich dieses Exemplar nicht für die Augen der Öffentlichkeit konzipiert, sondern nur für eine einzige Person. Zwar sollte ich das nicht so eng sehen, aber es finden sich vielleicht auch noch andere Sachen, und falls nicht, hat Jason möglicherweise schon genug Material aus meinem Büro bekommen, wo er bestimmt ebenfalls angerufen hat.

Jason. Ihn habe ich in meinem neuen Daseinszustand nicht aufgesucht. Aus verständlichen Gründen. Ich wollte nicht sehen, was er jetzt macht, wie er seine Zeit verbringt. Zu Lebzeiten wollte ich schon nicht zu viel über seinen Alltag zu Hause wissen, weshalb sollte es jetzt anders sein? Trotzdem ertappe ich mich dabei, dass ich an ihn denke, an den Moment unseres Kennenlernens.

Es war bei einer beruflichen Veranstaltung, kurz nachdem Evie ihre Diagnose erhalten hatte. Es war mir nicht recht gewesen, dass sie alleine daheimblieb, aber sie hatte darauf bestanden. *Du musst für deine Arbeit Kontakte knüpfen, sonst wirst du nie die Superstar-Designerin, die du so gern sein möchtest, oder? Und ich will auf keinen Fall der Grund dafür sein, dass du etwas Wichtiges versäumst. Also geh und netzwerke, was das Zeug hält!*

Ben, ein Kollege, begleitet mich. Wir stehen mit einem Glas Champagner in der Hand am Rand und verfolgen das Geschehen. Die Location ist cool – ein schwach erleuchteter Untergrundraum mit kahlen Steinmauern und Kerzen überall –, gleichzeitig aber albern für die Lancierung eines neuen Labels, weil man die Klamotten schließlich sehen sollte. Das schummrig flackernde Licht verändert die Perspektive und lässt alles sehr viel düsterer und stimmungsvoller wirken, als es in Wahrheit ist. Aber vielleicht geht es ja genau darum. Das Label hat den Sprung nie wirklich geschafft, sondern versank nach der ersten Präsentation recht schnell wieder in der Versenkung. Vielleicht war den Machern ja deshalb klar, dass sie im kalten, harschen Tageslicht schon gar nicht bestehen würden.

»Ich komme mir bei so etwas immer wie ein Aufschneider vor«, bemerkt Ben halblaut, wobei er den Blick umherschweifen lässt, und zupft seine Weste zurecht. Er ist groß und hager, die reinste Bohnenstange, doch trotz seiner nicht gerade perfekten Statur und seines rötlichen Haars, das bestimmte Kleiderfarben kategorisch ausschließt, schafft er es, stets trendig zu wirken. Es war die Idee unserer Chefin, dass wir beide heute Abend die Firma vertreten sollten. Sie hätte keine Zeit, so ihre Behauptung, und ich wusste, dass ihr die Veranstaltung einfach nicht wichtig genug war, aber das war mir egal. Ein Launch war ein Launch – und man wusste nie, wem man dabei über den Weg lief.

»Tu einfach so, als würdest du dazugehören«, murmle ich und nippe an meinem leider eine Spur zu warmen Champagner. Ich habe den Geschmack auf der Zunge, genauso wie er damals war, als mir schlagartig bewusst wird, dass ich nie wieder Champagner trinken, nie wieder dieses Prickeln auf der Zunge spüren werde, dieses Gefühl, wie die Flüssigkeit meine Kehle hinabrinnt, dieser leichte Schwindel nach zwei Gläsern. Ich will den Arm heben, noch einmal nippen, muss aber warten, bis mein Ich aus der Vergangenheit es tut.

Ben seufzt. »Du hast leicht reden, schließlich sieht es bei dir immer völlig natürlich aus.«

»Das liegt daran, dass ich inzwischen gut schauspielern kann.« Ben lacht, als ich ihm zuzwinkere. Etwa ein halbes Jahr nach der Party hat er gekündigt, und obwohl wir uns schworen, in Kontakt zu bleiben, haben wir uns seitdem nicht wieder gesprochen – so läuft es nun mal im Leben. Weiß er überhaupt, dass ich tot bin? Wahrscheinlich, schließlich hat es in den sozialen Medien die Runde gemacht, aber sicher bin ich mir nicht. Wie lange wird es wohl dauern, bis alle, mit denen ich je in Verbindung stand, es erfahren?

Ben tritt ein Stück näher und weist mit einem Nicken auf die andere Seite des Raums. »Der Typ da drüben sieht dich die ganze Zeit an«, raunt er.

Wieder nippe ich an meinem Champagner – *Ja!* – und warte eine Sekunde, ehe ich mich umdrehe. Ich mache ihn sofort aus: Er ist groß, mit muskulösen Schultern, die sich unter seinem schmal geschnittenen schwarzen Jackett abzeichnen, einem markanten Kiefer und dunklen, ernsten Augen. O Gott, wie gut er aussieht. Selbst jetzt kann ich das Hochgefühl spüren, das mich durchströmt. Und wie *cool* er ist! Das war er wirklich immer.

Mit einem verschlagenen Grinsen wende ich mich Ben zu. »Tja, dann sollte ich wohl mal rübergehen und herausfinden, was er von mir will, was? Amüsier dich nicht zu gut ohne mich, okay?« Ich zwinkere ihm erneut zu. Was soll eigentlich der Quatsch mit diesem ständigen Gezwinkere? Habe ich das wirklich pausenlos getan?

Obwohl ich damals noch nie mit ihm gearbeitet hatte, erkannte ich ihn auf Anhieb. Zu dieser Zeit hatte ich noch nicht viele Shootings mitgemacht, und auch danach war ich nur bei einer Handvoll gewesen, dabei hatte ich immer gedacht, dass es zu meinem Job automatisch dazugehören würde: zu Fotoshootings zu rennen und Models um den Bart zu gehen (bis ich bedeutend genug wäre, dass sie *mir* um den Bart gehen mussten), doch die Realität sieht etwas anders aus.

Er sieht mich nicht direkt an, als ich auf ihn zugehe, trotzdem spüre ich, dass er mich wahrnimmt. Mir ist bewusst, dass mein Gang allererste Sahne ist. Geübt habe ich ihn oft genug: Schultern zurück, Kopf hoch, anmutig auf meinen hohen Absätzen, so schnell, dass ich den Anschein erwecke, wichtig und beschäftigt zu sein, aber nicht so flott, dass es hektisch und verlegen wirkt. Diese Art zu gehen, ist mir so in Fleisch und Blut übergegangen, dass ich es kaum noch merke. Es ist Teil eines Gesamtkonzepts: immer so tun, als würde man beobachtet werden, weil es möglicherweise in diesem Moment so ist.

»Hallo«, sage ich, als ich vor ihm stehe. Er wendet sich mir so schnell zu, dass sich meine Vermutung bestätigt: Er hat tatsächlich genau mitbekommen, wie ich den Raum durchquert habe. Diese Augen. O Gott, diese Augen! Außen tiefdunkel, nach innen heller werdend, was ihnen ein feuriges Leuchten verleiht. Ich spürte die Anziehungskraft zwischen uns von der ersten Sekunde an, und auch jetzt ist seine Präsenz überwältigend.

Ich nippe an meinem Glas, wobei ich ihn über den Rand hinweg mustere. »Sie sind Jason Ballard. Der Fotograf.«

Er zieht eine Braue hoch. »So, bin ich das?« Er ist eine Halbberühmtheit, zumindest in der Branche.

»Ich bin Scarlett«, stelle ich mich mit einem angedeuteten Lächeln vor.

»Hallo, Scarlett. Und was sind Sie? Ein Model?« Er grinst, um mir zu zeigen, dass es bloß ein blöder Spruch ist und er genau weiß, dass ich kein Model bin. Unter anderem fehlt es mir an der dämlichen Körpergröße. Trotzdem lache ich und spiele das Spielchen mit.

»Ich bin Designerin.«

»So, sind Sie das?«, erwidert er im selben Tonfall. »Wie kommt es dann, dass ich noch nie von Ihnen gehört habe?«

»Nachwuchsdesignerin«, erkläre ich und ziehe die Nase leicht kraus, ehe mir einfällt, dass es mich vielleicht unattraktiv aussehen lässt. »Aber nicht mehr lange.«

»Aus irgendeinem Grund glaube ich Ihnen das.« Unsere Blicke begegnen sich, und ich spüre das Prickeln im ganzen Körper. Natürlich kenne ich seine Fotografien, und wann immer bei der Arbeit sein Name fällt, stößt jemand einen sehnsüchtigen Seufzer aus – ein Späßchen, das wir natürlich immer wieder gerne trieben –, doch nichts davon hat mich auf den Moment vorbereitet, in dem ich ihm gegenüberstand.

»Darf ich Ihnen noch ein Glas Champagner holen?«, fragt er mit einem Blick auf meine halb leere Flöte.

Ich lächle. »Das wäre prima, allerdings hieß es, er sei schon aus. Offenbar war es nur ein Begrüßungschampagner, und inzwischen kriegt man nur noch billigen Weißwein.« Ich bedauere die Worte, sowie sie über meine Lippen kommen, schließlich weiß ich nicht, in welchem Verhältnis Jason zu den Gastgebern steht, doch er grinst.

»Es geht doch nichts über die glanzvollen alten Zeiten«, bemerkt er mit einem gespielt betrübten Kopfschütteln.

»Zumindest sagen das alle.« Meine Chefin lässt sich ständig darüber aus, wie viel opulenter die Launch-Partys früher waren.

»Die würden uns bestimmt zwei Gläser verkaufen. Allerdings«, fährt er fort und senkt die Stimme ein wenig, »kenne ich eine nette Champagnerbar um die Ecke, wo wir garantiert etwas Anständigeres bekämen.«

Ich registriere, dass er sich bewegt, einen winzigen Schritt näher tritt. Noch immer berührt er mich nicht, trotzdem steht er so dicht neben mir, dass mir seine Körperlichkeit überdeutlich bewusst ist. Es ist, als vibrierten meine Nervenenden, so heftig reagiert mein Körper auf ihn. So etwas habe ich noch nie erlebt. Ich sehe mich um und beiße mir auf die Lippe, wobei ich merke, dass sein Blick dem meinen folgt.

»Glauben Sie mir«, sagt er, »hier ist niemand, mit dem es sich zu reden lohnt.« Natürlich wusste er genau, was mir durch den Kopf ging. Dass von mir erwartet wurde, gewissermaßen »Gesicht« zu zeigen. »Sie und ich sind mit Abstand die interessantesten Menschen hier«, fügt er hinzu. Die Art, wie er »Sie und ich« sagt, jagt einen Schauder über meinen ganzen Körper. »Außerdem sind die meisten ohnehin schon am Gehen, oder?« Von Ben ist weit und breit nichts zu sehen. Entweder hat auch er bereits die Kurve gekratzt oder jemanden gefunden, mit dem er sich unterhalten kann.

Also stelle ich mein leeres Glas weg, lasse mir von ihm in den Mantel helfen und folge ihm hinaus. Wir gehen in die

Champagnerbar, wo er mir zwei weitere Gläser spendiert, plaudern über dies und jenes und lachen.

An diesem ersten Abend hatten wir keinen Sex, küssten uns noch nicht einmal. Trotzdem lag in unserer Begegnung eine Unvermeidbarkeit, als hätte mich eine Welle erfasst und fortgerissen, der ich mich nie entgegenstellen wollte oder konnte. Und als ich es tat, war es längst zu spät.

Ich denke an die Nachricht, die immer noch in meinem Handy wartet, wo auch immer es jetzt sein mag.

Komm vorbei, bevor du zur Arbeit gehst. Ich will dich sehen.

Natürlich hätte er mich am Abend bei der Party gesehen, doch das war nicht das »sehen«, das er meinte.

Ich weiß immer noch nicht, was ich ihm gesagt, was ich getan hätte. Ob ich nicht eingeknickt wäre, ein letztes Mal.

Kapitel 15

Sobald Evie aus dem Wagen stieg, die salzige Meeresluft einatmete und die warme Brise auf ihren Wangen spürte, bereute sie ihren Entschluss, hergekommen zu sein. Eigentlich hatte sie das bereits getan, als sie eingestiegen war, doch erst jetzt wurde es ihr bewusst. Nates Nachricht war knapp gewesen. Er müsse nach Somerset, um einen Artikel zu schreiben, und ob sie nicht Lust hätte, ihn zu begleiten, da er für eine zweite Meinung dankbar wäre. Letztlich hatte Evie zugesagt, weil sie das Gefühl gehabt hatte, ihm nach seiner Hilfe bei Henrys Wochenendtrip einen Gefallen schuldig zu sein, obwohl er ihre Dankbarkeit keineswegs eingefordert hatte. Das Argument, er brauche eine zweite Meinung, könnte zwar erfunden gewesen sein, aber es hatte sie überzeugt.

Mit Tasha hatte sie nicht mehr gesprochen, weil sie nicht gewusst hatte, was sie hätte sagen sollen, sondern nur an den traurigen Blick zwischen Nate und Tasha denken konnte, daran, dass sie durch ein so grauenvolles Ereignis für immer miteinander verbunden wären. Vielleicht würde sie irgendwann noch einmal hinfahren. Oder auch nicht. Denn was sollte es schon bringen? Nur in einem Punkt hatte Nate recht gehabt: Sie wollte Tasha tatsächlich nicht hinter Gittern sehen. Und sie konnte sich auch nicht vorstellen, dass Scarlett es gewollt hätte. Vielleicht im ersten Moment, aus Wut, aber danach ... nun ja, damit wäre schließlich niemandem geholfen, richtig?

Nate sah sie an, als er um den Wagen herum auf ihre Seite trat. Unwillkürlich kamen ihr seine Worte von neulich wieder in den Sinn: *Weil ich weiß, wie es ist, wenn man traurig und einsam ist. Mag sein, dass ich Ihnen nicht helfen kann, die Trau-*

rigkeit zu überwinden, aber gegen das Alleinsein kann ich etwas tun.

Und das war ein weiterer Grund, weshalb sie eingewilligt hatte, ihn zu begleiten, ob sie es nun wahrhaben wollte oder nicht.

»Wollen wir?«, fragte er und deutete über den Parkplatz. Sie nickte, riskierte lediglich einen flüchtigen Blick auf ihn, ehe sie sich umsah und ihm die Stufen hinunter zum Strand folgte. Sand gab es nicht, stattdessen schlugen die Wellen schäumend gegen die Felsen, über denen eine bewachsene Klippe aufragte. Der Kieselstrand eignete sich eher für einen strammen Spaziergang als für ein ausgiebiges Sonnenbad, obwohl – typisch englisch – vereinzelt Leute ihre Handtücher ausgebreitet hatten und ein paar Kinder im seichten Wasser planschten. Es war gerade einmal Juni, und die Sonne stand hoch am strahlend blauen Himmel, trotzdem war es eindeutig nicht warm genug, um baden zu gehen, zumindest nicht für Evies Begriffe.

Am Fuß der Stufen spürte sie die vertraute Steifheit in den Muskeln. Es war Vormittag, die Tageszeit, zu der es ihr normalerweise besser ging. Daran hielt sie sich fest – an der Hoffnung, dass sie das Ganze ohne größeres Drama hinter sich bringen würde.

»Sie haben mir gar nicht erzählt, weshalb wir hier sind«, sagte sie zu Nate, als er sich nach rechts wandte. »Wieso brauchen Sie eine zweite Meinung? Ich meine, was für eine Meinung kann man zu einem Strand schon haben?«

Er grinste – wieder dieses Lächeln, das sich so mühelos auf seinen Zügen abzuzeichnen schien. Wie mochte es sein, wenn einem alles so locker von der Hand ging, dass man derart unbeschwert lächeln konnte? »Sie würden sich wundern. Man kann sogar eine ganze Menge Meinungen zu vielen Orten haben, obwohl sie objektiv alle gleich aussehen. Ich habe mal einen Artikel über die ›10 schönsten europäischen Strände‹ geschrieben.«

»Und war es so glamourös, wie man es sich vorstellt? Am Strand sitzen und Piña Coladas trinken?«

»Definitiv. Na ja, teilweise. Aber die bezahlen einen nicht dafür, dass man sämtliche Strände abklappert. Ein Teil der Arbeit besteht darin, in seinem Airbnb-Zimmer vor Google zu sitzen. Den Artikel habe ich allerdings tatsächlich auf Kreta geschrieben.«

»Ich war auch mal auf Kreta«, bemerkte Evie.

»Wirklich?«

»Ja. Mit Scarlett.« Danach schwiegen beide, und Evie stöhnte innerlich. Das war gar nicht ihre Absicht gewesen. Scarletts Namen in Nates Gegenwart auszusprechen, fühlte sich wie ein Verrat an. Verrat an Scarlett, weil sie mit dem Menschen hier war, der, wenn auch unabsichtlich, ihren Tod herbeigeführt hatte.

Ein Unfall. Das Wort ging ihr ständig im Kopf herum, und ihr Verstand versuchte, sich damit zu arrangieren.

»Und jetzt geht es um die ›10 schönsten Strände Englands‹?«, nahm sie den Gesprächsfaden wieder auf und bemühte sich um einen unbeschwerten Tonfall. »Die zehn schönsten Orte, die man besucht, wenn man seinen düsteren Gedanken nachhängen will, während die Wellen ans Ufer schlagen. So was in der Art?«

»Also, ein bisschen unheilvoll wirkt das Ganze hier ja schon, finden Sie nicht?«

»Es würde mich nicht wundern, wenn Heathcliff gleich da oben auftauchen würde.« Evie hob die Hände. »Mehr sage ich nicht.«

Nate grinste erneut, als sie auf eine Art Laden zugingen, der eigentlich kaum mehr als eine Hütte war. Sie war rot gestrichen, auf der Terrasse standen mehrere Picknick-Bänke mit großen Sonnenschirmen, wo die Leute sich hinsetzen und einen Kaffee trinken konnten.

»Neuerdings bieten die hier eine Art Abenteuerklettertour an«, erklärte Nate, »und ich soll für ein kleines Magazin, für das ich schon häufiger gearbeitet habe, einen Erlebnisbericht schreiben.«

»Abenteuerklettern?« Evie blieb stehen, als eine Gestalt aus der Hütte trat. »Nate, ich kann nicht –«

Der Mann kam direkt auf sie zu und streckte Nate lächelnd die Hand hin. Er war nicht allzu groß und trug ein rotes Poloshirt mit einem Logo auf der Brust. Evie wusste selbst nicht, wie sie auf den Gedanken kam, aber der Typ hätte problemlos ans Set von *Alice im Wunderland* gepasst. Vielleicht als jemand, der für die Rote Königin arbeitete.

»Sie müssen der Journalist sein«, sagte er im schönsten West-Country-Akzent. Na gut, dann für die Rote Königin des West Country.

Nickend schüttelte Nate ihm die Hand. »Nate Ritchie. Das ist Evie.«

Der Typ würdigte sie kaum eines Blickes. »Super. Ich bin Tim. Kommt rein, dann erkläre ich euch alles.« Er schlug den Weg zur Hütte ein, und Evie blieb nichts anderes übrig, als den beiden Männern zu folgen. Trotzig mit dem Fuß aufzustampfen und sich zu weigern, auch nur einen Schritt zu machen, war wohl nicht die ideale Lösung. »Es gibt drei Schwierigkeitsstufen an der Kletterwand – ein bisschen wie im Hochseilgarten, falls ihr das schon mal –«

Nate machte eine undefinierbare Geste aus Nicken und Achselzucken, während Evie sich auf die Lippe biss. Ein Hochseilgarten war nicht ihr Ding – früher nicht und jetzt schon gar nicht.

»Wir haben schon alles vorbereitet, deshalb können wir eigentlich auch gleich los. Wenn ihr Lust habt, könnt ihr euch danach gern noch im Laden umsehen. Das ist übrigens Ed.« Er zeigte auf einen blonden Mann, der soeben aus der Hütte trat, vor der sie stehen geblieben waren. Auch er trug ein rotes Poloshirt – Gefolgsmann der Roten Königin, Klappe, die Zweite.

Ed hatte die Ausrüstung dabei, die Evie lieber gar nicht erst ansehen wollte. Sie würde sich ohnehin nicht auf diese Nummer einlassen. Auf keinen Fall. »Äh, kann ich vielleicht bloß –«

Gefolgsmann A der Roten Königin fiel ihr ins Wort. »Also, es läuft so ab: Zuerst gibt es eine Anfängerrunde, sozusagen zum Reinkommen, dann haben wir einen mittelschweren und einen fortgeschrittenen Kurs für die Könner. Logischerweise seid ihr die ganze Zeit gesichert, und einer von unseren Jungs ist immer in der Nähe, falls ihr Hilfe braucht. Im Grunde ist es bloß ein kleiner Freizeitspaß für die Touris, aber weil sich alles im Freien abspielt und es keine dieser Indoor-Kletterwände ist, wie man sie kennt, wirkt es abenteuerlicher, weil unten die Wellen sind und man aufs Meer raussehen kann und so.« Er beschrieb eine Art Viereck mit den Händen, als stellte er es sich im Fernsehen vor oder malte sich aus, wie Nates Artikel aussehen würde.

Nate sah Evie an, die sich ein Stück hatte zurückfallen lassen. »Was meinen Sie? Anfänger, Mittelstufe oder Fortgeschrittene?«

Evie schüttelte den Kopf. »Ich kann unmöglich –«

Doch auch jetzt bekam sie keine Gelegenheit, ihre Bedenken zu äußern. »Vielleicht macht sie ja den Anfängerparcours und du, Nate, den für Fortgeschrittene«, warf Gefolgsmann A ein. »Aber natürlich wollen wir auch die Mädels zum Mitmachen motivieren!« Er deutete einen Salut an, als sei die Bemerkung als Kompliment gemeint.

Nate, der seine Meinung offensichtlich teilte, zog die Brauen hoch. Evie *wünschte,* sie wäre mehr der Abenteuertyp, wünschte, sie hätte einen gesünderen, robusteren Körper, um diesen beschissenen Anfängerparcours zu absolvieren, damit sie ihm dann diesem Blödmann in den …

Sie hielt inne. Sie waren da. Und es handelte sich nicht um eine gewöhnliche Kletterwand, sondern um eine gottverdammte Klippe. Eine Klippe, an der rote, blaue und grüne Dinger herausstanden. Das Ganze sah ziemlich geschmacklos aus und nahm der rauen, fast bedrohlichen Atmosphäre der Landschaft ein Stück weit ihren Reiz. Wieso sollte jemand den Wunsch verspüren, an einer verdammten Felswand hinaufzuklettern? Was sollte das bringen?

Gefolgsmann B legte das Equipment auf den Boden – auch jetzt weigerte Evie sich, einen Blick darauf zu werfen – und begann, gemeinsam mit seinem Kollegen die einzelnen Teile zu sortieren. Evie nutzte die Gelegenheit, um Nates Arm zu packen. »Nate, ich kann das nicht machen«, sagte sie. Warum zum Teufel musste sie so erbärmlich und panisch dabei klingen? Wieso konnte sie es nicht einfach als logische, klare Ansage formulieren?

Er sah zu ihrer Hand auf seinem Arm, dann wieder in ihr Gesicht. »Wieso nicht?«

»Weil …« Es war ihr ein Gräuel, das Problem benennen zu müssen und es dadurch in den Mittelpunkt zu stellen. Ihre Nerven flatterten so heftig, dass es beinahe schmerzte. Wieso wusste er nicht mehr, dass sie unter MS litt? War ihm nie in den Sinn gekommen, dass es ihr Probleme bereiten könnte? Also gehörte auch er zu denjenigen, die dachten, dass es ihr gut ging, bloß weil sie aussah, als fehle ihr nichts, während sie in Wahrheit …

Sie holte tief Luft. »Manchmal spielt mein Körper nicht mit, sondern wird stocksteif, und ich fürchte, ich kann nicht …«

»Seid ihr so weit?«, rief Gefolgsmann A.

Evie nahm die Hand von Nates Arm und schluckte.

»Aber Sie könnten es doch mal versuchen«, schlug Nate vor. »Ich verstehe, dass Sie Angst haben, aber Sie können ja nicht wissen, ob es funktioniert, wenn Sie es nicht ausprobieren, oder? Wenn es ein Problem gibt, können wir sofort aufhören und Sie abseilen.« Er wandte sich wieder den beiden Gefolgsmännern der Roten Königin zu. »Tim? Ich mache zuerst den Anfängerparcours mit Evie. Auch ich muss erst mal wieder reinkommen, und der da drüben ist ganz schön hoch, wenn ich ehrlich sein soll.« Grinsend zeigte er auf die mit den roten Klettergriffen versehene Seite der Klippe. »Ich habe das eine ganze Weile nicht mehr gemacht.«

»Aber klar«, sagte Tim. »Wir wollen ja niemandem Angst machen, der einen positiven Artikel über uns schreibt.« Er verpasste Nate grinsend einen Klaps auf den Arm. »Aber machen wirst du ihn trotzdem, oder? Unseren roten, meine ich. Der ist unser ganzer Stolz und ...«

»Klar, ich muss mich nur erst einmal warmlaufen«, erklärte Nate.

Evie stand einen Moment lang da, lauschte dem Lachen der Kinder in der Ferne und den Wellen, die hinter ihr krachend ans Ufer schlugen, dann ging sie steifbeinig weiter, als Nate und Tim sich zu ihr umdrehten und sie erwartungsvoll ansahen.

Nate zog seine Jacke aus und legte sie über einen Felsbrocken. Unwillkürlich fiel Evies Blick auf seine muskulösen Oberarme in seinem lässigen blauen T-Shirt – sie waren nicht so massiv und ausgeprägt wie Wills, aber dennoch nicht zu übersehen, was auch an seiner leichten Bräune lag, und *kräuselten sich* beinahe, als er sein Geschirr anlegte. Nein, das war nicht das richtige Wort. Wer würde so ein Wort überhaupt benutzen? *Scarlett,* dachte Evie mit einem traurigen kleinen Lächeln. Scarlett hätte so ein Wort benutzt.

Dann war sie an der Reihe. Aus irgendeinem Grund ignorierten diese Besserwisser ihre Einwände, schnallten sie in das Geschirr, und auf einmal ... kletterte sie. Sie hing an einer verdammten Klippe, ihr Schicksal lag in den Händen von zwei Gefolgsmännern der Roten Königin, die unter ihnen am Strand standen.

Sie holte Luft und setzte sich in Bewegung. Und seltsamerweise klappte es die ersten paar Meter ganz gut. Die Steife in ihren Beinen schien ihr sogar zu helfen, den Halt zu wahren, und es gelang ihr, sich mit den Armen nach oben zu ziehen, zwar nur mit Mühe, aber immerhin. Nate blieb an ihrer Seite, obwohl sie ihm anmerkte, dass er bewusst Tempo herausnahm.

»Wieso summen Sie?«, fragte er, woraufhin Evie erschrocken verstummte.

»Das war mir nicht bewusst«, gestand sie, doch das Summen beruhigte und motivierte sie. Musik hatte stets diese Wirkung auf sie.

Er grinste. »Sicher bin ich mir nicht, aber es hörte sich schwer nach dem Titelsong von *Fluch der Karibik* an.«

Sie lächelte. Verlegen zu sein war schlicht unmöglich, solange man an einer Kletterwand hing. »Stimmt. Ich mag es wirklich gern. Den Soundtrack, nicht den Film, meine ich. Obwohl der Film eigentlich auch gut ist.« Und einer von Scarletts Lieblingsfilmen.

»Einmal habe ich mich zu Halloween als Jack Sparrow verkleidet«, sagte Nate und packte den nächsten Klettergriff. Sein Atem ging bedeutend ruhiger als ihrer. »Nur die Manierismen habe ich nicht richtig hinbekommen.«

Evie stieß einen Laut aus, der fast wie ein Lachen klang, allerdings traute sie sich nicht, weiterzusummen. Als Scarlett und sie noch Teenager gewesen waren, hatte sie die von Hans Zimmer komponierte Titelmelodie oft gespielt. Scarlett war so begeistert gewesen, dass sie Evie regelmäßig dazu überredet hatte, bei Partys ihre Geige aus dem Kasten zu holen und loszulegen.

Etwa auf halber Höhe der Wand verlor sie plötzlich den Halt an einem der grünen Klettergriffe über ihr. Ihr Herzschlag stockte, das Blut schoss ihr rauschend in den Kopf. Ihr war heiß. Viel zu heiß. Doch sie zwang sich, ruhig durchzuatmen. *Langsam*, ermahnte sie sich.

Nate kam neben ihr zum Stillstand und lehnte sich in seinem Geschirr zurück, sodass er praktisch frei in der Luft baumelte, während sie sich weiter krampfhaft an den Felsen krallte. »Die Aussicht ist ziemlich cool«, bemerkte er mit einem Nicken über die Schulter. Vorsichtig verlagerte Evie das Gewicht und wagte ebenfalls einen Blick. Er hatte recht: Unter ihnen glitzerte das Meer, die weißen schaumigen Wellen wirkten tiefer und dunkler, je weiter man den Blick in die Ferne schweifen ließ. Aus dieser Perspektive konnte man sogar die Leute unten am Strand, den Eiscremewagen und die beiden Gefolgsmänner der Roten Königin ignorieren. Zum allerersten Mal seit Scarletts Tod fühlte sich das Alleinsein nicht beängstigend an, nicht nach Einsamkeit.

»Das Meer hat etwas an sich«, murmelte Evie. »Hier wirkt alles gleich viel friedlicher.«

»Stimmt. Früher waren wir immer auf Familienurlaub an der Küste. Allerdings nicht hier, sondern meistens in der Gegend um Brighton.« Nate hing absolut lässig in seinem Geschirr, hatte er denn gar keine Angst? »Wir haben uns das ganze Programm gegönnt. Eiscreme, Fish & Chips, das obligatorische Bad im Meer, ganz egal, bei welchem Wetter. Es hat Spaß gemacht, aber als *friedlich* würde ich es nicht gerade bezeichnen«, erklärte er mit einem leicht schiefen Grinsen.

»Aber jetzt gibt es diese Urlaube nicht mehr?«

»Seit der Scheidung meiner Eltern nicht, nein.« Sein Lächeln verblasste, und sie sah einen Anflug von Traurigkeit in seinen dunkelbraunen Augen, die sie bisher noch nie an ihm beobachtet hatte.

»Meine Mum hatte nie viel für Urlaube übrig«, hörte Evie sich zu ihrem Erstaunen sagen. In Wahrheit konnte sie sich nicht erinnern, überhaupt jemals mit ihrer Mutter verreist zu sein. In der Enge eines Ferienquartiers hätten sie gar nicht gewusst, was sie miteinander anfangen sollten.

»Und Ihr Dad?«

Evie schüttelte den Kopf und bemühte sich, nicht nach unten zu sehen. Rein objektiv gesehen waren sie nicht allzu hoch, trotzdem hingen sie an einer Felswand. Ihre Arme begannen zu zittern. Sie wünschte, sie könnte sie schütteln, damit sie locker wurden, hatte allerdings nicht den Mut, es Nate nachzutun und dem Geschirr noch mehr von ihrem Körpergewicht aufzubürden. »Den habe ich nie kennengelernt.«

»Würden Sie das denn gern?«

Sie sah ihn an. Nicht viele stellten diese Frage so direkt. Zumindest nicht gleich zu Beginn. Normalerweise drückten sie erst ihr Mitgefühl aus, womit Evie auch jetzt noch, nach all der Zeit, nicht recht umzugehen wusste. Liefe es in Zukunft genauso, wenn Scarlett zur Sprache kam? Fände sie je einen Weg, darüber zu reden?

»Nein«, antwortete sie wahrheitsgetreu mit einem kleinen Seufzer. »Ich wollte nie nach ihm suchen. Er hat uns verlassen, was sollte das also bringen?« Sie sah nach oben, um herauszufinden, wie viel Strecke noch vor ihnen lag. »Ich würde wohl nicht aus Prinzip ablehnen, wenn er sich bei mir melden und sich treffen wollen würde, aber genau das ist ja der Punkt. Es wäre ein Kinderspiel für ihn, uns zu finden, deshalb sehe ich nicht ein, weshalb ich nach jemandem suchen sollte, der offensichtlich nicht gefunden werden will.«

»Klingt nachvollziehbar.«

Evie blinzelte überrascht. »Finden Sie?« Die meisten Leute versuchten, ihr einzureden, dass sie ihn doch treffen wollen *sollte*, als wiege eine genetische Verknüpfung schwerer als aufrichtige Verbundenheit mit Menschen, die man erst im Laufe seines Lebens kennenlernte.

»Ja, ich denke schon.«

Nate kletterte weiter. Evie stieß sich ab und biss die Zähne gegen den dumpfen Schmerz zusammen. Nach ein paar Sekunden verkrampften sich ihre Muskeln und wurden steinhart, ehe ihre Knie unvermittelt nachgaben. Mit einem leisen Aufschrei rutschte sie ab und hing mit baumelnden Beinen in der Luft.

»Alles klar!«, rief einer der Gefolgsmänner von unten mit so dröhnender Stimme, dass sie sie über das Rauschen in ihren Ohren hinweg wahrnahm. Ein Schluchzen drang aus ihrer Kehle, doch es gelang ihr, ein Bein wieder unter Kontrolle zu bekommen und neuen Halt zu finden.

»Es ist alles in Ordnung, du kannst loslassen.« Sie hörte Nates beruhigende Stimme direkt neben sich. »Er hält dich, dir passiert nichts.«

Evie kniff die Augen zusammen und schüttelte den Kopf, ohne loszulassen.

»Es ist alles in Ordnung«, sagte Nate noch einmal.

»Nein, ist es nicht«, erwiderte sie, beschämend nahe dran, in Tränen auszubrechen.

»Es ist alles … sieh doch nur …«

»Nein, es ist nicht alles in Ordnung mit mir, Nate!« Vielleicht weil sie schon zweimal in seiner Gegenwart die Beherrschung verloren hatte, fiel es ihr leichter, es herauszulassen. »Ich habe gleich gesagt, dass das passieren wird. Ich habe nicht genug Kraft dafür, und zwar nicht nur in dem Sinne, dass ich später Muskelkater kriege oder so, sondern mein Körper ist futsch, und ich habe nicht genug Kraft für so etwas.« Inzwischen atmete sie viel zu schnell und hektisch und konnte einfach nicht mehr damit aufhören. »Ich hätte nicht mitkommen sollen«, stieß sie leise hervor. »Es war ein Fehler, sich darauf einzulassen.« Sie warf ihm einen finsteren Blick zu, auf den er jedoch nicht reagierte. Stattdessen sah er sie nur weiter ruhig an. »Hätte ich das gewusst, wäre ich nicht mitgekommen«, sagte sie.

Was wahrscheinlich der Grund war, weshalb er sie nicht vorgewarnt hatte. Verdammt. Wieso nur hatte sie sich in dieses Abenteuer hineinziehen lassen, statt für ihre Bedürfnisse einzustehen? Sie wusste doch aus Erfahrung, dass sie es nicht übertreiben sollte, kannte ihre Grenzen. War das nicht genau das, was sie auch zu Scarlett gesagt hatte? Scarlett hatte sie gekannt, Nate tat das nicht. Und sie konnte es auch nicht von ihm erwarten, deshalb wusste sie, dass ihre Wut auf ihn eigentlich unfair war, dass es ihre eigene Schuld war, ihm nachgegeben, sich nicht gewehrt zu haben.

In diesem Moment legte er seine Hand auf ihre Finger, mit denen sie sich immer noch am Felsen festkrallte. Evie fuhr zusammen. Ihr war nicht bewusst gewesen, wie nahe sie einander waren. Sie blickte auf seine Hand. Sie fühlte sich warm, trocken und kreidig auf ihren Fingern an, die bestimmt eiskalt und klamm waren.

»Es tut mir leid«, sagte er. »Ich kenne mich damit nicht aus. Mit MS, meine ich.«

»Ich habe gesagt, dass ich das nicht machen kann«, wiederholte sie, doch inzwischen klang ihre Stimme müde.

»Das stimmt, aber ich dachte, es läge daran, dass du ein bisschen Angst hast, was etwas völlig anderes ist.« Sie runzelte die Stirn, und er lächelte. »Wir alle haben ein bisschen Angst vor so etwas, was aber noch lange kein Grund ist, es nicht auszuprobieren. Aber sieh nur«, fuhr er eilig fort, als sie zu einer Erwiderung anheben wollte, »wir sind schon fast oben.«

Sie sah hoch. Er hatte recht. Direkt über ihnen war der Felsvorsprung, so dicht, dass man ihn beinahe berühren konnte. Sie sah nach unten und schluckte. Nate drückte ihre Hand.

»Siehst du, jetzt ist es die Höhe, die dir Angst macht, was völlig normal ist. Aber jetzt hast du es schon so weit geschafft, da kannst du auch gleich vollends hinaufklettern.«

Und das tat sie. Mit eisernem Willen stemmte sie sich die letzten Meter nach oben – gleich geschafft. Und als sie den letzten grünen Klettergriff erreichte, konnte sie es sich nicht länger verkneifen: ein Lächeln, das noch breiter wurde, als Nate sie angrinste.

»Hey, wir haben es geschafft.«

Sie nickte. Die Erschöpfung fuhr ihr in sämtliche Glieder, und sie wurde wütend, weil ihr Körper so viel schwerer arbeiten musste, als es bei anderen Leuten der Fall war, aber er hatte recht: Sie hatte es geschafft. Sie atmete durch, löste vorsichtig die Finger vom Fels und ließ ihr Gewicht vom Geschirr tragen.

»Du hast das hammermäßig gemacht«, erklärte Nate mit einem weiteren Lächeln.

»So weit würde ich vielleicht nicht gehen«, konterte Evie trocken. Aber sie hatte es bis ganz nach oben geschafft. Hätte er ihr die Wahl gelassen und ihr Nein hingenommen, hätte sie es unter keinen Umständen auch nur versucht. Und vielleicht – ganz vielleicht – hätte sie es sogar bereut.

Kapitel 16

Nate hielt vor Evies Wohnhaus an und schaltete den Motor aus, ließ jedoch den Schlüssel in der Zündung stecken, damit das Radio weiterlaufen konnte. Evie sah ihn an und räusperte sich. »Also, danke für heute … glaube ich.«

Sein Mundwinkel hob sich. »Glaubst du?«

Sie gab einen Laut von sich, der nicht ganz als Lachen durchging. »Ich habe ein wenig gemischte Gefühle. Nein, das stimmt nicht. In Wahrheit bin ich froh, dass ich mitgekommen bin. Obwohl es … mir ist klar, dass es nicht so aussah. Und ich weiß auch, dass ich vielleicht etwas überreagiert habe.« Sie spürte, wie sie rot wurde. Sie hätte nicht die Beherrschung verlieren dürfen. Wieso passierte ihr das? Was an ihm brachte sie immer wieder an diesen Punkt?

»Du hast nicht überreagiert, sondern ich hätte genauer hinsehen müssen. Es tut mir leid.« Er fuhr sich mit der Hand über den Nacken, ein eindeutiges Zeichen, dass er sich unwohl in seiner Haut fühlte.

»Nein«, widersprach sie fest. »Ich bin ganz allein dafür verantwortlich, dass es mir gut geht, sonst niemand.«

Nate nickte langsam. »Wir können uns ja darauf einigen, dass wir uns beide ein klein wenig anders hätten verhalten können.«

Evie zögerte, dann zuckte sie die Achseln. »Also gut.« Es war eine neue Erfahrung, so darüber zu reden, als wäre es ein Kompromiss statt einer »Alles oder nichts«-Frage. Noch wusste sie nicht so recht, wie sie damit umgehen sollte.

Die Musik im Radio wechselte zu einem lebhaften, irisch anmutenden Geigenstück, das Evie nicht kannte. Jedenfalls war es nicht der Song, zu dem sie und Scarlett so viele Male getanzt hatten, doch als der Gesang einsetzte, wies das Stück trotzdem Ähnlichkeiten auf. Durchs Fenster sah sie auf die Straßen Londons in der hereinbrechenden Dämmerung. Scarlett hatte die Stadt geliebt, doch nun, da sie nicht länger hier war, fragte Evie sich unwillkürlich, ob sie es ertrug, noch länger zu bleiben. Bei ihrem Einzug war so klar gewesen, dass die Stadt für sie perfekt war, denn wo könnte man seine Träume besser verfolgen als in London? Aber was hielt sie inzwischen noch hier? Ihr Traum, mit Musik ihren Lebensunterhalt zu verdienen, war doch längst abgehakt. Sie würde die Wohnung kündigen müssen, weil sie sie sich unmöglich allein leisten könnte, selbst wenn sie es gewollt hätte.

Immerhin hatte sie noch ihren Job. Eine Stelle, für die sie dankbar sein musste, wenn man ihren Gesundheitszustand bedachte.

»Du magst Musik, ja?« Nates Stimme riss Evie aus ihren Gedanken. Sie sah, wie er ihre Hand betrachtete, die im Takt auf ihren Schenkel trommelte. Sofort hörte sie auf und schloss die Finger zur Faust. Sie hatte es nicht einmal mitbekommen, und das war auch der Grund, weshalb der Tremor ausgeblieben war.

»Tut das nicht jeder?«, fragte sie. Schließlich war die Liebe zur Musik etwas zutiefst Menschliches. Musik konnte Freude heraufbeschwören, aber auch Traurigkeit oder Staunen. Ihre Wirkung konnte unvermittelt einsetzen oder aber ganz allmählich. Manche Menschen behaupteten, ein zwiespältiges Verhältnis zu Musik zu haben, was sie stets etwas albern fand. Was wäre denn das Leben ohne Musik? Merkten die Leute nicht, dass die Musik zum Beispiel maßgeblich dafür verantwortlich war, wie sie sich fühlten, wenn sie sich einen Film ansahen? Dass die Hälfte seiner Wirkung auf die Musik zurückging?

»Na ja, dann eben diese Musik«, korrigierte Nate mit einer Geste auf das Radio. »Klassische Musik.«

»Eigentlich ist das gar kein richtig klassisches Stück«, sagte Evie. »Sondern beinahe Country. Trotzdem ist es wunderschön«, fügte sie hinzu, wohl wissend, dass die meisten Leute sie für einen Snob hielten, weil sie in dieser Hinsicht so pedantisch war. Was ebenfalls lächerlich war. Man war doch nicht sofort ein Snob, nur weil man Musik liebte, und sie würden ihre Meinung ganz bestimmt revidieren, wenn sie wüssten, welche Schule Scarlett und sie besucht hatten.

»Also ... ja?«

Evie schüttelte den Kopf. »Entschuldigung. Ja. Ich liebe Musik.« Sie legte den Kopf schief. »Was ist mit dir?«

»Klar. Aber für mich ist Taylor Swift die Allergrößte.«

Evie lachte – es war ein kleines, leises Lachen, aber eindeutig ein Lachen –, woraufhin Nate grinste, wobei sich die Haut um seine Augen kräuselte. Einen Moment lang begegneten sich ihre Blicke, und sie spürte ein ganz leichtes Beben tief in ihrem Innern, das sofort aufhörte, als sie wegsah. »Ich sollte lieber mal reingehen«, sagte sie mit einem Seufzen.

»Klar. Äh ... Evie?« Sie sah ihn wieder an. »Ich könnte nicht zufällig kurz deine Toilette benutzen?«, fragte er mit einem hilflosen Achselzucken. »Die lange Fahrt und so.«

»Natürlich. Klar, komm mit hoch.« Sie bedachte ihn mit einem ironischen Blick. »Du weißt ja ohnehin schon, welche Wohnung es ist.« Statt einer Erwiderung grinste er nur verlegen.

Er folgte ihr in den Wohnblock und die Treppe hinauf. Evie hörte es bereits, bevor sie um den Absatz herumtrat: Vereinzelte Töne, mit Bedacht ausgewählt.

Astrid saß, wieder in einem Hoodie, auf einer Stufe, die Stirn konzentriert gerunzelt, während der Bogen zwischen ihren Fingern über die Saiten glitt. »Hallo, Astrid«, sagte Evie. »Das wird ja allmählich zur Gewohnheit.«

Astrid schenkte Evie ein Lächeln, in dessen Offenheit und

Unkompliziertheit Evie sich spontan in dieser Sekunde verliebte.

»Ich übe mal wieder«, erklärte Astrid überflüssigerweise und musterte Nate von oben bis unten, wieder mit dieser ungenierten Offenheit. »Ist *das* nun dein fester Freund?«

Evie beschloss, nicht auf die Betonung einzugehen. Sollte Nate es bemerkt haben, ließ er es sich zumindest nicht anmerken. »Nein, er ist nur ein …« Sie hielt inne und sah Nate an. Wie genau sollte sie ihn denn vorstellen?

»Ein Freund?«, schlug Nate mit einem Lächeln vor, das Evie vorkam, als hätte er es einstudiert und setze es gezielt ein, um sich Ärger vom Hals zu schaffen.

»Ein Bekannter«, korrigierte Evie fest und trat an Astrid vorbei, um ihre Wohnungstür aufzuschließen.

»Puh, Alter«, hörte Evie Astrid sagen, die sich erhob und neben Nate trat. Evie musste sich ein Grinsen verkneifen. »Und wieso sind Sie hier?«, fragte Astrid Nate auf ihre gewohnt direkte Art.

»Ich, äh, muss nur kurz die Toilette benutzen.«

»Und was machen Sie so?«

»Ich bin Journalist.«

»Echt jetzt?« In Sekundenbruchteilen wich der Argwohn auf Astrids Zügen einem strahlenden Lächeln. »Das ist so cool«, erklärte sie.

»Stimmt, das ist es tatsächlich«, bestätigte Nate.

»Ich will das auch mal machen. Na ja, eigentlich will ich ja Geige spielen, aber daraus wird wohl nichts, zumindest sagen das alle, deshalb ist Journalismus sozusagen mein Plan B. Ich will all den Schmutz über die Leute ans Licht zerren, verstehen Sie?«

Evie sah, dass auch Nate ein Lächeln unterdrücken musste. »So etwas macht nur eine ganz bestimmte Art von Journalisten – in dem Fall müsstest du vielleicht eher Privatdetektiv oder so was werden.« Astrid öffnete den Mund zu einer Erwiderung. »Aber eigentlich kenne ich mich damit nicht so gut aus«, fügte Nate eilig hinzu.

Evie trat in die Wohnung und zog die Brauen hoch, als Astrid Nate hereinfolgte. »Astrid, solltest du nicht –« Doch sie kam nicht dazu, ihren Satz zu Ende zu bringen.

»Oh. Mein. Gott. Gehört die dir?« Astrids braune Augen strahlten förmlich, während sie in die Ecke des Raums trat.

Evie wurde stocksteif, als Nate Astrids Blick zu ihrer Geige folgte, die gegen den schmalen Schreibtisch gelehnt stand.

Sie hatte sie gestern Abend herausgeholt, sie betrachtet und sich zu erinnern versucht, wie es sich angefühlt hatte, damals, als sie noch überzeugt gewesen war, dass Musik ihr Leben sei. Sie hatte es nicht über sich gebracht, sie wieder wegzuschließen, deshalb stand sie nun in der Ecke. Sie wirkte einsam und verloren, so halb im Schatten, fand Evie. Fast bekümmert. Geigen wurden dafür gebaut, dass man auf ihnen spielte, aber die hier ... nun, sie hatte ihre Bestimmung verloren, als Evie die ihre verloren hatte. Die Sehnsucht durchfuhr sie mit einer Heftigkeit, dass sie sich reflexartig die Hand auf die Brust legte.

Astrid drehte sich zu ihr um und sah sie fragend an.

»Ja«, sagte Evie, um einen gelassenen Tonfall bemüht. »Das ist meine.«

»Ich wusste es!« Mit ineinander verschränkten Fingern trat Astrid auf die Geige zu. »Du spielst.«

»Ich habe gespielt. Vergangenheitsform.« Sie spürte, dass Nate sie ansah, weigerte sich jedoch, seinem Blick zu begegnen. Es ging ihn nichts an.

»Ich würde alles für so ein Instrument geben«, erklärte Astrid, die inzwischen vor der Geige stand und die Hand ausstreckte, als wollte sie sie berühren, sie jedoch sofort wieder zurückkriss und Evie schuldbewusst über die Schulter ansah.

Evie lächelte. »Du kannst meine Hübsche gern begrüßen, wenn du möchtest. Bestimmt vermisst sie die Gesellschaft.«

Behutsam strich Astrid mit einem Finger über die Geige, während Nate Evie fragend ansah. »*Meine Hübsche?*«, fragte er leise.

Evie winkte ab. »Die schönsten Dinge sind doch immer weiblich«, erwiderte sie.

Nate nickte. »Dem kann ich nur zustimmen.«

Astrid zog ihre Hand zurück und blickte sich demonstrativ im Raum um. »Die Wohnung ist gleich groß wie unsere.«

Evie zog die Brauen hoch. »Das klingt ziemlich logisch bei so einem Wohnblock.«

»Wahrscheinlich. Lebst du allein hier?« Astrid warf Nate einen listigen Blick zu, und Evie bemerkte, wie er sich sein Lächeln zuerst zu verkneifen versuchte, ehe es sich auf seinem Gesicht ausbreitete. Sie selbst konnte nicht darüber lachen. Allein. Da war es wieder, dieses Wort. Mit einem Mal wog Scarletts Abwesenheit so schwer auf ihr, dass sie sie zu erdrücken drohte.

Wieder spürte sie Nates Blick, als sie sagte: »Hey, Astrid, wieso gehen wir nicht –«

In diesem Moment ertönte ein schriller Schrei auf dem Korridor. »Anna!« Astrid zuckte zusammen. »Ich schwöre bei Gott, Anna, wenn du nicht –«

Astrid lief zur Wohnungstür und riss sie auf, sodass eine Frau von vielleicht Ende dreißig mit herrlichen Kurven und dunklem, gewelltem Haar zu sehen war, die gerade die Treppe hinunterlaufen wollte.

»Ich bin hier, Mum.« Die Frau wirbelte zu Astrid – *Anna?* – herum und presste sich die Hand auf die Brust.

»Was zum Teufel treibst du da? Und wer sind diese Leute?« Sie warf Nate und Evie einen misstrauischen Blick zu, ehe sie sich wieder ihrer Tochter zuwandte.

»Sie sind meine Freunde«, erklärte Astrid. Es klang so einfach, das reinste Kinderspiel. Ein paar Worte miteinander gewechselt, und – zack! – schon war man befreundet, ohne weitere Fragen. »Ich sollte gehen«, sagte Astrid über die Schulter und trat hinaus.

Doch Evie folgte ihr. »Anna? Du hast doch gesagt, du heißt ...«

»Anna gefällt mir nicht, deshalb probiere ich etwas Neues aus. Also, bis bald!« Sie hastete über den Korridor, schlüpfte in die Wohnung gegenüber und zog die Tür hinter sich zu. Trotzdem war die Stimme ihrer Mutter laut und deutlich zu hören, die mit ihr schimpfte, weil sie mit Fremden mitgegangen war.

»Aber sie ist keine Fremde, Mum, sondern unsere Nachbarin und echt cool.«

Einen Moment lang starrte Evie die Tür an und fragte sich, ob sie verwundert oder besorgt sein sollte, weil Astrid – Anna – die Lüge wegen ihres Namens so leicht über die Lippen gekommen war. Sie wandte sich Nate zu, der immer noch dastand. »Die Toilette ist den Gang runter. Letzte Tür rechts.«

»Okay. Danke.«

Evie ließ sich auf das kleine rote Sofa sinken. O Gott, sie brauchte dringend Schlaf. Wie so oft kam die Erschöpfung aus heiterem Himmel über sie und war schier überwältigend. Der Tag war heftig gewesen, deshalb brauchte sie sich nicht darüber zu wundern.

Sie bemerkte Nate erst, als seine Stimme an ihr Ohr drang. »Soll ich dir vielleicht eine Tasse Tee machen?« Sie drehte sich zu ihm und blinzelte.

»Okay«, sagte sie, wobei ihr auffiel, dass sich diese Monotonie wieder in ihre Stimme geschlichen hatte. Eigentlich wollte sie, dass er ging, damit sie sich hinlegen konnte, doch die Verunsicherung, mit der er sie ansah, verriet ihr, dass er irgendetwas tun wollte, deshalb besann sie sich eines Besseren. Sie würde sich einen Tee von ihm zubereiten lassen und ihn dann nach Hause schicken.

Ohne zu fragen, wo die Sachen zu finden waren, machte Nate sich in der Küche zu schaffen. Die Erinnerung, wie Will vor nicht allzu langer Zeit dort herumgewerkelt hatte, versetzte Evie einen kurzen, scharfen Stich. Sie hörte, wie Nate den Wasserkessel aufsetzte, dann herrschte Stille.

»Was ist denn das?«, hörte sie ihn nach einem Moment fragen und drehte sich um. Er stand mit einem Blatt Papier in der Hand hinter ihr. Ihr Herz zog sich zusammen. Sie hatte das Blatt in Scarletts Mappe auf dem Tisch gefunden, sich jedoch nicht überwinden können, Jason Bescheid zu geben – und es damit loszulassen.

Es war ein Kleid, genauer gesagt eine ganze Reihe von Entwürfen für ein und dasselbe Kleid. Das Anfangsstadium, wenn Scarlett etwas Neues erschuf. Es war bodenlang und schmal geschnitten, eng hier, locker dort und mit einem tiefen Rückenausschnitt. In der Mitte der Seite hatte Scarlett eine Frau in diesem Kleid gezeichnet – Evie, ganz eindeutig, mit einer anmutigen Weichheit, von der sie sich nicht sicher war, ob sie sie noch besaß. Die Beschriftungen an den Rändern verrieten, was Scarlett im Sinn gehabt hatte, obwohl die Zeichnung nicht farbig gestaltet war – das Kleid hätte grün sein sollen. Eine Erinnerung kam Evie in den Sinn. Sie und Scarlett am Strand auf Kreta.

Ich kann es nicht erwarten, eine der Ersten zu sein, die ein Originalkleid von Scarlett Henderson kaufen.

Es muss etwas Grünes sein, speziell für dich.

»Scarlett hat das entworfen. Oder zumindest skizziert, um es später zu schneidern, vermute ich.« Mit einem tiefen Atemzug löste Evie den Blick von der Kohlezeichnung. »Ich glaube, sie wollte es zu meinem dreißigsten Geburtstag anfertigen. Er ist zwar erst im August, aber sie hat vor einiger Zeit angekündigt, sie wolle etwas ganz Besonderes erschaffen, und ich glaube ... das war es.«

Evie konnte seine Miene nicht recht deuten, als er wieder auf die Skizze blickte.

»Möchtest du sonst noch etwas?«, fragte er, und sie schüttelte den Kopf. »Wasser vielleicht?«, hakte er nach. »Etwas zu essen? Hast du überhaupt etwas im Haus?«

»Ich bin mir nicht ganz sicher.« Sie konnte sich nicht erinnern, wann sie das letzte Mal einkaufen war. Sie wollte nach ihrem Teebecher greifen, als der Tremor einsetzte, deshalb ließ sie ihn wieder sinken.

Ohne ein Wort zu sagen, nahm Nate den Becher und stellte ihn ihr in den Schoß, sodass sie die Hände darum legen konnte.

»Danke«, sagte sie mit einem Seufzen. Normalerweise war es ihr peinlich, wenn sie bei solchen Kleinigkeiten Hilfe brauchte, doch jetzt fehlte ihr selbst dafür die Energie.

»Das Zittern ist nicht immer da«, sagte er ein wenig zögerlich.

Sie bog die Finger durch. »Es ist das konstanteste Symptom. Das und die Müdigkeit, die allerdings kommt und geht. Aber, ja, es gibt Zeiten, in denen es schlimmer ist.« Sie sah ihn an. »Du kannst jetzt gehen. Ehrlich. Ich schaffe das schon. Ich bestelle mir etwas zu essen oder ...«

Er zögerte, als wollte er protestieren, was nachvollziehbar war. Sie wusste, welchen Eindruck sie machte, dabei wäre eine Mütze voll Schlaf das, was ihr gerade am meisten helfen würde. Zum Glück schien er es zu spüren und nickte, ehe er in die Küche ging, wo sie ihn seinen Becher abwaschen und auf das Abtropfbrett stellen hörte: eine winzige, aber sehr umsichtige Geste.

Vielleicht kamen die Worte ja deshalb über ihre Lippen. »Morgen ist ihr Geburtstag.« Sie spürte ihn eher hinter sich, als dass sie ihn sah, und hielt den Blick weiterhin auf den Becher zwischen ihren Händen gerichtet. »Morgen wäre Scarlett dreißig geworden.«

Es hing zwischen ihnen: dass sie nicht da war, weil sie stehen geblieben war, um ihm zu helfen. Es mochte nicht der Grund sein, weshalb sie es gesagt hatte, trotzdem stimmte es.

»Ich wollte sie ausführen«, fuhr Evie fort. »Gefreut hat sie sich nicht auf ihren Geburtstag. Sie wollte nicht dreißig werden.« Ihr Magen verkrampfte sich bei dem Gedanken. Scarlett hatte die Zwanziger nicht hinter sich lassen wollen. Und das hatte sie auch nicht getan. Nun bliebe sie für alle Zeiten neunundzwanzig. Evie holte tief Luft, wollte der Trauer den Raum geben, durch sie hindurchzuströmen. »Deshalb wollten ihre Mum und ich nächstes Wochenende eine Riesenparty für sie schmeißen, aber am eigentlichen Geburtstag hatte ich vor, sie in das Restaurant auszuführen, in das sie schon immer wollte. Dort gibt es Musik, wir hätten tanzen und Champagner trinken können und ...« Sie schloss die Finger fester um den Becher. »Es ist blöd, ausgerechnet jetzt daran zu denken.«

»Ganz und gar nicht«, widersprach Nate. »Welches Restaurant denn?«

Sie drehte sich zu ihm und nannte ihm den Namen. Er stand am Küchentresen neben Scarletts Skizze – und dem noch immer ungeöffneten Brief an sie – und nickte.

»Ich führe dich dorthin aus«, sagte er ein wenig abrupt.

»Was?«

Er fuhr sich mit der Hand über den Nacken, eine seiner Standardgesten, die sie inzwischen schon kannte. »Wenn du morgen nichts vorhast ... hast du? Pläne für morgen?«

Sie zögerte, dann schüttelte sie den Kopf. Was sollte lügen schon bringen? »Nein, aber ich glaube nicht, dass ich das kann ... es würde sich falsch anfühlen, mit jemand anderem hinzugehen.«

»Dann eben irgendwo anders hin. Wir können sie doch gemeinsam feiern.«

»Ich weiß nicht recht«, sagte Evie langsam. Scarletts Geburtstag ausgerechnet mit dem Mann zu feiern, der unabsichtlich ihren Tod verursacht hatte: War das nicht total falsch? Trotzdem gingen ihr seine Worte im Kopf herum: *sie feiern*. Etwas in ihr regte sich. Denn Scarlett, dieses quirlige Energiebündel, hätte gewollt, dass man sie feierte, oder nicht?

»Schick mir einfach eine Nachricht. Wenn du Lust hast. Kein Druck.«

Sie sah auf und nickte. »Danke.«

»Ich ... ich finde schon hinaus.«

Sie sah ihm hinterher, als er zur Tür ging, so lässig und zuversichtlich. »Nate?«

Er fuhr herum und sah sie an, als hätte er beinahe Angst, dass sie ihn zusammenstauchte. »Ja?«

»Ich ... Danke. Für heute.«

Ein Lächeln erschien auf seinem Gesicht. Ein aufrichtiges Lächeln. Und sie konnte nicht leugnen, dass sie sich freute, nur für einen winzigen Moment, dieses Lächeln auf sein Gesicht gezaubert zu haben.

Kapitel 17

Sie hat es getan! Evie ist tatsächlich an dieser Felswand hinaufgeklettert. Hätte ich sie darum gebeten, hätte sie rundweg abgelehnt. Möglicherweise, weil wir uns so gut kennen. Bei denen, die einem am nächsten stehen, gestattet man sich, auch mal Nein zu sagen, richtig? Gleichzeitig hätte ich aus diesem Grund auch nicht darauf gedrängt, so wie Nate es getan hat; wahrscheinlich wäre ich gar nicht erst auf die Idee gekommen, etwas Derartiges vorzuschlagen, weil ich mir sicher gewesen wäre, ihre Antwort darauf zu kennen.

Bei dem Gedanken bekomme ich ein schlechtes Gewissen. Wann habe ich eigentlich meine beste Freundin aufgegeben?

Habe ich doch gar nicht, sage ich mir fest. Zeigen die Broschüren das etwa nicht, die immer noch in der Küchenschublade liegen? Aber vielleicht hätte ich mich mehr bemühen, hätte die Balance finden müssen, sie einerseits ermutigen, sich ein wenig mehr anzustrengen, und gleichzeitig akzeptieren, dass sie manches schlicht nicht tun kann. Ich habe ihr stets gesagt, sie soll nicht zulassen, dass die Krankheit sie definiert, aber möglicherweise habe auch ich im Lauf der Zeit genau das getan – zuerst an ihre Krankheit zu denken statt an sie. Was sagt es aus, dass Nate schon nach dieser kurzen Zeit scheinbar ohne jede Mühe genau das in die Tat umsetzen kann, woran ich gescheitert bin?

Er hat meine Zeichnung gefunden und ein Foto davon gemacht. Wieso? Ich bin mir nicht sicher, ob mir das gefällt. Wozu braucht er ein Foto davon?

Und was noch viel wichtiger ist: Es bedeutet, dass Evie die Skizze gefunden hat. Aber wie konnte mir das entgehen? Sie liegt da, direkt neben dem Brief an mich.

Sie hat recht. Ich wollte tatsächlich, dass dies ihr Kleid zum Dreißigsten wird. Und nun, da ich sie darüber sprechen höre, wird mir bewusst, dass sie sie behalten soll. Ich will nicht, dass sie die Skizze Jason überlässt, sondern sie soll sie behalten in dem Wissen, dass ich beim Entwurf sie im Sinn hatte. Aber als Nate die Wohnung verlässt und sie allein zurückbleibt, ist mir klar, dass es nicht das ist, woran sie jetzt denkt.

Mein dreißigster Geburtstag. Weil ich nicht da war, um sie praktisch täglich daran zu erinnern, ist es ein kleiner Schock, dass er gewissermaßen vor der Tür steht. *Morgen*. Am 15. Juni. Ich fand es immer toll, dass mein Geburtstag genau in der Mitte des Monats liegt, weil ihn das irgendwie zu etwas Besonderem gemacht hat. Evie und ich, beides Sommerkinder. Nun allerdings bedeutet das Datum, dass seit meinem Tod zwei Monate vergangen sind. Zwei Monate, die ich in diesem Zwischenstadium feststecke. Ist so etwas überhaupt möglich? Muss ich jetzt etwa endlos zusehen, wie die Leute ihr Leben führen, und Erinnerungen, die mir aus irgendwelchen Gründen im Gedächtnis geblieben sind, noch einmal durchleben? Wie als Antwort stehe ich plötzlich wieder an dieser Kreuzung und sehe zu, wie ein Mann auf einem roten Fahrrad … *Nein!* Ich blockiere das Bild und reiße mich mit Gewalt davon los. Ich bin nicht bereit, das alles noch einmal durchzumachen.

Stattdessen denke ich an meinen letzten Geburtstag, den ich mit Jason verbracht habe. Nur wir beide. Er hat mich in ein schickes Hotel mit Meerblick in Brighton entführt – an einem sehr viel hübscheren Strand als der, den Evie heute als *friedlich* bezeichnet hat. Es war der erste Geburtstag, den ich ohne Evie verbracht habe, obwohl wir am Wochenende nachgefeiert haben. Diese Besonderheit hatte ich als Zeichen des Erwachsenwerdens gewertet – indem ich meinen Geburtstag mit meinem Partner statt meiner Freundin verbracht habe. *Partner*. Stand es mir überhaupt je zu, ihn so zu nennen?

Doch in diese Erinnerung tauche ich jetzt nicht ein. Stattdessen finde ich mich zu meinem Erstaunen im Pub unseres Heimatorts wieder, wo Evie und ich als Teenager gekellnert haben. Die Luft ist vom heftigen Biergeruch geschwängert. Es ist mein einundzwanzigster Geburtstag, und ich stehe mit dem Rücken zu Evie inmitten einer Gruppe aus Freunden. Dass ich leicht schwanke, könnte ein Indiz dafür sein, dass ich ziemlich angeschickert bin. Meine Erinnerung an diesen Abend ist getrübt, ich weiß nur noch, dass es ziemlich heftig zur Sache ging. Wieso bin ich hier?

Wir spielen Back-to-Back. Wie das Spiel offiziell heißt, weiß ich nicht, aber so haben wir es immer genannt. Man steht Rücken an Rücken mit jemandem, und die Leute ringsum stellen einem Fragen wie »Wer von euch ist intelligenter?«, und wenn du glaubst, dass du es bist, musst du trinken. Wenn beide trinken – oder keiner –, bist du raus. Evie und ich haben das Spiel voll drauf. Wir kennen einander viel zu gut und sind deshalb nahezu unschlagbar, denn selbst wenn wir nicht einer Meinung sind, wissen wir, was der andere denkt. Wer ist die Mutigere von uns? Ich. Wer ist höflicher? Evie. Wer könnte am ehesten im Knast landen? Ich. Wer ist brummiger? Ich. Wer verträgt mehr Alkohol? Evie, aber nur, weil sie größer ist. Wer ist die Hübschere? Ich weiß, dass Evie mich nennen wird, deshalb trinke ich. Genau mit dieser Taktik gewinnt man dieses Spiel. Wer hat die schöneren Augen? Ich runzle die Stirn. Meine Augen sind das Schönste an mir, das ist mir bewusst. Ich habe eine halbe Ewigkeit herumexperimentiert und geübt, mit welchem Make-up ich ihr Blau am besten zur Geltung bringe, und mir angewöhnt, mein Gegenüber beim Sprechen stets direkt anzusehen, damit er oder sie meine Augen bemerkt. Aber Evie hat ebenfalls tolle Augen. Leuchtend grün wie die einer Meerjungfrau. Zwar setzt sie sie nicht ansatzweise so gezielt ein wie ich, aber wenn sie einen direkt ansieht ... treffen sie einen mitten ins Mark, sagen wir mal so. Das war ein wichtiges Argument, als wir uns kennengelernt haben: dass keine von uns hundsgewöhnliche braune Augen hat.

Jemand am äußeren Rand des Kreises – Sasha, eine Freundin von der Uni – lacht. »Na endlich! Ihr müsst beide trinken.« Evie und ich sehen einander an und grinsen.

»Auf tolle Augen«, sage ich, und wir stoßen mit unseren Rosé-Gläsern an. Ist das krass. Wieso um alles in der Welt trinken wir dieses Zeug?

Einundzwanzig. Es fühlt sich so jung an. Wieso machen die Leute so ein Riesenbuhei um diese Zahl? Heute bedeutet sie gar nichts mehr, oder? Trotzdem kam sie mir damals unglaublich wichtig vor, als wäre ich jetzt endlich erwachsen.

Wir treten zurück in den Kreis, und zwei unserer ehemaligen Klassenkameradinnen nehmen unsere Plätze ein. Ich sehe, dass Jake, einer von Evies Kommilitonen, mich von der anderen Seite des Kreises ansieht. Wir tänzeln schon eine ganze Weile umeinander herum, seit ich ihn vor ein paar Wochen beim Ausgehen in Manchester kennengelernt habe. Später an diesem Abend werden wir Sex haben, ungelenk und mit viel Alkohol, und anschließend vier Monate ein Paar sein, bevor ich ihn abserviere, doch in diesem Moment fand ich ihn zum Niederknien – groß, dunkel, mit muskelbepackten Schultern und ... es ist wohl offensichtlich, worauf ich stehe, was?

Ich entschuldige mich und verlasse den Kreis, um auf die Toilette zu gehen. Auf dem Rückweg komme ich an meinen Eltern vorbei, die sich in eine Ecke zurückgezogen haben. Sie haben den Pub gemietet und auch einige ihrer eigenen Freunde dazu eingeladen, doch inzwischen hat es sich sichtlich geleert.

»Ich sage ja nicht, dass es jetzt sein muss«, murmelt mein Dad mit gedämpfter, aber nicht unhörbarer Stimme. »Ich sage nur, dass wir beizeiten ein Gespräch mit ihr führen müssen über ...«

»Nicht jetzt, Graham! Unser Mädchen wird heute einundzwanzig, kannst du es nicht mal einen Abend gut sein lassen?«

»*Was* gut sein lassen?«, frage ich und trete an ihren Tisch. Der Alkohol verwäscht nicht nur meine Aussprache, sondern verleiht mir auch eine Unverfrorenheit, die ich sonst nicht an den Tag lege.

»Gar nichts, Schatz.« Mum lächelt mich freundlich an, doch ich sehe, dass es ihr nicht leichtfällt.

»Mit wem wolltet ihr ein Gespräch führen?«, dränge ich weiter. »Mit mir?«

Dad schüttelt den Kopf. »Mach dir darüber keine Gedanken, Lettie.« So hat er mich immer genannt, als ich noch klein war. Der Gedanke an meine Eltern, die inzwischen in getrennten Zimmern schlafen, jeder allein mit seiner Trauer, versetzt mir einen Stich. O Gott, ich möchte so gern weinen, kann es aber nicht, weil mein Ich von damals keinen Anlass hat, in Tränen auszubrechen.

Ich zögere, doch Mum weist auf die anderen. »Geh zurück zu deinen Freunden und amüsier dich. Schließlich bist du das Geburtstagskind.« Sie zwinkert mir zu. Aha, vielleicht habe ich das mit dem Zwinkern von ihr.

Kaum bin ich wieder bei den anderen, tritt Jake neben mich. »Was zu trinken?«, fragt er.

»Klar.« Ich folge ihm zur Bar, wo er mir noch einen Rosé bestellt. Als er mir das Glas reicht, streift seine Hand meine Finger und verharrt einen Moment darauf. Ich sehe ihn an.

»Ich habe in meiner Airbnb-Unterkunft ein Zimmer für mich allein«, sagt er, während sich eine leise Röte auf seinen Wangen ausbreitet, die ich hinreißend finde.

»Ach, tatsächlich?«, frage ich und lächle züchtig – einige unserer Uni-Freunde sind zusammen übers Wochenende hergekommen, um mit mir zu feiern. »Und wie ist es dort so?«

Er zuckt die Achseln. »Ganz nett.« Ich ziehe die Brauen hoch, woraufhin er eilig fortfährt: »Also, ich meine, es ist echt schön. Wirklich. Du solltest es mal sehen.«

Mit gespielter Nachdenklichkeit tippe ich gegen mein Glas. »Und hast du auch Wein?«

Er grinst. »Ja, weißen. Im Kühlschrank.«

»Das reicht schon, denke ich.«

Beinahe hüpfend vor Begeisterung geht er meinen Mantel holen, während ich zu Evie trete. »Hör zu, ich glaube, ich gehe jetzt und habe Sex mit Jake.«

Evie lacht ein wenig schrill, dann sieht sie mich an. Was das angeht, war sie nie so direkt wie ich. »Ernsthaft jetzt?«

Ich grinse sie an. »Ernsthaft.«

»Oh. Du gehst also? Jetzt gleich?« Ich sehe die Kränkung über ihr Gesicht huschen, obwohl sie sich bemüht, es zu verbergen, allerdings glaube ich nicht, dass mein Ich von damals es gemerkt hat.

»Ja.« Ich kippe den restlichen Inhalt meines Glases hinunter und stelle es auf dem nächstbesten Tisch ab. »Das ist doch okay, oder?«

»Natürlich. Es ist deine Party. Geh schon. Bevor alle anderen die Kurve kratzen.«

Wieder grinse ich. »Das ist der Plan. Aber du amüsierst dich doch trotzdem, oder? Auch ohne mich. Es sind ja noch massenhaft Leute da.«

»Klar. Wenn du weg bist, wird es vielleicht sogar noch lustiger.«

Lachend remple ich sie mit der Schulter an. »Träum weiter.«

»Oh, das war alles Teil eines Masterplans«, erklärt sie und nickt mit heiterer Gelassenheit. »Ich habe mir alles genau überlegt und Jake an der exakt richtigen Stelle postiert. Ehrlich gesagt bin ich ein bisschen enttäuscht, dass es so lange gedauert hat.«

Ich verpasse ihr einen Stoß in die Rippen. Sie versucht, es ins Lächerliche zu ziehen, deshalb habe ich kein schlechtes Gewissen. Dann steht Jake hinter mir und wirft Evie einen etwas schuldbewussten Blick zu. Er war ein guter Freund von ihr, bevor ich auf ihn stand.

»Bist du so weit?«, fragt er. Ich nicke.

Evie hat vor ein paar Monaten mit ihrem ersten Freund Schluss gemacht, irgendeinem Langweiler, der Computerwissenschaften studiert hat, aber eigentlich ist es unfair, so etwas zu sagen. Bestimmt gibt es auch interessante Leute, die das studieren – er gehörte bloß eben nicht dazu. Wie hieß er noch? Ronald? Mal ehrlich – wer heißt schon Ronald? Ich bin mir zwar ziemlich sicher, dass er eigentlich Roland hieß, aber trotzdem. Ich glaube, ich hatte große Pläne, Evie an dem Abend mit jemandem zu verkuppeln, habe die Idee aber offensichtlich verworfen.

Jake nimmt mich bei der Hand, als wir den Pub verlassen, wobei ich mich noch nicht einmal nach den anderen umdrehe und mich weder von ihnen noch von meinen Eltern verabschiede. Was für ein Mensch war ich damals? Wie konnte ich das tun? Sie alle waren nur meinetwegen gekommen, und ich habe sie wegen dieses Jungen stehen lassen. Bislang habe ich Momente wie diesen stets vor mir selbst gerechtfertigt, man müsse nun mal Prioritäten setzen, wenn man den richtigen Mann finden wolle, etc., und in diesem Moment glaubte ich offenbar ernsthaft, dass Jake dieser Richtige sei.

Also lasse ich sie stehen, lasse Evie stehen. Am nächsten Tag wird sie das Ganze weglachen, mich wegen Jake aufziehen und nett zu ihm sein, so wie sie immer nett zu meinen Typen war. Soweit ich weiß, hat ihre Freundschaft geendet, nachdem ich ihn in die Wüste geschickt hatte, weil er »nicht an mich erinnert werden« wollte. Ich hingegen habe nie wieder einen Gedanken an ihn verschwendet, sondern bin nach London gezogen, auf zu neuen, größeren Zielen, auf zum nächsten Kerl, immer auf der verzweifelten Suche nach dem »Richtigen« – eine Suche, die offensichtlich nicht von Erfolg gekrönt war.

Kapitel 18

Evie stand vor dem Kühlschrank und überlegte gerade, ob sie sich ein Glas von dem billigen Weißwein einschenken sollte – immerhin war es früher Nachmittag und Scarletts Geburtstag –, als ihr Handy läutete. Beim Anblick des Namens auf dem Display wäre sie am liebsten gar nicht erst rangegangen, andererseits hatte sie seit Wochen Ausreden erfunden, um nicht anzurufen, deshalb blieb ihr keine andere Wahl.

»Hi, Mum.«

»Evelyn! Wie schön, endlich deine Stimme zu hören.« Ein Anflug von Vorwurf schwang in der Stimme ihrer Mutter mit, der Evie nur allzu vertraut war.

»Entschuldige«, erwiderte sie automatisch, »aber ich war …« *Beschäftigt* lag ihr auf der Zunge, aber das würde Ruth ihr logischerweise wohl kaum abkaufen.

»Nun ja, wie auch immer«, sagte ihre Mutter schroff und ersparte es Evie damit, die Lücke mit einer passenden Vokabel zu füllen. »Wie geht es dir?«

»Ganz gut, denke ich.«

»Mhm. Isst du auch genug? Du warst so dünn, als wir uns das letzte Mal gesehen haben.« Bei der Beerdigung. Obwohl keine es aussprach, hatten sie sich zuletzt bei Scarletts Beerdigung gesehen.

»Ja, Mum, ich esse genug«, antwortete Evie – es war leichter, sich nicht auf eine Diskussion einzulassen.

»Gut, weil ich nämlich neulich irgendwo gelesen habe, dass man während der Wechseljahre echte Probleme kriegen kann, wenn man in den Dreißigern nicht anständig isst. Das scheint einen schlechten Einfluss auf die Hormone zu haben.«

»Nur gut, dass ich noch nicht dreißig bin«, erwiderte Evie,

nahm ihren Teebecher statt des Weinglases und trug ihn zum Sofa.

»Die paar Wochen machen wohl kaum einen Unterschied. Du solltest das nicht auf die leichte Schulter nehmen, Eve.«

Eve. Sie hasste es, wenn ihre Mutter sie so nannte.

»Und wo genau hast du das gelesen?«

»Ach, weiß ich nicht mehr. In einem dieser Blogs, du weißt schon.«

»Bestimmt aus einer verlässlichen Quelle.« Evie schlug die Beine unter und setzte sich, wobei sie den Teebecher auf einem Knie balancierte.

»Ich wünschte, ich hätte auf diese Dinge besser geachtet, als *ich* noch in den Dreißigern war. Die Wechseljahre sind die pure Hölle, sage ich dir. Andererseits hatte ich ja ein Teenagermädchen zu versorgen, und du warst so mäkelig und wolltest ja immer nur Nudeln, was sollte ich da also tun?«

Evie spürte ein leises Pochen in den Schläfen. Wie lange hatte es gedauert? Eine Minute. Oder zwei? Ganze zwei Minuten, ehe ihre Mutter sich beschweren musste, welche negativen Auswirkungen Evies Existenz auf ihr Leben gehabt hatte.

»Ich bin mir ziemlich sicher, dass *du* diejenige warst, die drei Monate lang jegliches Obst aus unserer Küche verbannt hat.«

»Erinnerst du dich etwa nicht mehr an den Vorfall mit der Spinne, Eve?« Die Stimme ihrer Mutter war eine Idee lauter geworden. »Es gab einen Grund, kein Obst zu essen. Wer weiß, was wir uns da womöglich ins Haus geholt hätten.« Irgendjemand war von einer Spinne, die sich in einem Karton voll Ananas aus irgendeinem exotischen Land versteckt hatte, gebissen worden und daran gestorben. Evie erinnerte sich noch, wie Ruth monatelang einen Riesenbogen um die Obst- und Gemüseabteilung im Supermarkt gemacht und, wenn sie trotzdem mal einer Ananas begegnet war, diese stets mit argwöhnischen Blicken bedacht hatte.

»Äpfel aus England waren also eine enorme Gefahr, ja?«

»Neuerdings kann man doch gar nicht mehr sagen, woher all das Obst kommt, Evelyn. Die importieren doch inzwischen alles von überallher.«

»Wenn du es sagst.« Evie wusste nicht, wieso sie immer noch versuchte, ihrer Mutter zu widersprechen. Reine Energieverschwendung.

»Apropos. Ich muss dringend einen Termin bei Dr. Hennessy vereinbaren.« Allem Anschein nach wechselte Ruth alle drei Monate den Arzt, mit dem Argument, es höre ihr ja keiner zu, und jedes Mal, wenn sie ihren Arzt erwähnte, fiel ein neuer Name. Evie fragte nicht nach, um sie nicht auch noch anzustacheln, doch das hielt Ruth nicht ab. »In letzter Zeit habe ich immer so ein seltsames Kribbeln in den Füßen, und ich weiß, dass das auf Diabetes hinweisen kann.«

Evie seufzte. »Wahrscheinlich sind dir bloß die Beine eingeschlafen, Mum.« Und sie sollte es ja wissen, oder? Kribbelnde Schmerzen gehörten zu den primären Symptomen bei MS.

»Na ja, das sagst du, aber ich habe neulich etwas über all die Pestizide gelesen, die wir tagtäglich zu uns nehmen … übrigens auch in den Äpfeln, von denen du ja glaubst, sie seien so ungefährlich. Das führt zu einem massiven Anstieg von Diabetes-Erkrankungen. Außerdem kann es ja nicht schaden, dass sich das mal jemand ansieht, oder?«

Evie schloss kurz die Augen, als das Pochen in den Schläfen wieder einsetzte. *Es kann ja nicht schaden, dass sich das mal jemand ansieht.* Etwas Ähnliches hatte auch Scarlett gesagt, als Evie die ersten Symptome bemerkt hatte. Müdigkeit, Sehstörungen, ein plötzlicher, scharfer Schmerz in der Körpermitte. Aber sie hatte abgewinkt. Müdigkeit könne doch nichts Ernstes sein. Evie hatte das Gesundheitssystem nicht belasten wollen, indem sie mit so einer Bagatelle zum Arzt ging. Nicht wie ihre Mum, die mit ihren hypochondrischen Anwandlungen den Ärzten bloß die Zeit stahl.

Sie bemühte sich, es ihrer Mutter nicht übel zu nehmen. Ehrlich. Scarlett hatte immer gesagt, dass Evie niemals einen Groll gegen andere hege, sei eine ihrer positivsten Eigenschaften, und Evie wollte, dass es auch in diesem Fall zutraf. Allerdings konnte es trotzdem passieren, vor allem in schwachen Momenten. Wie Rauch, der durch die Ritzen ihres Bewusstseins kroch.

»Aber darum geht es nicht«, sagte ihre Mutter.

»Nein?«

»Nein. Ich rufe an, weil … weil ich weiß, dass heute Scarletts Geburtstag ist.«

Sowohl der Klang ihres Namens als auch die Tatsache, dass ihre Mutter sich daran erinnerte, ließen Evie zusammenzucken. Damit hatte sie nicht gerechnet. Sie hatte nicht einmal gewusst, dass Ruth Scarletts Geburtstag überhaupt kannte.

Ihre Mum schien auf eine Art Bestätigung zu warten. »Stimmt«, sagte Evie, weil ihr nichts anderes einfiel.

»Ich wollte hören, wie es dir so geht, das ist alles. Ob du vielleicht etwas brauchst. Oder – du könntest auch herkommen und den Tag mit mir verbringen.« Dies war bereits das zweite Mal seit Scarletts Tod, dass sie es anbot. Das war früher nie vorgekommen, vielmehr schien sie froh zu sein, dass Evie in London lebte, denn sie ließ immer wieder Bemerkungen darüber fallen, wie schön es sei, all den Platz für sich zu haben. Evies altes Zimmer hatte sie sogar in einen »Gesundheitsraum« umgewandelt, wenngleich dieser nach Evies Kenntnis bloß aus vier Yogamatten und einem Pezziball bestand.

»Ich …« Evie spürte, wie ihre Kehle eng wurde, und schluckte dagegen an. »Ich glaube, ich möchte den Tag lieber allein verbringen.« Was nicht ganz stimmte. »Aber danke.«

»Tja, also ... na gut.« Ruth räusperte sich, was Evie verriet, dass auch sie verlegen war und nicht recht wusste, wie sie mit der ungewohnten Situation umgehen sollte. »Tja, also«, sagte sie noch einmal. »Ich habe Mel und Graham ein paar Blumen geschickt.«

Evie setzte sich abrupt auf. »Wirklich?« Wieso war *sie* nicht auf die Idee gekommen? Sie hatte überlegt, ob sie die beiden später anrufen wollte, und die Entscheidung auf später vertagt, nachdem sie das erste Glas Wein getrunken hätte. Aber Blumen? Eigentlich wäre es ihre Aufgabe gewesen, daran zu denken, nicht die ihrer Mutter.

»Ja. Ist das okay, was glaubst du? Ich habe gesagt, dass sie von uns beiden sind.« Evie wusste, dass Mel davon ausgehen würde, es sei Evies Idee gewesen und sie hätte aus purer Freundlichkeit Ruths Namen dazugeschrieben. Natürlich musste Ruth das gewusst haben, weil Evie ein sehr viel engeres Verhältnis zu Mel hatte als Ruth, die aus vielen Gründen eifersüchtig auf Mel war.

»Ich finde, das ist eine tolle Geste, Mum«, sagte Evie aufrichtig. Sie stellte sich vor, wie Mel zwar in Tränen ausbrach, wenn sie sie sah, aber immerhin wüsste sie, dass andere an ihre Tochter dachten.

»Nicht auszudenken, was sie durchmacht. Eine Tochter so zu verlieren ...« Ruths Stimme verklang, dennoch lauschte Evie mit hämmerndem Herzen. Sie und ihre Mutter hatten sich nie nahegestanden, hatten nie Sätze wie *Ich hab dich lieb* ausgesprochen, sie plauderten nicht miteinander, gingen nicht gemeinsam ins Nagelstudio oder tranken ein Glas Wein zusammen. Ebenso wenig gab es Schreiduelle oder Ähnliches zwischen ihnen, stattdessen waren sie ... eben ein Teil vom Leben der jeweils anderen, mehr nicht. Evie hatte stets das Gefühl, ihrer Mutter wäre es lieber gewesen, sie hätte sie gar nicht erst zur Welt gebracht.

Es klopfte an der Wohnungstür. Wenn man bedachte, wie akribisch sie seit ihrer Diagnose darauf achtete, mit wem sie ihre Zeit verbrachte – vielleicht ein bisschen zu akribisch, wenn sie ehrlich war –, herrschte in der Wohnung inzwischen reger Betrieb.

»Ich muss Schluss machen, Mum, da ist jemand an der Tür. Entschuldige.« Sie war dankbar für die Ausrede, das Gespräch nicht fortführen zu müssen, verspürte jedoch sofort Gewissensbisse.

»Okay. Solltest du mich brauchen, weißt du ja, wo du mich findest.«

»Ja.« Evie zögerte. *Eine Tochter so zu verlieren ...* »Danke, dass du angerufen hast. Es bedeutet mir viel, dass du an Scarlett gedacht hast. Und an mich.«

»Aber natürlich.« Ruth hielt inne. »Das tue ich oft, musst du wissen.«

»Was?«

»An dich denken. Selbst wenn ich nicht immer ... Du bist meine Tochter, Evelyn.«

Wieder klopfte es. Evie legte auf und erhob sich, um die Tür aufzumachen. »Anna«, sagte sie und zog die Brauen hoch.

»Astrid«, korrigierte das Mädchen. »Mir gefällt Astrid besser.«

Evie zuckte die Achseln. »Von mir aus, dann eben Astrid. Was gibt's?«

»Ich wollte fragen ...« Sie starrte auf den fadenscheinigen Teppich vor Evies Tür. »Könnte ich vielleicht ein bisschen mit dir abhängen?« Zögerlich hob sie den Blick.

»Äh ... abhängen?«

»Ja. Meine Mum ist heute Nachmittag unterwegs. Irgendwas mit meinem Dad, obwohl Sonntag ist. Komisch, oder? Aber sie sagt, sie arbeite die ganze Woche über, deshalb müsse es heute sein. Und ich darf nicht mitkommen. Sie will nicht sagen, wieso, aber ich bin mir ziemlich sicher, dass es etwas mit der Scheidung zu tun hat, aber ich darf auch nicht ganz alleine zu Hause bleiben, was der totale Witz ist, schließlich bin ich dreizehn und komme auch mal ein paar Stunden ohne meine Mum aus.« Astrid – wenn sie so genannt werden wollte, hatte Evie kein Problem damit – musste nach ihrem aufgebrachten Wortschwall erst einmal tief Luft holen.

»Äh …«, sagte Evie noch einmal und dachte an den Wein im Kühlschrank.

»Bitte«, sagte Astrid und sah Evie ins Gesicht. »Ich habe sonst niemanden, den ich fragen könnte, und einen Babysitter will ich nicht. Ich meine, stell dir das mal vor!«

»Also gut«, sagte Evie. Der »Ich habe sonst niemanden, den ich fragen kann«-Teil hatte sie letztlich überzeugt.

Astrid strahlte. »Super. Ich sag's nur kurz meiner Mum.« Sie marschierte über den Flur und in ihre Wohnung, während Evie unsicher im Türrahmen stehen blieb.

Augenblicke später ging die Wohnungstür gegenüber auf, und Astrids Mutter musterte sie fragend. »Sind Sie sich sicher, dass das okay für Sie ist?«

Evie nickte. »Wissen Sie schon, wie lange Sie weg sein werden?«

Die Frau zog die Nase kraus. »Ich schätze, drei Stunden.«

Also hätte Evie am frühen Abend ihre Wohnung wieder für sich.

»Okay. Klar.«

»Danke. Ich bin übrigens Julie. Und Sie sind Evie, wie ich höre?«

»Genau.«

Astrid erschien mit ihrem schwarzen Rucksack hinter ihr. »Bis dann, Mum.« Sie brauchte sich kaum mehr auf die Zehenspitzen zu stellen, um ihrer Mutter einen Kuss zu geben.

»Äh … Viel Glück?«, sagte Evie, woraufhin Julie nickte.

»Anna hat meine Nummer, falls etwas sein sollte.«

»Sehr gut. Okay.« War sie überhaupt qualifiziert, sich um einen Teenager zu kümmern? Andererseits war es bestimmt nicht weiter schwierig. Man konnte sie einfach sich selbst überlassen.

Evie schloss die Tür und drehte sich zu Astrid um, die grinsend mit einer Packung Haarfärbemittel vor ihr stand. »Ist das für mich oder für dich?«, fragte Evie.

»Für mich natürlich.«

Evie streckte die Hand nach der Schachtel aus. »Du willst also schwarze Haare, ja?«

»Genau. Schwarz wie Ebenholz und so.«

Evie gab ihr die Schachtel zurück. »Ich glaube nicht, dass das so eine gute Idee ist. Du willst doch nicht, dass ich Ärger mit deiner Mutter kriege, oder?«

»Ach was, das ist ihr völlig egal. Außerdem sind es ja nicht ihre Haare. Und ich will sie ganz kurz. Also, *richtig* kurz, meine ich.«

Evie kniff die Augen zusammen. »Ich werde dir definitiv nicht die Haare abschneiden.«

»Doch, wirst du«, widersprach Astrid lässig. »Es ist nicht schwer.«

»Woher willst du das denn wissen? Bist du etwa Friseurin?«

Astrid winkte ab. »Ich bin nicht pingelig, sondern will es nur mal ausprobieren. Hey, kann ich ein Wasser haben? Eine Coke hast du nicht zufällig, oder?«

»Ja. Und nein.« Evie ging in die Küche, nahm ein Glas aus dem Schrank und füllte es mit Wasser. Als sie sich umwandte, stand Astrid vor der kleinen weißen Notiztafel am Kühlschrank.

»Von wem ist die Nachricht da? Hast du nicht gesagt, du lebst allein?«

Evie zögerte. »Meine beste Freundin hat das geschrieben.

Sie hat mit mir hier zusammengelebt.« Sie atmete durch. »Sie ist gestorben. Vor zwei Monaten.«

Astrid sah sie mit aufgerissenen Augen an. »Oh.«

»Ja. Heute ist ihr Geburtstag. Oder wäre.« Evie seufzte. »Keine Ahnung.«

Zu Evies grenzenloser Verblüffung stellte Astrid ihr Glas weg, trat zu ihr und umarmte sie, schlang ihre mageren Ärmchen um Evies Taille und legte den Kopf an ihre Brust. Kurz zuckte Evie zusammen, dann stand sie einen Moment lang verlegen da, ehe sie das Mädchen mit einem tiefen Atemzug an sich zog.

»Ich … äh … weiß nicht, was ich sagen soll«, murmelte Astrid gedämpft an Evies Brust.

»Schon okay. Geht mir genauso.«

»War sie cool? War sie, jede Wette.«

»Ja.« Evies Kehle wurde eng. »Ja, sie war total cool.«

Nickend löste Astrid sich von Evie. »Und was hast du heute für sie geplant?« Evie runzelte die Stirn. »Es ist doch ihr Geburtstag, oder? Wenn ich tot wäre, würde ich wollen, dass alle eine Party feiern oder so.« Astrid schnitt eine Grimasse. »Obwohl ich ja in diesem Teil der Stadt keine Freunde habe, die wegen mir feiern würden. Aber ich bin dem Orchester beigetreten«, fügte sie hinzu.

»Tatsächlich? Das ist ja prima.«

»Ja. Dort habe ich ein Mädchen kennengelernt, das Cello spielt. Sie ist ziemlich gut.« Ging es darum, sich zu messen oder neue Freunde zu finden?, überlegte Evie. »Am Ende des Schuljahrs ist ein Konzert geplant. Es spielen alle zusammen, aber Soli soll es auch geben. Ich weiß nicht, ob ich mitmachen soll. Ich bin mir nicht sicher, ob ich, äh, gut genug bin.«

»Wahrscheinlich findest du das nur heraus, indem du es versuchst, oder?«

»Kann sein.« Astrid schüttelte den Kopf. »Aber darum geht

es jetzt nicht. Sondern um deine Freundin. Du solltest sie irgendwie feiern. Was hat sie gern gemacht?«

Evie fuhr sich mit der Hand durchs Haar. Wollte sie allen Ernstes diese Unterhaltung mit einer Dreizehnjährigen führen? *Ja,* dachte sie. *Ja.* »Klamotten«, sagte sie mit einem leisen Lächeln. »Klamotten, ausgehen und tanzen. Und Champagner mochte sie auch. Und sie hat oft und gern gelacht«, fügte sie mit einem eigenen leisen Lachen hinzu.

»Na, dann solltest du ausgehen und tanzen und lachen«, sagte Astrid nachdenklich.

Unwillkürlich musste Evie an Nate denken – an seine dunkelbraunen Augen, das wirre Haar, das lässige Grinsen. Und an sein Angebot, Scarletts Geburtstag mit ihm zu verbringen.

Das ist falsch, dachte sie.

In diesem Moment leuchtete das Display ihres Handys auf dem Sofa auf. Sie ging hinüber und nahm es hoch. Es war eine WhatsApp von Will. Ihr Magen zog sich ein wenig zusammen.

Hoffe, es geht dir gut heute. Vermisse dich. Xx

»Ist die von dem Typen?«, fragte Astrid.

»Welcher Typ?«, fragte Evie, ehe ihr aufging, wie sich das anhörte.

»Von dem heißen.«

Evie sah sie an.

»Dem Journalisten«, erläuterte Astrid.

Evie legte den Kopf schief und bemühte sich um ein Lächeln. »Du findest ihn heiß?«

Astrid wurde nicht einmal rot. »Klar, wenn man auf so was steht.«

»Worauf?« Evie ließ vielsagend die Brauen tanzen. »Auf alte Männer?«, fragte sie neckend. War sie für Astrid alt?

Nun errötete Astrid doch ein wenig. »So was in der Art«, erwiderte sie, ohne Evie anzusehen.

»Also, nein, die Nachricht kommt nicht von Nate.« Hatte es etwas zu bedeuten, dass sie sich wünschte, sie wäre von Nate statt von Will? Nun ja, zum einen bedeutete es, dass sie keinen Sex mehr mit Will haben sollte. Nicht, dass es zur Debatte stünde. Und offen gestanden wurde ihr allein bei dem Gedanken ganz elend. Sie hätte sich nicht so leicht rumkriegen lassen dürfen. Das war erbärmlich. Gleichzeitig hätte er natürlich nicht einfach hier antanzen und so mit ihr umspringen dürfen. Weder an dem Tag noch jetzt. Im Grunde war es ja nichts Neues, es wurde ihr nur erst in diesem Moment bewusst.

Astrid trat von einem Fuß auf den anderen. »Alles in Ordnung mit dir?«, fragte sie.

Evie atmete tief durch. »Entschuldige, ja, alles okay. Also, Haare färben?« Astrid grinste.

Na gut, dann würde Evie ihr eben helfen. Schließlich war das Leben verdammt kurz, richtig? Wenn Astrid ihr Haar schwarz und raspelkurz haben wollte, wieso zum Teufel nicht? Das Ganze hatte nur einen Haken: Als Evie zur Küchenschere griff, setzte der Tremor ein, deshalb wurde alles ganz krumm und schief. Trotzdem blickte Astrid mit einem breiten Grinsen in den Spiegel, während Evie sich entschuldigte, dann auf die Strähnen auf dem Badezimmerfußboden.

»Ich finde es super. Es ist ... na ja, einzigartig«, erklärte sie, was Evie auflachen ließ.

Nach einer Weile kehrte Julie zurück, um Astrid abzuholen. Sie bedankte sich wortreich bei Evie und schien nur leicht irritiert über die neue Frisur ihrer Tochter zu sein. Als sie weg waren, zog Evie ihr Handy heraus.

Wenn dein Angebot noch gilt, würde ich heute Abend gern ausgehen.

Denn sie hatten recht, Nate und Astrid. Scarlett verdiente es nicht, dass Evie herumsaß und in ihr Weinglas heulte. Sie verdiente es, dass man um sie trauerte, ja, aber auch, gefeiert zu werden.

Kapitel 19

Evie bemühte sich, nicht allzu eingeschüchtert zu wirken, als der Hausdiener sie durch die imposante Hotellobby mit den riesigen Spiegeln und dem Klavier in die Bar führte. Die Rivoli Bar im Ritz.

Es war keineswegs der Plan gewesen, Scarlett hierher auszuführen – so etwas hätten sie sich nie im Leben leisten können –, stattdessen hatte Evie Nate die Entscheidung überlassen. Sie war sich nicht sicher, ob sie passend gekleidet war. Was trug man in einem der luxuriösesten Hotels von ganz London? Sie hatte sich für ihr schickstes Kleid entschieden, das Scarlett damals abgenickt hatte: ohne Glitzer – so etwas war nicht ihr Stil –, doch Scarlett hatte ihr versichert, dass sie so etwas auch gar nicht brauche, weil sie eher der klassische Typ sei. Das Kleid war hochgeschlossen, mit einem schwarzen Oberteil und einem langen rosé, grau und schwarz gemusterten Plisseerock.

Nate saß ganz allein an der Bar in dem recht kleinen, intimen Raum, erhob sich jedoch sofort, als Evie eintrat. Auch er hatte sich in Schale geworfen und trug eine schwarze Hose, ein hellblaues Hemd und ein schwarzes Jackett, unter dem sich seine muskulösen Oberarme abzeichneten, wie Evie sofort bemerkte. Er hatte sich sogar rasiert, obwohl sie zugeben musste, dass sie den Dreitagebart lieber mochte.

»Einen Tisch im Hauptrestaurant habe ich leider nicht bekommen«, erklärte er entschuldigend. Evie schüttelte den Kopf, wobei sie hoffte, es möge Signal genug sein, dass keine Entschuldigung nötig war, und sah sich um. Die Bar wirkte wie in Gold getaucht, selbst der Fußboden ringsum schien beleuchtet zu sein. Die Wände waren mit dunklen Holzvertäfelungen versehen, und über ihnen schimmerten Kronleuchter. Die Beleuchtung war genau richtig, nicht zu hell, aber auch nicht zu düster. Hinter der Bar reihten sich Spirituosenflaschen in verspiegelten Regalen – unglaublich, dass eine Wodkaflasche mit der richtigen Beleuchtung so viel ansprechender wirken konnte. Ringsum saßen Gäste an kleinen Tischen auf gepolsterten Stühlen mit Leopardenmuster ... mal im Ernst: Wie konnte eine Bar trotzdem stilvoll und elegant wirken?

Diesen Teil Londons bekam Evie nur sehr selten zu sehen. Natürlich wusste sie, dass es jede Menge Menschen gab, die in *dieses* London gehörten, wohingegen sie in ihrem Teil der Stadt blieb. Scarlett hatte die Gegensätze der Metropole sehr viel häufiger erlebt, war zu schicken Partys eingeladen gewesen, mit Menschen, die Teil dieser Welt waren, und hatte in Champagnerbars gesessen, bis sie schlossen.

Evie war dankbar für ihre Körpergröße, als es ihr gelang, halbwegs anmutig auf einen der hochlehnigen Hocker an der Bar zu gleiten, und dachte an Scarlett, deren Beine vermutlich herunterbaumeln würden, weil ihre Füße die Abstellstange nicht erreichten. Die Vorstellung entlockte ihr ein Lächeln, das jedoch sofort verflog, als ihre Kehle eng wurde. Lachen oder weinen? Neuerdings schienen die Erinnerungen an Scarlett ständig auf diesem Grat zu balancieren.

Nate bestellte zwei Gläser Champagner, und Evie biss sich beschämt auf die Unterlippe, als ihr Blick auf die Preise auf der Karte fiel. »Keine Sorge«, beruhigte Nate sie. »Ich kenne jemanden hier, das geht schon in Ordnung.« Natürlich. Er war schließlich Journalist, der über die schönsten Reiseziele der Welt schrieb.

Der Barkeeper servierte den Champagner in todschicken Gläsern aus den 1920ern statt in Flöten und stellte ein Schälchen mit Nüssen und knusprigen Edel-Snacks dazu. Evie hob ihr Glas, woraufhin Nate mit ihr anstieß. »Auf Scarlett«, sagte er leise.

Evie hielt kurz inne und gab sich für einen Moment dem tiefen Gefühl des Verlusts ihrer besten Freundin hin, ehe sie an ihrem Glas nippte. »O Gott«, hauchte sie. »Das ist der beste Champagner, den ich je gekostet habe. Vielleicht ist es sogar mein allererstes Glas, wenn Champagner so schmeckt, und alles andere, was ich bisher getrunken habe, war verkleideter Prosecco.«

Nate grinste. »Wahnsinn, oder?«

Evie lächelte ein wenig traurig. »Scarlett wäre begeistert.« Trotzdem fühlte es sich richtig an, an einem Ort zu sein, an dem auch Scarlett sich wohlgefühlt hätte.

»Erzähl mir ein wenig von ihr.« Nates Stimme war kaum mehr als ein Flüstern, trotzdem entging ihr der beinahe flehende Unterton nicht. Also begann Evie zu erzählen. Es war nahezu unmöglich, Scarletts Kern, ihre Essenz, zu beschreiben, doch sie gab sich alle Mühe. Nate lachte in den richtigen Momenten, lehnte sich zu ihr und sah ihr in die Augen, sog alles in sich auf, als lechze er danach, alles über Scarlett zu erfahren, und beinahe ebenso stark schien ihr Bedürfnis zu sein, ihm alles über sie zu erzählen. Sie wollte über Scarlett sprechen und war so dankbar für all die Erinnerungen an sie, obwohl sie hier und da mit den Tränen kämpfte. Trotzdem fühlten sich die Tränen richtig an, und Nate kommentierte sie nicht, sondern schien sie als Teil von Evies Schilderung hinzunehmen.

Als sie ausgetrunken hatten, bestellte er zwei weitere Gläser. »Ich wünschte, ich hätte sie gekannt«, sagte er, und Evie spürte, wie ihre Brust eng wurde. Er hatte sie doch kennengelernt, wenn auch nur für einen flüchtigen Moment, oder? Sie wusste nicht genau, wie alles abgelaufen war, war sich auch nicht sicher, ob sie es wissen wollte. Fakt war jedoch, dass die zwei sich kennengelernt hatten, bevor Scarlett auf die Straße getreten war, um sein Fahrrad zu holen.

»Ich weiß, das klingt blöd, aber ich habe das Gefühl, als müsste ich sie kennen«, fuhr er fort. »Sie … na ja, ich weiß nicht, ob sie mir das Leben gerettet hat, weil ich nicht sagen kann, was passiert wäre, wenn sie nicht da gewesen wäre. Vielleicht hätte Tasha stattdessen das Fahrrad überrollt. Oder mich.«

Evie nickte langsam. »Vielleicht wärst du aufgestanden und einfach weggegangen.« *Vielleicht wäre meine beste Freundin nicht umgekommen.*

Vielleicht. Genau das war der springende Punkt, richtig?

»Ja.« Nachdenklich blickte Nate in die aufsteigenden Bläschen in seinem Champagnerglas. »Sie hat mich angelächelt«, fuhr er leise fort. »Bevor sie gestorben ist. Sie war ein bisschen verärgert und ungeduldig, glaube ich.« Ein Lächeln huschte über sein Gesicht, und Evie spürte, wie sich ihre Lippen ebenfalls verzogen. Sie sah es deutlich vor sich: Scarlett, die es kaum erwarten konnte, endlich von dieser Kreuzung wegzukommen. Gleichzeitig hatte sie diese Freundlichkeit, wenn auch manchmal versteckt. Genau diese Freundlichkeit hatte sie bewogen, stehen zu bleiben und zu helfen. »Trotzdem hat sie gelächelt«, wiederholte Nate. Evie spürte, dass er tief in dieser Erinnerung versunken war, den Moment vor seinem geistigen Auge Revue passieren ließ. Dachte er oft daran?

In diesem Moment sah Nate ihr ins Gesicht, und Evie spürte die Intensität seines Blickes.

»Ich bin mir nicht sicher, ob man so etwas sagen darf, aber ich finde, du hattest großes Glück, eine Freundin wie sie zu haben.«

Ohne ihn anzusehen, nippte Evie an ihrem Champagner, um gegen den Kloß in ihrer Kehle anzuschlucken. Für sie fühlte es sich jedenfalls nicht so an. Stattdessen spürte sie die vertraute Wut in sich aufsteigen, riss sich jedoch zusammen. Würde sie etwas anders machen, wenn sie könnte? Nicht den Unfall, sondern den Tag, als sie Scarlett kennengelernt hatte? Würde sie die Zeit zurückdrehen und es ungeschehen machen, damit sie jetzt nicht diesen Schmerz empfinden musste? Sie erinnerte sich noch so genau an den Moment ihres Kennenlernens, als Scarlett sie in der Notaufnahme des Krankenhauses finster angestarrt hatte.

Nein, dachte sie entschlossen. Sie würde es nicht tun. Denn Scarlett gekannt zu haben, wog ihre Trauer und ihren Schmerz eindeutig auf.

»Ich weiß nicht, wie ich es erklären soll«, sagte sie und drehte das Glas am Stiel hin und her. »Der Begriff ›Freundin‹ trifft es nicht ansatzweise. Bezeichnungen wie Elternteil, Geschwister oder Partner kann jeder nachvollziehen, aber ›Freundin‹ … keine Ahnung. Für die meisten Menschen ist das Wort nicht ausdrucksstark genug. Aber sie war …« Evie machte eine Geste und suchte nach dem richtigen Wort. »Mein Lebensmensch.« Sie lächelte sanft. »Wie Meredith und Cristina in *Grey's Anatomy*.«

»Wie?«

»Das ist … ach, nur so eine Serie, die wir immer zusammen angesehen haben.«

Nate nickte langsam. »Ich glaube nicht, dass ich so einen Freund habe, aber ich kann nachvollziehen, was du meinst. Mein Bruder«, fügte er hinzu, als Evie ihn fragend ansah. »Noah.«

»Dein Bruder?« Erst jetzt ging ihr auf, wie wenig sie eigentlich von ihm wusste. Er hatte erwähnt, dass er einen Bruder hatte, das schon, aber für sie war es eine eher abstrakte Information gewesen.

»Ja. Ich schätze, er ist mein Lebensmensch. Mag sein, dass ihn mein Lebensstil kirre macht, aber er ist derjenige, den ich … du weißt schon … im Zweifelsfall anrufen würde. Den ich bitten würde, bei meiner Hochzeit eine Rede zu halten. So was in der Art.«

Evie legte den Kopf schief. »Kirre?« Das war eine seltsame Bezeichnung, fand sie.

Nate lächelte schief. »Er ist eher der traditionelle Typ, hat eine kluge, erfolgreiche Frau geheiratet, die grünen Tee und Smoothies trinkt.«

»Klingt grässlich«, bemerkte Evie trocken. »Zumindest der grüne Tee«, fügte sie eilig hinzu, »nicht das mit dem Heiraten.«

Nate lachte. »Du bist kein Fan von grünem Tee?«

»Ich hab ihn mal probiert …« Genauer gesagt hatte Scarlett sie nach der Diagnose dazu gezwungen, weil sie fand, dass Evie alles ausprobieren sollte, was ihrer Gesundheit förderlich sein könnte. »Aber mein Ding war es nicht. Ich bin wohl eher der Milch-und-Zucker-Typ.« Sie schlug einen unbeschwerten Tonfall an. »Du hast also einen Bruder, sonst keine Geschwister?«

Dafür, dass es sich um eine recht einfache Frage handelte, zögerte Nate auffallend lange. »Ja. Jedenfalls«, fuhr er fort und sprach ein wenig schneller, »findet Noah, mit zweiunddreißig sollte ich diese ständige Reiserei hinter mir lassen. Meine Mum sagt dasselbe. Sie sei zwar glücklich, wenn ich es sei, trotzdem höre ich heraus, was sie wirklich denkt: dass mich so ein Leben eigentlich nicht hundertprozentig glücklich machen kann.«

»Und bist du es? Glücklich mit deinen Reisen?«

»Ich liebe meine Arbeit«, erwiderte er. »Es ist toll, all die Leute kennenzulernen und diese unglaublichen Orte zu besuchen. Die Vorstellung, dass man nie weiß, was man entdeckt, wenn man ins Flugzeug steigt, gefällt mir. Ich liebe es … okay, jetzt klingt es endgültig schlimm.«

»Alles, was wirklich gut ist, klingt schlimm.« Das entlockte ihm ein Lächeln.

»Ich mag es, dass niemand Erwartungen an mich hat, weil ich immer derjenige bin, der neu irgendwo hinkommt, und jeder weiß, dass ich nicht lange bleiben werde.«

Gleichzeitig musste es schwierig sein, enge Bindungen zu knüpfen, dachte Evie. Aber was wusste sie schon, schließlich mied sie ebenfalls enge Bindungen, so gut sie konnte, wenn auch auf andere Art und Weise. Seit ihrer Diagnose hatte sie sich von allen zurückgezogen, bis auf Scarlett, aber wenn sie ganz ehrlich war, auch ein Stück weit von ihr. Niemand außer Henry war von ihr abhängig, und sie hatte allen klargemacht, dass sie besser keine Erwartungen an sie haben sollten. Was war schlimmer? Nates Leben war völlig anders als ihr eigenes, trotzdem war seine Welt riesig, wohingegen ihre eigene auf ein Minimum geschrumpft war. *Und wessen Schuld ist das, mhm?* Sie konnte nicht genau sagen, ob es ihre eigene oder Scarletts Stimme war, die sich zu Wort meldete.

»Ich kann es nicht ausstehen, lange an ein und demselben Ort zu sein«, fuhr Nate fort, ohne zu ahnen, welche Gedanken Evie durch den Kopf gingen. »Ehrlich gesagt war ich schon eine Ewigkeit nicht mehr so lange an einem Ort wie jetzt gerade.«

»Du wohnst bei deinem Bruder, richtig?«

»Ja. Mom ist in ein kleines Apartment gezogen, wo es nicht genug Platz für Gäste gibt. Camille – Noahs Frau – nervt es allmählich, glaube ich, aber mein Bruder würde mich nie vor die Tür setzen.«

»Was ist mit deinem Dad?«

»Meine Eltern sind geschieden.«

»Stimmt, das hast du erwähnt.«

»Ja, aber ich war mir nicht sicher, ob du dich daran erinnerst … bei deiner lähmenden Angst, in den Tod zu stürzen …«, erwiderte er mit einem kleinen Grinsen.

»Die Angst war durchaus berechtigt! Dass du keine Angst hattest, gibt einem eher zu denken.« Sie runzelte die Stirn. »Wovor hast *du* denn Angst?«

Er zuckte die Achseln. »Keine Ahnung. Ich werde es wohl herausfinden, wenn ich in der Situation bin. Sich schon vorher einen Kopf zu machen, wovor man Angst haben könnte, bringt ja nichts. Und ich neige nicht zu Ängsten, weil uns hauptsächlich Angst macht, was wir nicht kontrollieren können, was doch ziemlich skurril ist, oder?«

»Die Angst, in den Tod zu stürzen, halte ich für ziemlich gut kontrollierbar«, entgegnete Evie. »Man klettert einfach keine Klippe hoch.«

»Das stimmt«, erwiderte Nate mit einem Anflug von Ungeduld in der Stimme, »aber du könntest genauso gut sterben, weil du … keine Ahnung, eine Glasscherbe in einem Takeaway-Sandwich verschluckst.«

Evie hob die Brauen. »Ist so etwas wahrscheinlich?«

»Ich glaube, ich habe das mal irgendwo gelesen.«

Nun klang er fast wie Evies Mutter. »Also kommt Essen zum Mitnehmen für dich nicht infrage?«

»Gott, nein, ich lebe praktisch von dem Zeug, wenn ich in London bin. Genau das meine ich ja. Du weißt nicht, was passieren wird, deshalb ist es doch besser, alles zu machen, worauf du Lust hast, solange du es kannst.«

Evie verfiel in Schweigen. Seine Argumentation traf ein wenig zu sehr ins Schwarze für ihren Geschmack: Scarlett hatte an diesem Morgen vor zwei Monaten nicht gewusst, dass sie das letzte Mal aufstehen würde. Dass es ihre letzte Tat sein würde, als sie vom Bürgersteig auf die Fahrbahn getreten war.

Nate schien zu dämmern, was er gerade gesagt hatte. Seine Miene wurde ernst, und er legte seine Hand auf ihre. »Es tut mir leid. Ich hätte nicht … manchmal denke ich nicht genug nach, bevor ich den Mund aufmache.«

»Das ist mir auch schon aufgefallen«, erwiderte Evie ironisch. Er schnitt eine Grimasse, woraufhin sie den Kopf schüttelte. »Aber wahrscheinlich hast du recht. Scarlett war eine gesunde, glückliche, junge Frau. Die bei einem Unfall gestorben ist, den niemand vorhersehen konnte.« Es war das erste Mal, dass sie es laut in seiner Gegenwart ausgesprochen hatte. Sie spürte seinen Blick auf sich ruhen, als das Wort über ihre Lippen kam. *Unfall.*

Jemand öffnete die Tür zur Bar. Die leisen Klänge von Livemusik drangen herein. Reflexartig sah Evie sich um. »Woher kommt das?«

Nate lauschte mit schief gelegtem Kopf. »Im Hauptrestaurant wird während des Dinners Musik gespielt.« Er stellte sein Glas ab. »Komm, gehen wir nachsehen.«

Er packte ihre Hand und zog sie förmlich von ihrem Barhocker und quer durch das Hotel. Vor einem Saal, durch dessen Glastüren sie die Musiker sehen konnten, blieben sie stehen. Die meisten Gäste saßen noch an ihren Tischen, lediglich ein älteres Ehepaar hatte den Weg auf die kleine Tanzfläche gefunden und bewegte sich mit der berührenden Routine langjähriger Vertrautheit über das Parkett, neben ihnen ein jüngeres Pärchen, strahlend und verzaubert, als schwebten sie in einer Blase des neu gefundenen Glücks.

Nate spähte in den Raum. »Wollen wir tanzen?«

»Ich glaube kaum, dass die uns reinlassen«, sagte Evie mit einem Blick auf den Hausdiener neben der Tür. »Außerdem ist das nicht gerade Taylor Swift, oder?«

Nate lachte, doch dann schlich sich ein nachdenklicher Ausdruck auf seine Züge, während er den Musikern lauschte. »Ich liebe Musik auch«, gestand er. »Alle Arten, inklusive Taylor Swift, aber zum Schlafengehen höre ich klassische Musik. Ich wäre zwar nie fähig, selbst ein Instrument zu spielen – mein musikalisches Talent ist etwa so groß wie mein zeichnerisches –, aber als Teenager gab es eine Phase, in der ich Probleme mit dem Schlafen hatte.« Er schüttelte leicht den Kopf, als wollte er die Erinnerung loswerden. »Ich habe diese Gewohnheit beibehalten, und heute ist sie eine Konstante, wenn ich auf Reisen bin, deshalb kann ich mir immer sicher sein, schlafen zu können, ganz egal, wo ich am nächsten Morgen aufwache.« Er lächelte sie an. »Lass uns tanzen.«

Er sagte leise etwas zu dem Hausdiener, der sie ins Restaurant ließ, wobei Evie nur spekulieren konnte, wie er das angestellt hatte. Allmählich hatte sie den Verdacht, dass er ein ziemlicher Charmeur sein konnte.

Das Restaurant war herrschaftlicher als die Bar, weniger modern. Es wirkte eher wie die Kulisse eines Historienfilms über eine Zeit, in der Tanz im Ballsaal noch zum guten Ton gehörte. Vorne, zwischen weißen Marmorsäulen, war das Miniorchester platziert, darunter auch ein Violinist, wie Evie sofort bemerkte. Die Tische waren weiß eingedeckt, mit Kerzen in der Mitte, deren flackernder Schein den Raum stimmungsvoll erhellte. Die eine Wand bestand aus rechteckigen, goldgefassten Spiegeln, in denen ebenfalls das Kerzenlicht tanzte.

Nate zog sie in Richtung Tanzfläche, doch Evie zögerte. So viele Gäste saßen noch auf ihren Plätzen, und sie alle würden ihnen zusehen … »Nate.« Sie biss sich auf die Lippe. Er blieb stehen. »Ich kann nicht tanzen.«

»Schon gut«, sagte er und lächelte – wie gewohnt. »Aber ich. Sogar ziemlich gut. Ich habe es gelernt, als ich wegen eines Artikels eine Zeit lang in Argentinien war.«

»Du schlägst mir aber nicht gerade vor, einen Tango aufs Parkett zu legen, oder? Ich bin nämlich nicht ganz sicher, ob das die richtige Musik dafür ist.«

Lachend zog er sie an der Hand. »Komm schon.«

Evie rührte sich nicht vom Fleck. »Ich meine es ernst. Ich

bin weniger Baby in *Dirty Dancing,* sondern eher Hugh Grant in *Tatsächlich … Liebe.*«

»Dafür bin ich Wiehießernoch aus *Footloose.*«

In Evies Ohren klang ihr Lachen beinahe fremd. »Auch dafür ist es die verkehrte Musik.« Trotz allem war sie ihm dankbar, dass er sich so bemühte – und wurde den Gedanken nicht los, dass auch Scarlett es gut gefallen hätte.

»Komm.« Wieder nahm Nate ihre Hand, und Evie ertappte sich dabei, dass sie fast automatisch ihre Finger mit den seinen verwob. Er führte sie quer durch das Restaurant, wobei er nicht zu bemerken schien, dass sie mehr als einmal ins Stolpern geriet, und von dort hinaus auf eine kleine Terrasse.

Hier draußen war es leiser, lediglich vereinzelte Gäste standen am Rand und rauchten. Erst jetzt bemerkte Evie, wie laut das Stimmengewirr drinnen gewesen war. Eine Gänsehaut bildete sich auf ihren nackten Armen, als eine kühle Brise in der lauen Abendluft aufkam.

»So«, sagte Nate, »hier sieht niemand, wenn wir uns komplett zum Narren machen.«

Evie presste die Lippen aufeinander. Sie war so verdammt durchschaubar, oder? Doch dann fielen ihr Astrids Worte ein. *Du solltest ausgehen und tanzen und lachen.*

Die Musik war auch hier zu hören, zwar leiser, dadurch jedoch fast noch eindringlicher. Die Geige übertönte die anderen Instrumente, schien in Evies Körper einzudringen und ihr Inneres vibrieren zu lassen.

Ihre Muskeln zitterten ganz leicht, als sie Nate ansah, der die Arme um sie legte, ganz behutsam und leicht, kaum mehr als ein Flüstern. Ihr Herz hämmerte, als sie seine Hände, seinen Körper spürte, den dezenten Duft seines Aftershaves wahrnahm. Er schloss die Finger um ihre Hand, legte die andere Hand auf ihre Hüfte. Ihre Haut wurde heiß unter ihrem Kleid.

»Ich falle vielleicht hin«, flüsterte sie. »Das passiert mir manchmal.«

Er lächelte. »Das ist okay.« Sein Blick ruhte auf ihr, er war so nahe – nahe genug, um dieselbe Luft zu atmen. Er drehte sie im Kreis, und obwohl es nur ganz langsam war und sie wusste, dass ihren Bewegungen die Anmut und die Grazie fehlten, stockte ihr der Atem. In der Sekunde, als sie sich wieder zu ihm zurückdrehte, begegneten sich ihre Blicke. Mit dem Daumen strich er in behutsamen, zärtlichen Kreisen über ihre Taille.

»Keine Sorge«, flüsterte er, als er sie in eine neuerliche Drehung führte. »Ich fange dich auf, wenn du fällst.«

Kapitel 20

Ich sehe ihnen beim Tanzen zu. Nate hatte recht: Er macht seine Sache wirklich gut, weiß genau, wie er Evie bewegen muss, damit sie sich nicht zu sehr anstrengen muss und darauf vertrauen kann, dass er die natürliche Steifheit ihrer Bewegungen ausgleicht. Eine Tänzerin wird nie aus ihr werden. Dabei war das früher das Lustige daran: dass wir beide es nicht draufhatten. Jetzt allerdings, als sie sich im Takt der leisen Musik im Kreis dreht und in seine Arme zurückschwebt, das Mondlicht ihr Gesicht erhellt, wann immer sie zu ihm aufsieht, muss ich zugeben, dass sie verdammt anmutig aussieht.

Etwas blubbert in mir auf. Ein Lachen. Zumindest fühlt es sich so an. Weil sie sich geirrt hat: Sie ist sehr wohl wie Baby in *Dirty Dancing*.

Es ist, als wäre Evie heute Abend zum Leben erwacht. Ich bin so stolz auf sie.

Und natürlich hatte sie recht. Dieser Teenager hatte recht, genauso wie der verdammte Nate: Ich will nicht, dass man um mich trauert. Das war nie mein Stil. Stattdessen sollen sich die Menschen an mich erinnern. Ich will nicht vergessen werden, sondern wünsche mir, dass die Leute über all den Unsinn lachen, den ich getrieben habe. Sie sollen sich darüber freuen, dass ich gelebt, dass ich dazugehört habe. Viel lieber will ich meinen Dreißigsten feiern – auch wenn ich ihn nicht erleben darf –, indem ich meiner besten Freundin dabei zusehe, wie sie im Mondschein auf der Terrasse des verdammten Ritz tanzt, als mitansehen zu müssen, wie sie allein und tieftraurig zu Hause sitzt. Selbst wenn der Mann, mit dem sie tanzt und der sie so … *so* ansieht, Nate ist.

Typisch, oder? Sie tut alles, was ich mir gewünscht hätte – für mich –, aber eben nur, weil ich tot bin.

Ich glaube, ich merke es nur, weil ich mich in diesem Moment so tief mit Evie verbunden fühle: Die Geige scheint allen anderen die Show zu stehlen, indem sie Fragen in den Raum stellt, die kein anderes Instrument zu beantworten vermag. Nate führt sie an genau der richtigen Stelle der Melodie in eine Drehung – er mag kein Instrument beherrschen, aber musikalisch ist er, so viel steht fest –, und Evie stockt kurz der Atem, als sie sich zurückdreht. In diesem kurzen Augenblick hat sie völlig vergessen, dass sie gar nicht tanzen kann, dass sie hinfallen, ihr Körper sie im Stich lassen könnte. Keine Ahnung, wie lange dieser Zustand anhalten wird, vielleicht nur ein paar Sekunden, aber in diesen Sekunden gibt sie sich der Musik und dem Rhythmus ihrer Bewegungen voll und ganz hin.

Ich ertappe mich dabei, dass ich Nate vertraue – trotz zahlreicher Beweise des Gegenteils, und obwohl ich ihn auch jetzt noch für leichtsinnig halte. Ich vertraue darauf, dass er sie auffängt, sollte sie fallen.

Die Szenerie beginnt zu flirren und sich zu verzerren, und ich spüre, wie ich vom Rand nach innen gezogen werde. Dann bin ich plötzlich in einer trüben Bar mit klebrigem Fußboden und weit weniger Luxus als im Ritz. Es herrscht Gluthitze, und die Türen sind weit aufgerissen, obwohl es draußen wie aus Eimern schüttet. Ringsum sitzen plaudernde Gäste mit ihren Getränken und blicken erwartungsvoll in eine Ecke, wo Evie steht und mit gerunzelter Stirn ihre Geige beäugt.

Irland. Nach der Uni und vor unserem Umzug nach London kamen wir für zwei Wochen her, und obwohl es fast die ganze Zeit regnete, hatten wir einen Heidenspaß. Zuerst verbrachten wir eine Woche in Dublin, dann reisten wir eine Woche kreuz und quer über die Insel, und nun befinden wir uns irgendwo mitten in der Pampa. Unser Hotel liegt ein Stück die Straße hinunter. Wir wollten uns ein wenig die Beine vertreten und stießen zufällig auf diesen wunderbar irischen Pub. Bis gerade eben haben alle ausgelassen getanzt. Einer der Barkeeper hat Feierabend und steht neben mir. Liam? Ja, ich glaube, er heißt Liam, hat funkelnde Augen und ein sehr charmantes Lächeln.

Ich habe heute Abend das erste Mal irischen Whiskey probiert und spüre seine Wirkung – Wärme und Mut – die mich durchströmen. Am liebsten würde ich jetzt tanzen.

»Ist mit deiner Freundin alles in Ordnung?«, fragt Liam mit einem Nicken in Evies Richtung. Inzwischen weiß ich, dass er nur ein Flirt ist, trotzdem spüre ich die Erregung, die mich erfasst, als er sich herüberbeugt – und mal ehrlich, gibt es etwas Unwiderstehlicheres als einen irischen Akzent?

»Komm«, sage ich und ergreife seine große, warme Hand. »Finden wir es heraus.« Ich ziehe ihn in die Ecke, wo Evie sich zum Spielen bereit macht. Genau kann ich mich nicht mehr daran erinnern, wie es dazu kam, aber irgendwie wurde sie breitgeschlagen, etwas zum Besten zu geben, doch gerade blättert sie nur angespannt das Notenbuch auf dem Ständer vor ihr durch.

»Alles klar, Eves?«, frage ich und lasse Liams Hand los. Klammern ist nicht so mein Ding.

Sie nickt, den Blick weiter auf die Noten geheftet – eine Sprache, die sich mir beim besten Willen nicht erschlossen hat –, dann beißt sie sich auf die Unterlippe und lässt den Blick über die Gäste schweifen.

»Du wirst das super machen. Und du bist tausendmal besser als der Typ da«, sage ich mit einer vagen Kopfbewegung, allerdings ist nicht ersichtlich, auf wen. Auf den Kerl, der vor ihr auf der Bühne gestanden hatte?

»Ich habe keine Ahnung, was ich spielen soll«, sagt sie stöhnend. »Und diese Geige ... mag mich nicht.« Erneut beäugt sie misstrauisch das Instrument, woraufhin ich in Gelächter ausbreche. Evies zuckende Lippen verraten, dass dies ein Versuch war, mich zum Lachen zu bringen. Das tut sie ständig – über Geigen sprechen, als wären sie Lebewesen mit Gefühlen und so.

»Spiel doch den *Fluch*«, schlage ich vor. Evie verzieht das Gesicht. Das Stück spielt sie nur, wenn sie unter engen Freunden ist, vor denen sie sich nicht schämt.

Ein Typ, der etwas älter zu sein scheint als wir, tritt zu uns und strahlt Evie an. »Bist du so weit, *chara*?« Ich bin mir ziemlich sicher, dass das *Freund* heißt. Vielleicht bemerkt er ihre Unsicherheit, denn er sagt freundlich: »Du musst das nicht tun, es ist bloß nett, ein bisschen Livemusik zu haben, und deine Freundin hier sagt, es gibt keine Bessere als dich.«

Ich werfe Evie einen schuldbewussten Blick zu. Na gut, offenbar bin ich diejenige, die Evie überredet hat, hier ein kleines Solo-Konzert zu geben. Mein heutiges Ich überrascht das nicht.

»Schon gut«, sagt sie. »Ich spiele ein paar Sachen. Aber ihr müsst sagen, wenn es nicht gut ist oder ich aufhören soll oder ...«

»Du machst das bestimmt toll!«, beteuert der Typ. »Was auch immer du spielst, das wird prima.«

Er wendet sich zum Gehen, und Evie blickt wieder auf den Notenständer. »Daran werde ich mich wohl gewöhnen müssen, wenn ich meinen Lebensunterhalt als Musikerin verdienen will«, murmelt sie.

»Genau!« Ich klatsche in die Hände.

Sie nickt und sieht wieder die Geige an, dieses Mal voller Entschlossenheit. »Also, wir kriegen das hin, du und ich.« Im nächsten Moment beginnt sie zu spielen. Sofort zieht Liam mich auf die behelfsmäßige Tanzfläche – die Gäste haben einfach ein paar Stühle zur Seite geschoben, um Platz zu machen. Anfangs ist die Musik noch langsam. Liams Hände liegen auf meinem Rücken, direkt unter dem Saum meines Tops. Ich spüre seinen Blick auf mir, erwidere ihn, und prompt habe ich wieder dieses Kribbeln im Bauch.

All das hat sich selbstverständlich vor Evies Diagnose ereignet; bevor ihr die ersten Symptome auffielen. Und nachdem sie sich erst einmal ein wenig warmgespielt und ihre Nervosität vergessen hat, ist sie brillant. Die Musik wird schneller, immer mehr Leute stehen auf und gesellen sich zu uns, und als ich zu Evie hinübersehe, bemerke ich dieses kleine, zufriedene Lächeln um ihre Lippen, wie immer, wenn sie spielt. Zumindest war es früher so.

Inzwischen ist Leben in die Bude gekommen. Getränke werden beiseitegestellt, die Leute tanzen und singen. Wie spät ist es überhaupt? Ich habe keine Ahnung. Spät, nehme ich an, denn draußen ist es stockdunkel, am Ende des Tresens stapeln sich die schmutzigen Gläser, die Kerzen sind alle heruntergebrannt. Doch die Musik hat für frischen Wind gesorgt, und das ist allein Evies Verdienst. Sie steht am Rand – die Leute tanzen, ohne in die Ecke hinüberzusehen, wo sie mit ihrer Geige steht – und zugleich im Rampenlicht.

»Sie ist gut, deine Freundin«, raunt mir Liam zu und nutzt die Gelegenheit, sich vorzubeugen, sodass sein Atem mein Ohr streift.

Als Nächstes stimmt Evie *unseren Song* an. Entzückt lache ich auf und sehe zu ihr hinüber. Sie grinst mich an. Natürlich spielt sie das Stück auswendig. Ich sehe ihr an, dass sie ihre Verlegenheit komplett vergessen hat, löse mich von Liam und tanze allein weiter – wie immer absolut stümperhaft –, höre ihn hinter mir lachen und klatschen. Evies und mein Blick begegnen sich, und ich spüre, wie mich eine Woge der Liebe zu ihr durchströmt. Ich glaube, ich habe ihr nicht oft genug gesagt, wie sehr ich sie für die Fähigkeit bewundere, einem Musikstück einfach so Leben einzuhauchen. Ich sehe die anderen Leute, die lächeln, klatschen, bewunderndes Lob aussprechen.

Allerdings bezweifle ich, dass sie es mitbekommt, denn sie spielt, und ich tanze, und in diesem winzigen Moment sind wir nicht nur die einzigen Menschen in dieser kleinen Bar in Irland, sondern die einzigen Menschen auf der ganzen gottverdammten Welt.

Kapitel 21

Evie saß am Schreibtisch, als ihr Handy läutete.

Hi, Evie, ich will Sie nicht unter Druck setzen, aber konnten Sie zufällig schon nach Scarletts Entwürfen suchen?
Gruß, Jason

Ihr Magen verkrampfte sich. Noch hatte sie ihm nicht erzählt, dass sie die Skizze für das grüne Kleid gefunden hatte, nahm sich aber vor, es demnächst zu tun. Für den Moment jedoch legte sie das Handy beiseite und wandte sich wieder ihrer Liste von WG-Zimmern zu. Nach wie vor suchte sie nach einer passenden Bleibe in der Stadt, die ihr gestattete, halbwegs bequem zur Arbeit zu gelangen. Irgendetwas, das bezahlbar war und nicht von fünf weiteren Personen bewohnt wurde.

»Evelyn.«

Sie zuckte zusammen und minimierte eilig die Webseite, als Henry an ihren Schreibtisch trat. Suzy warf ihr einen vielsagenden Blick zu, ehe sie sich eilig ihrem eigenen Bildschirm zuwandte, als Henry sie ansah.

»Ja?«, fragte Evie kleinlaut und fragte sich, ob sie gleich einen Rüffel kassieren würde, weil sie ihre »Arbeitszeit« für »Privatangelegenheiten« nutzte, was zwar die pure Heuchelei sein mochte, Henry aber bei jeder monatlichen Teamsitzung, bei der Evie das Protokoll führte, als allgemeines Problem anführte.

»Sie müssen heute etwas länger bleiben. Ich habe einen Abendtermin, und wir brauchen jemanden, der sich um den Kaffee kümmert.«

»Ich kann nicht«, platzte Evie heraus. Henry sah sie stirnrunzelnd an. »Ich habe eine Verabredung«, fügte sie hinzu und spürte, wie ihr die Hitze unter ihrem hochgeschlossenen Oberteil in Richtung Gesicht kroch. »Und ich muss den Zug nach Windsor erwischen und …«

»Ich kann einspringen«, warf Suzy ein. »Mein Mann holt heute die Kinder von der Schule ab, deshalb bleibe ich gern ein paar Stunden länger, wenn Evie verhindert ist.«

Evie warf ihr einen dankbaren Blick zu.

Henry zögerte. »Ah, nein, ist schon gut, ich kriege das hin.« Er sah Evie noch einmal stirnrunzelnd an, doch wenn er keine Notwendigkeit sah, Suzys Hilfe in Anspruch zu nehmen (die berüchtigt dafür war, es mit den Kaffeebestellungen nicht ganz so genau zu nehmen), konnte der Termin nicht so wichtig sein, dass er Evie zwingen könnte, deswegen Überstunden zu schieben.

Als Henry sich verzog, atmete Evie tief durch, konnte sich jedoch ein winziges Lächeln nicht verkneifen. Zum ersten Mal seit langer Zeit hatte sie Rückgrat bewiesen.

»Stimmt das?«, fragte Suzy. »Windsor? Ich würde ja so gern dort wohnen. Aber im Sommer wird es bestimmt schrecklich voll, wenn all die Touristen kommen, weil sie die Royals in ihrer Wochenendresidenz sehen wollen, was meinst du?«

»Ich weiß es nicht genau«, antwortete Evie, zog ihr Handy zu sich heran und rief die Nachricht auf, die Nate ihr am Morgen geschickt hatte.

Solltest du heute Abend nichts vorhaben, hätte ich da einen Vorschlag. Besteht die Chance, gegen halb sieben in Windsor sein?

Gefolgt von einer zweiten Nachricht, noch bevor sie die erste gelesen hatte:

> Das heißt, sofern du Pferde magst.

Noch hatte sie nicht geantwortet; hauptsächlich, weil sie sich noch nicht entschieden hatte. Sie mochte Pferde, auch wenn sie keine allzu große Erfahrung mit ihnen hatte. Aber Windsor? Die Fahrt mit dem Zug bedeutete einen ziemlichen Aufwand. Noch dazu nach der Arbeit. Andererseits hielt sich ihre Müdigkeit heute in Grenzen, und na ja, offenbar hatte sie die Entscheidung mittlerweile getroffen, oder? Also schrieb sie:

> Ja, das kann ich schaffen. Schickst du mir die Adresse, wo wir uns treffen?

»Ja«, antwortete Evie fest. »Ich fahre nach Windsor.«
»Oh, das wird bestimmt toll«, erklärte Suzy strahlend und hielt Evie die Tüte hin, die neben ihrem Monitor lag. »Colafläschchen?«

Einen Reitstall. Das hatte Nate als Treffpunkt genannt. Und nun bekam Evie von einem Mädchen, das kaum älter als Astrid zu sein schien, einen Reithelm aufgesetzt, bevor sie den Kopf hin- und herdrehen sollte, sodass man sehen konnte, ob er auch passte. Sie hatte einmal gemeinsam mit Scarlett während eines Urlaubs im New-Forest-Nationalpark Reiten ausprobiert, und es hatte ihr auch gefallen, allerdings hätte sie sich damals als Heranwachsende keine Reitstunden leisten können.

Das Mädchen führte Evie und Nate zu ihren Pferden, damit sie sie »kennenlernen« konnten. Evie bekam einen schwarzen Wallach namens Merlin zugewiesen, der, als sie die Hand nach seiner Nase ausstreckte, seinen warmen Atem in ihre Hand schnaubte und sie mit nach vorn gelegten Ohren aufmerksam musterte.

Evie fiel auf, dass Nate sie immer wieder verstohlen beobachtete. »Was gibt's?«, fragte sie, als sie darauf warteten, dass die Pferde aus dem Stall und zu den Aufsteighilfen geführt wurden.

»Ich dachte … na ja, ich hatte Angst, du wärst … zögerlicher«, gestand er mit einem verlegenen Lächeln. Mit seinen Wanderstiefeln und dem schwarzen Helm mit der Ziffer 58 auf der Rückseite sah er so albern aus, dass sie sich ein Lächeln nicht verkneifen konnte. *Nicht gerade der Rupert Campbell-Black, wie Jilly Cooper ihn sich vorgestellt hätte*, hörte sie Scarlett im Geiste sagen. Sie hatten sich immer über die alte Fernsehserie *Riders* lustig gemacht.

»Dank deiner Warnung wäre ich gar nicht erst gekommen, wenn ich Pferde nicht mögen würde«, erwiderte sie und folgte Merlin zur Aufstieghilfe, während das Mädchen – war so ein junges Ding hierfür überhaupt kompetent genug? – die Steigbügel herunterzog und den Sattelgurt festzurrte. Im Gegensatz zu vielen anderen hatte Evie eigentlich nie Angst vor Pferden gehabt; natürlich wusste sie, dass es zu Unfällen kommen konnte, sie hatte die Tiere jedoch stets als sanftmütig empfunden, außerdem bezweifelte sie, dass jemand ihr bei ihrem Kenntnisstand einen wilden Galopp durch den Windsor Park erlauben würde.

Evie trat zu Merlin, der den Kopf senkte, als wollte er ihr Gelegenheit geben, ihn besser berühren zu können, und scheinbar verzückt das Maul verzog, als sie ihn kraulte. Evie grinste.

»Was ist?«, fragte sie wieder, als sie Nate neuerlich ertappte, wie er sie beobachtete.

Er lächelte. »Ich mache mir nur ein Bild, damit ich dich besser einschätzen kann.«

Sie verdrehte die Augen. »Schwer zu durchschauen bin ich ja wohl nicht.«

»Da wäre ich mir nicht so sicher«, entgegnete er auf eine Art, die es ihr schwer machte, Augenkontakt zu halten.

Das Mädchen half ihnen beim Aufsteigen – Nate hatte eine braune Stute namens Diva, die ihn beim Aufsteigen mit Blicken bedachte, die ihrem Namen alle Ehre machten.

Evie stellte fest, dass sie sich sehr schnell auf Merlins Rhythmus einstellte. Sie lauschte dem Geräusch seiner Hufe, zuerst auf dem Asphalt, dann auf dem Rasen, als sie einem Pfad zwischen Bäumen hindurch folgten, durch deren Äste die abendliche Sonne schien. Auch ihre Muskeln entspannten sich spürbar, was ein merkwürdiges Gefühl war, da sie sich so an die gegenteilige Empfindung gewöhnt hatte. Glücklicherweise wurden sie von einer erwachsenen Frau geführt, deren Pferd sowohl Merlin als auch Diva automatisch folgten, sodass Evie kaum die Zügel einzusetzen brauchte.

»Und ist das hier eine Recherche für einen weiteren Artikel?«, fragte sie und drehte sich halb im Sattel um, damit sie Nate sehen konnte. Offensichtlich ging Merlin gern voran.

»Ob du es glaubst oder nicht, aber das war ein Weihnachtsgeschenk meiner beiden Nichten, das ich erst jetzt einlöse.«

»Von deinen Nichten?«

»Ja, Natalie und Naomi. Sie sind Zwillinge.«

»Und beide mit N.«

Nate verdrehte melodramatisch die Augen, was durch den Reiterhelm noch komischer aussah. »Camille bestand darauf, die *Tradition* fortzuführen.«

»Und ist es etwa keine Tradition?«

»Nur wenn eine Generation schon eine Tradition ausmacht. Die Vornamen meiner Eltern fangen nicht mit einem N an. Aber Noah meinte, er würde eine daraus machen.« Nate erschrak, als seine Stute abrupt stehen blieb und den Kopf senkte, um am Gras zu rupfen. Er saß im Sattel und blickte hilflos auf die Zügel, bis ihre Reitbegleiterin ihm erklärte, was er tun sollte. Evie unterdrückte ein Lachen. »Jedenfalls«, fuhr Nate fort, nachdem Diva sich zum Weitergehen entschieden hatte, »sind sie gerade beide im Pferdefieber und haben beschlossen, dass mein Weihnachtsgeschenk von der Familie aus einem Reitausflug bestehen sollte, und Noah hat mitgespielt.«

»Also, ich finde, das ist ein tolles Geschenk«, stellte Evie fest und sah sich um. Der Park war herrlich – ringsum Grün, die warme Luft eines englischen Sommerabends in der Dämmerung. Sie atmete tief durch, sog den köstlichen Duft von frisch gemähtem Gras ein. »Deine Nichten haben großartige Ideen«, sagte sie und tätschelte liebevoll den Hals des Wallachs. »Stimmt's, Merlin?«

»Du solltest sie mal kennenlernen«, rief Nate hinter ihr. Wieder drehte Evie sich zu ihm um.

»Mhm?«

»Natalie und Naomi. Und Noah. Und Camille auch. Sonntagabends trifft sich die ganze Familie zum Essen, und, ja, ich weiß, das klingt geradezu lächerlich perfekt. Trotzdem solltest du mitkommen.«

Evie hatte nicht die leiseste Ahnung, wie sie darauf reagieren sollte. Eine Freizeitaktivität mochte ganz nett sein, ein Abendessen im Kreis der Familie hingegen war eine völlig andere Hausnummer. Was hatte das zu bedeuten? Waren sie jetzt Freunde, so einfach wie mit Astrid? Wollte sie mit Nate überhaupt befreundet sein? Sie spürte, wie Merlin sich ganz leicht versteifte und die Ohren eine Idee anlegte. Vielleicht registrierte sie die Veränderung an ihm so schnell, weil sie zwangsläufig daran gewöhnt war, ihren eigenen Körper ununterbrochen auf Anspannungen zu sondieren.

»Sssschhh«, murmelte sie und streichelte ihn erneut, woraufhin er die Ohren wieder nach vorn klappte und sich entspannte. Dann stimmte es also: Pferde nahmen die emotionalen Schwingungen des Reiters auf.

»Hier versuchen wir jetzt einen kleinen Trab«, rief die Reitbegleiterin und ersparte Evie damit die Antwort. »Versucht, im Rhythmus aus dem Sattel zu kommen und euch wieder zu setzen. Eins-zwei, eins-zwei.«

Evie schlug sich besser als Nate. Auch jetzt bedachte Diva ihn mit diesen misstrauischen Blicken, bis sie zu dem Entschluss zu gelangen schien, dass er völlig ungeeignet für diese Aufgabe war, das Tempo zum Schritt drosselte und sich schlicht weigerte, erneut in Trab zu verfallen.

»Hast du das schon mal gemacht?«, fragte er Evie argwöhnisch.

»Ja, einmal.«

»Für eine Anfängerin machst du das sehr gut«, lobte die Reitbegleiterin mit einem Lächeln. »Offenbar hast du ein angeborenes Rhythmusgefühl.« *Wahrscheinlich,* dachte Evie, denn sie konnte zwar beim besten Willen nicht tanzen – *es sei denn,* flüsterte eine fiese kleine Stimme in ihrem Hinterkopf, *du befindest dich in den Armen des richtigen Mannes* –, aber schließlich beherrschte sie ein Instrument. Sie konnte spielen, auch wenn ihr Körper es ihr nicht länger gestattete.

»Da oben führen wir die Pferde ins Wasser«, sagte die Reitbegleiterin und schlug den Weg zu einem kleinen Teich zwischen den Bäumen ein. Evie spürte, wie ihr das Lächeln im Gesicht gefror. Auf dem Pferderücken zu sitzen, war eine Sache, aber sollten sie jetzt etwa schwimmen? Die Frau lachte. »Die Pferde spielen gern im Wasser und trinken vielleicht ein bisschen, mehr nicht.«

Das »Spielen« entpuppte sich als wildes Planschen. Merlin und Diva stampften mit den Hufen im Wasser herum, sodass Nate und Evie ganz nass wurden. Nate hielt sich mit spitzen Fingern an der Vorderkante des Sattels fest, während Diva sich austobte, und bot dabei einen so witzigen Anblick, dass Evie in Gelächter ausbrach – eines von der Sorte, das in den

Tiefen des Körpers aufsteigt, aufrichtig und schier übermächtig, und aus voller Kehle aus einem herausbricht.

Glücklich. In diesem Moment, als sie auf einem Pferd saß, das ausgelassen das Wasser hochspritzen ließ, und Nates argwöhnische Miene beobachtete, war sie aufrichtig *glücklich.* Und vielleicht war das auch okay, denn Scarlett hätte doch bestimmt gewollt, dass sie daran festhielt, an diesem flüchtigen Moment der Freude, oder? Selbst wenn es mit Nate war?

Auch Nate lachte leise und schüttelte den Kopf, ehe er sie anlächelte. Evies Lachen verklang, doch dieses Gefühl der Leichtigkeit in ihrem Innern hallte noch einen Wimpernschlag lang nach. Sein Blick fand sie, warm und freundlich, und obwohl sie endlos viele Gründe hätte aufzählen können, weshalb das keine gute Idee war, und sie wusste, dass sie eigentlich nicht so empfinden sollte, stockte Evies Herz.

Kapitel 22

Auf der Herfahrt hatte Evie den Bus nehmen müssen, doch jetzt brachte Nate sie zum nächstgelegenen Bahnhof – Windsor & Eton. Er hatte ihr angeboten, sie nach Clapham zu fahren, doch sie hatte abgelehnt: teils weil die lange Fahrt in der Enge des Wagens zu intensiv werden könnte, aber auch, weil es mit dem Zug ohnehin schneller ging. Um diese Uhrzeit bekäme sie sogar einen Sitzplatz. Was auch dringend nötig war. Dennoch war der Reitausflug nicht so anstrengend gewesen wie befürchtet, und sie hatte ihre Reitbegleiterin um eine Preisliste gebeten, nachdem Nate erklärt hatte, der Wert seines Gutscheins umfasse auch ihren Ausritt. Regelmäßig könnte sie sich diese Ausritte nicht leisten, trotzdem war es etwas, das sie im Hinterkopf behalten könnte.

Nate stieg aus und begleitete sie zum Eingang des Bahnhofs – selbst der war feudal und erinnerte an ein Herrenhaus mit einem Bogen aus Backstein, durch den man zu den Bahnsteigen gelangte. Direkt davor blieb Evie stehen.

»Danke für die Einladung«, sagte sie.

Nate nickte und schob die Hände in die Taschen. Sein normalerweise wirrer Haarschopf war vom Reithelm etwas platt gedrückt. »Ich war nicht sicher, ob du kommst.«

»Ich auch nicht«, gestand sie, »aber ich bin froh, dass ich es getan habe. Das war …« Sie lächelte. »Echt cool.«

Er zögerte. »Ich, äh, ich habe recherchiert.« Kratzig, so hatte sie seine Stimme anfangs empfunden. Aber eigentlich stimmte das nicht. Sie war tief, mit einer leicht rauen Note, aber zugleich auch beruhigend – eine Stimme, von der man gern ein Hörbuch vorgelesen bekäme.

»Was hast du recherchiert?«

»Reiten und MS.«

Sofort schrillten Evies Alarmglocken, wie immer, wenn die Sprache auf ihre Krankheit kam. Es war albern, denn inzwischen sollte sie daran gewöhnt sein, darüber zu reden. Oder sich zumindest allmählich damit anfreunden, denn loswerden würde sie sie nicht mehr. Trotzdem hatte sie es noch nie leiden können, wenn andere sich über ihre Krankheit »kundig machten«, sobald sie davon erfuhren. »So?« Sie bemühte sich um einen beiläufigen Tonfall.

»Ich …« Er fuhr sich mit der Hand über den Nacken. »Das klingt jetzt ein bisschen seltsam, aber so ist es nicht gemeint. Ich wollte nur herausfinden, ob du so etwas machen kannst. Denn, na ja, ich wollte dir kein zweites Mal zumuten, an einer Klippe hochzuklettern.« Wieder erschien dieses verlegene Lächeln – bei dessen Anblick sie jedes Mal grinsen musste.

»Und? Reiten hat den Test bestanden?« Sie wusste nicht recht, was sie von seinen Recherchen halten sollte. Denn ja, bei diesem Kletterausflug war sie tatsächlich panisch geworden, aber nur ein kleines bisschen. Und irgendwie gefiel ihr ja auch, dass er sie nicht wie eine Kranke behandelte, sondern Aktivitäten vorschlug, die andere ihr nicht zutrauen würden. Andererseits gab es sehr wohl Dinge, die für sie nicht infrage kamen. Sie konnte ihr früheres Leben nicht einfach so fortführen – diese Tatsache zu ignorieren wäre idiotisch.

»Ja, na ja, es kann sogar helfen. Im Hinblick auf den Gleichgewichtssinn und die Mobilität. Nur falls dich das interessiert«, fügte er mit einem ungelenken Achselzucken hinzu.

Sie sah ihn an, wie er sichtlich unbehaglich und verlegen vor ihr stand. Er hatte sich Gedanken gemacht, hatte sich schlaugemacht, das Richtige tun wollen.

»Danke«, sagte sie leise. Er sah ihr in die Augen. Aus einem Impuls heraus trat Evie zu ihm und küsste ihn leicht auf die

Wange. Sofort wurde er stocksteif. Sie registrierte, wie er die Fäuste an den Seiten ballte, als ertrüge er ihre Nähe nicht – zumindest nicht auf diese Weise –, traue sich aber nicht, es ihr zu sagen, um sie nicht zu kränken. Dabei hatte sie es bloß als freundliche Geste gemeint. Großer Gott, sie –

Eilig wich sie zurück, spürte, wie ihr die Hitze ins Gesicht stieg, als er die Hände um ihre Oberarme legte und sie festhielt. Ihr stockte der Atem.

Und dann küsste er sie, ein richtiger Kuss, heiß und voller Leidenschaft, und ohne darüber nachzudenken, schlang Evie ihm die Arme um den Hals und zog ihn an sich, denn, großer Gott, allein seine Berührung schien ihr Inneres in Flammen zu setzen, Stromschläge über ihre Haut zu jagen, wie sie es nie zuvor …

Nein! Zuerst war es nur ein Gedanke, dann drang das Wort auch über ihre Lippen. Sie schob ihn von sich und presste sich die Hand auf den Mund, während sie hektisch den Kopf schüttelte. »Nein!«, sagte sie noch einmal. Was hatte sie sich bloß dabei gedacht?

»Okay«, stieß Nate hervor und strich sich mit der Hand durch sein platt gedrücktes Haar. »Okay. Tut mir leid.«

»Ich kann das nicht machen.« Ihre Stimme klang schrill, panisch.

Den Blick weiter auf sie gerichtet, trat er einen Schritt vor.

»Nein!«, sagte sie noch einmal. »Ich kann das nicht machen.« Ein Schluchzen stieg in ihrer Kehle auf, das sie eilig unterdrückte.

Er nickte. Gleichzeitig blickte er sie weiter auf diese intensive Art an, die ihre Haut glühen ließ. Sie hatte allen Ernstes gedacht, er beließe es dabei. Doch dann …

»Warum?«, fragte er. Nicht fordernd, und er machte auch keine Anstalten, sich ihr neuerlich zu nähern, sondern vergrub die Hände wieder in den Hosentaschen, als wollte er ihr damit signalisieren, dass er sie nicht berühren würde. Trotzdem stand die Frage zwischen ihnen.

»Warum?«, wiederholte sie ungläubig. »*Warum?* Nate, das ist doch offensichtlich, oder?« Kopfschüttelnd fuhr sie sich mit beiden Händen durchs Haar, das völlig verknotet war. Wahrscheinlich von dem verdammten Helm. Sie wollte es nicht laut aussprechen, wollte es ihm nicht entgegenschleudern, nachdem er so nett zu ihr gewesen war. Aber Herrgott noch mal, seinetwegen war Scarlett tot. Das konnte sie doch unmöglich *vergessen,* konnte sich nicht hinstellen und ihn *küssen,* verdammt noch mal.

Doch natürlich wusste er, was ihr durch den Kopf ging. »Ich dachte, du siehst es inzwischen genauso – dass es ein Unfall war«, sagte er leise. Sie hörte und sah ihm die Kränkung an.

Evie schloss die Augen. »Das war es auch«, räumte sie flüsternd ein. »Aber ich kann einfach nicht...« Sie schlug die Augen wieder auf. Er stand immer noch vor ihr, wartete ab. Und wieder spürte sie die Wut in sich aufsteigen – schon wieder in seiner Gegenwart. »Du kapierst es einfach nicht!«, herrschte sie ihn an. »Für dich ist das völlig in Ordnung, ja? Du bist ständig unterwegs, lernst überall neue Leute kennen, findest neue Freunde. Du hast deinen Bruder, führst dein Leben weiter so ... leichtsinnig und unbeschwert, als wäre nie etwas geschehen, deshalb ... wie könntest *du* je nachvollziehen, wie ich mich gerade fühle?«

Inzwischen rang sie nach Luft, während er nur dastand und ihren aufgebrachten Wortschwall über sich ergehen ließ. »Das verstehe ich«, sagte er schließlich tonlos.

Sie verschränkte die Arme vor der Brust und mied den Blickkontakt. »Du verstehst es also, ja?« Ihre Bemühung, nicht bitter zu klingen, scheiterte kläglich.

»Ja.« In diesem Moment glomm ein wütender Funke auch in seinen Augen auf, und die Muskeln in seinen Armen wurden hart. »Ich mag rücksichtslos und leichtsinnig sein, Evie, aber ich werde jeden verdammten Tag meines restlichen verdammten Lebens bereuen, was Scarlett durch mein Verhalten an dem Tag passiert ist. Ich höre es bis heute.« Er zog die Hände aus den Taschen und schüttelte sie, als wollte er sich von etwas befreien. »Deshalb, ja, verstehe ich es. Sehr gut sogar. Aber du bist nicht die Einzige, die etwas Schlimmes erlebt hat, okay? Mir ist klar, dass du deswegen eine beschissene Zeit durchmachst. Ich weiß, was Scarlett dir bedeutet hat, und ich weiß auch, dass du diese schlimme Krankheit hast und ich all das nicht wirklich nachempfinden kann, aber es ist nicht so, dass mir Trauer und Leid fremd wären.«

Er hielt kurz inne, und als er fortfuhr, zog sich Evies Herz zusammen. »Mein Bruder hat sich das Leben genommen«, fügte er tonlos hinzu.

Sie starrte ihn fassungslos an. Mit einem Mal war ihre Kehle staubtrocken. »Was? Noah, er ...«

»Nein.« Nate stieß den Atem aus. »Nein, nicht Noah. Wir hatten noch einen Bruder. Nick, altersmäßig zwischen mir und Noah. Als ich fünfzehn und er einundzwanzig war, hat er Selbstmord begangen. Er hatte ein ziemlich wildes Leben hinter sich und saß sogar mal für ein halbes Jahr im Gefängnis, wegen etwas völlig Idiotischem – er hatte etwas geklaut –, und nach seiner Entlassung bekam er keinen Job mehr und ...« Nate hielt inne. »Darum geht es jetzt nicht. Die ganze Geschichte kenne ich noch nicht einmal. Ich habe zwar mehr mitbekommen, als meine Eltern dachten, aber nicht bis ins letzte Detail.«

Evie überlegte, was sie sagen sollte, doch ihr fiel nichts ein. *Waren Sie denn schon auf so vielen Beerdigungen?*
Auf einer.

Auf der seines Bruders. Der sich das Leben genommen hatte. Als Nate gerade einmal fünfzehn gewesen war.

Noch etwas kam ihr in den Sinn. Nate lauschte jeden Abend klassischer Musik, um einschlafen zu können. Seit er ein Teenager war. Seit diesem Vorfall, der ihm etwas entrissen hatte, ohne das er nicht schlafen konnte.

»O Gott«, flüsterte Evie und presste sich die Hand auf den Mund, ehe sie sie wieder sinken ließ. »Nate, es tut mir so unendlich leid.« Nun war sie es, die auf ihn zutrat. Und er derjenige, der zurückwich.

»Tja ... nun ja.« Keinem von ihnen gelang es, den anderen in der nachfolgenden Stille anzusehen. In diesem Moment ertönte die Ansage aus dem Lautsprecher, der Zug fahre in einer Minute ein. Mit einem Nicken wies Nate auf den Backsteinbogen hinter ihr. »Du solltest gehen.«

Evie biss sich auf die Unterlippe. Was sollte sie jetzt tun? Was sollte sie sagen? »Okay«, presste sie leise hervor, wandte sich jedoch noch einmal zu ihm um, ehe sie unter dem Bogen hindurchtrat. »Es tut mir leid, Nate.«

Endlich begegnete er ihrem Blick. »Ja. Mir auch.«

Kapitel 23

Nates Bruder hat sich das Leben genommen. Als er selbst gerade einmal fünfzehn war.

Ich weiß überhaupt nicht, wie ich diese Information verarbeiten, wie ich sie in mein Bild von ihm einpassen soll. Ich denke daran, wie er zu meiner Beerdigung kam, wie er im Krankenwagen meine Hand gehalten und mir gut zugeredet hat.

Er wirkt immer so ruhig und gelassen, was ich nicht mit einem solchen Verlust unter einen Hut bringe, einem Verlust von der Art, dass ein nahestehender Mensch nicht bloß stirbt, sondern seinem Leben aus freien Stücken ein Ende setzt. Aber vielleicht kenne ich mich auch nicht genug mit diesem Thema aus. Ich habe diese Art der Trauer nicht am eigenen Leib erleben müssen, weiß nicht, wie so eine Erfahrung einen Menschen verändert. Unwillkürlich denke ich an meine Eltern, daran, dass sie kein zweites Kind bekommen konnten und jetzt auch noch mich verloren haben. Welche Auswirkungen wird das langfristig auf sie haben?

Dann ertappe ich mich bei der Frage, wie Nate als Fünfzehnjähriger gewesen sein mag. Ob er schon damals leichtsinnig und mit allem Möglichen herausgeplatzt war, ohne vorher darüber nachzudenken, oder ob sich all das erst nach dem Selbstmord seines Bruders entwickelt hat.

Nick. So hieß er. Meine Gedanken schweifen zu ihm. Passierte ihm nach seinem Tod dasselbe wie mir gerade? Hat auch er Erinnerungen noch einmal durchlebt, war zu einem Dasein aus der Beobachterperspektive gezwungen, hätte so gern die Vergangenheit verändert, konnte es aber nicht? Ist er noch irgendwo hier, in diesem Raum, in dem ich mich befinde? Wann hat das aufgehört? Was kam als Nächstes?

Es wird mir zu viel, deshalb zwinge ich mich, nicht länger darüber nachzugrübeln, sondern lasse stattdessen den Moment Revue passieren, als Nate Evie geküsst hat; die Art, wie seine ruhige Gelassenheit innerhalb eines Wimpernschlags in Leidenschaft umgeschlagen ist. Als hätte es einen Moment gegeben, in dem er hätte entscheiden können, nicht zu handeln, es aber trotzdem tat. Das kann ich verstehen – dieses Bedürfnis, zu handeln.

Was Evie betrifft: Ich hätte nicht damit gerechnet, dass sie so darauf reagieren würde. In ihren bisherigen Beziehungen schien sie stets bloß mitgeschwommen zu sein, ohne Eigeninitiative an den Tag zu legen. Ich verstünde diese Sache mit Will nicht, sagte sie, und das stimmt: Mir fehlte tatsächlich das Verständnis für diese Beziehung. Nicht nur, weil ich ihn nicht leiden konnte, sondern weil sie sich in seiner Gegenwart nie wirklich von ihrer besten Seite zu zeigen schien. Ihre Gefühle für ihn wirkten auf mich nicht besonders leidenschaftlich, dabei weiß ich, dass sehr wohl Leidenschaft in ihr schlummert, die sich beispielsweise immer dann zeigt, wenn sie ihre Geige in die Hand nimmt. Und ich bin mir ziemlich sicher, dass die leidenschaftliche Evie, die ich so liebe, heute Abend ein Gastspiel gegeben hat, wenn auch nur einen Moment lang. Bis es ihr wieder einfiel.

Ich glaube, dass wir so eine Leidenschaft mit nur sehr wenigen Menschen erleben dürfen; allenfalls einen Abklatsch davon, wenn wir abends betrunken nach Hause kommen und sich alles so neu und aufregend anfühlt. Aber davon abgesehen? Sollte ich mich einmal verlieben, müsste es wie ein loderndes Feuer sein, voller Leidenschaft und Hingabe, sodass ich alles darüber vergesse, habe ich einst gesagt. Meine Mutter hat mich bloß ausgelacht und gemeint, diese Art theatralischer Liebe bedeute nichts als Kummer und Leid. Und als ich fragte, wie es bei ihr und Dad gewesen sei, meinte sie, die Liebe zwischen ihnen sei »anders«. *Die beste Liebe ist die kontinuierliche, Scarlett. Das ist die Liebe, die ein Leben lang hält.*

Ich hatte geglaubt, genau das mit Jason zu haben – sowohl die Leidenschaft als auch die Möglichkeit, diese Beziehung zu etwas Dauerhaftem, Beständigem zu machen.

Ich bin in der Wohnung in Soho und liege auf dem Bett, nachdem wir das erste Mal Sex hatten. Das Apartment ist winzig, aber hey, es liegt in Soho, mitten im Geschehen und so zentral, dass ich zu Fuß ins Büro und in diese Schwulenbar gehen kann, von der alle bei der Arbeit gerade schwärmen. Die Wohnung ist geschmackvoll eingerichtet, von Jason hätte ich auch nichts anderes erwartet. Er hat Stil und Eleganz, etwas, das Typen in meinem Alter definitiv fehlt. An den Wänden hängen Fotos – logischerweise –, darunter die Aufnahme einer älteren Frau, die direkt in die Kamera blickt, mitten über dem Bett. Was so besonders daran sei, dass das Foto diesen Ehrenplatz verdiene, habe ich gefragt, sorgsam darauf bedacht, meine Nervosität hinter einer lässigen Fassade zu verbergen, als er mich gestern nach dem Essen mit hierhergenommen hat.

»Weil darin so eine Verletzlichkeit mitschwingt, findest du nicht?«, hatte Jason erwidert und meine Gedanken zerstreut, indem er meinen Hals küsste, mein Top hochschob und mit zärtlichen und zugleich forschen Berührungen meinen Körper erkundete.

Jetzt liege ich nackt auf der Bettdecke und blicke zu dem Foto hinauf. »Es fühlt sich an, als würde sie uns beobachten«, sage ich schnaubend. Jason lässt die Finger an meinem nackten Arm entlang nach unten wandern. Er ist so unfassbar attraktiv, mit einem Körper, der für sich genommen schon ein Kunstwerk ist. »Würdest du es runternehmen, wenn ich dich darum bitte?«, frage ich.

Er vergräbt die Nase an meinem Hals. Sein warmer Atem

liebkost meine Haut. »Wenn ich mich zwischen dir und ihr entscheiden müsste, ja, dann würde ich es tun, ganz klar.«

Ich drehe mich auf die Seite, um ihn ansehen zu können, wobei ich ihn dabei ertappe, wie er mit unübersehbarer Bewunderung den Blick über meinen Körper schweifen lässt. Ich zögere, andererseits habe ich den Entschluss gefasst, die Frage zu stellen: Wenn ich mit ihm ginge und es gut liefe, würde ich ihn fragen, das hatte ich mir vorgenommen. »Ich höre, du bist verheiratet?«, frage ich also, um einen neutralen Tonfall bemüht.

Er zieht die Brauen hoch. »So, hast du das? Wir reden jetzt also von mir, ja?«

»Und, bist du's?« Ich weigere mich, das Spielchen mitzuspielen.

Seine Finger unterbrechen ihr Tänzchen auf meinem nackten Arm. »Ich bin getrennt«, sagt er dann.

»Aber im Internet gibt es Fotos von euch zusammen.« So zu tun, als hätte ich das nicht gecheckt, wäre idiotisch. Alle im Büro haben das getan. So funktioniert unsere Welt nun mal.

Er lässt seine Hand zu meiner Taille wandern. Ich spüre die Wärme, die die Berührung hervorruft. »Ja. Manchmal gehen wir noch gemeinsam zu Veranstaltungen … du weißt schon, um den Schein zu wahren.«

Ich nicke. Natürlich wusste ich Bescheid. Ich wusste, dass er lügt. Wenn ich ganz ehrlich zu mir selbst bin, wusste ich es schon von dem Moment an, als wir uns das erste Mal begegnet sind. Doch damals fühlte sich alles noch so neu und zerbrechlich und zugleich so lebendig an, dass wir beide so taten, als wäre es nicht so, und sei es nur für eine Weile.

Am nächsten Morgen haben wir noch einmal Sex, und als ich aufbreche und er mir einen Abschiedskuss gibt, spüre ich es.

Den Moment.

In diesem Augenblick bin ich überzeugt davon, dass Jason

DER RICHTIGE ist. Dass das mit uns funktionieren wird, egal wie. Rückblickend betrachtet, bin ich mir meiner Sache nicht mehr ganz so sicher, erinnere mich aber daran, wie überzeugt ich damals war.

Als ich in meine eigene Wohnung zurückkehre – die mir im Vergleich zu seiner potthässlich vorkommt –, sitzt Evie mitten in der Küche auf dem Fußboden und weint. Sie sieht mich aus rot geweinten Augen an. Sofort lasse ich die Schlüssel fallen, laufe zu ihr und setze mich neben sie.

»Will hat mit mir Schluss gemacht«, schluchzt sie.

Ich lege die Arme um sie. »Ach, Evie, das tut mir leid.« Wie lange sitzt sie schon hier und weigert sich, aufzustehen? Wäre ich früher bei Jason aufgebrochen, hätte ich rechtzeitig bei ihr sein können, um diesen Zusammenbruch abzufangen? »Er ist es nicht wert«, sage ich fest, und sie nickt, obwohl ich spüre, wie sie in sich zusammensackt.

»Er hat mich betrogen«, fährt sie fort.

»Dieser elende Mistkerl!«, presse ich zwischen zusammengebissenen Zähnen hervor. Andererseits ... was Jason und ich tun, ist auch nichts anderes. Zwar redete ich mir damals noch ein, dass er getrennt sei und ich ihm glauben könne. Aber säße seine Frau ebenfalls weinend auf dem Fußboden, wenn sie herausfände, dass Jason die Nacht mit mir verbracht hat?

»Komm.« Ich ziehe Evie auf die Füße und bugsiere sie zum Sofa.

»Er hat es so klingen lassen, als ...« Sie ringt um Atem. »Als wäre die MS schuld. Sie hätte mich verändert.«

»Hör nicht auf ihn«, erwidere ich automatisch. »Hör nicht auf ihn, okay, Eves? Er ist ein Drecksack. Ein beschissener Drecksack. Das hat nichts mit dir zu tun, sondern er allein ist schuld.« Ich sehe ihr an, dass sie mir nicht glaubt. Zu diesem Zeitpunkt hatte sie längst beschlossen, dass die Krankheit sie verändert hatte. Und vielleicht hätte ich dem mehr Beachtung schenken sollen, denn es stimmte ja tatsächlich, nur bedeutete das nicht zwingend, dass sie nicht gestärkt daraus hervorgehen würde. Es hieß ja nicht, dass sie deswegen weniger wert wäre, sondern nur, dass sich einige Faktoren in ihrem Leben verändert hatten. Ich fürchte, es ist mir nie gelungen, die richtige Balance zu finden: einerseits nicht zuzulassen, dass sie sich von der Krankheit definieren lässt, und andererseits anzuerkennen, dass nicht alles so bleiben kann, wie es war. Ich hatte gewollt, dass sie immer noch sie war, dieselbe Evie wie früher, weil ich dachte, es sei das Beste für sie. Nur war ich so wild entschlossen, daran festzuhalten, dass in Wahrheit *ich* mit meiner Alles-oder-nichts-Einstellung diejenige war, die zuließ, dass sie sich in gewisser Weise von der Krankheit definieren ließ. Ich wünschte, ich hätte jetzt die Chance, es ihr persönlich zu sagen, mich bei ihr zu entschuldigen und ihr zu helfen, genau diese Balance zu finden

Andererseits bin ich womöglich nicht die Einzige, die das kann.

Kapitel 24

Zögernd klopfte Evie mit einer Flasche Weißwein in der Hand an Astrids Wohnungstür: nicht der billige Fusel, den sie im Kühlschrank vorrätig hatte. Nein, sie war losgegangen und hatte einen anständigen Chablis besorgt. Und angesichts der Tatsache, dass es sich um Alkohol handelte, sollte sie die Wohnung vielleicht lieber als Julies und nicht als Astrids bezeichnen. Dennoch war es das Mädchen, das ihr aufmachte und sie anlächelte. Sie hatte sich irgendwelches Zeug in das mittlerweile kurze Haar geschmiert, sodass es wild in alle Richtungen abstand wie bei einem Punk.

»Die schwarze Farbe wächst schon heraus«, bemerkte Evie anstelle einer Begrüßung.

»Stimmt, wir müssen dringend nachfärben. Komm rein.« Sie winkte Evie herein. »Mum ist in der Küche.«

Evie war sich ziemlich sicher, dass Astrid ihrer Mutter von Scarlett erzählt hatte, weil kurz danach die Einladung zum Abendessen erfolgt war. Da Evie nicht unhöflich sein wollte und Astrid ihr allmählich ans Herz wuchs, hatte sie zugesagt, und hier stand sie nun, an einem Freitagabend mit einer Flasche Wein in der Hand. Astrid schob sie in Richtung der kleinen Küche, aus der ein köstlicher Duft wehte.

Die Küche war sehr viel einladender als Evies und Scarletts ... oder Evies, wenn man es genau nahm. Logischerweise hatte sie in etwa die gleiche Größe, nur standen auf der einen Seite des Tresens hübsche Barhocker, es gab eine Schale mit richtigem Obst, und an der Wand hing ein Poster mit der Londoner Skyline. Die etwas kühle blaue Wandfarbe zog sich weiter ins angrenzende Wohnzimmer, dennoch wirkte der Raum warm und freundlich. Auf dem Sofa lagen ein Überwurf und modische Kissen, daneben stand ein behaglich aussehender Sessel. Obwohl Julie und Astrid erst seit etwa einem Monat hier wohnten, wirkte die Wohnung heimeliger als Scarletts und Evies Apartment. Wahrscheinlich hatten sie sich nie ernsthaft Mühe damit gegeben, weil sie es immer als Übergangslösung betrachtet hatten, und nun, ohne Scarletts Sachen, wirkte sie noch viel kahler als zuvor.

»Evie!«, rief Julie, die am Herd stand, und drehte sich zu ihr um. »Tut mir leid, ich hinke ein bisschen hinterher.« Sie trug einen Bleistiftrock und eine Bluse, die nach Arbeitskleidung aussahen, war aber barfuß und ihr Haar zu einem wirren Knoten auf dem Kopf frisiert. Auf ihrer Stirn glänzten Schweißperlen. »Ich wollte Risotto kochen, ich hoffe, das ist okay. Ich dachte, das mögen die meisten. Bist du Vegetarierin? Ich habe ganz vergessen zu fragen. Aber sicherheitshalber habe ich mich für die Variante mit Spargel entschieden.«

Sie wirkte fahriger, als Evie sie die letzten beiden Male erlebt hatte. »Ich bin keine Vegetarierin, liebe aber Spargel und Risotto.« Sie konnte sich nicht erinnern, wann das letzte Mal jemand für sie gekocht hatte. »Ich habe Wein mitgebracht«, erklärte sie und schwenkte die Flasche.

»Oh, wie süß von dir. Danke. Anna, hol die Gläser aus dem Schrank, ja?«

Astrid gehorchte, und Evie goss sich und Julie ein Glas ein, ehe sie sich stirnrunzelnd an Astrid wandte. »Du bist noch zu jung, richtig?«

Astrid winkte ab und holte sich eine Coke aus dem Kühlschrank. »Mag ich ohnehin nicht«, erklärte sie, was Julie mit einem knappen »mhm« quittierte, bevor sie einen Schuss Wein in das Risotto goss.

Evie setzte sich auf einen der Hocker am Küchentresen, und Astrid zog einen zweiten neben sie. »Also«, verkündete sie, »ich habe beschlossen, dieses Konzert zu spielen.«

»Tatsächlich? Das ist ja wunderbar.«

»Ja, nicht?« Julie lächelte. »Sie ist so talentiert.«

»Mu-u-um«, stöhnte Astrid, obwohl Evie sah, dass sie ein Lächeln unterdrücken musste. Sie konnte sich nicht erinnern, dass ihre eigene Mutter je so von ihren Fähigkeiten geschwärmt hätte. *Andererseits hat sie Scarletts Eltern Blumen geschickt,* dachte sie mit dem Anflug eines schlechten Gewissens.

»Jedenfalls«, fuhr Astrid fort, »habe ich mir überlegt, ob du mir nicht vielleicht helfen kannst.«

»Dir helfen?«

»Ja. Denn wenn ich es schon mache, soll es auch anständig sein, außerdem haben sie gesagt, ich dürfte ein Solo spielen.«

»Also bist du tatsächlich sehr gut«, meinte Evie und nippte an ihrem Wein.

»Ja, aber es wäre super, jemanden zum Üben zu haben. Vielleicht könnten wir uns ja auch selbst etwas überlegen.«

»Komponieren, meinst du?« Evie riss die Augen auf. »Aber das kann man nicht so einfach …« Sie suchte nach dem richtigen Wort. »… so einfach mal aus dem Ärmel schütteln.«

»Wieso nicht?«

»Na ja … keine Ahnung«, erwiderte Evie stirnrunzelnd. »Weil es schwierig ist und eine Menge Übung braucht.« Das klang blöd und schwarzmalerisch.

»Bitte. Wir könnten es doch wenigstens versuchen, oder? Du hast selbst gesagt, dass du gern Teil von etwas warst. Damals, als du noch im Orchester gespielt hast. Na ja, wenn wir das machen, *wärst* du das doch, oder nicht?«

Beim letzten Satz riss Astrid in einer übertrieben melodramatischen Geste die Arme hoch, um das Ganze ein wenig ins Lächerliche zu ziehen, trotzdem musste Evie zugeben, dass sie das Mädchen unterschätzt hatte. Sie war davon ausgegangen, dass Astrid viel zu sehr in ihrer Teenager-Drama-Blase gefangen wäre, um irgendetwas außerhalb davon mitzubekommen, doch offensichtlich entging dem Mädchen nichts.

»Und Mum ist wirklich überhaupt keine Hilfe«, fuhr Astrid, wenn auch grinsend, fort.

»Definitiv nicht«, bestätigte Julie und rührte in dem Risotto. »Aber du bist sehr musikalisch, ja?«

»Ich ...«

»Evie spielt Geige.«

Evie schnaubte. »Du weißt ja noch nicht mal, ob ich gut bin.«

»Musst du, schließlich hast du diese Wahnsinnsgeige bei dir in der Wohnung stehen. Und, na ja, es könnte sein, dass ich dich gegoogelt habe.« Astrid senkte den Blick und betrachtete intensiv ihre Coke-Dose.

»Könnte sein?«

»Ja, auf YouTube gibt es Videos, wie du spielst.«

»Tatsächlich?«

»Ja ... hast du dich etwa noch nie gegoogelt?« Astrid nahm das Handy, das auf der anderen Seite des Küchentresens lag. »Hier, ich zeige es dir.«

»Nein«, wiegelte Evie eilig ab. »Ich will es nicht sehen.«

»Anna«, mahnte Julie stirnrunzelnd, »man googelt andere Leute nicht ohne deren Erlaubnis. Das ist ... ein bisschen unheimlich.«

»Astrid«, korrigierte Astrid.

Julie warf ihr einen vielsagenden Blick zu und gab etwas Brühe in den Topf. »Das ist nicht dein Name.«

Astrid reckte das Kinn. »Nur solange ich ihn nicht ändere.«

»Was gefällt dir denn an Anna nicht?«

»Anna klingt so ... weich.«

Julie musterte ihre Tochter einen Moment lang schweigend, und Evie hätte schwören können, einen Hauch von Traurigkeit in ihrer Miene zu erkennen, ehe sie sich Evie zuwandte. »Tut mir leid«, sagte sie.

»Ach, macht doch nichts«, erwiderte Evie, wenngleich sie sich nicht sicher war, ob Julie sich für den kleinen Disput oder die Neugier ihrer Tochter entschuldigte. Sie nippte an ihrem Glas und blickte Astrid über den Rand hinweg an, während Julie sich wieder dem Kochtopf zuwandte. »Wie hast du mich überhaupt gefunden? Du kennst doch meinen Nachnamen gar nicht.«

»Doch, klar«, erwiderte Astrid lässig. »Jenkins.« Evie versuchte sich zu erinnern, ob sie ihn ihr genannt hatte, doch Astrid fuhr fort: »Er stand auf einem an dich adressierten Briefe bei dir zu Hause.«

Neben dem immer noch ungeöffneten Brief an Scarlett.

»Du übst also auch schon mal für eine Karriere als Privatdetektivin, wie?«, bemerkte Evie mit einem resignierten Seufzer.

Wieder sah Julie zu ihnen herüber. Beim Anblick des leisen Lächelns fragte Evie sich, was sie hier eigentlich war: Freundin der Mutter oder der Teenie-Tochter?

»Du spielst also ebenfalls Geige.« Julie schwenkte den Holzkochlöffel. »Das ist ja toll. Wir kennen sonst niemanden, der das tut.«

»Früher«, räumte Evie ein. »Ich musste allerdings aufhören, als ich MS bekommen habe.« Automatisch bog sie die Finger durch.

»Oh, das tut mir leid. Meine Mutter hat auch MS.«

»Stimmt, Ast… äh …« Evie blickte zwischen Mutter und Tochter hin und her und räusperte sich.

»Letzten Endes musste meine Mutter auch ihren Job aufgeben«, fuhr Julie fort und rettete Evie damit aus ihrer Verlegenheit. »Aber damals war sie ohnehin schon im Rentenalter, außerdem war sie Verwaltungsangestellte, deshalb ist sie alles in allem ziemlich froh darüber.« Evie war klar, dass Julie es nicht böse gemeint hatte, sondern nur nett sein wollte, trotzdem bezweifelte sie, dass man über so etwas froh sein konnte. Wegen einer Erkrankung etwas nicht länger ausüben zu können, empfände sie selbst stets als Niederlage und nicht als Triumph.

Julie warf ihr einen Blick zu, als wüsste sie ganz genau, was Evie dachte. »Es ist eine grauenvolle Krankheit«, fügte sie leise hinzu. »Ich weiß nicht mal, wie sie ohne sie war. Sie war schon krank, bevor sie mich bekommen hat, deshalb haben wir immer gescherzt, die MS sei sozusagen ein Familienmitglied.« Julie schüttelte den Kopf. »Ich weiß, dass es nicht leicht ist, und natürlich ist mir klar, dass jeder Verlauf anders ist, aber meine Mutter ist glücklich und zufrieden und tut, was sie will, falls dir das ein Trost ist. Sie und mein Dad sind zusammen in Rente gegangen und haben ihre Liebe fürs Gärtnern entdeckt. Und wenn sie selbst zu müde wird, kommandiert sie eben meinen Vater herum, der dann alles so machen muss, wie sie es haben will.«

Sie lächelte Evie an, die nicht leugnen konnte, dass ihr die Vorstellung gefiel – die Hoffnung, die darin lag. Vielleicht fände auch sie eines Tages jemanden, mit dem sie im Garten sitzen konnte, und auch fürs Gärtnern könnte sie sich erwärmen – falls sie denn einen Garten hätte.

»Bald kommt Opa vorbei und gestaltet uns einen Indoor-Garten, stimmt's?« Die Worte waren an Astrid gerichtet, die auf eine Weise die Augen verdrehte, wie es nur Teenager können – etwas, das seine Wirkung komplett verlor, wenn man die zwanzig erst einmal überschritten hatte.

»Ja, klar, einen Indoor-Garten – so wie du es sagst, hört es sich tausendmal cooler an, als es dann sein wird.«

Julie servierte das Risotto, und Evie ertappte sich dabei, dass sie die Gesellschaft der beiden mehr genoss, als sie angenommen hatte. Einen Moment lang wünschte sie, Julie wäre schon früher ins Haus gezogen; sie konnte sich gut vorstellen, wie sie zu dritt – sie, Julie und Scarlett – sich getroffen, Wein getrunken und bis in die Puppen geplaudert hätten. Doch dann dämmerte ihr, dass sie sich wahrscheinlich geweigert hätte, Zeit mit einer Wildfremden zu verbringen, schließlich hatte sie sich ja darauf verlassen können, Scarlett um sich zu haben.

Später begleitete Astrid sie zur Tür. »Also, steht das, dass du mir hilfst?«

»Ich überlege es mir«, erwiderte Evie ausweichend.

»Super! Dann komme ich am Wochenende zum Üben vorbei. Natürlich müssen wir das bei dir machen. Mum sagt, sie kriegt Kopfweh, wenn ich zu lange in der Wohnung spiele.«

»Nur wenn du falsch spielst, Schatz«, rief Julie aus der Küche. »Sobald du es richtig kannst, bin ich restlos begeistert.«

»Stimmt«, bestätigte Astrid. »Also, am Wochenende? Wann passt es dir?«

Evie musste über das Geschick grinsen, mit dem Astrid sie für ihre Zwecke einspannte. Die unermüdliche Energie des Mädchens erinnerte sie ein wenig an Scarlett. Dieses Wochenende allerdings … eigentlich hatte Nate sie zum Familienessen eingeladen. Zwar hatte sie nie offiziell zugesagt, aber trotzdem. Wollte er überhaupt noch, dass sie kam? Seit dem Geständnis vom Selbstmord seines Bruders hatten sie nicht mehr miteinander gesprochen.

»Morgen Vormittag«, sagte Evie schließlich, als Astrid sie immer noch erwartungsvoll ansah.

»Super! Bis dann.«

Vielleicht lag es an den zwei Gläsern Wein, dass sie Nate noch auf dem Korridor eine Nachricht schrieb.

Gilt die Einladung zum Essen am Sonntag noch?

Die Antwort kam sofort.

Willst du denn gern kommen?

Sie nahm sich die Zeit, wenigstens die Wohnungstür aufzuschließen und hineinzugehen. Die Stimmung, in der sie auseinandergegangen waren, lag ihr schwer im Magen, außerdem wusste sie nicht, wann er wieder abreisen würde, und die Vorstellung, dass er das Land verlassen und sie ihn niemals wiedersehen würde, gefiel ihr gar nicht. Es war schlicht nicht richtig, dass das Gespräch am Bahnhof von Windsor ihr letztes gewesen sein sollte.

Ja

schrieb sie.

Okay, super. Morgen feiert mein Bruder seinen Vierzigsten, das habe ich vergessen zu sagen. Möchtest du stattdessen lieber zur Party kommen? Am Sonntag lassen wir das Essen ausfallen, weil wir alle viel zu verkatert sein werden.

Aber ich kann doch nicht uneingeladen zum Geburtstag deines Bruders auftauchen! Dann besser ein andermal.

Zu spät. Ich habe Camille schon gesagt, dass du kommst. Sie plant gerade die Speisen- und Getränkeliste und wird sauer, wenn ich jetzt alles umwerfe.

Natürlich stimmte das nicht, weil sie ja gerade erst zugesagt hatte, aber sie verstand trotzdem, was er meinte. Bevor sie antworten konnte, kam eine weitere Nachricht.

Dann sehen wir uns morgen um 19 Uhr. X

Sie sollte nichts in den Kuss als Abschluss hineininterpretieren, schließlich war sie kein verdammter Teenager. Trotzdem konnte sie sich nicht beherrschen und las die Nachrichten wieder und wieder, ehe sie zu Bett ging.

Kapitel 25

Evie ist seit gerade einmal fünf Minuten auf der Party und schon völlig überfordert. Sie zieht die Schultern ein, als könne sie sich dadurch unsichtbar machen – das krasse Gegenteil von der Evie, die mit ihrer Geige diesen Pub in Irland aufgemischt hat.

Sie sind alle im Garten eines Hauses, das genauso aussieht, wie ich mir immer mein zukünftiges Heim vorgestellt habe: ein Stadthaus im viktorianischen Stil auf drei Etagen mit Glasschiebetüren, einem herrlichen Garten, dessen Rasen vielleicht eine Idee zu akribisch gemäht ist, aber herrlich bunt und üppig bepflanzt. Auf dem Tisch stehen Platten mit Miniquiches, in einer Ecke neben dem Grill wurde eine Bar aufgestellt. Überall sind Kinder, die kreischend durch den Wasserstrahl eines Gartensprinklers rennen.

»Evie!«

Nates Bruder – er sieht Nate sehr ähnlich, das gleiche wirre dunkle Haar, die gleichen freundlichen tiefbraunen Augen und die gleiche selbstsichere Ausstrahlung – tritt auf sie zu, ergreift ihre Hand und scheint völlig aus dem Häuschen zu sein vor Freude, dass sie gekommen ist. Nate hatte seinen Bruder herübergerufen, um Evie vorzustellen, und ist dann plötzlich verschwunden, weshalb Evie nun leicht panisch dasteht.

»Herzlichen Glückwunsch zum Geburtstag!«, sagt sie mit etwas schriller Stimme und drückt Noah die Champagnerflasche in die Hand, die sie auf dem Weg hierher bei Sainsbury gekauft hat.

»Oh, wie nett«, erwidert er und legt den Arm um die schönste Frau, die ich je gesehen habe – hohe Wangenknochen, perfekt geschwungene Brauen und langes blondes Haar, das ihr in sanften Wellen bis zur Taille herabfällt, in einer weißen Caprihose und Sandalen. »Ist sie nicht reizend, Camille?«

»Ja, sehr«, antwortet Camille, während Noah ihr die Flasche in die Hand drückt. Sie tätschelt ihm den Arm, ohne den Blick von Evie zu lösen. »Danke, dass du gekommen bist. Darf ich dir etwas zu trinken anbieten? Ich habe Gin-Cocktails vorbereitet. Komm, ich hole dir einen.« Sie drückt Noahs Arm und wendet sich zum Gehen, während er ihr mit einer gefühlsduseligen Verzückung hinterhersieht, die den Verdacht nahelegt, dass er schon das eine oder andere Glas intus hat. Andererseits – wieso auch nicht? Wenn man schon das Glück hat, überhaupt vierzig zu werden, kann man es doch auch mal krachen lassen, oder?

»Also, Evie. Nate hat erzählt, dass du in der Werbebranche arbeitest. Stimmt das?«

»Äh …« Evie will dieses Gespräch nicht führen, und ich weiß auch, warum: Sie will vor diesem erfolgreichen Mann mit dem perfekten Vorstadttraumleben nicht zugeben müssen, dass sie einen Job macht, der sie im Grunde nicht interessiert.

»Gerade läuft so eine Autowerbung, die ich richtig gut finde«, sagt er. »Wie hieß die Marke noch?« Ohne Evie Gelegenheit zu geben, darauf zu antworten, wendet er sich um und ruft: »Camille, was ist das noch mal für eine Autowerbung? Die eine, die die Mädchen so mögen?«

»Honda!«, ruft Camille, woraufhin Noah nickt und sich wieder Evie zuwendet.

»Honda«, wiederholt er. »Hast du die gemacht?«

Evie bleibt die Antwort erspart, als Nate zu seinem Bruder tritt und ihm auf die Schulter klopft. »Unterhält er dich auch gut, Evie?«

»Ich habe ihr alle möglichen grässlichen Geschichten über dich erzählt«, sagt Noah wie aus der Pistole geschossen. Die

Ähnlichkeit zwischen den beiden ist frappierend, deshalb frage ich mich, ob Nate in zehn Jahren wohl genauso aussehen wird wie sein Bruder. Falls ja, kann er von Glück sagen. Werde ich dann auch immer noch hier sein und zusehen? Eine Woge der Einsamkeit erfasst mich bei der Vorstellung – dass ich gezwungen sein könnte, stets nur am Rand zu stehen, ohne jemals teilzunehmen. Ich, die ich mir immer so sicher war, dass die Leute mich ansehen.

»Nie im Leben«, erklärt Nate kopfschüttelnd. »Über mich gibt es nur positive Geschichten.«

»Mhm«, macht Evie mit einem leichten Glitzern in den Augen, das ich sofort wiedererkenne, obwohl es sich in den letzten Jahren nur sehr selten gezeigt hat. »Ich weiß nicht recht, ob ich das, was am 11. Februar 2015 passiert ist, als ›positiv‹ bezeichnen würde.« Sie legt den Kopf schief. »Du etwa, Noah?«

Ich beobachte, wie Nates Blick zu Noah schweift, während sich ein argwöhnischer Ausdruck in seine Augen schleicht und er fieberhaft überlegt, ob er irgendetwas angestellt hat, woran er sich erinnern sollte.

Noah hingegen geht sofort auf Evies Spielchen ein. »Dieser Tag verfolgt mich bis heute in meinen Träumen«, erklärt er und legt sich dramatisch die Hand aufs Herz.

Ratlos blickt Nate zwischen ihnen hin und her. Irgendwann bricht Evie in Gelächter aus – dieses laute, haltlose Lachen, dessen Sog sich niemand entziehen kann. Auch Noah lacht, und Nate verpasst seinem Bruder einen Schlag auf den Arm. »Blödmann.«

»Tja, du solltest vielleicht nicht so leichtgläubig sein.«

Noah wird von ein paar Freunden fortgezerrt, und Nate wendet sich Evie zu. »Ich wollte mich gerade entschuldigen, weil ich dich einfach so habe stehen lassen, aber offenbar bist du ja gut klargekommen.« Er drückt ihr einen Cocktail mit

Himbeeren samt Rührstäbchen in die Hand. »Camille meinte, der sei für dich.«

Evie hebt das Glas an die Lippen; sie kippt das Zeug eher hinunter, als daran zu nippen, was ein Beweis dafür ist, wie ihr die Nerven unter der ruhigen Oberfläche flattern. Allerdings frage ich mich, ob ihr auffällt, wie sie sich in Nates Gegenwart entspannt und sich ihm instinktiv zuwendet. Und ob Nate auffällt, dass er beruhigend ihren Rücken streichelt, als hätte er das dringende Bedürfnis, sie zu berühren.

»Komm, setzen wir uns.« Er dirigiert sie zu den Gartenstühlen, als eine seiner Nichten angerannt kommt.

»Spielst du das Monster?«, fragt sie und klimpert kokett mit den Wimpern. Diesen Kniff lernen wir Mädels schon ganz früh, was?

Nate sieht sie forschend an. »Welche bist du noch mal?«

»Naaaaate!«

»Jaja, schon klar. Naomi.«

Verdrossen verschränkt die Kleine die Arme, und Nate schlägt sich gegen die Stirn. »Entschuldige, Natalie!« Er zieht sie bloß auf, denn er kann die Mädchen problemlos auseinanderhalten, obwohl ich beim besten Willen nicht weiß, wie, weil sie für mich wie ein Ei dem anderen gleichen.

»Ich unterhalte mich gerade mit Evie«, erwidert er, was Evie einen skeptischen Blick einbringt. »Später vielleicht.«

Natalie schüttelt entschieden den Kopf. »Jetzt!«

»Später.«

»Jetzt.«

»Wie es funktioniert, mit einem anderen Menschen zu verhandeln, verstehst du aber, ja?«

»Normalerweise wird nach den Bedingungen des Mannes verhandelt«, wirft Evie trocken ein. Nate hebt die Brauen, und Natalie sieht sie verwirrt an. »Das bedeutet, er glaubt, er kriegt, was er will, nur weil er ein Mann ist«, erläutert Evie ihr und beugt sich näher. »Und das bedeutet, dass du es ihm nicht geben darfst«, raunt sie halblaut. Prompt erwidert Natalie ihr Lächeln in weiblicher Solidarität.

Nate wirft Evie diesen Blick zu, den ich in letzter Zeit immer wieder an ihm beobachtet habe, wenn sie ihn überrascht. Dann, ohne jede Vorwarnung, macht er einen Satz auf Natalie zu und brüllt dabei wie ein gefährliches Ungeheuer. Quiekend vor Begeisterung rennt Natalie davon, während Nate Evie grinsend zu den Gartenstühlen schiebt – schicke schmiedeeiserne Exemplare, kein Billigplastik. »Setzen wir uns, bevor ich zwangsverpflichtet werde.«

»Wie hältst du sie auseinander?«, fragt Evie und setzt sich.

»Ach, Natalie trägt immer einen hohen Pferdeschwanz, Naomi lieber Zöpfe.«

»Und wenn sie nicht ihre Erkennungsfrisuren tragen?«

»Dann habe ich keine Chance. Ich bin mir nicht mal sicher, ob Noah es hinkriegt.« Das ist eindeutig ein Witz, denn er wirft Evie einen verschmitzten Blick zu. »Wie Lindsay Lohan in *Ein Zwilling kommt selten allein*.«

Ich verspüre einen eifersüchtigen Stich. Anspielungen auf Filme ist unser Spiel, meines und Evies. Doch er bringt sie damit zum Lachen. Beim Anblick ihrer leuchtenden Augen verfliegt meine Eifersucht. Ehrlich gesagt bin ich sogar froh, dass sie mitzieht. Und sie wird mich auch nicht vergessen, oder? Wann immer sie dieses Spiel spielt, denkt sie an mich.

»Mum!«, ruft Nate einer Frau zu, die durch die Terrassentür tritt. Sie dürfte Ende sechzig sein, trägt einen Jeansoverall, leuchtend roten Lippenstift und ihr ergrauendes Haar voller Würde.

»Sie müssen Evie sein«, sagt sie lächelnd. Nate hat ihr offenbar von ihr erzählt. »Ich bin Grace. Die Mutter dieser beiden Halbwilden.« Sie macht eine Geste, die sowohl Nate als auch Noah einschließt.

»Nate!«, ruft Noah von der anderen Seite der Terrasse und deutet auf den Grill.

Nate seufzt. »Die Pflicht ruft. Allerdings ist es mir ein Rätsel, weshalb ausgerechnet ich das übernehmen soll. Camille könnte das viel besser.«

Grace winkt ab. »Du bist ein Mann, also los, geh und mach dein Männerding. Außerdem hat Camille die ganze Party auf die Beine gestellt, da ist es ja wohl das Mindeste, ein paar Hamburger auf den Grill zu legen.«

»Hey, ich habe meine komplette London-Reise auf diesen Tag abgestimmt. Kriege ich vielleicht mal ein kleines Lob dafür?«

»Du willst dafür gelobt werden, dass du aufgetaucht bist? Ich behalte es im Kopf für den Tag, an dem *du* vierzig wirst.«

Evie verfolgt das Geplänkel mit einem Anflug von Traurigkeit. Es gibt so vieles, was sie jetzt gerade denken könnte: an die vielen Geburtstage, die ich nicht mehr erleben werde; daran, dass sie und ihre Mutter nicht dieses lockere Verhältnis zueinander haben und es auch sonst kein Familienmitglied gibt, mit dem sie so eng ist. Ich spüre den mittlerweile vertrauten Frust, weil ich in meinem neuen Daseinszustand nur ahnen kann, was die Menschen denken, die ich zurückgelassen habe. Ich kann nicht länger mit ihnen reden und überlege, ob ich vielleicht häufiger hätte fragen sollen, wie es ihnen geht, als ich es noch konnte. Doch was auch immer Evie gerade durch den Kopf gegangen sein mag – sie verbirgt es und lächelt Grace an, als Nate sich zum Gehen wendet. Ich glaube nicht, dass sie den Blick bemerkt, den er seiner Mutter noch zuwirft – die Mischung aus Warnung und Bitte, sich um Evie zu kümmern –, mir hingegen entgeht er nicht.

»Nate hat erzählt, Sie waren reiten?«, beginnt Grace, als sie allein sind. Evie wird rot – aber wahrscheinlich nicht wegen des Ausritts, sondern wegen dem, was danach kam. »Bestimmt hat er sich katastrophal angestellt, hab ich recht?«

Evies Lippen zucken. »Ja.«

»Er glaubt, er sei so gut in allem, was mit Sport zu tun hat, aber das stimmt nicht. Er probiert zwar alles aus, war aber nie der geborene Athlet.« Spontan ergreift sie Evies Hand. »Es tut mir leid. Das mit Ihrer Freundin.«

Nun ja, es bringt ja nichts, um den heißen Brei herumzureden. Schließlich ist mein Tod der einzige Grund, weshalb Evie hier ist.

»Danke«, sagt Evie, und mir fällt auf, dass es ihr allmählich besser gelingt, mit Beileidsbekundungen umzugehen. Man sollte glauben, dass die Menschheit im Lauf der Zeit etwas Schlaueres als »mein aufrichtiges Beileid« aufbringen könnte, aber offenbar scheint niemandem etwas einzufallen.

Grace blickt Evie ruhig an. »Er geht nicht weg … dieser Schmerz, den Sie gerade empfinden«, erklärt sie sachlich. »Es ist Schwachsinn, wenn andere einem einreden wollen, die Zeit heile alle Wunden oder dass man es eines Tages überwinden würde. Das ist nicht so. Nicht vollständig.« Ich weiß, dass sie dabei an ihren Sohn Nick denkt. »Aber man lernt, damit zu leben.« Sie drückt Evies Hände. »Es wird für immer ein Teil von Ihnen sein und Sie unwiederbringlich verändern, aber das ist in Ordnung. Trotzdem können Sie lernen, wie Sie einen Platz für Ihre Freundin in Ihrem Herzen bewahren können, ohne dabei zugrunde zu gehen. So etwas kann man lernen, versprochen.«

Inzwischen kämpft Evie mit den Tränen. Sie löst den Blick von Grace und nippt an ihrem Gin.

»Es tut mir leid«, sagt Grace. »Ich wollte Sie nicht traurig machen.«

Evie schüttelt den Kopf. »Ich weiß nicht, was gerade schlimmer ist. Nicht darüber zu reden oder zu versuchen … keine Ahnung …, mein Leben wieder in die Hand zu nehmen.«

»Das Gefühl kenne ich«, sagt Grace sanft.

Evie nickt nur. Ich glaube, sie will nicht diejenige sein, die Nicks Schicksal zur Sprache bringt. Stattdessen holt sie tief Luft. »Scarlett war diejenige mit der strahlenderen Persönlichkeit, aber allein dadurch, dass sie meine Freundin war, hat sie mir Strahlkraft geschenkt.«

Ich weiß nicht, was ich davon halten soll. Mag sein, dass Freunde jeweils das Beste im anderen zum Vorschein bringen sollten, doch aus ihrem Mund klingt es, als hätte es nur Raum für eine gegeben, die strahlen kann, und als hätte sie mir diesen Platz überlassen. Ich denke an ihren Ausritt mit Nate, an ihre Souveränität im Sattel, an den Moment, als er sie motiviert hat, sich an der Kletterwand zu versuchen, obwohl sie, wenn es nach ihr gegangen wäre, am Boden sitzen geblieben wäre und zugesehen hätte. Und ich kann mich nur fragen, ob ich vielleicht diesen Raum stattdessen eingefordert habe.

»Dann nehmen Sie doch ihre Strahlkraft und bewahren etwas davon in sich«, gibt Grace zurück.

»Tun Sie das? Finden Sie einen Weg, ihn in Ihrem Herzen zu bewahren, immer noch strahlend und lebendig, ohne …«

Ohne *was*, Evie? Ohne es zu bedauern? Ohne sich daran aufzureiben? Ohne zuzulassen, dass es einen erdrückt? Es nervt, wenn sie ihre Sätze nicht beendet, und frustriert mich, dass ich nicht von ihr verlangen kann, mir zu sagen, was sie denkt.

Grace presst die Lippen aufeinander und blickt zu ihren beiden Söhnen hinüber. Ich sehe ihr an, dass sie überlegt, was sie darauf antworten soll – dass sie nichts sagen will, nur damit etwas gesagt ist. »Es gibt Momente«, beginnt sie langsam, »in denen es mir den Boden unter den Füßen wegreißt. Momente, in denen ich unglaublich wütend bin, dass Nick sich einfach so aus dem Staub gemacht hat, so wütend, dass ich nichts getan habe, um es zu verhindern.« Evie sitzt stumm da, und ich sehe, wie sie die Finger um das Cocktailglas in ihrer

Hand krallt. »Aber ich habe versucht zu akzeptieren, dass niemand etwas ungeschehen machen kann, und mich damit abzufinden, dass wir alle das Produkt unserer Entscheidungen sind. Deshalb habe ich beschlossen, da ich es nicht ändern kann, stattdessen dankbar für das zu sein, was ich habe, und mich zu bemühen, das Gute, das mir von ihm geblieben ist, in mir lebendig zu halten. Mich nicht nur an das Ende zu erinnern.«

Sie lächelt Evie an, obwohl ich ihr ansehe, wie schwer es ihr fällt.

»Als die Jungs noch klein waren, hatten wir einen Hund. Nick war der Einzige, der sich um seine Erziehung gekümmert hat, weil wir alle fanden, dass dieser Hund – Pepper – auch so ein wunderbares Geschöpf war. Nick dagegen ist jeden Morgen früher aufgestanden, um mit Pepper zu üben, bevor er zur Schule musste. Er hat ihm beigebracht zu bellen, wann immer ich ›Nein‹ sage. Ich habe keine Ahnung, wie er das angestellt hat – ich muss ziemlich oft Nein gesagt haben, und dieser verflixte Hund hat nur gebellt, wenn das Wort aus *meinem* Mund kam.« Diesmal ist ihr Lächeln aufrichtig. »Kriege ich Chips? Nein. Bellen.« Evie lacht. »Darf ich fernsehen? Nein. Bellen.« Grace schüttelt den Kopf. »Wann immer ich daran denke, fällt mir wieder ein, wie Nick sich kaputtgelacht hat und wie wütend ich wurde, und dann muss ich lächeln.«

Sie hebt ihr Glas. »Und jetzt bin ich hier, mit zwei wundervollen Söhnen, zwei wundervollen Enkelinnen und einem leckeren Gin-Cocktail an einem Sommernachmittag im Garten.«

»Darauf trinke ich«, sagt Evie und hebt ebenfalls ihr Glas. »Darauf, dass wir uns an mehr erinnern als nur an das Ende«, fügt sie leise hinzu. Graces Augen strahlen, als sie nickt. Dann lächelt Evie und sagt verschmitzt: »Und auf den Gin.«

Wir sind alle das Produkt unserer Entscheidungen. Das ist so wahr, stimmt's? Gleichzeitig sind wir auch das Ergebnis der Entscheidungen, die andere treffen. Denn wäre ich nicht gestorben, würde Evie jetzt nicht hier sitzen, hätte Nate niemals kennengelernt und niemals mit dieser wunderbaren Frau gesprochen. Meine Entscheidung an jenem Tag, vom Bürgersteig zu treten, hat sie hierhergeführt, in diesen Garten.

Der Schmetterlingseffekt. Das Leben besteht aus einer Vielzahl dieser Phänomene, die alle miteinander verwoben und nicht voneinander zu trennen sind.

Plötzlich bin ich in unserem Garten, etwa sieben Jahre alt, und trete frühmorgens aus dem Haus, spüre das morgenfeuchte Gras, als ich barfuß zum Trampolin tappe. Mein Trampolin. Mum und Dad haben es mir zum Geburtstag geschenkt, aber das Schutznetz hat einen Riss, deshalb darf ich es nicht benutzen, weil ich sonst über den Rand fliegen könnte. Trotz des Verbots schleiche ich mich hin, um eine Runde zu hüpfen, bevor sie wach werden.

Ich klettere hinauf und lege los. Ich muss grinsen, und obwohl ich mich bemühe, ganz leise zu sein, kann ich mir einen Begeisterungsschrei nicht verkneifen.

Ich weiß genau, was als Nächstes passiert. Mein heutiges Ich sieht den Trampolinrand, den mein Kind-Ich nicht registriert. Ich versuche, mich in meinen Körper zu versetzen, mich dazu zu bringen, nicht länger auf dem Ding herumzuspringen, weil ich genau weiß, wie schlimm die Schmerzen gleich sein werden.

Aber ich habe keine Kontrolle über mein Kind-Ich – und stürze prompt. Und schreie. Markerschütternd.

Wie von der Tarantel gestochen, kommt Mum Sekunden später aus dem Haus gelaufen, barfuß und lediglich in Schlafanzugoberteil und Unterhose. Krachend schlägt die Hintertür hinter ihr zu.

»Scarlett!« Heulend liege ich da und halte meinen Arm. »O mein Gott, o mein Gott. Was ist denn passiert? Was hast du getan? Graham! Graham, Herrgott noch mal, komm sofort her!«

Sie fahren mit mir ins Krankenhaus, meine Mutter kreidebleich und zitternd, mein Vater am Steuer, das er so fest umklammert hält, dass seine Fingerknöchel weiß hervortreten. Der Arm ist gebrochen, ich brauche aber keinen Gips, sondern bekomme bloß eine Schlinge – und kein Trampolin mehr, solange das Netz nicht repariert ist.

Mit finsterer Miene komme ich aus dem Behandlungsraum und soll mich auf einen der Stühle setzen, weil Mum noch irgendwelche Formulare unterschreiben muss. Dad bleibt so lange bei mir, telefoniert aber und beteuert, dass mir weiter nichts passiert sei – keine Ahnung, wem. Auf dem übernächsten Stuhl sitzt ein Mädchen in meinem Alter, deren langes dunkles Haar ihr über den Rücken fällt. Auch sie zieht ein mürrisches Gesicht.

»Wieso bist du hier?«, frage ich sie, weil ich jemanden mit meiner Verletzung ausstechen will.

Ein leicht misstrauischer Ausdruck liegt in ihren Augen. »Meine Mum glaubt, sie hätte Cholera.«

»Und hat sie?«

»Nein.«

»Ich weiß nicht, was Cholera ist«, räume ich ein.

»Ich auch nicht, aber ich bin mir ziemlich sicher, dass sie es nicht hat. Du hast dir den Arm gebrochen«, stellt sie nach einem Blick auf meine Schlinge fest.

»Ja.«

»Tut es weh?«

»Nein.« Ich recke das Kinn, denn allmählich dämmert mir, dass ich selbst schuld bin und das Verbot meiner Eltern richtig war. Das Ganze ist mir peinlich.

»Bestimmt tut es weh.«
»Nein.«
»Doch.«
»Ich heiße Scarlett.«

Das Mädchen zögert, als überlege es, ob es mir seinen Namen wirklich verraten soll. »Evie«, sagt sie schließlich.

Wir gingen nicht auf dieselbe Grundschule – ich war auf einer privaten, Evie auf der städtischen im Dorf –, wurden aber trotzdem Freundinnen und waren von unserem elften Lebensjahr an unzertrennlich. Wir sorgten dafür, dass wir in dieselbe Mittelschule kamen, wobei ich mich weigerte, die zu besuchen, die meine Eltern ausgesucht hatten, weil sie zu teuer für Evies Mutter gewesen wäre.

Auch hier greift der Schmetterlingseffekt. Hätte ich an dem Tag nicht beschlossen, früh aufzustehen und in den Garten zu gehen, um verbotenerweise Trampolin zu springen, hätte ich Evie nie kennengelernt. Keine Ahnung, wo wir dann heute stünden, wer wir wären. Vielleicht würde ich trotzdem in London leben und in der Modebranche arbeiten, mich trotzdem für die falschen Männer entscheiden. Evie hätte trotzdem MS bekommen und bestimmt mit dem Geigespielen angefangen, obwohl sie ihr erstes Instrument von meiner Mum geschenkt bekommen hat. Trotzdem wäre unser beider Leben weniger bunt und aufregend gewesen.

Zumindest gilt das für meines, so viel steht fest. Ich wünschte, ich hätte mir mehr Mühe gegeben, ihr das zu zeigen, als ich noch am Leben war. Ich wünschte, ich könnte ihr sagen, dass es nicht einseitig war … dass nicht ich Evie in den Lichtkegel meiner Strahlkraft gezogen habe, sondern wir uns gegenseitig haben strahlen lassen.

Kapitel 26

Evie lag voll bekleidet auf dem Sofa, als sie wieder aufwachte. Sie fühlte sich verkatert und desorientiert. Jemand hatte eine Decke über sie gebreitet und ihr ein weiches Kissen unter den Kopf geschoben. Sie lag bequem. Diese Erkenntnis ließ sie hochfahren. Das war nicht ihr Sofa, nicht ihre Wohnung.

In diesem Moment kam eines von Noahs Zwillingsmädchen hereingelaufen – das mit dem hohen Pferdeschwanz. *Hat sie etwa auch damit geschlafen?*, überlegte Evie. Leider half ihr diese Beobachtung nicht weiter, weil sie sich nicht erinnern konnte, welche der beiden diese Frisur als Markenzeichen trug. Verlegen strich sie sich über ihr eigenes Haar. Bestimmt sah sie fürchterlich aus.

»Mum sagt, ich soll mal nachsehen, ob du schon wach bist und einen grünen Tee willst.« Die Kleine sah Evie erwartungsvoll an.

»Ah ...«

Nate erschien im Türrahmen. »Sag ihr bitte, sie soll Evie einen Schwarztee mit Zucker und Milch machen«, bat er seine Nichte.

Sie stemmte die Hände in die Hüften. »Aber Mum sagt, Zucker ist ungesund und man soll ihn nicht in Getränke geben, weil es Verschwendung ist.«

»Mag sein, aber da Evie Gast ist, drückt sie bestimmt ein Auge zu.«

Das Mädchen bedachte Evie mit einem festen Blick. »Mum ist Ernährungsverraterin. Sie kennt sich aus mit so was.«

»Und weiß sie auch von all den Lutschern, die ich euch beiden gestern geschenkt habe?«, fragte Nate.

»Klar.« Sie schenkte Nate ein gerissenes Lächeln. »Ich habe ihr gesagt, sie sind zuckerfrei.«

»Wie wär's dann mit zuckerfreiem Zucker für meinen Tee?«, fragte Evie, woraufhin die Kleine sie einen Moment lang nachdenklich betrachtete, ehe sie entschieden nickte.

»Ich glaube, das kriege ich hin«, erklärte sie und hüpfte mit derselben Begeisterung davon, mit der sie hereingestürmt war.

»Ich kann nicht fassen, dass ich einfach weggekippt bin«, sagte Evie zu Nate, nachdem Zwilling A verschwunden war. »Es tut mir wahnsinnig leid.« Dabei hatte sie bewusst nicht viel getrunken, um sich nicht zu blamieren, aber offenbar waren ihr Camilles Gin-Cocktails geradewegs in den Kopf gestiegen. Sie war ins Wohnzimmer gegangen, um sich einen Moment hinzusetzen und die Stille zu genießen, ehe sie draußen ihre Abschiedsrunde machte und nach Hause aufbrach. Und dann …

»Hast du gut geschlafen?«, fragte Nate.

»Ich glaube schon, wenn man bedenkt … Wie spät ist es überhaupt?« Sie sah sich nach ihrem Handy um, das jedoch ausgeschaltet war.

»Ungefähr neun.«

»Neun? Schon? Du liebe Zeit, wie peinlich.« Schlagartig fühlte sie sich verwundbar … so dazusitzen, völlig zerzaust und angeschlagen nach der Party gestern Abend, wohingegen er frisch und ausgeruht wirkte. »Ich sollte los.«

»Warum?« Die Frage erinnerte sie an ihren Kuss und sein »Warum?« danach.

Ich kann das nicht machen.

Warum?

Unwillkürlich musste sie wieder an seine Lippen auf ihrem Mund denken, an ihren Wunsch, sich seinem Kuss hinzugeben.

»Ich … äh …« Sie fuhr sich mit der Hand durchs Haar. »Erinnerst du dich an Astrid?«

»Ja. Ich dachte, sie heißt eigentlich Anna.«

»Das steht im Moment noch zur Diskussion. Jedenfalls helfe ich ihr bei etwas und habe ihr versprochen, dass sie gegen elf zu mir kommen kann.« Weil Astrid steif und fest behauptet hatte, sie kapiere das, was Evie sage, tausend Mal besser als das, was ihre »dämliche Musiklehrerin« in der Schule ihr zu erklären versuche. Und dass sie bis zum Konzert, das bereits in zwei Wochen anstand, jeden Tag üben müsse. Und wie immer bei Astrid hatte Evie am Ende Ja gesagt.

»Alles klar«, sagte Nate. »Soll ich dich fahren?« Dann schlug er sich mit der Hand gegen die Stirn. »Nein, Mist, das geht ja gar nicht, weil Noah den Wagen braucht.«

»Wie unverschämt von ihm, heute seinen eigenen Wagen benutzen zu wollen«, konterte sie trocken.

»Ja, nicht? Keine Ahnung, ich glaube, er und Camille müssen die Mädchen zum Hockey fahren oder so.«

»Schon gut, ich nehme ein Uber.« Sie wollte sich nicht in den Klamotten von gestern in die U-Bahn setzen – obwohl es eine durchaus plausible und unschuldige Erklärung dafür gab. Also bestellte sie ein Uber und nutzte die verbleibenden acht Minuten, Nate in die Küche zu folgen, um sich von Camille zu verabschieden, die ihr versicherte, es sei absolut okay, dass sie über Nacht geblieben war, und sie jederzeit willkommen sei. Sie füllte Evie ihren Tee sogar in eine Thermoskanne um – »Ich habe zwei Stück Zucker hineingetan«, fügte sie mit einem Zwinkern in Natalies/Naomis Richtung hinzu – und bat sie, die Kanne zurückzugeben, wenn sie Nate das nächste Mal sah.

Noah lag noch verkatert im Bett, wie sich herausstellte. »Richtest du ihm bitte Grüße und meinen Dank aus?«, sagte Evie. »Und dass ich hoffe, er hatte einen tollen Geburtstag.«

Nate begleitete sie hinaus. Als der Wagen vorfuhr, wandte Evie sich ihm zu und knetete verlegen die Hände.

»Danke, dass du mich eingeladen hast.«

»Klar«, erwiderte er – neutral, keine Fragen, nachdem sie ihn bei ihrer letzten Begegnung so angeschnauzt hatte.

Er stand vor ihr. Sehr, sehr nahe. Und diesmal war sie diejenige, die den Entschluss fasste, einen Schritt nach vorn zu treten und die Lippen auf die seinen zu legen. Sie spürte den sanften Schwung seines Mundes, als er lächelte und den Kuss erwiderte, zärtlich und ganz behutsam, und wieder nahm sie diesen Sog in ihrem Innern wahr, weich und flüssig.

Langsam strich er über ihre Schultern, ihre Arme – eine hauchzarte Liebkosung –, und als sie sich löste und zurücktrat, nur einen Atemzug von ihm entfernt, verwob er seine Finger mit den ihren. Evie biss sich auf die Lippe und sah seinen eindringlichen Blick auf ihren Mund.

»Wie lange bleibst du?«, fragte sie. Nate runzelte die Stirn.

»In London, meine ich.« Sie hatte keineswegs vergessen, dass er nicht vorhatte, hier Wurzeln zu schlagen; dass sein Leben konträr zu ihrem war und er weiterziehen würde, während sie bliebe, wo sie war.

»Oh, klar. Bis ich den nächsten Auftrag kriege, nehme ich an. Ich habe es in letzter Zeit locker angehen lassen, muss mich jetzt aber dringend um etwas bemühen.« Er löste seine Hand und fuhr sich über den Nacken.

Sie blickte zum Wagen, der am Straßenrand wartete.

»Sehe ich dich wieder?«, fragte Nate.

Sie sah ihn an, obwohl es ihr schwerfiel, den Blickkontakt zu halten. Wer auch immer behauptet hatte, ihr Blick sei direkt, kannte Nate nicht. »Ich, äh, könnte uns etwas kochen?«, platzte sie heraus, ehe sie es sich anders überlegen konnte.

Er grinste. »Das wäre toll. Wann?«

Sie zögerte. Aber jetzt war der erste Schritt gemacht, oder? »Nächsten Samstag vielleicht?«

»Okay, alles klar.«

»Ich kann allerdings nicht besonders gut kochen«, räumte sie ein.

»Okay.«

»Das ist kein Witz. Könnte sein, dass es so wird wie mit der blauen Suppe in *Bridget Jones*.«

»Blaue Suppe klingt doch lecker.«

»Und ich ...«

Er unterbrach sie, indem er einen leichten Kuss auf ihre Lippen drückte. »Bis Samstag.«

Vierzig Minuten später schloss sie, immer noch lächelnd, die Wohnungstür auf. Bis sie die Schlüssel auf die Arbeitsplatte legte und den Brief an Scarlett sah, der immer noch ungeöffnet dalag.

Sie dachte an ihre Unterhaltung mit Grace, an die Entscheidungen, die man im Leben traf, und die Notwendigkeit, einen Platz für Scarlett in ihrem Herzen zu finden, während sie ihr eigenes Leben wieder in die Hand nahm. Der Brief konnte nicht ewig dort liegen bleiben. Scarlett würde nicht zurückkommen und ihn öffnen.

Sie riss den Umschlag auf, während eine Erinnerung in ihr aufflammte: Sie war eines Tages – sie musste etwa dreizehn gewesen sein – nach Hause gekommen und hatte Scarlett erwischt, wie sie ihr Tagebuch las.

Was machst du da?

Es lag aufschlagen da, Eves. Es tut mir leid! Ich wusste nicht, was es ist! Aber da steht ja nur, dass du Mark Cartwright heiß findest, was ich sowieso schon wusste und ...

Das ist nicht okay, Scarlett!

Abrupt hatte sie das Tagebuch zugeschlagen und sich geschlagene zwei Minuten lang geweigert, ein Wort mit Scarlett zu wechseln, die verzweifelt *Es tut mir leid, es tut mir leid. Lass es mich wiedergutmachen. Du kannst mein Tagebuch lesen* gejammert hatte.

Du hast ja nicht mal eins.
Dann schreibe ich eben ein paar Seiten, und du kannst sie lesen. Ich schreibe auch was richtig Geiles rein!

Natürlich hatte Evie Scarlett am Ende verziehen, weil man gar nichts anderes tun konnte, als Scarlett zu verzeihen.

Sie zog das Blatt Papier aus dem Umschlag.

Sehr geehrte Miss Henderson,
Bezug nehmend auf unsere E-Mail vom 17. April möchten wir uns erkundigen, ob Ihr Interesse an der Immobilie in 32 Four Acres in Borough Market weiterhin besteht. Ihre Bonität konnte überprüft werden, und die Wohnung ist zum 18. Mai bezugsfertig. Bitte lassen Sie uns zeitnah wissen, dass Sie einziehen werden, und veranlassen die Abbuchung der Miete. Sollten wir nichts von Ihnen hören, sehen wir uns gezwungen, das Objekt wieder auf den Markt zu geben.
Mit freundlichen Grüßen
Kate Fisher
Garrett Whitelock Letting Agents

Fassungslos starrte Evie auf die Zeilen.

Borough Market.

Dort hatte sich Scarlett also am Tag ihres Todes aufgehalten. Das erklärte, weshalb sie nicht einmal in der Nähe ihrer Arbeit gewesen war.

Sie hatte Evie kein Wort davon gesagt, hatte nichts darüber verlauten lassen, dass sie nach einer neuen Wohnung suchte. Dass sie sogar ein konkretes Angebot gemacht hatte, verdammt noch mal. Langsam ließ Evie die Hand mit dem Brief sinken, dessen Bedeutung ihr langsam in Gänze bewusst wurde.

Scarlett war an dem Tag gestorben, weil sie sich eine neue Wohnung in Borough Market angesehen hatte. Und sie hatte

Evie deswegen belogen. Es war eine Lüge gewesen, dass sie ihr Apartment nur verließ, um zur Arbeit zu gehen, stattdessen hätte sie ihr für immer den Rücken gekehrt. Und geplant hatte sie diesen Schritt bereits vor ihrem Streit am Abend zuvor. Sie hatte vorgehabt, fortzugehen und Evie allein zurückzulassen.

Kapitel 27

Oh, Evie. Sie hat den Brief weggelegt und durchquert steifbeinig die Küche, um sich ein Glas Wasser einzuschenken. Einen Moment steht sie am Spülbecken, beide Hände um den Rand gelegt, während das Wasser weiterläuft.

Ich hätte es ihr schon damals sagen müssen, das ist mir inzwischen klar. Ich wollte es erzählen, als ich am Abend vor meinem Tod heimkam. Aber dann lief alles aus dem Ruder, und …

Plötzlich bin ich wieder dort, an diesem Abend, und schließe – zum letzten Mal – die Wohnungstür auf. Der Schlüssel klemmt, und ich fluche, weil ich ungeduldig bin, wie gewohnt. Der Türknauf ist kühl und glatt. Damals fiel es mir nicht auf, jetzt dagegen genieße ich es, ihn unter meinen Fingern zu spüren, weil es das letzte Mal ist.

Evie steht in der Küche, in Flauschsocken und dieser blöden löchrigen Strickjacke. Sie sieht nicht gut aus. Offiziell ist ihr jüngster Schub seit einer Woche vorbei, doch noch hat sie sich nicht vollständig davon erholt. Mit jedem dieser Schübe kommt die Angst, einige der neuen Symptome könnten nicht abklingen, sondern zurückbleiben, wie der Tremor oder die Muskelsteife. Nach dem letzten hatte sie Probleme mit dem Gleichgewicht, allerdings scheint das ein wenig besser geworden zu sein.

Evie steht neben dem Toaster und sieht mich an. »Und? Schönen Tag gehabt?«, fragt sie.

»Ja, ging so.« Ich habe mich den ganzen Tag auf den Investorentermin vorbereitet, der mir morgen ins Haus steht, und mir gehen eine Million Dinge im Kopf herum – die Wohnungsbesichtigung, Jason, meine Idee für das Label.

Zwei Brotscheiben schnellen aus dem Toaster, die Evie auf das hölzerne Schneidbrett von meiner Mum legt – das letzte Geschenk von ihr. Plötzlich überfällt mich eine tiefe Liebe zu dem Ding. »Toast zum Abendessen?«, frage ich.

»Ja«, antwortet Evie und bestreicht die Scheiben mit Butter. »Eine von meinen fünf am Tag.«

Ich lasse meine Krokotasche neben der Tür fallen – wo ist sie eigentlich abgeblieben? »Fünf Scheiben Toast am Tag?«, frage ich. »Ziemlich ehrgeizig.«

»Ja, aber du kennst mich – der Ehrgeiz in Person.« Ein Anflug von Bitterkeit schwingt in ihrer Stimme mit. Sie dreht sich um und wedelt mit der Toastscheibe in meine Richtung. »Kleine Ziele im Leben, darum geht's, Scarlett.« Sie beißt hinein. »Hast du schon etwas gegessen? Willst du einen Toast?«

»Ich habe mir unterwegs etwas geholt.« Ich durchquere die Küche und lehne mich an den Küchentresen ihr gegenüber, der die Küche vom Wohnzimmer trennt. »Und wie war dein Tag?«

»Oh, super«, antwortet Evie mit vollem Mund. »Ein Adrenalinschub nach dem anderen und jede Menge riskante Momente.« Sie nuschelt leicht, was sie auf den Tod nicht ausstehen kann.

Ich tippe mit den Fingernägeln – denen ich für den großen Auftritt morgen eine Maniküre gegönnt habe – auf die Arbeitsplatte. »Ich finde, wir sollten im Sommer wieder nach Irland fahren. Über ein langes Wochenende oder so. Was meinst du?« Ich weiß noch, dass ich auf dem Nachhauseweg geübt hatte, was ich sagen soll.

»Vielleicht«, antwortet sie und nimmt sich ihre zweite Toastscheibe vor.

»Vielleicht?«

»Ja, Scar, vielleicht.« Sie schüttelt den Kopf. »Ich kann nicht weit im Voraus planen, wie du weißt. Weil ich keine Ahnung habe, was dann sein wird. Und ich will nicht mitten in einem fiesen Schub in Irland festsitzen.« Da ist sie wieder, die Bitterkeit. Normalerweise überwindet sie ihre Tiefs einigermaßen gut, aber diesmal scheint es besonders schlimm zu sein. Ich weiß nicht, weshalb es ihr jetzt so zusetzt, und mir wird bewusst, dass ich sie nie danach gefragt habe. Zwar habe ich mich erkundigt, wie es ihr ginge und ob ich etwas tun könne, aber warum es diesmal schlimmer ist und sie mehr bedrückt als sonst, eben nicht.

Rückblickend betrachtet hätte ich dieser Bitterkeit größere Beachtung schenken und merken müssen, dass dies nicht der richtige Zeitpunkt war, um sie unter Druck zu setzen. Aber Geduld war ja noch nie meine Stärke.

»In Irland *festsitzen?*«, wiederhole ich ungläubig. »Evie, du sitzt allenfalls *hier* fest! Und Irland ist wohl kaum die verdammte nigerianische Wüste.«

Evie kaut langsam auf ihrem Toast herum. Sie schnauzt mich nicht an – noch nicht. Stattdessen merke ich, dass sie sich um einen ruhigen Tonfall bemüht. »Du weißt, wie ich das meine. Ich kann nicht vorhersagen, wie ich mich dann fühlen werde, deshalb sitze ich lieber hier fest als irgendwo anders, wo ich mich nicht auskenne.« *Ich kann nicht vorhersagen.* Nicht zu wissen, wie es einem irgendwann gehen wird, wäre für jeden Menschen entsetzlich, für Evie jedoch ganz besonders.

Vielleicht hätte ich mitfühlender sein müssen, stattdessen liegt ein Anflug von Schärfe in meiner Stimme, als ich erwidere: »Na gut, ich habe jedenfalls keine Lust, *hier* festzusitzen.« Ich ziehe meine Jacke aus und schleudere sie aufs Sofa. »Eves, ich kann nicht hierbleiben. Ständig nur hier eingesperrt zu sein, das macht mich wahnsinnig.«

Evie sieht mich an. »Du bist nicht eingesperrt, sondern kannst überallhin. Und genau das tust du doch.«

»Nein, tue ich nicht«, erwidere ich fast flehend, »weil ich auch für dich hier sein und Zeit mit dir verbringen will und …«

»Was?« Ihr Tonfall ist barscher geworden. Kein Wunder. Wann bin ich auf die Idee gekommen, ihr das Gefühl zu geben, schuld zu sein? Ich glaube gar nicht, dass es Absicht war, sondern bin bloß müde und durcheinander und will sie motivieren, mehr aus ihrem Leben zu machen. Aber offensichtlich stelle ich es nicht richtig an. »Du willst Zeit mit mir verbringen, aber nur, wenn wir etwas Spannendes unternehmen?«

»So habe ich es nicht gesagt«, brumme ich, obwohl ich genau das getan habe.

Evie verschränkt die Arme. »Ich will aber nicht raus und etwas *machen*. Ich kann nicht«, korrigiert sie.

»Nein, das trifft es schon. Du willst nicht.«

»Und wenn schon?« Aufgebracht reißt sie die Arme hoch. »Und wenn ich eben keine Lust mehr habe, das zu machen, was du willst? Wenn ich nicht mehr zu all den Partys gehen und endlos mit Leuten herumstehen will, die mir bloß die Ohren vollquasseln? Was, wenn ich lieber genau abwäge, wofür ich mich anstrengen will? Ich bin glücklicher, wenn ich zu Hause bin, Scarlett, verdammt!«

»Aber du bist *nicht* glücklich!«, blaffe ich, als hätte ich das Sagen, wer glücklich ist und wer nicht.

»Ich dachte, du hättest es kapiert.« Inzwischen ist Evie laut geworden, schreit beinahe. »Ich dachte, du hättest begriffen, dass ich nicht mehr tun kann, was ich früher getan habe. Ich bin krank, versteh das endlich! Du hast gesagt, es sei in Ordnung, wenn ich lieber zu Hause sei und wenn ich nicht die Energie hätte, mich ständig …«– sie macht eine wilde Handbewegung – »auf den Präsentierteller zu setzen.«

»Aber das habe ich gesagt, als ich dachte, du …«

Evie zieht die Brauen hoch und wirft mir einen beinahe abfälligen Blick zu. »Was, Scar?« Und wir wissen wohl beide, was mir auf der Zunge lag. Ich dachte, sie würde ihre Meinung ändern. Es überwinden. Etwas in der Art.

Zum Glück spreche ich es nicht aus. Stattdessen hole ich meine Handtasche und krame die Broschüren heraus. »Hier, die habe ich dir mitgebracht.« Ich strecke sie ihr hin und lege sie auf die Arbeitsplatte, als sie keine Anstalten macht, sie zu nehmen.

MS und Ihre Gefühle: So lernen Sie, Ihre Emotionen zu verstehen und damit umzugehen
Komplementär- und Alternativmedizin
Achtsamkeit als Methode, mit einer chronischen Erkrankung zu leben

Da liegen sie zwischen uns, farbenfroh und leuchtend.

»Ich dachte, es bleibt mir überlassen, wie ich damit umgehe.« Ihre Stimme ist eisig. Die Ruhe vor dem Sturm.

»Ist es ja auch«, erwidere ich schnaubend. »Ich dachte nur ...«

»Und wieso glaubst ausgerechnet du, über meine Entscheidungen urteilen zu können?«, schnauzt sie mich an.

Wut lodert in mir auf. »Es geht hier nicht um Jason.«

»Nein, natürlich nicht«, kontert sie mit beißender Schärfe. »Weil es dir natürlich jederzeit zusteht, darüber zu urteilen, wie ich mein Leben lebe, aber *deine* Entscheidungen ...«

»Aber du *lebst* dein Leben nicht, oder, Evie?«

Sie greift nach ihrem Wasserglas, und da mein heutiges Ich weiß, was gleich passieren wird, sehe ich es auch: wie ihre Hand in der Luft zittert. Trotzdem bewegt sie sich schnell – schneller als gedacht, weil die Wut sie offenbar antreibt –, deshalb gelingt es ihr nicht wie sonst, es rechtzeitig aufzufangen. Sie will es schnappen, doch ihre Hand verkrampft sich, wobei ihr das Glas entgleitet.

Es landet auf dem Linoleumfußboden und explodiert wie eine Feuerwerksrakete. Glitzernde Scherben fliegen durch die Küche.

Wortlos stehen wir da und verfolgen das Spektakel. Bis Evie sich aus ihrer Erstarrung löst und mit verkniffener Miene zum Spülenschrank tritt, wo Schaufel und Besen liegen.

»Ich mache das schon«, sage ich schnell.

»Schon gut«, presst Evie hervor.

»Aber ich –«

»Schon gut, habe ich gesagt, okay!«

Und das war's. Das war das Letzte, was dazu gesagt wurde, das letzte Gespräch zwischen uns, denn der kurze Dialog vom nächsten Morgen zählt wohl nicht. Und ja, ein Teil von mir sieht es auch jetzt noch klar und deutlich. Weil sie sich tatsächlich in ihr Schneckenhaus zurückgezogen hat und ich deswegen frustriert war: wegen ihr und mir selbst und weil ich nichts tun konnte. Und sie war frustriert wegen mir. Weil auch sie recht hatte. Ich lebte mein Leben weiter, ging meinen Weg, und inzwischen kann ich mir vorstellen, dass es für sie so aussah, als ließe ich sie im Stich.

Das ist es, was ihr auch jetzt durch den Kopf geht, richtig? Nur wegen dieses blöden Schreibens. Sie denkt an unsere Auseinandersetzung und daran, was ich gesagt habe: dass ich nicht festsitzen wollte, mit ihr. Aber so war das nicht gemeint. Nicht so. Sie sollte nur begreifen, dass es so vieles gibt, was sie tun kann, was ihr Spaß machen würde. Ich wollte, dass wir beide unseren Weg gehen, und zwar zusammen. Aber jetzt bekomme ich niemals die Gelegenheit, ihr das zu sagen.

Kapitel 28

»Ich kriege es einfach nicht hin!« Frustriert ließ Astrid die Geige sinken und fuhr ungestüm mit dem Bogen durch die Luft.

Evie hatte sich an ihren Schreibtisch gesetzt, um Astrid am Fenster beobachten zu können. »Wenn du nicht gerade der nächste Vengerov bist, kannst du wahrscheinlich kein Stück auf Anhieb spielen.«

Astrid warf ihr einen verdrossenen Blick zu – eine so typische Teenager-Reaktion, dass Evie grinsen musste. »Und muss ich wissen, wer das ist?«

»Vielleicht. Wenn du Musik ernst nimmst, dann schon. Er ist ein russischer Geiger und galt als Wunderkind.«

Astrid zog ein finsteres Gesicht, sagte jedoch nichts darauf. Sie übte bereits seit einer Stunde, und Evie merkte, dass sie allmählich müde wurde. Töne kamen schief heraus, und sie starrte finster auf das Notenblatt. Sie waren dabei, eine von Astrids Lieblingskompositionen zu modifizieren, denn Astrid hatte völlig recht – wieso nicht einfach mal versuchen? –, und Evie war sich sicher, dass sie auf einem guten Weg waren. Am Ende mochte es nichts absolut Einzigartiges sein, aber anders genug, um ein bisschen Schwung und Pep in die Sache zu bringen.

Astrid seufzte. »Ich werde es nie schaffen, Profi zu werden, oder? Ich habe einfach zu spät angefangen und bin nicht gut genug.«

Evie zögerte. Sie wollte keine falschen Versprechungen machen, deshalb entschied sie sich für die Wahrheit. »Ich weiß es nicht«, sagte sie. »Seinen Lebensunterhalt damit zu verdienen, ist wirklich schwer. Was aber keineswegs heißt, dass du es nicht versuchen solltet. Und wenn es dich im Moment glücklich macht, ist das Grund genug, dranzubleiben.«

»Ich liebe es«, erklärte Astrid mit Nachdruck, und Evie nickte.

»Dann behalte das im Kopf, wenn du übst, und versuche, dir über alles andere keine Sorgen zu machen.« Genau das war ihr abhandengekommen, wurde Evie bewusst. Ihre Liebe zur Musik hatte sie nie verloren – wahrscheinlich war das gar nicht möglich. Dabei hatte sie es durchaus versucht, nachdem sie zu dem Schluss gelangt war, nicht länger spielen zu können, weil sie davon ausgegangen war, es sei weniger schmerzlich, wenn sie dieser Liebe komplett abschwor. Aber die Musik, vor allem die Geige, gehörten zu ihr, waren Bestandteil ihrer Seele, daran gab es nichts zu rütteln. Und dennoch hatte sie irgendwann – noch bevor sie gezwungen gewesen war, aufzuhören – aus einem anderen Grund als der Liebe zur Musik gespielt. »Also«, erklärte sie entschieden, »ich würde sagen, wir belassen es erst mal dabei.«

»Aber ich …«

Evie hob die Hand. »Außerdem erwarte ich Besuch zum Abendessen.« Allein bei dem Gedanken verkrampfte sie sich innerlich, obwohl sie die Lasagne – das mochte jeder, oder? – bereits gestern Abend vorbereitet hatte, weil sie nicht wollte, dass man ihr beim Kochen zusah und mitbekam, wie die Müdigkeit und Steife sie überkamen, wo sie doch sexy und unbeschwert in der Küche herumtänzeln sollte. Barfuß. Das taten sexy Küchengöttinnen doch, oder? Barfuß durch die Küche schweben. Verdammt, sie hätte sich die Zehennägel lackieren sollen.

Astrids Blick wurde scharf. »Und wer kommt?«

»Das geht dich gar nichts an«, erwiderte Evie und stieß sie in die Rippen.

»Der sexy Journalist, stimmt's?«

Evie verdrehte nur die Augen, wie Astrid es immer tat. »Gute Arbeit heute«, lobte sie, als sie sie zur Tür brachte. Astrid zuckte bloß die Achseln. »Du auch«, murmelte Evie und strich mit dem Finger über die Geige.

Astrid schüttelte den Kopf. »Du bist so schräg.«

Evie lachte. »Nur was Geigen betrifft.«

An der Tür blieb Astrid stehen, ohne sie zu öffnen, und biss sich auf die Lippe.

»Du machst das bestimmt gut«, sagte Evie. »Beim Konzert.«

»Aber ich will perfekt sein.«

»Perfekt sein zu wollen, erzeugt eine Menge Druck. Außerdem hattest du viel weniger Vorbereitungszeit als alle anderen.«

»Das weiß ich, aber ...« Das Mädchen verstummte.

»Was?«

»Alle sehen mir zu«, brummte sie und scharrte mit dem Fuß am Teppich herum. Die Art, wie sie »alle« aussprach, ließ Evie aufhorchen.

»Aber nicht alle können ein Instrument spielen, noch dazu gut. Du aber schon.«

»Aber einige andere auch. Das Mädchen im Orchester. Die, von der ich dir erzählt habe. Sie spielt so gut Cello.« Eine leise Röte breitete sich über Astrids Hals aus, doch bevor Evie etwas erwidern konnte, blickte Astrid auf. »Du kommst doch auch, oder? Zum Konzert.«

»Klar. Es steht schon im Terminkalender.«

»Okay. Gut.« Astrid öffnete die Tür. Vor der Nate stand, eine Hand erhoben, weil er offensichtlich gerade hatte klopfen wollen. Astrid lachte entzückt auf. »Also doch der sexy Journalist!«

Das gewohnt lässige Lächeln breitete sich auf Nates Gesicht aus. »Wenn das mein Spitzname ist ... gern.«

Evies Herz machte einen Satz, sie spürte, wie sich ihr Puls

beschleunigte. Doch dann runzelte sie die Stirn. »Du bist früh dran«, sagte sie mit einem Anflug von Vorwurf in der Stimme.

Nate sah auf seine Uhr. »Du sagtest doch sieben Uhr, oder? Es ist zehn nach sieben. Ich bin sogar ein bisschen zu spät.«

Astrid sah Evie an. »Ups!« Dann vollführte sie einen schwungvollen Salut mit dem Geigenbogen und trat auf den Korridor.

»Lässt du mich rein? Oder wird das hier so ein ultracooles Abendessen im Flur?«, fragte Nate.

»Entschuldige.« Du meine Güte, wieso war sie denn so durch den Wind? Es war doch bloß ein Abendessen. »Komm rein.« Sie trat zur Seite und schloss die Wohnungstür hinter ihm. Er hatte ein ziemlich großes Geschenk und eine Flasche Wein dabei.

Als Erstes reichte er ihr den Wein. »Weiß«, sagte er. »Weil ja Sommer ist.« Erst jetzt merkte Evie, dass es viel zu warm in der Wohnung war. Im Sommer wurde es hier drin schnell stickig. Sie hätte ein Fenster öffnen sollen.

»Danke, ich stelle ihn in den Kühlschrank.« Sie nahm die bereits gekühlte Weinflasche heraus und schenkte zwei Gläser ein. Wieso gab es eigentlich keinen Spiegel in der Küche? Außerdem hatte sie sich noch nicht einmal umgezogen.

Er war ihr gefolgt und stand auf der anderen Seite des Küchentresens, der die Küche vom Wohnzimmer trennte. Sie reichte ihm ein Glas, dann stießen sie miteinander an, wobei sein Blick die ganze Zeit über auf ihr ruhte, bis sie sich zwang, wegzusehen. Sie wurde rot, oder? Klar! *Reiß dich verdammt noch mal zusammen, Evie!*

»Ich … habe Lasagne gemacht. Ist das okay?«

»Perfekt.« Er nippte an seinem Wein und stellte das Glas auf die Arbeitsfläche, dann streckte er ihr das Päckchen entgegen. »Das ist für dich«, sagte er, ließ jedoch nicht los, als sie danach griff.

Evie zog die Brauen hoch. »Eigentlich überreicht man Geschenke ja.«

Er lächelte nicht. Sein Blick schweifte zwischen ihr und dem lediglich in braunes Packpapier eingeschlagenen Geschenk hin und her. »Ich …« Sie sah, wie sein Adamsapfel hüpfte, als er schluckte, und spürte, wie sich seine Nervosität auf sie übertrug. »Ich bin mir nicht ganz sicher, was du sagen wirst.«

»Okay«, erwiderte Evie langsam und stellte ihr Glas ebenfalls ab.

»Wenn es dir nicht gefällt, kann ich es zurückgeben. Es verbrennen. Was auch immer. Ich … es war eine spontane Aktion, und dann war es fertig, und ich dachte, du solltest es dir wenigstens ansehen und dann entscheiden.«

»Nate«, sagte Evie fest. »Deine Erklärung dazu ergibt nur einen Sinn, wenn ich weiß, was es ist.«

»Stimmt. Klar.« Er runzelte die Stirn, dann überreichte er ihr endlich das Paket. Das braune Papier gab unter ihren Händen nach, als befände sich darunter Stoff. Hatte er ihr einen Schal gekauft? Im ersten Jahr ihrer Beziehung hatte sie von Will einen zum Geburtstag bekommen, dunkelblau mit übertrieben lachenden Sonnengesichtern darauf. Sie hatte ihn zwar getragen, um seine Gefühle nicht zu verletzen, doch inzwischen lag er ganz hinten im Schrank. Lächelnde Sonnen passten nicht zu ihr, darin waren Scarlett und sie sich einig gewesen. Aber eigentlich kam ihr Nate nicht wie jemand vor, der Schals verschenkte.

Sie riss an dem Packpapier, unter dem etwas in hellgrünes Seidenpapier Eingewickeltes und mit einem grünen Kleber Verschlossenes zum Vorschein kam. Sie schlug das Seidenpapier auf, wobei sie die ganze Zeit Nates Blick auf sich spürte.

Ihr stockte der Atem. Mit einer fließenden Bewegung zog sie es heraus, wobei der Stoff leise raschelte und das Seidenpapier aufstob und zu Boden schwebte.

Es war Scarletts Kleid, vor ihrem Tod für Evie entworfen und anhand der Skizze angefertigt, die sie Jason immer noch nicht vorbeigebracht hatte, weil sie sich nicht dazu hatte durchringen können.

Vorsichtig strich sie mit der Hand über den dunkelgrünen Stoff und tastete die Konturen ab, spürte, wie ihre Augen zu strahlen begannen. Sie sah Nate an. »Wie ist das möglich?«, hauchte sie. »Wie hast du das gemacht?«

Er fuhr sich mit der Hand über den Nacken. »Ich … na ja, ich habe es fotografiert, als ich letztes Mal hier war, und, wie gesagt, es war eine ganz spontane Entscheidung. Wieder mal eine, die ich nicht vorher zu Ende gedacht habe.«

»Im Ernst?«, fragte Evie mit zittriger Stimme. »Das sieht dir gar nicht ähnlich.«

Er lächelte erleichtert. »Ich kenne da jemanden …«

»Klar.«

»Er hat mir jemanden empfohlen, der es nähen konnte. Ich dachte, es könnte dir … helfen …« Er schüttelte den Kopf »Ach, ich weiß auch nicht. Jedenfalls erschien es mir eine gute Idee. Das war, direkt nachdem du mir von ihrem dreißigsten Geburtstag erzählt hattest, erinnerst du dich?«

»Natürlich«, sagte Evie leise, betrachtete wieder das Kleid und musste gegen den Kloß in ihrem Hals anschlucken.

»Das heißt … du bist nicht sauer?«

Ein Anflug von Unmut stieg in ihr auf, weil er offenbar das Gefühl hatte, sich erst vergewissern zu müssen, gleichzeitig musste sie zugeben, dass sie ihn in der kurzen Zeit, die sie sich kannten, bereits mehr als einmal angeschnauzt hatte, obwohl sie seit Jahren versuchte, ihr Temperament im Zaum zu halten. »Ich bin nicht sauer«, antwortete sie fest und sah ihn an. »Danke.«

Scarlett wollte ausziehen und mich allein zurücklassen. Der Gedanke kam ihr unvermittelt in den Sinn, doch sie beschloss, ihm nichts davon zu sagen. Denn was seine Mutter auf dem Geburtstag gesagt hatte, stimmte: Was geschehen war, konnte sie nicht mehr ändern. Sie wusste nicht, was Scarlett sich dabei gedacht oder warum sie diesen Schritt ins Auge gefasst hatte, trotzdem sollte diese eine Sache nicht schmälern, was Scarlett ihr bedeutet hatte. Es änderte nichts daran, wie sehr sie Scarlett geliebt hatte und dass ihre Freundschaft wunderbar und wichtig gewesen war.

Sie wollte Nate nicht erzählen, was Scarlett in Borough Market getan hatte. Denn es war, als sei dieses Geschenk für sie beide bestimmt, als hätte Nate genau gewusst, wie begeistert Scarlett von dem Gedanken gewesen wäre, dass ihre Entwürfe auch nach ihrem Tod weiterexistierten und sie quasi unsterblich machten. Deshalb wurde Scarlett nicht ignoriert, wenn Evie ihren Namen nicht erwähnte – ganz im Gegenteil –, stattdessen würde sie, wenn sie es täte, nur aufs Neue diesen schicksalhaften Moment, als Scarlett auf die Fahrbahn getreten war, heraufbeschwören. Und das würde zwangsläufig eine Mauer zwischen ihnen errichten, und sei es nur eine gläserne. Und entweder hatte Evie beschlossen, ihm zu verzeihen und zu akzeptieren, dass es ein Unfall gewesen war, oder nicht.

All das ging ihr durch den Kopf, während sie das Kleid vorsichtig ins Wohnzimmer trug und über die Rückenlehne des Sofas legte. Dann drehte sie sich um, kehrte zu Nate zurück und legte ihm beide Hände ums Gesicht. »Danke«, sagte sie noch einmal und hauchte ihm einen Kuss auf den Mund.

Nate bekam ihre Hand zu fassen, als sie sich von ihm löste, und sie spürte, wie die Berührung ihre Haut prickeln ließ. »Ich habe es nicht getan, um bei dir gut dazustehen.«

»Das weiß ich.«

Behutsam streichelte er ihren Arm. Sie hob die Hand, um sie in seinem Haar zu vergraben, als sie zu zittern begann. Dabei hatte sie sich gerade so stark, so stabil gefühlt. Stirnrunzelnd schüttelte sie ihre Hand aus. Er ergriff sie. »Nicht«, sagte er leise, hob sie an seine Lippen und küsste sie. Sie ertappte sich dabei, wie sie unter seinem Blick den Atem anhielt. »Es ist nicht wichtig.« Grinsend strich er ihr eine Haarsträhne hinters Ohr. »Ich kann trotzdem so tun, als wäre ich es, der so eine Reaktion auslöst«, sagte er neckend. »Das wirkt wahre Wunder auf mein Ego.«

Sie lachte ein wenig atemlos. »Ich bin mir ziemlich sicher, dass es ein Stück weit auch so ist.«

»Nur ein Stück weit?«

Sie verpasste ihm einen spielerischen Klaps auf den Arm. »Ganz schön frech, was?«

»Immer schon. Das ist genau mein Ding.«

Sie grinsten einander an, während er weiter ihre Hand festhielt. Evie war sich bewusst, wie dicht sie voreinander standen, wie leicht es wäre, die Arme um ihn zu schlingen. Ihr Herz begann zu hämmern, lebhafter als seit langer Zeit, und sie spürte, wie seine Stimmung in derselben Sekunde umschlug.

Er beugte sich vor, hielt inne, runzelte die Stirn. Fragend. Als Antwort küsste sie ihn, schlang die Arme um seinen Hals und zog ihn näher zu sich. Ihr ganzer Körper vibrierte unter der Berührung, als er sie hochhob.

Doch er löste sich gleich wieder. »Warte, warte«, stieß er atemlos hervor. »Wir müssen nicht … ich meine, das ist nicht der Grund, weshalb ich …«

Evie, die Mühe hatte, ihren eigenen Atem unter Kontrolle zu bringen, nickte. »Das weiß ich.«

»Ich … wollte nur Zeit mit dir verbringen und habe auch das Kleid nicht …«

Wieder küsste sie ihn, fester diesmal. »Nate. Das weiß ich alles.« Nun war sie diejenige, die zögerte. »Es sei denn, du willst nicht?«

»Ist das eine Fangfrage?«

Errötend blickte sie zu Boden. »Na ja, du kommst dir vielleicht komisch vor … mit jemandem … der unter …«

»Evie.« Nachdrücklich schloss er die Finger fester um ihre Arme. Sie sah ihn an. »Red keinen Quatsch.«

»Wie kann ich da noch widerstehen?«, murmelte sie, woraufhin er lachte.

»Red keinen Quatsch«, sagte er noch einmal, legte die Hände um ihre Taille und küsste ihre Mundwinkel, dann ihren Hals. Sofort spannte sie sich an, nur dass es diesmal voller Erwartung war. Voller Hoffnung.

»Ich weiß, dass ich nicht nachvollziehen kann, wie die Krankheit dein Leben verändert hat«, sagte er leise. »Aber wenn ich Zeit mit dir verbringe, sehe ich keine Frau, die krank ist, sondern eine, die klug und freundlich ist und lebhafter, als du dir selbst zugestehst.« Er lehnte die Stirn gegen die ihre, sodass ihrer beider Atem zu einem verschmolz. »Und ich wollte noch nie in meinem Leben etwas so sehr wie das.«

»Na dann. Ich wollte bloß lieber noch mal nachfragen.«

Endlich küsste er sie richtig, zog sie eng an sich, schob die Hände unter ihr T-Shirt, sodass sie sie auf ihrer nackten Haut spürte, als er ihren Rücken streichelte. Und diesmal lag es nur an ihm, dass sie zitterte.

Kapitel 29

Evie rollte sich auf dem Wohnzimmersofa zusammen und tippte mit den Fingern gegen ihre Teetasse, wobei sie sich zwang, nicht ständig zur Tür ihres Schlafzimmers zu blicken. Sie hatte das Erstbeste angezogen, was sie finden konnte – ein altes T-Shirt und eine kurze Schlafanzughose –, weil sie Nate nicht hatte wecken wollen.

Nate. Der schlief. In ihrem Zimmer. Nackt.

Doch sie fand keine Entspannung, weil sie sich die ganze Zeit mit der Frage quälte, wie sie sich verhalten sollte, wenn er endlich herauskam. Und ihre Kleiderwahl bereute sie ebenfalls, weil sie nicht gerade sexy aussah. Außerdem stellte sich die Frage, ob er sie überhaupt hier vorfinden wollte? Nun ja, dass sie hier sein würde, lag auf der Hand, aber sie hatten nicht explizit besprochen, dass er übernachten würde, stattdessen war es mehr oder weniger einfach passiert.

Scarlett wäre bestimmt begeistert gewesen – ein Typ in Evies Bett. Der Gedanke an sie versetzte ihr einen Stich; sie sah förmlich ihr boshaftes Grinsen, wenn sie morgens in die Küche käme, ihre Neckereien und ihren Unschuldsblick, sobald Nate dazukäme. Doch dann zog sich ihr Magen zusammen, denn es war nicht *irgendein* Typ, sondern Nate: den sie einzig und allein durch Scarletts Tod kennengelernt hatte. Die Schuld wog schwer auf ihr. Sie drehte ihren Teebecher hin und her. Was würde Scarlett denken, wenn sie all das sehen könnte? Würde sie Evie dafür hassen? Könnte sie das überhaupt? Sollte sie, Evie, ein schlechtes Gewissen haben?

»Hey.« Evie fuhr zusammen und sah auf. Nate, dessen Stimme noch belegt war, trat auf sie zu.

»Hey«, sagte Evie. Mist, viel zu schrill. *Großer Gott, sieh zu, dass du deine Stimme unter Kontrolle bringst.*

»Bist du schon lange auf?«

»Nein, nicht lange.« War das Ganze peinlich? Es fühlte sich jedenfalls so an. War es ihm peinlich? Bereute er, was vorgefallen war? Tat sie es?

Nein, entschied sie. Sie bereute es nicht. Würde Scarlett noch leben, wäre die Situation anders, aber das tat sie nun einmal nicht, und Evie musste sich mit dieser Tatsache arrangieren. Und Nate … Nun ja, es war schwer, etwas zu bereuen, wenn jeder Orgasmus, den sie in ihrem Leben gehabt hatte – selbst wenn es nicht allzu viele waren –, im Vergleich zu dem, was sie mit ihm …

Nate setzte sich neben sie aufs Sofa, und Evie unterdrückte das Bedürfnis, an ihrem T-Shirt herumzuzupfen. »Du hast Musik aufgelegt«, bemerkte er.

Evie spürte die Röte, die an ihrem Hals emporkroch. »Du hast gesagt, ohne könntest du nicht schlafen«, erwiderte sie. »Aber dann bist du sogar noch vor mir eingeschlafen.« Er hatte die Arme fest um sie geschlungen und sich eng an sie gepresst. Deshalb war sie so früh aufgewacht. Seine Körperwärme hatte einen leichten Krampf ausgelöst – Wärme verschlimmerte ihre Symptome grundsätzlich schnell. Doch das war es wert gewesen, denn in diesem Moment hatte sie sich sicher und zufrieden und erwünscht gefühlt. »Ich wollte nicht, dass du ohne sie aufwachst«, gestand sie. Nicht nach allem, was er ihr erzählt hatte.

Sie verschwieg ihm, dass sie zum ersten Mal seit langer Zeit Musik laut geschaltet und nicht über Kopfhörer gehört hatte. Und dass es lange her war, seit sie das letzte Mal jemandem erlaubt hatte, daran teilzuhaben.

»Danke.« Er beugte sich vor und küsste sie auf die Stirn, dann setzte er sich grinsend auf dem Sofa zurück. »Ich gebe zu …« – scheinbar mühelos schlug er wieder diesen lockeren

Tonfall an, der jedoch in gewisser Weise Fassade war, wie sie nun erkannte. Nicht vollständig, schließlich war er ein unbeschwerter, fröhlicher, impulsiver Mensch, gleichzeitig schlummerte unter seiner Oberfläche auch etwas Tieferes, Dunkleres, das nur hier und da zum Vorschein kam –, »dass es wohl noch einen anderen Grund gab, weshalb ich letzte Nacht so gut geschlafen habe.«

Unter seinem intensiven Blick stieg Hitze in ihr auf. »Äh ... willst du etwas haben? Worauf hättest du denn Lust?«, fragte sie, woraufhin er feixte. Evie lachte auf. »Ich meinte Kaffee. Oder Tee?«

»Ein Kaffee wäre super, danke.« Sie stand auf und nahm den langen Weg um das Sofa herum, weil es ihr sicherer erschien, nicht direkt an ihm vorbeizugehen, doch er erhob sich ebenfalls, folgte ihr in die Küche und lehnte sich gegen die Arbeitsplatte, während sie Wasser aufsetzte.

»Ich habe überlegt, ob wir nicht etwas unternehmen wollen«, sagte er. »Wenn du Lust hast. Ich kenne jemanden ...«

»Eigentlich würde ich dich heute gern irgendwohin entführen«, unterbrach sie. Die Idee ging ihr schon den ganzen Morgen im Kopf herum, allerdings hatte sie gerade erst beschlossen, ihn zu fragen. »Du hast ständig Ideen, deshalb würde ich mich gerne revanchieren.«

Er trat zu ihr und strich ihr über die Arme. »Klingt ja sehr geheimnisvoll. Gefällt mir.«

»Du kennst mich ja«, erwiderte Evie ironisch. »Die Königin der Geheimnisse.«

Seine Hand wanderte zu ihrem Nacken und beschrieb Kreise auf ihrer nackten Haut, was ihr wohlige Schauder über den Rücken jagte. »Vielleicht bist du ja geheimnisvoller, als du glaubst.«

»Im Vergleich zu dir?«, erwiderte sie betont leichthin. »Das ist ja nicht allzu schwierig.«

Lächelnd küsste er sie, wobei sie die Härte an seinem Unterleib spürte, die sich gegen sie presste und auf die ihr Körper augenblicklich reagierte. Er schmeckte nach Pfefferminz, und die Tatsache, dass er sich die Zähne geputzt, das Ganze also geplant hatte, machte den Kuss noch erotischer.

Sie war davon ausgegangen, dass MS bedeutete, nie wieder richtigen Sex zu haben – Sex, wie sie ihn wollte. Das war mit Will passiert, und es könnte langfristig immer noch dazu kommen. Vielleicht lag es daran, dass alles noch so neu und aufregend war und … Sie schnappte nach Luft, als Nate ihren Hals küsste und ihre Hüfte und Taille streichelte.

»Hör auf, so viel nachzudenken«, raunte er an ihrem Mund. Und als er sie hochhob und sie die Beine um ihn schlang, tat sie es wirklich: Sie hörte auf nachzudenken, sondern gestattete sich, einfach nur zu fühlen.

Tief sog Evie den Atem ein. Die Sonne drang durch das Blätterdach über ihnen und schuf helle Lichtfelder, in denen die Staubkörnchen tanzten. Es war warm, doch die Bäume spendeten wohltuenden Schatten, und obwohl sie so etwas schon lange nicht mehr getan hatte – aus purem Vergnügen durch die Gegend spazieren, weil es unweigerlich anstrengend und ermüdend wurde –, spürte sie, wie etwas tief in ihrem Innern Ruhe und Frieden fand, auch wenn sich ihre Glieder nicht entspannen konnten.

Die Fahrt ab Paddington hatte über eine Stunde gedauert – eine Stunde, in der sie einander gegenüber auf ihren Plätzen gesessen, Belanglosigkeiten ausgetauscht oder durchs Fenster zugesehen hatten, wie das urbane London allmählich in plattes Land überging. Eine Stunde, in der Evie versucht hatte, nicht daran zu denken, wie allein die Berührung ihrer beider Knie trotz des Stoffs ihres Rockes und seiner Jeans ihren Körper zu entflammen schien.

Er hatte nicht gefragt, wohin sie fuhren, was sie jedoch nicht weiter überraschte. Inzwischen war es fast zur Gewohnheit geworden, dass sie einander genug vertrauten, um sich auf den Vorschlag des anderen einzulassen, ohne im Vorfeld über die Details Bescheid zu wissen. Und nun schlenderten sie durch den Wald. Der Wind rauschte durch die Blätter, an den Stellen, wo die Sonne nicht hinkam, war der Boden aufgeweicht und matschig, und irgendwo in der Ferne plätscherte ein Bach.

»Den Wald hier habe ich zufällig entdeckt«, sagte Evie. »Aber es ist unglaublich, weil die Hintergrundgeräusche wie Musik klingen, findest du nicht?« Sie blieb stehen, damit sie dem Knarzen der Bäume – das sich tatsächlich wie eine Art Gesang anhörte – lauschen konnten, begleitet vom leisen Rauschen der Blätter in der Brise. »Es ist tatsächlich so«, fuhr sie fort, als sie weitergingen. »Scarlett und ich haben es nachgeschlagen. Es liegt an der Konstellation der Bäume, der Holzart oder so, dass sie einander sozusagen ansingen. Als würden sie auf diese Art kommunizieren.«

»Vielleicht tun sie das ja«, sagte Nate. »Bäume sind vernetzt und können einander Nährstoffe zukommen lassen, falls einer etwas braucht. Und wenn einer gefällt wird, nehmen sie die Signale wahr und wissen dann, dass er in Not ist.«

»Ernsthaft?«

»Ich bin kein Experte, aber das habe ich gehört.«

Evie schwieg. Die Vorstellung, dass Bäume nur auf eine Art miteinander kommunizieren konnten, nämlich stumm und langsam, machte sie traurig. Behutsam strich sie über die Rinde des Baums neben ihr. Einerseits hatten sie so ein langes Leben, andererseits waren sie schrecklich verwundbar. Wie alles andere auch.

Wird dir auch mal langweilig hier?, fragte sie ihn stumm. *Wünschst du dir jemals etwas anderes? Spürst du es, wenn du eine Krankheit bekommst? Weißt du dann, dass es das Ende ist?*

»Aber das ist nicht das einzige Besondere hier«, fuhr sie fort. »Sondern die Leute kommen auch her, um Musik zu spielen. Deshalb ist es ein Musikwald.«

»Und bist du auch schon mal hergekommen, um zu spielen?«

Sie hielt inne, dann schüttelte sie den Kopf. Früher hatte sie es immer vorgehabt, sich aber längst von der Idee verabschiedet. Sie sollte mit Astrid herkommen, dachte sie unvermittelt. Sie wäre begeistert – mitten in der Natur zu spielen, mit dem Gefühl, niemand höre ihr beim Spielen zu, obwohl sie wusste, dass das nicht zwingend stimmen musste. Wieder dachte sie an die Bäume. Vielleicht fühlten sie sich ja weniger allein, wenn sie Menschen lauschten, die zum Spielen herkamen. Vielleicht war das der Grund und nicht die wissenschaftliche Erklärung, dass unterschiedliche Baumarten im Wind standen oder sonst etwas, was den Wald singen ließ.

Nate nahm Evis Hand und verschränkte ihre Finger ineinander. Es fühlte sich so natürlich an, so unbeschwert. Da hörten sie es. Eine Flöte irgendwo im Wald. Nates Augen begannen zu strahlen.

Evie grinste. »Ich hab's dir doch gesagt.« Sie und Scarlett waren an dem Tag mit dem Wagen unterwegs gewesen und hatten angehalten, weil Scarlett dringend auf die Toilette musste. Spontan hatten sie einen kurzen Spaziergang gemacht und dabei das Geheimnis des Waldes entdeckt.

»Ich sollte einen Artikel darüber schreiben«, meinte Nate. Evie biss sich auf die Lippe. »Tut mir leid. Ich lasse es.« Er drückte ihre Hand.

Dankbar, dass er sofort verstanden hatte, nickte sie. Denn wenn zu viele Leute herkämen und der Wald zur Touristenattraktion würde, verlöre er seinen ganzen Zauber.

»Nick wäre begeistert gewesen«, sagte Nate. Evie entging nicht, dass er zum ersten Mal seit ihrer Auseinandersetzung seinen Bruder erwähnte. Sie schwieg und ließ ihm den Raum, weiterzusprechen. »Er hat sich immer als Erster bereit erklärt, mit dem Hund Gassi zu gehen. In erster Linie, weil er ihn heiß und innig geliebt hat, aber ich glaube, er war auch dankbar für die Ausrede, Zeit allein draußen verbringen zu können. Ich glaube ... ich will damit nicht sagen, dass das der einzige Grund war, weil mir natürlich klar ist, dass Depressionen viele Gesichter haben können, aber ich glaube, eingesperrt zu sein, wenn auch nur für kurze Zeit, ohne die Möglichkeit, sich allein im Freien aufhalten zu können, hat etwas in ihm zerbrochen.«

Tröstend strich Evie mit den Fingern über seinen Handrücken. »Vielleicht ist er ja jetzt im Freien, wo auch immer er sein mag. Energie löst sich doch nicht einfach auf, oder? Vielleicht ist er jetzt an einem Ort, wo es ihm gefällt. Irgendwo da draußen, als Teil der Bäume.« Laut ausgesprochen hörten sich solche Sätze manchmal albern an, doch Nate nickte, und sie spürte, dass es das Richtige gewesen war.

Bei einem Bach blieben sie stehen. Nate, der wohl erkannte, dass Evie eine Pause brauchte, setzte sich auf einen der Felsen am Ufer, zog die Schuhe aus und tauchte seine Füße ins Wasser.

Evie lehnte den Kopf an seine Schulter und spürte, wie er den Arm um sie schlang. In diesem Moment fühlte es sich an, als schenke ihr das Leben ein Quäntchen Zufriedenheit. Trotz allem.

Zerbrochen – das Wort kam ihr wieder in den Sinn. Es hat etwas in ihm zerbrochen. Wenn sie ehrlich war, dachte sie das seit ihrer Diagnose auch über sich. Sie hatte sich eingeredet, nicht intakt zu sein, beschädigt. Aber vielleicht war sie ja gar nicht so kaputt, wie sie dachte. Und selbst wenn ... Na und? Nicht alles, was zerbrach, musste für immer verloren sein, oder?

Kapitel 30

Mitten in der Nacht finde ich mich bei Evie wieder. Wie spät es ist, weiß ich nicht, doch die Schwärze hat bereits etwas von ihrer Tiefe verloren, als würde bald die Sonne aufgehen.

Evie schläft in Nates Armen. Sie trägt ihren Sommerpyjama, ihr langes dunkles Haar ergießt sich über ihre Schultern. Er trägt immer noch seine Jeans, und sie liegen auf der Tagesdecke, als wären sie versehentlich eingeschlafen, während sie noch geredet hatten.

Ich bin da, eine Sekunde bevor Nate aus dem Schlaf schreckt, als hätte er einen Albtraum gehabt. Er blinzelt, sein Blick fällt auf Evie, schweift dann im Raum umher, ehe er wieder bei Evie landet. Nate runzelt die Stirn, als sei er sich nicht sicher, wo er ist oder was ihn aus dem Schlaf gerissen hat. Keine Musik, stelle ich fest. Ist er tatsächlich so abhängig davon?

Langsam und vorsichtig zieht er seinen Arm unter Evie hervor und nimmt sein Handy aus seiner Jeanstasche. Der Akkustand ist niedrig, trotzdem hat es noch genug Saft, dass er seine Nachrichten checken kann. Eine ist von seinem Bruder.

Mit Evie läuft es gut, nehme ich an?

Und eine von seiner Mum.

Noah sagt, du bist nicht nach Hause gekommen, und ich kann dich nicht erreichen. Geht's dir gut?

Die Nachricht seiner Mutter beantwortet er, Noahs nicht. Natürlich macht sie sich Sorgen um ihn. Schließlich hat sich einer ihrer Söhne das Leben genommen.

Nate steht auf und sieht sich um. Vermutlich sucht er sein Hemd. Evie regt sich im Schlaf. Er erstarrt, als sie sich mit der Hand übers Gesicht fährt und sich halb aufsetzt.

»Wie spät ist es?«, murmelt sie mit vom Schlaf leicht rauer Stimme.

»Halb sechs«, antwortet Nate.

Evie runzelt die Stirn. »Halb sechs. Bist du …?« Sie schüttelt den Kopf und stemmt sich auf die Ellbogen. »Was machst du um die Uhrzeit schon auf?«

Schuldbewusst zieht er die Schultern ein. »Ich muss … Mein Bruder macht sich Sorgen um mich.« Nein, nicht sein Bruder, sondern seine Mutter – das ist nicht ganz die Wahrheit. Aber was ist denn die volle Wahrheit, Nate? Was ist hier los? Ich versuche, meine Energie auf ihn zu richten, mir irgendwie Zugang zu seinen Gedanken zu verschaffen, aber ebenso gut könnte ich versuchen, mittels schierer Willenskraft die ganze Bude in Brand zu setzen.

»Oh«, sagt Evie. »Okay.« Sie schlingt sich die Arme um den Oberkörper. Nate steht bereits im Türrahmen. Ein Hoffnungsschimmer glimmt in mir auf. Ich glaube, er wünscht sich, dass Evie ihn bittet zu bleiben. *Sag es, Evie. Los, kämpfe um ihn.*

»Ich sollte gehen«, sagt er, allerdings rührt er sich nach wie vor nicht vom Fleck.

»Okay«, wiederholt Evie in diesem viel zu nichtssagenden Tonfall, den sie sich angewöhnt hat, weil sie ihre Gefühle ständig unterdrückt. Einen Moment lang mustern sie einander wortlos im Halbdunkel des Raums. »Was machst du später?«, platzt sie dann heraus, als hätte sie erst all ihren Mut zusammennehmen müssen.

Nate zögert. »Also … ich weiß es noch nicht genau.«

»Okay. Es ist bloß … ich habe einen Termin. Einen Arzttermin«, fügt sie hinzu, und obwohl ich sie nicht richtig sehen kann, weiß ich, welche Überwindung es sie kostet. Es gefällt ihr nicht, das Augenmerk auf ihre Verwundbarkeit, ihre Erkrankung zu lenken. Trotzdem ist mir klar, was sie bezweckt: Sie will ihn auf die Probe stellen.

Nates Schweigen dauert den Bruchteil einer Sekunde zu lange. Und dieses kurze Zögern sagt mir, dass er drauf und dran ist, es an die Wand zu fahren. »Oh«, sagt er dann und räuspert sich. »Klar.«

Er fährt sich mit der Hand über den Nacken. Was zum Teufel denkt er? Ihm gehen die Nerven durch, ganz klar. Was ist mit seinen Gefühlen für Evie? Hat er welche? Ich bin mir ziemlich sicher, dass dem so ist, aber vielleicht will er nicht weiter hineingezogen werden, will keine Verantwortung übernehmen. Etwas hat sich verändert, oder? Er ist nicht länger derjenige, der einem anderen Menschen in einer schweren Zeit hilft und versucht, seine Beteiligung an meinem Tod wiedergutzumachen, sondern es geht um sehr viel mehr. Um etwas, das mit seinem Lebensstil kollidieren könnte – mit seiner Reiserei, seiner unbeschwerten Happy-Life-Einstellung. So etwas funktioniert nicht mit jemandem, der einen runterzieht, vor allem nicht mit jemandem, der Sicherheit braucht. Blödmann!

Doch so gern ich ihn auch hassen würde, gelingt es mir allenfalls zu achtzig Prozent. Wegen dieses verdammten Kleids, der Tatsache, dass er daran gedacht und es für Evie – und ein kleines bisschen auch für mich – schneidern lassen hat. Und weil ich glaube, dass er sie tatsächlich zum Arzt begleiten möchte, auch wenn sein Verhalten etwas anderes vermuten lässt. Vielleicht ist es ihm nur noch nicht bewusst.

Evie ist diejenige, die dem Ganzen ein Ende macht. Sie bittet Nate nicht, sie zu begleiten, und ich weiß auch, warum.

Dafür müsste sie sich emotional viel zu sehr aus dem Fenster lehnen, und wissen Sie was? Ich verstehe das. Nach meiner Geschichte mit Jason kann ich es nachvollziehen. »Tja, dann sehen wir uns wohl später«, sagt sie nur und legt sich wieder hin, das Gesicht von ihm abgewandt.

Nein. Es ist grauenhaft! Ich will nicht zusehen müssen, wie sie sich wieder verschließt. *Bleib, Nate!* Doch er hört nicht auf mich, sondern wendet sich zum Gehen. Evie dreht sich nicht um, sieht nicht, wie er kurz wartet und sie noch einen Moment lang ansieht, ehe er den Raum endgültig verlässt.

Im nächsten Moment liege ich ganz unvermittelt in Jasons Bett in seinem Apartment in Soho. Um meine Hüfte ist ein Laken geschlungen, mein Oberkörper ist nackt. Inzwischen habe ich das Stadium der Gehemmtheit in Jasons Gegenwart überwunden – wie soll man gehemmt sein, wenn ein Mann einen so ansieht? Inzwischen ist die Wohnung zu unserem Schlupfwinkel geworden; praktisch unser gesamtes gemeinsames Leben spielt sich innerhalb dieser vier Wände ab. Meine Wohnung hat er nie betreten. Anfangs wollte ich ihn nicht dort haben, weil er nicht sehen sollte, wie ich im Vergleich zu ihm lebe, außerdem findet er, dass Soho praktischer ist. Was stimmt. Aber trotzdem. Er hat weder Evie noch sonst jemanden aus meinem Freundeskreis kennengelernt, schon gar nicht meine Eltern. Sie wissen noch nicht einmal von ihm. Damals fühlte sich das toll an, als hätte ich ihn auf diese Weise ganz für mich alleine. Rückblickend betrachtet waren wir dadurch aber auch ziemlich abgekapselt. Nicht, dass er mich absichtlich isoliert hätte – er hatte seine Gründe, weshalb er sich nirgendwo mit mir gezeigt hat –, aber genau darauf lief es hinaus, nur war es mir damals noch nicht bewusst.

Jason läuft halb angezogen durchs Schlafzimmer.

»Wieso musst du denn so früh los?« Das Schmollen beherrsche ich wie keine Zweite und setze es schamlos ein.

»Ich habe ein Shooting, das habe ich doch erzählt. Und später dann die Party.« Er zieht sich ein Hemd über und knöpft es zu, sodass all seine herrlichen Muskeln darunter verschwinden.

»Und wie wär's, wenn ich dich zu der Party begleite?« Unsere gemeinsamen Nächte verleihen mir Mut – vor allem nach der letzten fühle ich mich locker und gelöst. Es ist ein Wahnsinnsgefühl.

»Du weißt, dass das nicht geht.«

Pause. Dann: »Wird Helen da sein?« Helen ist seine Frau, die ich nicht oft erwähne. Ich bin mir nicht sicher, ob ich ihren Namen überhaupt je in den Mund genommen habe, als erwachte sie zum Leben, wenn ich es tue.

Er kämpft mit seinen Hemdknöpfen. »Nein, wird sie nicht.«

Es steht die Frage im Raum, was das bedeutet. Bei der Party könnte Presse anwesend sein, die Leute machen Fotos und posten sie in den sozialen Medien. Es wird geklatscht. Und jetzt habe ich das Kind beim Namen genannt. Vier Monate ist es her, seit wir das erste Mal im Bett gelandet sind, und nun spreche ich aus, dass da etwas zwischen uns ist.

Ich weiß es. Und das weiß wiederum er. Es lässt sich nicht länger leugnen, obwohl sich mein Magen verkrampft und mir ganz anders wird, als ich seiner Miene die Bestätigung ablese. Soll ich es zurücknehmen? Es ging mir besser, als ich noch so tun konnte als ob. Aber genau das ist der Punkt, richtig? Es war immer nur ein Spiel, nichts Reales.

Jason gibt den Versuch auf, sein Hemd zuzubekommen, und tritt neben mich ans Bett. »Ich werde sie verlassen, Scarlett.« Er setzt sich auf die Bettkante und greift nach meiner Hand, die ich ihm ohne Widerstand überlasse. »Als das alles anfing, habe ich nicht nachgedacht. Du warst plötzlich da, so lebhaft und präsent, und ich habe mir keine Gedanken über die Konsequenzen gemacht.« Wieder spüre ich dieses Ziehen im Magen. Das ist die Bestätigung, dass er das hier nicht ernst genommen, mich sogar belogen hat, weil er dachte, ich sei bloß eine weitere Kerbe im Stöckchen, eine flüchtige Affäre.

»Aber ich liebe dich.« Seine Stimme ist rau und widerhallt in meinem Innern, als er mich in seine Arme zieht. Das Laken rutscht tiefer, trotzdem verharrt sein Blick eisern auf meinem Gesicht. »Ich liebe dich«, wiederholt er fest.

Es ist das erste Mal, dass er es sagt. Bevor ich selbst es tun konnte. Ist es Absicht, dass es genau in diesem Augenblick passiert? Ich glaube nicht. Zumindest nicht hundertprozentig, denn so verrückt es auch sein mag, glaube ich doch, dass er mich tatsächlich geliebt hat.

»Ich will mit dir zusammen sein«, fährt er fort, legt die Hände um mein Gesicht und streicht zärtlich mit dem Daumen über meine Wange. »Aber es ist kompliziert. Ich muss den richtigen Moment finden, und gerade steht meine Frau unter großem Druck. Sie betreibt eine Reiseagentur, und das Geschäft läuft nicht gut, deshalb ist jetzt kein guter Zeitpunkt.«

Ich lege meine Hand auf seine. Sie fühlt sich warm und fest an. »Tja«, erwidere ich mit fester Stimme, »dann sollten wir uns vielleicht so lange nicht sehen, bis ein guter Zeitpunkt gekommen ist.«

Abrupt zieht er seine Hand weg. »Ich will dich nicht verlieren.«

»Dann entscheide dich für mich«, stoße ich hervor, fest entschlossen, das Risiko einzugehen und mir im schlimmsten Fall das Herz brechen zu lassen. Im Gegensatz zu Evie. Ich schlinge ihm die Arme um den Hals, und Jasons Hand wandert scheinbar reflexartig zu meiner Taille, während er die Stirn gegen meine lehnt und die Augen schließt. Ich schließe sie ebenfalls. »Entscheide dich für mich«, flüstere ich erneut. In diesem Moment war ich mir sicher, dass er es tun würde.

Sonst hätte er mich doch nie im Leben so ansehen und mir mit dieser Überzeugung sagen können, dass er mich liebt.

Es ist erbärmlich, dass ich es immer noch wissen will, oder? Ich will wissen, ob es das war, was er mir am Tag meines Todes sagen wollte. Ob er sich letzten Endes für mich entschieden hätte.

Kapitel 31

Evie saß in der Ecke im Café und sah zum dritten Mal auf die Uhr auf ihrem Handy. Inzwischen verspätete sich ihre Mutter bereits um eine Viertelstunde. Was nicht weiter schlimm wäre – zwar unhöflich, aber keineswegs tragisch –, hätten sie sich nicht während Evies Mittagspause verabredet. In einer halben Stunde musste sie wieder im Büro sein, und Henry war einer, der mit der Stoppuhr parat stand. Bald würde sie wieder anfangen, von zu Hause aus zu arbeiten. Das Problem war nicht nur die bleierne Müdigkeit, die sie im Lauf des Tages unweigerlich überfiel, sondern dass ihre Arbeit schlicht stumpfsinnig war. Wieso hatte sie eigentlich nie gemerkt, wie öde ihr Job war? Da war auch die Vorstellung, im Homeoffice zu arbeiten, alles andere als verlockend. Endlose Tage allein zu Hause. Zudem war sie sich noch nicht einmal sicher, wo dieses »Zuhause« sein würde. Inzwischen hatte sie ihrem Vermieter die Kündigung geschickt. Heute Abend würde sie zwei Wohnungen besichtigen, beides Apartments, die sie mit drei weiteren Personen teilen müsste – sofern sie ihnen sympathisch genug war, dass sie sie einziehen ließen. Neues Apartment, neue Leute. Derselbe Job. Dieselbe Stadt. Dieselbe Krankheit.

Sie runzelte die Stirn. *Diese Einstellung ist nicht gerade hilfreich, Evie.* Immerhin hatte sie erste konkrete Schritte unternommen, angetrieben von der Tatsache, dass Nate sie hatte hängen lassen. Okay, vielleicht nicht gleich am ersten Morgen, sondern … am Morgen nach dem Morgen danach. Dass sie ihn gebeten hatte, sie zum Arzt zu begleiten, was Scarlett früher immer getan hatte, und er nicht darauf eingegangen war, hatte den Ausschlag gegeben. Und dass er sich seitdem nicht mehr gemeldet hatte. Weder Anrufe noch Textnachrichten.

Sie würde ihn jedenfalls nicht anrufen und um ein Treffen anbetteln. Offensichtlich wollte er sich von ihr nicht runterziehen lassen, sondern sein Leben weiterführen wie bisher. Und, na schön, vielleicht sollte sie genau dasselbe tun.

Ihr Handy, das auf dem Tisch lag, vibrierte. Wahrscheinlich war es ihre Mutter, die absagte, weil sie auf der U-Bahnfahrt irgendeine ominöse Krankheit ereilt hatte oder so. Oder Nate, der in sich gegangen war und sich für sein Verhalten entschuldigen wollte. Sie hasste sich selbst für die Mischung aus Hoffnung und Besorgnis, mit der sie ihr Handy entsperrte.

Und noch mehr hasste sie das Gefühl, als sie feststellte, dass die Nachricht weder von ihrer Mum noch von Nate war. Sondern von Will. *Will.* Großer Gott, den hatte sie ja völlig vergessen. Was vermutlich einiges aussagte.

Hey, Evie, wie geht's so? Lust, sich auf einen Drink zu treffen?

Sie starrte auf das Display und empfand ... gar nichts. Aus einem Instinkt heraus hätte sie um ein Haar Instagram geöffnet, um zu sehen, ob er noch mit seiner perfekten Freundin zusammen war, doch dann gelangte sie zu dem Schluss, dass es sie nicht interessierte. Und treffen wollte sie ihn schon gar nicht. Vielleicht sollte sie ihn anrufen und zur Schnecke machen, wie sie es eigentlich hätte tun sollen, nachdem er sie betrogen hatte. Sie sollte ihn herunterputzen, weil er ihr das Gefühl gegeben hatte, mit ihr stimme etwas nicht und dass das Scheitern ihrer Beziehung auf ihr Konto ginge. Aber sie wusste, dass es weder etwas ändern noch ihr helfen würde, sich besser zu fühlen. Also legte sie das Handy mit dem Display nach unten auf den Tisch zurück.

Sie hätte sich von Will nicht so provozieren lassen dürfen. Er hatte nur das ausgesprochen, was ihr selbst bereits im Kopf herumgegangen war, und gegen sie verwendet. Deshalb ... scheiß auf Will! *Ja, ganz genau, Scar – scheiß auf Will!* Sie malte sich Scarletts Lachen aus, dieses einzigartige, dreckige Lachen. Und sie hatte ihre Stimme im Ohr: *Scheiß auf sie alle!*

In diesem Moment ging die Tür auf, und Evie sah ihre Mutter hereinkommen. Ihrem Empfinden nach sahen sie sich überhaupt nicht ähnlich, allerdings hatte Scarlett behauptet, sie hätten dieselbe Augenform (*Augenform?* Haben nicht alle dieselbe Form ... wie, na ja, Augen eben?) und dieselben Augenbrauen. Ansonsten war Ruth klein und zierlich, vielleicht immer ein wenig zu dünn, und hatte einen dunkleren Teint als Evie. Ihr ergrauendes Haar kaschierte sie sichtbar mit einer dunkelbraunen Tönung, und ihr Gesicht wirkte weicher als Evies. Früher hatten Scarlett und Evie sich häufig gefragt, wie Evies Vater wohl aussehen mochte, denn bestimmt kam sie nach ihm, aber Ruth hatte sämtliche Fotos von ihm vernichtet, falls sie überhaupt je welche besessen hatte. Einmal hatte Scarlett vorgeschlagen, die sozialen Medien nach Evies Vater zu durchsuchen, doch Evie hatte abgelehnt, denn was sie Nate an dieser blöden Kletterwand erzählt hatte, stimmte: Sie hatte nie den Drang verspürt, ihren Vater kennenzulernen. Was sollte es bringen, sich nach jemandem zu sehnen, der einen nicht wollte? Ihre Kehle wurde eng, als Nates Gesicht vor ihrem inneren Auge aufflammte. Eilig verdrängte sie das Bild wieder.

»Hallo, Evelyn!« Ihre Mutter kam angehastet und tätschelte Evie flüchtig den Arm – ihre Version einer Umarmung –, ehe sie sich auf den Stuhl gegenüber sinken ließ. »Du siehst gut aus.«

Evie hatte Mühe, ihre aufsteigende Verärgerung in den Griff zu bekommen. Sie wusste, dass ihre Mum es nicht böse meinte, aber etwas Ähnliches hatte sie auch gesagt, nachdem Evie damals ihre Diagnose bekommen hatte. *Aber du kannst gar nicht krank sein, du siehst doch prächtig aus. Glaub mir, mit Krankheiten kenne ich mich aus. Einmal habe ich ...*

Ruth sah sich um. »Wird hier bedient?«

»Nein, du musst dir selber holen, was du willst.«

»Oh.« Sie verzog das Gesicht. »Eve, Schatz, könntest du das machen? Die Fahrt war fürchterlich ... den ganzen Weg von Cambridge hierher, und jetzt tun mir die Füße weh.«

»Klar. Okay.« Evie spürte, wie ihre Muskeln ächzten, als sie aufstand.

»Wunderbar.« Ihre Mutter strahlte sie an. »Ich nehme einen Latte mit Hafermilch. Die haben hier doch Hafermilch, oder? In einem Café wie diesem ... Ich nehme keine Milchprodukte mehr zu mir, weil ich davon so einen wiederkehrenden Hautausschlag bekomme.«

Evie holte ihr den Kaffee und stellte die Tasse auf den Tisch.

»Oh, danke. Also, wo du schon stehst, könntest du mir vielleicht auch ein Sandwich oder so was bringen? Etwas Gesundes ... Hummus oder so?«

Evie starrte sie einen Moment lang an. »Mum.«

»Mhm?«

»Du könntest dir dein Sandwich auch selbst holen.«

»Ja, schon, aber du stehst ja schon. Und wie gesagt, ich bin so müde. Ich glaube, das sind die Wechseljahre ...«

»Müde?« Evie registrierte, dass ihre Stimme lauter geworden war, und obwohl ihr bewusst war, dass sie sich komplett danebenbenahm, schien sie sich nicht beherrschen zu können. »Müde? Ich bin pausenlos müde, Mum.« Einige Gäste sahen schon herüber, aber das war ihr egal. *Scheiß auf sie. Scheiß auf sie alle!* »Ich bin krank, Mum. Ich bin diejenige, die krank ist, nicht du!«

»Aber ich –«

»Mein Immunsystem greift buchstäblich meinen eigenen Körper an, und ich kann nichts dagegen tun. Ich werde für den Rest meines Lebens Medikamente nehmen müssen, und nicht mal das verhindert, dass die Krankheit weiter fortschreitet – wobei mir niemand sagen kann, *wie* sie fortschreiten wird –, weil ich sie nicht früher habe behandeln lassen.« Evie schloss die Augen und atmete tief durch. »Ich habe sie nicht früher bemerkt, weil ich mich geweigert habe, bei den ersten Symptomen zum Arzt zu gehen. Ich wollte nicht bei jeder Kleinigkeit vom Schlimmsten ausgehen.« Sie schlug die Augen wieder auf und sah, dass ihre Mutter sie ein wenig irritiert musterte – wahrscheinlich, weil sie diese Art Ausbruch nicht gewöhnt war. »Im Gegensatz zu dir, Mum.«

Evie trat um den Tisch herum und ließ sich auf ihren Stuhl fallen, während ihre Mutter jede Bewegung verfolgte. Schließlich räusperte sich Ruth. »Tja.«

Evie seufzte. »Tja.«

»Ich weiß, dass du MS hast, Evelyn.« Ruth nippte an ihrem Kaffee und zuckte leicht zusammen. »Ein bisschen heiß. Aber egal«, fuhr sie fort, ehe Evie etwas erwidern konnte. »Ich weiß, dass du krank bist«, sagte sie noch einmal, »aber mir war nicht bewusst, dass du mir die Schuld daran gibst.«

»Ich habe nicht behauptet …«

»Doch, hast du«, widersprach ihre Mutter sachlich. Und das stimmte. In gewisser Weise hatte Evie ihr tatsächlich die Schuld gegeben; vielleicht nicht daran, dass sie an der Krankheit litt, weil MS nicht genetisch weitergegeben wurde, soweit man wusste (zumindest nicht rein genetisch), sondern daran, dass sie nicht zum Arzt gegangen war und dadurch verhindert hatte, dass die krankheitsmodifizierenden Therapien, denen sie sich vermutlich für den Rest ihres Lebens unterziehen musste, so gut anschlugen, wie sie es hätten tun können. Aber das war wohl kaum die Schuld ihrer Mutter, oder? Evie hätte ja auch weniger bockig sein können, als Scarlett damals vorgeschlagen hatte, sich doch mal untersuchen zu lassen. Und in

Wahrheit gab es keine Garantie, dass die Krankheit auf Anhieb entdeckt worden wäre, selbst wenn Evie früher ihren Hausarzt aufgesucht hätte. MS gehörte zu den am schwierigsten zu diagnostizierenden Erkrankungen, hatte man ihr wieder und wieder erklärt.

»Und es tut mir leid, dass du aus irgendeinem seltsamen Grund das Gefühl hattest, nicht zum Arzt gehen zu können, nur weil ich während deiner Jugend häufig krank war, aber ...«

»Aber du *bist* nicht krank, Mum!«, rief Evie und riss aufgebracht die Hände hoch. »Du bildest dir das bloß ein. Mit dir ist alles in Ordnung!«

»Woher willst du das denn wissen?« Ihre Mutter faltete leicht geziert die Hände im Schoß. »Bist du etwa Ärztin?«

Evie runzelte die Stirn, sagte aber nichts. Denn sosehr sie davon überzeugt war, dass die Befindlichkeiten ihrer Mutter nichts als ein Produkt ihrer Fantasie waren – was sich im Lauf der Zeit durch diverse Ärzte bestätigt hatte –, musste sie doch zugeben, dass sie selbst in den Jahren ähnliche Gespräche geführt hatte. Hatte sie nicht beispielsweise Henry zu erklären versucht, wie sie sich fühlte, obwohl er keines ihrer Symptome erkennen konnte? Vielleicht spielte es gar keine Rolle, dass ihre Mum sich all das bloß einbildete, weil es sich für sie nichtsdestotrotz real anfühlte.

»Zweitens«, fuhr Ruth fort, »weiß ich zwar, dass du MS hast, aber du hast mir nie richtig erklärt, was das eigentlich bedeutet.«

Evies Stirnrunzeln vertiefte sich. Sie war sich sicher, dass sie das getan hatte. Sie hatte ihrer Mutter doch dargelegt, dass sie bestimmte Dinge nicht mehr tun konnte, weil sie ... aber stimmte das? Hatte sie mehr dazu gesagt ... oder bloß erwartet, dass Ruth wusste, was Evie damit meinte? »Ich ...«

»Es gibt so viele Informationen.« Wieder griff Ruth nach ihrer Kaffeetasse. »Ich wollte es wissen, schließlich lese ich alles in Google nach. Aber es gibt nirgendwo eine klare Erklärung dafür, was MS eigentlich genau ist oder was es mit den Menschen macht. Ich weiß nur, dass du dich die meiste Zeit gut fühlst, und in dem Fall würde ich dich wohl kaum wie einen kranken Menschen behandeln, oder?«

Verblüfft starrte Evie ihre Mutter an. Mit diesem Weitblick hatte sie nicht gerechnet. »Also, ich ... es gibt da ein paar Dinge.«

»Die du mir bei Gelegenheit in Ruhe erzählen kannst. Aber wann musst du wieder im Büro sein? Bleibt noch genug Zeit für dieses Sandwich?«

Evie sah ihre Mutter an, betrachtete ihr Gesicht, das so vertraut und doch auch fremd war, ehe sie aufstand. »Wir haben noch Zeit. Ich hole uns beiden eines.«

»Danke, Schatz. Hummus, ja? Wenn sie das nicht haben, etwas mit Bohnen. Die sollen ja sehr gesund sein, richtig? Vielleicht solltest du ja auch mehr Bohnen essen.«

Kapitel 32

»Evie«, sagt Mum und schließt sie in die Arme, sowie sie die Tür öffnet. »Wir freuen uns ja so über deinen Besuch. Komm doch rein.«

Evie tritt über die Schwelle, in das Haus, in dem ich aufgewachsen bin, und ich sehe ihr an, wie sie sich innerlich für die Flut an Erinnerungen wappnet, die ihr gleich entgegenschwappen wird. Aber vielleicht entlocken ihr auch einige davon ein Lächeln, statt ihr das Gefühl zu geben, in ihrer Trauer zu ertrinken. Denn die meisten mit diesem Haus verbundenen Erinnerungen sind glücklich, sowohl die mit Evie als auch die ohne sie. Ich weiß noch, wie ich einmal die Treppe hinunterfiel und weinte, wie meine Mutter neben mir saß und allerlei Unsinn brabbelte, solange sie meinen Ellbogen und meinen Kopf untersuchte, bis mein Weinen in Lachen umschlug. Ein anderes Mal, als ich noch Teenager war und beleidigt in meinem Zimmer hockte, drehte mein Dad die Musik so laut auf, dass ich prompt herausgeschossen kam und hinunterschrie, er solle sie gefälligst leiser drehen, weil ich Hausaufgaben machen müsse, was eine komplette Lüge war, woraufhin Dad nur noch lauter drehte, bis wir drei – er, Mum und ich – auf dem Treppenabsatz tanzten.

Jedes Jahr zu Weihnachten hüpfte ich ins Wohnzimmer, wo die Strümpfe mit den Geschenken hingen. Einmal war auch Evie dabei, allerdings weiß ich nicht mehr, warum. Vielleicht musste ihre Mutter an den Feiertagen arbeiten, weshalb meine Eltern anboten, dass sie mit uns feiern kann, und auch für sie einen Strumpf aufhängten.

Nach dem Besuch bei meinen Eltern wird Evie sich mit ihrer Mutter treffen. Ich habe gesehen, wie sie ihr unterwegs eine Nachricht geschickt hat. Möglicherweise kann die Beziehung zwischen den beiden bis zu einem gewissen Grad Heilung erfahren. Denn trotz allem Schlechten, was man über Evies Mutter sagen könnte, wusste sie immer, was Evie und ich einander bedeuten, und hat versucht, sie zu unterstützen. Das hätte ich von ihr nicht erwartet, gleichzeitig habe ich nie ernsthaft darüber nachgedacht, wie es all die Jahre für sie gewesen sein muss – eine junge, alleinerziehende Mutter mit einem schlecht bezahlten Job –, sondern war immer nur dankbar für meine eigene Familie. Denn wenigstens hatte ich eine im Vergleich zu vielen anderen, unter ihnen auch Evie.

»Hallo, Evie«, sagt mein Vater, während Mum sie in die Küche schiebt, und zieht sie in eine etwas ungelenke Umarmung. Wieso ist Evie ausgerechnet heute hier? Der Besuch war eindeutig geplant, nur habe ich diese Planung nicht mitbekommen.

»Setz dich doch, Kind, ich hole dir ein Glas Wein.« Mum wuselt in der Küche herum, hebt den Deckel eines Kochtopfs und späht hinein. Ich wünschte, ich könnte riechen. Bestimmt duftet es köstlich. Aber leider kann ich lediglich bei Erinnerungen, die ich durchlebe, riechen, schmecken oder fühlen. Jetzt gerade bin ich gezwungen, einfach nur da zu sein. Wieso?, frage ich mich zum x-ten Mal. Was soll das Ganze? Irgendeinen Zweck muss es doch haben. Das kann es doch nicht gewesen sein, oder?

Ich sehe, dass meine Mum sich alle Mühe gibt. Ist dies das erste Mal, dass sie Evie seit meiner Beerdigung sieht? Ich glaube schon, deshalb legt meine Mutter auch diese Geschäftigkeit an den Tag. Sie schenkt Weißwein ein – der hellen Farbe nach könnte es ein Pinot sein –, stellt ihn vor Evie auf den Tisch und reicht meinem Vater ebenfalls einen. Er lächelt sie so breit an, dass sich die Fältchen tief in die Haut um seine Augen graben. Sie erwidert das Lächeln, ehe sie sich selbst ein

Glas Wein einschenkt. Es ist nur ein flüchtiger Moment, trotzdem entgeht er mir nicht. Etwas hat sich seit dem Abend verändert, als meine Mutter weinend auf dem Bett im Gästezimmer saß. Zwischen ihnen hat sich etwas verändert.

»Wie geht's dir denn, Evie?«, fragt meine Mutter und setzt sich ebenfalls an den Küchentisch – denselben runden Holztisch, an dem wir als Familie unzählige Male zusammengesessen oder Evie, ich und unsere diversen Freunde im Lauf unserer Kindheit Fischstäbchen oder Pommes verdrückt haben.

»Mir geht es gut«, antwortet Evie unverbindlich, wobei dieses *gut* tatsächlich bedeutend besser klingt als das unmittelbar nach meinem Tod, wenn sich die Leute nach ihrem Befinden erkundigt haben.

»Was ist mit deinen Symptomen?« Wie üblich redet meine Mutter nicht lange um den heißen Brei herum.

Evie zuckt leicht die Achseln. »Tagesformabhängig. Mal so, mal so. Gerade ist es okay.«

»Das freut mich«, wirft Dad etwas zu laut ein, um seine Verlegenheit zu kaschieren. Er konnte Situationen wie diese noch nie so gut meistern wie meine Mutter.

Sie plaudern eine Weile, ehe die Sprache unweigerlich auf mich kommt. Alle drei lächeln. Natürlich wird hier und da ein Tränchen verdrückt, was nicht anders zu erwarten war, aber alles in allem wirken sie fast glücklich, wie sie dasitzen und sich Geschichten über mich erzählen. Mein achtzehnter Geburtstag. Der Tag, als Evie und ich nach London zogen. Ich, wie ich am ersten Tag in der Mittelschule Rotz und Wasser heulte und Evie mich überreden musste, mit hineinzugehen. Unglaublich. Eigentlich hätte es doch genau umgekehrt sein müssen. Noch ein Beispiel dafür, wie ich meine Erinnerungen im Lauf der Jahre neu geschrieben habe: ich die Mutige von uns beiden, Evie eher die Stille, Schüchterne.

Sie reden über den Tag, als ich beschloss, Modedesignerin

zu werden. Dad erinnert sich noch daran. Ich hatte es längst vergessen, weil mein Berufswunsch irgendwie immer Teil von mir war und es in meiner Wahrnehmung kein Datum gab, an dem ich es explizit entschieden hatte.

»Wir waren mit ihr auf dem Dorffest. Du weißt schon … Tische und Bänke im Freien, jede Menge Stände mit Essbarem, ein matschiger Parkplatz. Aber es gab ein kostenloses Spielprogramm für Kinder. Wie alt war sie damals, Mel? Elf?«

»So ungefähr«, bestätigt Mum. »Es war vor der Mittelschule. Jedenfalls war sie schon groß genug, um bockig zu sein, weil wir sie hingeschleppt haben.«

»Sie hat an diesem Textilprojekt teilgenommen. Es war gratis, man sollte bloß eine Kleinigkeit spenden oder so. Und alle Kinder durften mitmachen, du kennst so was bestimmt, Evie.« Das bezweifle ich, denn wie lange waren wir schon nicht mehr auf einem Dorffest?

»Und Scarlett saß eine geschlagene Stunde da, ich schwöre, während wir uns den Hintern abgefroren haben«, erklärt Mum und lächelt.

»Sie war fest entschlossen, etwas Schönes zu gestalten, und hat jedes Mal ausgebessert, wenn es nicht so war, wie sie es sich vorgestellt hatte. Danach ist sie beinahe geplatzt vor Stolz.« Dad schüttelt den Kopf. »Ich glaube, das ist ihr geblieben.«

»Ich erinnere mich, wie sie mir davon erzählt hat.« Evie lächelt meine Eltern an. »Wir haben oft darüber geredet, wie unsere Zukunft wohl aussehen wird.« Evies Satz steht einen Moment lang im Raum. Die Tatsache, dass es keine Zukunft mehr für mich gibt. »Gerade stellen ein paar Leute ihre letzten Entwürfe zusammen«, sagt Evie ein wenig verlegen. »Sie wollen ein Shooting machen und sehen, ob sie ihr Label ins Leben rufen können, obwohl …«

»Wirklich?« Mum strahlt. »Das ist ja unglaublich. Wer

denn? Ich würde mich gern mit ihnen in Verbindung setzen und mich bedanken.«

»Jas… äh, eine Handvoll Kollegen«, korrigiert Evie sich, als ihr wieder einzufallen scheint, dass ich meinen Eltern nie von Jason erzählt habe. Ich weiß, dass eine Affäre mit einem verheirateten Mann moralisch alles andere als einwandfrei war.

»Du besorgst mir die Adresse, ja?«, drängt Mum.

»Klar«, sagt Evie. »Ich suche sie dir heraus.« Ihr bleibt ja nichts anderes übrig, oder? Und falls Mom mit Jason redet? Na und? Das bedeutet noch lange nicht, dass sie es herausfinden muss – und falls doch, wäre es wohl kaum so schlimm, dass sie ihre Meinung über mich ändert.

»Das wäre schön, nicht, Graham?«

Dad nickt, räuspert sich leise und wirft Mum einen Blick zu, den sie mit einem Nicken quittiert – offenbar ein geheimes Signal, denn danach verschwindet Dad aus der Küche und kehrt kurz darauf mit einem großen Buch zurück, das wie das Gästebuch eines Hotels oder ein altes Fotoalbum aussieht: ein ungewöhnliches Format mit einem roten, laminierten Glanzumschlag.

»Ich dachte, das möchtest du dir vielleicht ansehen.« Er drückt Evie das Buch ohne großes Federlesens in die Hand.

Sie schlägt es auf, beginnt zu blättern, streicht hier und da mit den Fingern über die Seiten. Es ist ein Sammelalbum. Und zwar nicht über meine Kindheit, sondern meine berufliche Laufbahn, mit Fotos meiner Entwürfe, Zeitungsausschnitten, in denen ich in irgendeiner Form erwähnt wurde, Materialresten meines Abschlussprojekts an der Uni, von denen ich dachte, ich hätte sie längst weggeworfen.

»Ich habe ihr das Album nie gezeigt«, brummt Dad, und Mum tritt hinter ihn und legt ihm die Hand auf die Schulter. »Ich weiß nicht, ob ihr klar war …«

»War es«, sagt Mum sanft, obwohl es eine Lüge ist.

»Und wenn sie es nicht wusste, weiß sie es vielleicht jetzt.« Evie war immer die Klügere, richtig?

Als es Zeit zum Aufbruch ist, umarmt Evie sie beide. In Mums Augen glitzern Tränen. »Du meldest dich, ja? Du bleibst uns doch erhalten, oder?«

Evie nickt. »Ich verspreche es.« Sie wendet sich zum Gehen und winkt meinen Eltern noch einmal zu. Ich sehe, wie Dad den Arm um Mums Schultern gelegt hat und sie sich an ihn lehnt. Keine Ahnung, wie sie das bewerkstelligt haben, aber sie finden wieder zueinander. Womöglich hat die Trauer sie vereint, statt sie auseinanderzutreiben, wie es bei Nates Eltern passiert ist. Vielleicht gelingt es ihnen, ihre Ehe zu retten, obwohl ich keine Sekunde daran zweifle, dass sie lieber mich zurückhaben wollen würden, wenn das der Preis dafür wäre. Aber da das nicht infrage kommt, ist es schön zu sehen, dass sie wieder gut miteinander auskommen. Noch eine Beziehung, die Heilung erfährt; eine, von der ich nicht gewusst hatte, dass sie zu zerbrechen drohte.

Evie legt den Weg vom Haus meiner Eltern zu Ruth zu Fuß zurück. Irgendwann zieht sie ihr Handy heraus und wählt eine Nummer. Vermutlich hat das Sammelalbum meines Dads sie zu diesem Schritt bewogen.

»Jason? Hier ist Evie. Ich ... Sie wollten doch etwas von Scarlett, richtig? Also, ich habe da etwas. Den Entwurf eines Kleides. Wenn Sie wollen, kann ich Ihnen ein Foto schicken.«

»Das ist ja wunderbar, Evie ... aber ich bin mir nicht sicher, ob die Zeit reicht.«

»Was?«

»Als ich nichts von Ihnen gehört habe ... Na ja, das Shooting soll schon in ein paar Tagen stattfinden, deshalb schaffen wir es zeitlich wohl kaum, aber schicken Sie es trotzdem«, fügt er eilig hinzu, um ihre Gefühle nicht zu verletzen. »Wir können es ja versuchen, und wenn es passt ...«

»Ich habe das Kleid«, platzt Evie heraus.

»Was?«

»Ich habe das Kleid selbst. Es … jemand hat es schneidern lassen. Keine Ahnung, ob das …«

»Könnten Sie es mir schicken?« Jasons Begeisterung ist unüberhörbar.

»Ich … also, es wurde für mich angefertigt.« Evie beißt sich auf die Lippe. »Für meine Maße, meine ich. Scarlett hat es für mich entworfen.«

»Okay.« Jasons Stimme ist sanft geworden. Man kann über ihn sagen, was man will, aber er hatte immer schon ein Händchen dafür, mit anderen umzugehen. »Wie wär's, wenn Sie es an dem Tag des Shootings einfach herbringen? Ich schicke Ihnen die Adresse. Dann können wir sehen, ob es funktioniert. Aber wenn es für Sie angefertigt wurde, sollten Sie vielleicht ohnehin dabei sein.«

Ich weiß genau, was er da tut, auch wenn Evie das Ganze nicht durchblickt. Er hat Evie zwar nie persönlich kennengelernt, aber eine Menge über sie gehört, deshalb weiß er, was wir einander bedeutet haben. Und deshalb bietet er ihr an, an etwas teilzuhaben, das für mich gedacht ist.

Ich bin hin- und hergerissen. Einerseits will ich nicht, dass das Kleid geändert wird, weil es Evie gehört. Andererseits wünsche ich mir, dass das Label gegründet wird, weil ich in ihm weiterlebe, auch wenn ich selbst nicht mehr hier bin.

Kapitel 33

Evie war völlig erschöpft, als sie nach der Arbeit nach Hause kam. Es war die Art von Müdigkeit, die sich tief in die Knochen frisst und jede Bewegung zur Qual macht. Deshalb war sie nicht gerade bester Stimmung, als sie Nate vor ihrem Wohnblock stehen sah. Er lehnte an der Hauswand und scrollte durch sein Handy, wobei die Spätsommersonne auf seine nackten Arme fiel. Als er sie sah, steckte er das Telefon ein und löste sich von der Wand.

Sie versuchte, nicht an ihre letzte Begegnung zu denken, als er im Dunkeln in ihrem Schlafzimmer herumhantiert hatte, und bemühte sich, zu ignorieren, wie sich ihr Herz zusammenzog. Na ja, wenn sie ehrlich war, zog es sich allein bei seinem Anblick zusammen. »Was machst du denn hier?«

»Du hast nicht auf meine Nachricht reagiert.«

Völlig richtig. Gestern hatte er sie angeschrieben und sich erkundigt, wie es ihr gehe und ob sie sich treffen könnten. Aber sie hatte nicht geantwortet – Nate hatte Tage gebraucht, um sich bei ihr zu melden, und jetzt erwartete er, dass sie sofort parat stand? Herzlichen Dank. Sie verschränkte die Arme. Er trat auf sie zu.

»Evie, wir müssen reden.«

»Wieso?«

»Weil …«

»Weil du ein schlechtes Gewissen hast, nachdem du mich einfach hast sitzen lassen.« Nein, sie würde es ihm nicht leicht machen. Er konnte nicht einfach hier antanzen und davon ausgehen, dass sie bester Laune war. Sie würde nicht zulassen, dass jemand sie behandelte, als sei sie ein Niemand – nicht schon wieder.

»Nein, ich meine, ja, das stimmt, aber …«

»Ich habe es verkraftet«, erklärte sie knapp. »Du kannst also gern wieder abziehen, ich komme schon klar.« Sie machte eine Geste in Richtung Bürgersteig.

Nate rührte sich nicht vom Fleck. »Ich hätte nicht einfach so gehen dürfen.«

Evie seufzte. »Ja, also, es wäre nett gewesen, wenn du … sagen wir, bis neun Uhr gewartet hättest oder so.«

»Ich hätte dich zu deinem Termin begleiten müssen.«

Er sah sie direkt an, doch Evie konnte sich nicht überwinden, seinen Blick zu erwidern, sondern starrte auf den Boden. Das war der Knackpunkt an der Sache, richtig? Denn obwohl Evie ihn streng genommen nicht darum gebeten hatte, war genau das gemeint gewesen, und das wussten sie beide. Und doch hatte Nate nach allem – nachdem er ihr erzählt hatte, er sehe nicht die Krankheit, wenn sie vor ihm stünde, und er wüsste, wie sehr ihr Scarletts Verlust zugesetzt hatte, und nachdem er ihr sogar von seinem Bruder erzählt hatte – sich dazu entschieden, sie im Stich zu lassen.

Sie strich sich das Haar aus dem Gesicht. »Es ist nicht wichtig.« Auch das stimmte nicht. Es *war* wichtig gewesen. Doch sie wollte diese Unterhaltung nicht führen, vor allem nicht zu seinen Bedingungen. Sie wollte in ihre Wohnung gehen, die Tür hinter sich zumachen und lange Zeit mit niemandem ein Wort wechseln.

»Doch, ist es«, widersprach Nate fest. »Es ist wichtig. Ich habe kalte Füße bekommen, es tut mir leid.«

»Du hast kalte Füße bekommen«, wiederholte Evie tonlos.

»Genau.«

»Klar, das macht es natürlich gleich viel besser.«

»Ich habe nicht …«

»Lass mich raten«, unterbrach Evie, »du hast es nicht zu Ende gedacht.«

Er zuckte zusammen. »Ich ... nicht so. Ich wollte es, das stimmt, aber ich habe mir nicht überlegt, wie es längerfristig sein soll.«

»Klar«, sagte Evie noch einmal so scharf, wie diese abgrundtiefe Müdigkeit es ihr erlaubte. »Du hast also bereitwillig mit mir geschlafen – und zwar mehrfach, möchte ich hinzufügen –, hattest aber Schiss, ich könnte am nächsten Tag ein bisschen zu anhänglich werden? War das der Grund? Du hattest Angst, ich könnte dich in die Pflicht nehmen? Oder vielleicht ...«

»Ganz ehrlich, Evie«, unterbrach er sie und trat noch einen weiteren Schritt auf sie zu. Wieder schweifte Evies Blick auf den Bürgersteig, um sich zu vergewissern, dass der Abstand zwischen ihnen noch groß genug war. »Es hat nichts mit dir zu tun, sondern ...«

Evie schnaubte abfällig. »Es liegt nicht an dir, sondern an mir, ja? Lass mich mal kurz überlegen, wo ich das schon mal gehört habe.« Sie hob eine Hand, ohne sich darum zu scheren, dass es eine Spur melodramatisch war. »Sekunde, gleich fällt es mir ein ...«

»Ich lasse mich bewusst nicht auf andere Leute ein, Evie«, sagte Nate leise. »Deshalb reise ich auch so viel – na ja, das ist nicht der Hauptgrund, aber es gehört dazu. Meine längste Beziehung hat gerade einmal ein halbes Jahr gedauert, und selbst die war eher unverbindlich.«

»Schön«, sagte sie. Inzwischen war ihr die Erschöpfung auch anzuhören. »Das hättest du mir auch sagen können, statt dich einfach aus dem Staub zu machen.«

»Ich weiß. Ich weiß ja ...« Er fuhr sich mit der Hand über den Nacken. Das »Aber« seines Satzes blieb unausgesprochen. Jemand aus ihrem Haus – ein Mann? Wer zum Teufel war das? Wieso hatte sie keine Ahnung, wer sonst noch in diesem Haus wohnte? – schloss die Haustür auf, wobei er Nate und Evie neugierig beäugte.

»Worauf willst du hinaus, Nate? Ich bin müde, deshalb wäre es prima, wenn du allmählich zum Punkt kämst.«

Er schluckte, wobei sein Adamsapfel hüpfte. Dann sah er sie an, und sie spürte, wie die Intensität seiner Schokoladenaugen sie mit voller Wucht traf. »Ich will es, Evie«, sagte er leise. »Das war das Problem. Deshalb ging mir so die Düse. Ich will es. Ich will dich.« Sie starrte ihn an, und ihr Herz, dieser elende Verräter, machte einen Satz.

»Das sagst du nur so.«

»Nein.« Er lachte selbstironisch. »Ich wollte dich, und das hat mir eine Heidenangst eingejagt.«

Wieder spürte Evie dieses Ziehen ihres Herzens, doch sie richtete ihr Augenmerk auf das alles entscheidende Wort. »*Wollte*«, sagte sie tonlos. »Vergangenheitsform. Und jetzt hast du in Ruhe nachgedacht und bist wieder bei klarem Verstand?«

»Nein. Natürlich nicht. Ich hätte dich schon viel früher anrufen sollen, das weiß ich selbst. Ich wollte mir nur ganz sicher sein, damit ich dich später nicht im Stich lasse.«

»Und? Jetzt hast du eine Entscheidung getroffen und beschlossen, mich einzuweihen?«

Er schnitt eine Grimasse. »So ist es nicht.«

»Wie ist es denn dann, Nate?«

»Ich ... ich weiß auch nicht.«

»Du weißt es nicht. Okay. Tja, vielleicht solltest du es dir verdammt noch mal überlegen.« Sie wandte sich zum Gehen. Er folgte ihr. »Ich brauche das alles nicht«, fuhr sie fort. »Ich habe schon genug Probleme am Hals.«

»Ich habe einen Job angeboten bekommen«, platzte er heraus. Sie blieb stehen und drehte sich um.

»Was?«

»Als festangestellter Redakteur. Für ein Branchen-Magazin in Australien.«

»In Australien«, wiederholte Evie. Natürlich hatte sie gewusst, dass er London irgendwann wieder verlassen würde, aber ... Australien?

»Gerade ist es schwieriger, an gute Jobs zu kommen, und arbeiten muss ich schließlich und ...«

»Also ist Australien die logischste Alternative? Schon mal über London nachgedacht, wo deine Familie lebt oder so?« *Wo ich lebe.* Sie sprach es nicht aus, sondern klammerte sich an ihrer Vernunft fest. Sie brauchte all das nicht – nicht noch einen Kerl, wegen dem sie sich hundsmiserabel fühlte.

»Noch habe ich nicht zugesagt.«

»Was?« Himmel, ihre Eloquenz war heute wieder mal beeindruckend.

»Ich habe noch nicht zugesagt. Wegen dir.«

»Wegen mir.« *Kriegst du vielleicht auch etwas Besseres hin, als ihm alles nachzuplappern, Evie?*

»Weil ich hören wollte, was du dazu sagst.«

»Dazu, dass du nach Australien ziehst.«

»Ja.« Er machte einen vorsichtigen Schritt auf sie zu, wie sie noch immer mit dem Hausschlüssel in der Hand neben der Tür stand. »Würdest du denn wollen, dass ich bleibe? Falls das zur Debatte stünde?«

Sie runzelte die Stirn. »Ich hasse diese ›Wenn‹-Spielchen. *Steht* es zur Debatte? *Willst* du bleiben?« Wollte *sie* es? Ihr Herzschlag beschleunigte sich. Allein bei der Vorstellung, dass sie jetzt das Richtige sagen, die richtige Entscheidung treffen musste, ohne vorher in Ruhe über alles nachzudenken, wurde ihr ganz anders.

Nate schob die Hand unter ihr Haar und legte sie um ihren Nacken. Er war näher getreten, ohne dass sie es mitbekommen hatte. Erst hatte er sie im Stich gelassen, und nun war er plötzlich wieder da, versuchte, ihr eine Entscheidung ...

»Du kannst nicht einfach beschließen, dass alles wieder gut

ist«, schnauzte sie ihn an. »Dass du ... irgendetwas willst ... und zwar jetzt. Es kann nicht alles nur nach deinem Kopf gehen.«

Er lächelte ironisch. »Das tut es nicht, glaub mir.«

Evie begriff, was er meinte, weil ihr allmählich klar wurde, wie er tickte: Er wollte, dass *sie* ihn bat zu bleiben. Denn auch er wollte die Entscheidung nicht treffen, weil ihm die Vorstellung, hierzubleiben, Angst machte. Immerhin würde diese Entscheidung eine tiefgreifende Veränderung seines Lebensstils nach sich ziehen, was ihm, trotz seiner Behauptungen, er habe vor nichts Angst, einen Heidenrespekt einjagte. Deshalb hatte er sich vom Acker gemacht, statt klar zu sagen, was er wollte. Okay, er war zurückgekommen, aber nur, um ihr die Entscheidung aufs Auge zu drücken. Und das könnte sie nicht ertragen. Denn was, wenn sie jetzt Ja sagte, ihn bat, bei ihr zu bleiben, und er sie dann trotzdem verließ? So wie Will? Und wie Scarlett. Selbst Scarlett, von der sie geglaubt hatte, sie lasse sie niemals im Stich, hatte es letzten Endes vorgehabt.

Sie schloss die Augen. »Ich denke, du solltest gehen«, sagte sie leise.

»Was?«

»Nach Australien.« Sie würde nicht daran zerbrechen, schließlich hatte sie schon Schlimmeres überstanden. Sie brauchte ihn nicht, genauso wenig wie ... In diesem Moment verspürte sie einen heißen, scharfen Schmerz, und ein eisernes Band schien sich um ihren Brustkasten zu legen. Sie krümmte sich, als ein Stromschlag durch ihren Körper zuckte.

»Evie? Verdammt, Evie? Was ist denn?«

»Schon gut«, japste sie. »Es geht gleich wieder.« Die »MS-Umarmung«, hatte ihr Arzt ihr erklärt. Das war der Fachbegriff dafür – und für sie ein klares Zeichen, dass sich der nächste Schub ankündigte.

»Gehen wir hoch in deine Wohnung. Hast du Paracetamol

im Haus? Ich glaube, ich habe welches im Wagen. Warte kurz.«

»Nein«, presste Evie mühsam hervor. »Schmerzmittel helfen nicht.« Sie hatte auf die harte Tour gelernt, dass Schmerztabletten bei den typischen MS-Nervenschmerzen nicht griffen. Vorsichtig richtete sie sich wieder auf, als die Schärfe des Schmerzes etwas abebbte. »Genau das meine ich, Nate«, flüsterte sie und stellte entsetzt fest, dass ihre Augen brannten und alles verschwamm. Hektisch blinzelte sie. Nein, sie würde jetzt nicht weinen. Nicht vor ihm. »Ich bin nicht gesund. Und das werde ich auch nicht wieder sein, zumindest nicht hundertprozentig. Ich schaffe es gerade so, meinen Alltag zu bewältigen, und dann kommst du und …« Sie schüttelte den Kopf. »Ich kann das nicht. Ich muss erst mal mein Leben auf die Reihe kriegen. Und du … für mich klingt es, als wüsstest du selbst nicht, was du willst. Zumindest nicht so richtig.«

»Doch, ich …«

Sie lachte auf, traurig und kläglich. »Du hast mir gerade gesagt, dass du es nicht weißt. Denn wärst du dir deiner Sache absolut sicher, würdest du wohl kaum mich fragen, oder? Stattdessen hättest du längst beschlossen, dass du bleiben willst.«

Er starrte sie fassungslos an. Der Ausdruck in seinen Augen war so … erschüttert und verloren, dass sie seine Hand nahm und sie drückte.

»Es wird nicht funktionieren, Nate. Selbst wenn du dir hundertprozentig sicher wärst, würde es nicht funktionieren. All die Abenteuer, die du auch weiterhin erleben willst? Ich könnte niemals mit dir mithalten.« Evie blinzelte gegen ihre Tränen an, versuchte verzweifelt, ihnen Einhalt zu gebieten. Was sie tat, war das Richtige – für sie beide. Das sagte sie sich wieder und wieder.

»Das ist mir alles egal«, krächzte er. »Das habe ich dir doch gesagt. Die MS, das ist mir egal.«

»Na ja, vielleicht sollte es dir aber nicht egal sein«, erwiderte sie, »denn sie ist unvorhersehbar.«

»Ich bin auch unvorhersehbar.«

»Es wird nur noch schlimmer werden.«

»Ich genauso.« Er versuchte ein Lächeln, das sie jedoch nicht erwiderte. »Evie ...« Ein flehender Unterton lag in seiner Stimme. Wieder schloss sie die Augen, um sich davor zu schützen.

»Geh«, flüsterte sie. »Geh einfach.«

Das Schlimmste war, dass er genau das tat. Sie wollte es nicht, sondern wünschte vielmehr, dass sein Instinkt ihm sagte, was das Richtige war, obwohl sie es selbst nicht wusste. Sie wollte, dass er sie in die Arme nahm und ihr beteuerte, dass alles gut werden würde. Dass er bleiben würde, auch wenn sie ihn noch so vehement fortzustoßen versuchte. Stattdessen machte er kehrt und ließ sie stehen. Allein. So wie sie es verlangt hatte.

Kapitel 34

Evie sitzt im Dunkeln auf dem Sofa – die Jalousien sind geschlossen, das Licht ist ausgeknipst –, als es an der Tür klopft. Soweit ich weiß, hockt sie schon den ganzen Tag so da. Bei der Arbeit war sie wohl nicht, denn sie trägt noch ihren Schlafanzug.

»Wer ist da?«, ruft sie, ohne Anstalten zu machen, aufzustehen. Ihre verwaschene Sprache ist ein klares Zeichen, dass ein Schub sie im Würgegriff hat.

»Astrid!«

Steifbeinig stemmt Evie sich hoch und geht zur Tür, schwerfällig, als hätte sie Schmerzen. Genauso hat sie sich auch in den Tagen vor unserem letzten Streit verhalten. Wird es künftig nach jedem Schub so ablaufen? Dass sie sich vom Rest der Welt abkapselt? Aber kann ich sie deswegen verurteilen, wo ich doch keine Ahnung habe, wie sich das anfühlt?

»Bist du so weit?«, fragt Astrid, als Evie die Tür öffnet. »Du bist ja gar nicht fertig! Ich habe doch gesagt, du sollst dir etwas Hübsches anziehen.« Astrid ist komplett in Schwarz gekleidet: schwarzer Polopulli, schwarze Skinny-Jeans. Ihr Haar ist wieder raspelkurz. Möglicherweise hat Julie ihr diesmal geholfen. Sie wirkt älter als in ihren üblichen weiten Hoodies oder der Schuluniform.

»Ich …« Evie klammert sich an den Türrahmen. »Es tut mir so leid, Astrid, aber ich glaube nicht, dass ich mitkommen kann.«

Astrid starrt sie an. So absurd es scheinen mag, wenn man bedenkt, dass ich noch nie ein Wort mit ihr gewechselt habe und sie ein Teenager ist – noch dazu ein völlig anderer, als ich es damals war –, spüre ich in diesem Moment eine Art Verbundenheit mit ihr. Denn ich kenne diesen Blick nur zu gut, muss ihn in den letzten Jahren selbst zahllose Male aufgesetzt haben. Dieser Blick, der meine tiefe Enttäuschung von Evie widerspiegelt. Doch im Gegensatz zu mir macht Astrid sich nicht die Mühe, ihre Worte zu beschönigen, vielleicht auch, weil sie nicht ganz versteht, worum es eigentlich geht. Aber habe ich das denn getan?

»Was? Wieso denn nicht?«

»Ich …«

»Du hast es versprochen! Du musst dabei sein. Ich brauche dich. Die Musiklehrerin ist eine Vollkatastrophe. Du musst mir beim Einspielen helfen. Du musst …« Panik zeichnet sich auf Astrids Miene ab. »Wir haben das zusammen gemacht. Es funktioniert nicht, wenn du nicht dabei bist«, presst sie atemlos hervor.

»Doch, wird es.« Evie zieht ihre Strickjacke – dieses verdammte löchrige Ding – fester um sich. »Ehrlich, Astrid, du wirst das ganz toll hinkriegen und …«

»Wieso?«, unterbricht Astrid und sieht Evie immer noch flehend an. »Was ist denn so wichtig, dass du nicht mitkommen kannst? Du hast es versprochen. Du wolltest es dir sogar im Kalender notieren.«

Auch Jason hat Evie für heute zugesagt. Erinnert sie sich daran? Es hat sich herausgestellt, dass das Shooting für denselben Tag angesetzt war wie Astrids Schulkonzert, und er hat sich bereit erklärt, es um ein paar Stunden zu verschieben, damit Evie trotzdem kommen kann. Und jetzt das. Will sie bei dem Shooting etwa auch kneifen? Ich denke an mein Kleid in Evies Schrank. Bekommt es je die Gelegenheit, sich der Welt zu präsentieren, zu glänzen? Dabei geht es mir gar nicht so sehr um das Shooting – zu meinem Erstaunen ist mir das sogar relativ gleichgültig –, sondern um Evie. Wird sie es je in der Öffentlichkeit tragen, mutig und wunderschön, wie ich es mir immer für sie gewünscht habe? Während eines Schubs geht sie nicht gern unter Menschen. Das hat sie unzählige Male betont. Aber wie soll sie ihr Leben um einen Schub herum planen, wenn sie nie weiß, wann er kommt? Was, wenn er sie zum Beispiel an ihrem Hochzeitstag ereilt? Genau das ist das Problem – der Teil der Krankheit, den sie am meisten hasst.

»Es ist wegen dieses Typen, stimmt's?«, fragt Astrid mit vorwurfsvoller Stimme.

»Welcher Typ?«

Komm schon, Evie, spiel hier nicht die Dumme.

»Der Journalist«, antwortet Astrid ungeduldig. »Nate Ritchie.« Sie hat also seinen Nachnamen in Erfahrung gebracht und stellt damit ein weiteres Mal ihre detektivischen Fähigkeiten unter Beweis. Ist Evie bewusst, wie ihre Züge bei der Erwähnung seines Namens versteinern? Schnellt ihr Herzschlag in die Höhe wie meiner, wann immer jemand bei der Arbeit Jasons Namen erwähnt hat? Ich probiere es aus. Jason. Jason. Spüre ich dieses Ziehen nicht, weil ich kein schlagendes Herz mehr besitze, oder liegt es an etwas anderem?

»Nein, es ist nicht wegen ihm, sondern weil ...«

»Doch«, beharrt Astrid. »Ich habe euch vor dem Haus streiten gehört.«

Evie zieht die Brauen hoch. »Tatsächlich, ja?«

Prompt wird Astrid rot, trotzdem starrt sie Evie weiter finster an und macht keine Anstalten, ihre verschränkten Arme zu lösen.

Evie hat Nate nicht mehr angerufen, seit er sie vor drei Tagen an der Tür abgefangen hat, und er hat sich ebenso wenig gemeldet. Vielleicht weil sie ihn absorviert hat, obwohl er sich nichts mehr als ein Zeichen von ihr gewünscht hat. Beide sind unfähig, ohne die Rückversicherung des anderen die Initiative zu ergreifen: zwei Menschen, die nicht verschiedener sein könnten, nur in diesem einen Punkt zeigen beide dasselbe nervtötende Verhalten. Ich will, dass sie ihn anruft, habe versucht, ihr Signale zu senden, indem ich mich mit aller Macht darauf konzentriert habe. Dabei frage ich mich, wann dieser Sinneswandel passiert ist und ich mich auf Nates Seite geschlagen habe.

»Das ist nicht der Grund«, behauptet Evie mit einem Seufzen. »Ehrlich. Es liegt an meiner MS. Heute ist es besonders schlimm.«

»Schlimm?«, hakt Astrid nach und mustert sie skeptisch. »Wie schlimm?«

»Das ist schwer zu erklären.«

»Musst du ins Krankenhaus?«

»Nein, so schlimm ist es nicht.«

»Kannst du sitzen, in ein Taxi steigen?«

Evie zögert. »Na ja, theoretisch schon, nehme ich an.«

»Na dann.« Wieder verschränkt Astrid die Arme vor der Brust. »Dann sehe ich keinen Grund, wieso du nicht mitkommen könntest.«

Ich glaube, ich erkenne es deutlicher als Astrid. Die Müdigkeit macht Evie schwer zu schaffen. Ihre Glieder sind steif, und sie hat Schmerzen. Aber sie hat ja auch das Haus den ganzen Tag nicht verlassen, sondern nur im Dunkeln auf dem Sofa herumgehockt.

Sie schüttelt traurig den Kopf. »Es tut mir so leid, Astrid.«

»Na gut.« Trotzig reckt Astrid das Kinn. »Dann schaffe ich es eben ohne dich.« Damit macht sie auf dem Absatz kehrt und stapft davon, während Evie die Tür schließt und sich gegen den Rahmen sinken lässt. Wäre ich da – also, körperlich anwesend –, würde ich sie jetzt bearbeiten, sie zwingen, Astrid zu begleiten. Aber womöglich würde auch ich es nicht schaffen, denn wenn Evie einen richtig miesen Tag hat, kann nichts sie umstimmen, wie ich mittlerweile aus Erfahrung weiß.

Gar nichts.

Aber eigentlich stimmt das nicht ganz, oder?

Plötzlich sitze ich an einem runden Tisch in einem großen Saal in einem Hotel im Herzen Londons. Es ist nicht das Ritz, sondern ein Mittelklassehotel, aber dennoch nobel. Ringsum sitzen überall Leute an runden, weiß gedeckten Tischen wie bei einer Hochzeit, überall stehen benutzte Weingläser auf den Tischen, zerknüllte Papierservietten liegen herum, umgedrehte Weinflaschen stehen in Kühlern, während die Gäste hoffnungsvoll die Blicke schweifen lassen. Kaffee und Tee werden serviert, und auf der kleinen Bühne im vorderen Teil des Saals fummelt jemand mit einem Mikro herum. Ich sehe mich um, wobei ich genau weiß, nach wem ich Ausschau halte: Jason müsste eigentlich hier sein. Vor wenigen Tagen hat er mir gesagt, dass er mich liebt, und obwohl sich an der Situation nichts geändert und er noch nicht verkündet hat, dass er seine Frau endgültig verlassen wird, hat er doch versprochen, hier zu sein. Trotzdem ist er nirgendwo zu sehen. Der Platz neben mir bleibt leer.

Evie stößt mich an, als der Mann auf der Bühne das Wort ergreift.

Ich brauche sie noch nicht einmal anzusehen, um zu wissen, dass sie einen schlechten Tag hat. Ständig zuckt sie vor Schmerz zusammen, der Tremor wurde zunehmend schlimmer, ich musste ihr sogar die Taxitür öffnen, weil sie es allein nicht hinbekam. Unter ihrem Make-up ist sie blass, und ihr ganzer Körper wirkt stocksteif.

Aber sie ist da. Wegen mir.

Weil es eine Abendgala mit Preisverleihung ist – keine bedeutende Auszeichnung, sondern nur eine innerhalb der Firma, trotzdem ein besonderer Anlass. Ich erinnere mich, dass es in Wahrheit stocklangweilig war, irgendwann haben Evie und ich sogar »3 Gewinnt« auf meiner Serviette gespielt. Aber ich gehöre zu den Preisträgern und werde als Nachwuchstalent prämiert.

Damals fehlte es mir an Dankbarkeit, weil ich davon ausging, dass größere und tollere Auszeichnungen auf mich warteten und ich schon bald einen richtigen Preis verliehen bekäme. Die Überzeugung, den Sprung ganz nach oben zu schaffen, habe ich mir stets bewahrt und fand das gut, aber vielleicht hat es mich daran gehindert zu erkennen, was ich bereits hatte.

Als ich mich wieder nach Jason umsehe, wird mir bewusst, dass ich auch Evies Bereitschaft, mich zu begleiten, nicht ausreichend gewürdigt habe. Dass sie sich für mich überwunden hat – vielleicht weil sie Zweifel hatte, dass Jason auftauchen würde, was sich ja bewahrheitet hat. Weil sie im Gegensatz zu mir bereits wusste, dass ich sie brauchen würde.

Kapitel 35

Julie lief auf Evie zu, sobald sie die Schulaula betrat. »Hervorragend! Ich bringe dich gleich hinter die Bühne. Anna hat den Lehrern schon gesagt, dass du kommst.«

Evie runzelte die Stirn, als Julie sie seitlich an einer Reihe Plastikstühle vorbeiführte. »Wie das? Ich habe ihr doch gesagt, dass ich *nicht* komme.«

»Eins musst du über meine Tochter wissen: Sie hat die Gabe, oft schon Dinge zu wissen, bevor wir etwas davon ahnen.«

Evie bekam keine Gelegenheit, etwas darauf zu erwidern, weil sie mit ihren steifen Gliedern eine schmale Treppe erklimmen musste, die zuerst auf eine Bühne und dann durch einen Vorhang in den »Backstage«-Bereich führte, der aus einer kleinen Ecke bestand, in der sich allerlei Jugendliche tummelten und mit ihren Instrumenten hantierten.

»Wir haben nur noch fünf Minuten!«, verkündete eine Frau mit einem Klemmbrett in der Hand lautstark.

»Juhu, du hast es gerade noch geschafft«, hörte Evie Astrid sagen, bevor sie sie sah.

»Astrid, es tut mir so …«

Das Mädchen hob die Hand. »Dafür ist jetzt keine Zeit. Ich hänge am letzten Arpeggio. Können wir das noch mal schnell durchgehen?«

»Ich wollte nur sagen …«

Astrid verdrehte die Augen, und Evie verstummte. »Jaja, schon gut. Es tut dir so leid, bla, bla, bla. Ich wusste, dass du nicht ernsthaft kneifen würdest.«

Evie stieß ein verunsichertes Lachen aus und sah Julie an, die ihr zuzwinkerte. »Ich lasse euch dann mal allein.«

Sie gingen die heikleren Passagen des Stücks noch einmal

durch, wobei Evie Astrid mit allerlei Ermutigungen und Lob motivierte. In diesem Stadium brachten Korrekturen nichts mehr, das wusste Evie aus eigener Erfahrung. Entweder man hatte es drauf oder eben nicht, und sie jetzt auf Fehler hinzuweisen, würde Astrid nur noch nervöser machen.

»Also!«, ertönte die laute Stimme. »Plätze einnehmen, Leute.«

Evie drückte Astrids Schulter, als ein anderes Mädchen herüberkam. Sie war etwa im selben Alter wie Astrid, hatte langes, drahtiges Haar und trug ein schwarzes Kleid mit schwarzen Strümpfen dazu. Sie sah Evie an, ehe sie ein wenig schüchtern zu Boden blickte. »Ich wollte dir nur viel Glück wünschen.«

»Dir auch«, erwiderte Astrid. »Nicht, dass du's brauchen würdest«, fügte sie eilig hinzu. »Du machst das bestimmt ganz toll.«

Das Mädchen nickte und eilte davon.

»Wer war das? Das Cello-Mädchen?«, fragte Evie möglichst beiläufig.

Astrid errötete, was die Verwundbarkeit hinter ihrer scheinbar gelassenen Fassade bewies. »Sie heißt Lily.«

Ringsum sammelten sich die Schüler und bezogen hinter dem Vorhang Posten. Die Frau mit der lauten Stimme warf Evie einen vorwurfsvollen Blick zu.

»Ich darf nicht länger hierbleiben«, sagte Evie. »Du machst das, okay?«

»Was, wenn ich es nicht schaffe?«, fragte Astrid.

»Falls nicht, heißt das nur, dass du es beim nächsten Mal besser machen wirst.«

»Das ist nicht übermäßig ermutigend, Evie.«

»Tut mir leid. Wie wär's damit: falls nicht, dann ...«

»Paula!« Die Frau mit der lauten Stimme wedelte mit ihrem Klemmbrett und sah sich suchend um. »Paula! Äh, Entschuldigung, ich meinte Mrs Gregory! Sie sollten doch die Einführung übernehmen!«

Evie nahm Astrids Hände in die ihren. »Es ist nicht wichtig, ob du beim Spielen glänzt. Du spielst, weil du Freude daran hast, verstehst du das? Und das heißt, ganz egal, was heute passiert – und selbst wenn du es komplett an die Wand fährst –, spüren die Leute die Liebe zu dem, was du da tust.«

Sie drückte Astrids Hände noch einmal, dann wandte sie sich ab und ging schwerfällig davon.

»Evie?«, rief Astrid. »Das ist schon viel ermutigender.« Evie grinste.

Julie erwartete sie bereits, als sie die Treppe aus dem Backstage-Bereich herunterkam. »Alles in Ordnung mit ihr?«, fragte sie und lächelte, als Evie nickte. »Du siehst übrigens reizend aus.«

»Danke«, erwiderte Evie und widerstand dem Drang, ihr Kleid – Scarletts Kleid – vor Verlegenheit glatt zu streichen. Es hatte sich richtig angefühlt, es anzuziehen, obwohl es für ein Schulkonzert vielleicht eine Spur zu elegant war, aber es spiegelte wider, was sie und Scarlett am meisten geliebt hatten: Musik und Mode. Evie war sich sicher, dass Scarlett von ihrer Entscheidung begeistert gewesen wäre.

»Ich habe uns drei Plätze besorgt«, sagte Julie und führte Evie durch die Stuhlreihen.

»Wieso drei? Kommt Astrid dazu, wenn sie fertig ist?«

»Nein, der dritte Platz ist nicht für sie. Er war schon vor dir hier. Astrid hat ihm gesagt, wo er sich hinsetzen soll.«

In diesem Moment sah sie ihn. Nate. Mitten in einer verdammten Schulaula.

Evie blieb abrupt stehen und starrte ihn an. »Was zum Teufel tust du denn hier?«, fragte sie, als Julie sich setzte und mit übertriebener Konzentration das Programmheft studierte.

Nate hob in einer hilflosen Geste die Hände. »Ich habe Anweisungen erhalten, mich hier einzufinden. Du wusstest nicht, dass ich komme?«

»Nein. Ich wusste nicht mal, dass *ich* komme.«

»Also wieder mal *Ein Zwilling kommt selten allein*?«

Evie strich sich das Haar aus dem Gesicht. »Eine ziemlich schräge Version davon. Wie hat sie dir überhaupt die Eintrittskarte zukommen lassen?«

Nate zuckte die Achseln. »Sie lag gestern in Noahs Briefkasten, also hat sie offenbar herausgefunden, wo ich wohne.«

Evie stellte fest, dass sie das nicht überraschte.

»Soll ich lieber gehen?«, fragte Nate leise, wobei sein Blick immer noch auf ihr ruhte – abwartend, abwägend.

Evie erwiderte seinen Blick. »Nein«, sagte sie und atmete langsam aus. »Bleib.«

Ein spontanes Lächeln erhellte seine Züge. Vielleicht war es gut, dass in diesem Moment die Beleuchtung heruntergefahren wurde.

»Showtime«, murmelte sie.

Als Erstes stand ein Orchesterstück auf dem Programm, und Evie verspürte ein Flattern im Magen, als stünde sie selbst dort oben auf der Bühne. Und als Astrids Solo an der Reihe war und sich der Scheinwerfer auf sie richtete, brannten Tränen in Evies Augen.

»Sie ist großartig«, sagte Julie leise neben ihr. Evie konnte nur stumm nicken. Sie wusste noch nicht einmal, weshalb sie so verdammt ergriffen war.

Nate nahm ihre Hand, und Evie erwiderte den Druck. Es stellte sich heraus, dass Astrid recht hatte: Evie gehörte tatsächlich immer noch dazu. Obwohl nicht sie diejenige war, die vorspielte, war Astrids Auftritt ein eindeutiger Beweis, dass die Musik auch jetzt noch eine Rolle in ihrem Leben spielen konnte. Und auf der Bühne zu stehen – nun ja, das war ohnehin immer der Teil gewesen, auf den sie hätte verzichten können.

Als Nate sich in der Pause kurz entschuldigte, folgte Evie Julie in die Schulkantine, in der auch jetzt noch ein leichter Fettgestank in der Luft hing.

»Tee?«, fragte Julie. Evie nickte und wollte ihr folgen, doch Julie winkte ab und deutete auf einen der Tische. »Bleib doch und setz dich«, sagte sie, und Evie blieb nichts anderes übrig, als zu gehorchen. Die Anspannung hatte sie sowohl physisch als auch emotional an den Rand ihrer Kräfte gebracht.

Kaum hatte sie sich auf einen der Stühle sinken lassen, erschien die Frau mit der lauten Stimme neben ihr. »Sie sind Annas Privatlehrerin, stimmt's? Anna James?«

»Äh, ich würde mich nicht als Privatlehrerin bezeichnen, aber –«

»Sie haben wahre Wunder vollbracht. Wunder!« War das die Musiklehrerin, über die Astrid sich beschwert hatte? Die sie für komplett unfähig hielt? »Als sie zu uns kam, war sie zittrig und nervös. Sie ist sehr talentiert, aber erst Sie haben ihr den richtigen Schliff verpasst.«

»Nun ja, ich würde sagen, das hat sie weitgehend allein hinbekommen.« Offen gestanden war Evie fast ein wenig gekränkt in Astrids Namen.

Doch die Donnerstimmenfrau hörte ihr nicht zu, sondern spähte über die Schulter zum Eingang. »Was ist denn, Derek? Jaja, als Nächstes die Blockflöten! Frag nicht mich, das war Paulas Idee.« Sie wandte sich wieder Evie zu. »Jedenfalls ... haben Sie zufällig eine Visitenkarte dabei? Eltern fragen mich ständig nach einer guten Privatlehrerin, und mir selbst fehlt schlicht die Zeit dafür. Unterrichten Sie nur Geige oder noch andere Instrumente?«

»Ich ...«

»Schicken Sie mir doch einfach eine E-Mail, okay? Ich muss zurück. Annas Mum hat meine Mailadresse.«

Verdattert sah Evie zu, wie die Frau davonhastete. *Privat-*

lehrerin. Sie mochte keine sein, aber vorstellbar wäre es. Zwar hatte sie Zweifel, ob sich damit ein Lebensunterhalt verdienen ließe – zumindest in London –, aber die Idee war alles andere als schlecht.

Nachdem sie Julie gedankt hatte, die eine Tasse Tee vor ihr abgestellt hatte, zog sie ihr Handy heraus, auf dem eine Sprachnachricht eingegangen war. Eine unbekannte Nummer. Jason vielleicht. In einer Stunde sollte es dort losgehen. Mit einem flauen Gefühl im Magen wählte sie die Nummer ihrer Mailbox und lauschte der sachlichen Frauenstimme.

»Hallo, Miss Jenkins, hier spricht Kate von Garrett Whitelock Letting Agents. Ich rufe an, weil Sie und Miss Scarlett Henderson sich im Mai für eine Wohnung in Borough Market interessiert hatten, aber soweit ich sehe, kam der Mietvertrag nicht zustande. Miss Henderson konnte ich bislang nicht erreichen, aber Sie waren als zweite Kontaktperson angegeben, und gerade kam eine neue Wohnung herein, die wir gern vermieten möchten. Sie befindet sich in einer ähnlich guten Lage, mit hervorragender Anbindung an die öffentlichen Verkehrsmittel und einer Wahnsinnsküche …«

Die restliche Nachricht hörte Evie sich nicht mehr an. Mit einem Mal war ihr schwindlig. Scarlett hatte also gar nicht vorgehabt, sie im Stich zu lassen, sondern gemeinsam mit Evie in eine neue Wohnung ziehen wollen.

Erst jetzt wurde ihr bewusst, wie sehr sie dieser Brief belastet hatte, auch wenn sie noch so entschlossen gewesen war, nicht darüber nachzudenken. Sie sah sich um. Mit einem Mal hatte sie das Bedürfnis, jemandem davon zu erzählen, laut hinauszulachen, aufzustehen und es allen zu verkünden. Sie sah sich um. Noch immer standen die Leute herum. Nichts hatte sich verändert. Gar nichts. Und doch war mit einem Schlag alles anders.

Sie sah Nate aus den Waschräumen und zu Julie treten. Innerhalb von Sekunden hatte er sie zum Lachen gebracht, dieser alte Charmeur. Sie musste lächeln. In diesem Moment sah er zu ihr herüber, als hätte er ihren Blick gespürt, sagte etwas zu Julie und trat an ihren Tisch.

»Geht's dir gut?«, fragte er.

»Ja, mir geht's gut ...« Lachend stand sie auf, wobei sie um ein Haar das Gleichgewicht verlor, und lachte wieder.

Nate streckte die Hand aus, um sie zu stützen. »War da irgendwas in deinem Tee?«

»Nein. Na ja, noch habe ich nichts davon getrunken, deshalb ist es durchaus möglich. Ich meine, wie gut kennen wir Julie eigentlich?«

Nate stieg sofort auf das Spielchen ein, und sie beide beäugten Julie kritisch.

»Nein, es ist wegen Scarlett. Sie ...« Evie hielt inne. Es ließ sich nicht auf die Schnelle erklären, weil sie ihm von dem Brief auf der Arbeitsplatte gar nichts erzählt hatte. »Egal. Also. Ich muss später noch anderswo hin. Nach dem Konzert.«

»So?«

Aus dem Augenwinkel sah Evie Astrid und Lily. Die beiden Mädchen hatten die Köpfe zusammengesteckt, und Astrid sagte etwas, woraufhin Lily auflachte. Bei ihrem Anblick verspürte Evie ein Ziehen in ihrem Herzen. Sie sah Nate an und lächelte. Es machte sie verwundbar? Und wenn schon! »Ich habe überlegt ... möchtest du vielleicht mitkommen?« Diesmal ließ sie keinen Zweifel daran, dass es eine Frage war.

Und diesmal antwortete er sofort. »Natürlich.« Einfach so. »Und übrigens«, fuhr er mit einem Lächeln fort, »siehst du heute Abend sehr schön aus. Das hätte ich dir schon früher sagen sollen.«

Evie strich mit beiden Händen an ihrem Körper entlang. »Das Kleid meinst du? Ach, dieser Fetzen lag ewig in meinem Kleiderschrank herum, deshalb dachte ich ...«

Er grinste. »Es sieht aus wie für dich gemacht.«

Scarletts Name stand im Raum, unausgesprochen, und dennoch zwischen ihnen, nur war zum ersten Mal keine Traurigkeit damit verbunden. Stattdessen war er einfach da, und mit einem Mal glaubte Evie zu verstehen, was Nates Mum gemeint hatte – dass sie irgendwann in der Zukunft einen Weg finden würde, Scarletts einzigartige Strahlkraft für immer in ihrem Herzen zu bewahren.

Kapitel 36

Ich beobachte, wie Jason auf Evie zukommt, sobald sie das kleine Studio in Soho betritt. »Vielen Dank, dass Sie gekommen sind«, begrüßt er sie mit warmer Stimme. »Leute? Das ist Evie.« Aber die »Leute« scheint es nicht weiter zu kümmern. Ich bin daran gewöhnt, dass vor einem Shooting das pure Chaos herrscht, aber Evie ist heillos überfordert, das sehe ich ihr an.

Jason mustert Nate neugierig, schüttelt ihm jedoch höflich die Hand, als Nate sich schlicht als guter Freund vorstellt. Kurz sehe ich Nate vor mir, wie er auf dem roten Fahrrad um die Ecke brettert, höre sein unbeschwertes, ansteckendes Lachen, spüre meinen Körper, als ich auf die Fahrbahn trete. Doch dann blockiere ich die Erinnerung. Es ist unausweichlich, das habe ich mittlerweile akzeptiert. Ich weiß, dass ich nicht aufhalten kann, was geschehen ist. Aber gerade freue ich mich über die Wendung, die die Ereignisse genommen haben. Dass der Mann, wegen dem ich stehen geblieben bin, um ihm zu helfen, jetzt hier ist, bei einem Shooting für mein Label, gemeinsam mit Evie.

Mit einem leisen Seufzer mustert Jason Evie von oben bis unten. »Das ist es also, ja? Das Kleid?«

»Tut mir leid«, sagt Evie eilig. »Mir ist erst jetzt klar geworden, dass ich es vermutlich nicht hätte anziehen sollen, oder? Aber wenn Sie etwas hier haben, das ich so lange ...« Sie sieht Nate an, der schief lächelt.

»Hey, ich habe nichts dagegen, dich nackt nach Hause zu begleiten.«

Sie verpasst ihm einen leichten Klaps auf den Arm, und ihre Miene wird weich – es ist kein Lächeln, weil sie dafür viel zu nervös ist, aber beinahe. Sie hat sich so schnell von seiner lockeren, offenen Art einnehmen lassen. Ich glaube, mein erster, wenngleich kurzer Eindruck von ihm war richtig: Seine Leichtigkeit ist ansteckend. Und genau das tut ihr gut.

»Nein, nein«, wiegelt Jason ab und tritt um sie herum, dann klatscht er entschieden in die Hände. »Sie sollten es machen«, erklärt er und fährt fort, noch bevor sie etwas erwidern kann. »Sie sollten Teil des Shootings sein. Das Kleid ist Ihnen auf den Leib geschneidert. Unserem Model wäre es zu groß, aber an Ihnen sieht es fantastisch aus.«

Und er hat recht, das muss ich sagen. Es sieht tatsächlich atemberaubend aus. Es sitzt perfekt, und der Stoff schmiegt sich so herrlich an ihren Körper, dass sie beim Gehen regelrecht anmutig aussieht, obwohl sie es nicht ist. Auch die Farbe ist der Wahnsinn. Dass sie es zum Konzert getragen hat, ist toll, aber eigentlich wäre dieses Kleid die perfekte Wahl für das Ritz gewesen. Kurz male ich mir aus, wie ich es ihr zu ihrem dreißigsten Geburtstag im August selbst überreicht, sie überredet hätte, es anzuziehen, ehe ich mich ebenfalls in Schale geworfen hätte. Aber das wird nie mehr passieren, richtig? Nie wieder ein Abend, für den man sich so richtig aufbrezelt. Der Gedanke versetzt mir einen Stich, allerdings ist er nicht mehr ganz so scharf wie zu Beginn. Was wird Evie an ihrem Dreißigsten machen? Werde ich immer noch hier sein? Vielleicht trägt sie das Kleid ja auch an diesem Tag.

»Was sagst du, D?«, ruft Jason einer der Stylistinnen zu, mit denen er immer arbeitet. Keine Ahnung, wie sie wirklich heißt, ich kenne sie nur als »D«.

»Absolut«, bestätigt D. »Das wirkt unglaublich authentisch.«

»Authentisch«, wiederholt Jason nickend. »Genau das.«

Du meine Güte, was für eine Horde Idioten wir doch sind, wenn man uns in einen Raum steckt. *Authentisch, o Mann!*

Evie werden mehr oder weniger ohne ihr Einverständnis die Haare gemacht und Make-up aufgelegt. Nate unterhält sich die ganze Zeit mit ihr, wofür ich ihm dankbar bin, weil ich mir ziemlich sicher bin, dass sie ohne ihn längst die Flucht ergriffen hätte.

Andererseits sollte ich ihr womöglich mehr zutrauen. Vielleicht war das sogar immer das Problem. Zumindest war es der Grund, weshalb ich ihr nichts von der neuen Wohnung erzählt habe, und ich kann froh sein, dass sie inzwischen die Wahrheit erfahren hat. Im Geiste danke ich Kate Wieauchimmersiehieß tausendmal für ihre Nachricht.

Natürlich hat Evie sofort die falschen Schlüsse gezogen, nachdem sie das Schreiben gelesen hatte. Ich hätte dasselbe getan. Mir ist klar, dass ich es ihr hätte sagen müssen. Stattdessen habe ich hinter ihrem Rücken versucht, sie aus unserem alten Apartment herauszukriegen. Schätzungsweise hätte sie Nein gesagt. Und jetzt ist Nate da, der sie unablässig ermutigt, zu allem Möglichen Ja zu sagen, während ich immer davon ausgegangen bin, dass sie meine Vorschläge ablehnt. Aber wann ist das passiert? Ich kann den Tag nicht genau benennen, an dem ich angefangen habe, Evie so zu behandeln. Wie ein fragiles Geschöpf, dem man nicht zugestehen kann, seine eigenen Entscheidungen zu treffen. Ich glaube, der Prozess vollzog sich schleichend, mit dem Fortschreiten ihrer Krankheit.

Doch der Umzug in eine neue Wohnung war für uns beide als Verbesserung gedacht. Ich gebe zu, dass ich von unserer Bude in Clapham die Nase voll hatte, konnte mir jedoch gut vorstellen, dass Evie, wenn sie schon unbedingt immer zu Hause sein wollte, das Apartment in Borough Market gefallen hätte. Aber vielleicht wäre es lediglich ein größeres Gefängnis für sie gewesen, das ihr erlaubt hätte, weiterhin auf der Stelle zu treten, und vielleicht hätte sie nichts von all dem getan, was sie seit meinem Tod unternommen hat.

»Bereit, Evie?«, fragt Jason. Er ist komplett im Profimodus, voll in seinem Element. Ganz klar: Er ist immer noch supersexy. Aber er trägt auch immer noch seinen Ehering.

In diesem Moment weiß ich es: Er hätte seine Frau nicht wegen mir verlassen. Vielleicht hätte er es auch nicht tun sollen. Ich wollte es unbedingt, und was wir beide hatten, fühlte sich realer als all die anderen Typen vor ihm an, die ich abgewiesen hatte. Aber vielleicht rührte meine Faszination von ihm gar nicht daher, dass er der RICHTIGE war, sondern von etwas ganz anderem. Vielleicht lag es an der Chemie zwischen uns, daran, dass ich gerade im richtigen Alter und er nicht verfügbar war, keine Ahnung. Beziehungen auseinanderzuklamüsern und zu analysieren war noch nie mein Ding, dieser ganze Psychoquatsch, trotzdem erlebe ich gerade einen Moment absoluter Klarheit. Und Nate und Evie zusammen zu sehen zeigt mir, dass das, was Jason und ich hatten, nicht damit vergleichbar war.

Als sie mit Evie fertig sind, ist es wie eine Szene aus *Eine wie keine*. Sie stolpert sogar wie Laney, die auf der Treppe ausrutscht.

Objektiv gesehen ist sie kein gutes Model, aber darum geht es auch gar nicht. Sie ist da, und sie spielt mit. Jason redet beruhigend auf sie ein. Models beruhigen, das konnte er schon immer gut. Aber obwohl ich quasi neben ihm stehe, ohne dass seine Frau in der Nähe ist, und ihn ununterbrochen ansehen könnte, wenn ich wollte, ist es Evie, von der ich den Blick nicht lösen kann. Es ist Evie, mit der ich diesen Moment erleben möchte. Nicht Jason.

Kapitel 37

Ist das gerade wirklich passiert?« Evie stand auf dem Bürgersteig einer Straße in Soho. Sie trug noch immer das Kleid, ihr Gesicht war von einer dicken Make-up-Schicht bedeckt, ihr Haar hochgesteckt. Die Dämmerung hatte längst eingesetzt, die Helligkeit des Sommertags war den abendlichen Lichtern der Stadt gewichen.

»Ja, ich kann es bestätigen«, sagte Nate und drückte ihre Hand. »Du warst unglaublich.«

»Wohl kaum. Aber ich habe es geschafft.« Sie hatte es für Scarlett getan. Irgendwann hatte Jason sie im Licht der hellen Scheinwerfer angesehen, und sein Blick hatte ihr verraten, weshalb er das alles hier tat. Zwar glaubte sie immer noch nicht, dass Scarlett mit ihm die allerbeste Wahl getroffen hatte, aber vielleicht war es nicht so einfach zu kontrollieren, in wen man sich verliebte. Schließlich stand sie selbst gerade neben dem Mann, der ... *Nein!* Sie würde jetzt nicht darüber nachdenken. Über nichts dergleichen.

Nate legte ihr beide Hände um die Taille, während sie ihm die Arme um den Hals schlang. Wieso fühlte sich mit ihm immer alles so einfach an? Als wäre sie dafür bestimmt, hier zu stehen, im abendlichen Schein von Soho.

»Danke«, sagte sie. »Dass du mitgekommen bist.«

Er schloss die Hände fester um ihre Taille. »Evie ...«

»Oje, das klingt nicht nach einer positiven Nachricht.«

Er trat zurück und fuhr sich mit der Hand über den Kiefer. »Ich habe zugesagt.«

»Du hast zugesagt«, wiederholte sie. Die Frage nach dem Wozu war überflüssig. Das heftige Ziehen in ihrem Magen ließ keinen Zweifel. »Für den Job in Australien«, sagte sie trotzdem.

Er nickte. Sie registrierte, wie er sie ansah. Als hätte er Angst, sie springe ihm an die Gurgel. Aber das konnte sie nicht, oder? Schließlich hatte sie selbst dazu aufgefordert.

»Wann fliegst du?«

»Morgen.«

»Morgen? Meine Güte, du machst keine halben Sachen, was?« Aber auch das war nichts Neues.

»Ich bin schon länger geblieben, als ich eigentlich vorhatte. Der Plan war, zu Noahs Vierzigstem hier zu sein. Aber dann ...«

Sie schluckte gegen den Kloß in ihrer Kehle an. »Okay. Dann ist das also unser Abschied?« Sie bemühte sich um einen ruhigen, sachlichen Tonfall, doch ihre Stimme war viel zu leise.

»Nein. Ich meine, ja, für den Moment, aber ... Wir können in Kontakt bleiben, oder? Und irgendwann bin ich bestimmt wieder in London.«

»Ja«, antwortete sie automatisch. »Natürlich bleiben wir in Kontakt.« Doch sie glaubte es nicht. Nate wäre fort, um sich in sein nächstes Abenteuer zu stürzen, und sie ... Wo wäre sie? Jedenfalls nicht in London. Idiotisch, dass es ihr erst jetzt klar wurde. Aber mit einem Mal war es ganz klar: Sie wollte nicht in London bleiben. Nichts hielt sie noch hier.

»Evie«, sagte Nate. »Es tut mir leid, ich ...«

Sie nahm seine Hand. »Muss es nicht. Du musst tun, was sich für dich richtig anfühlt.« Seine Miene verzerrte sich leicht, doch er erwiderte nichts darauf. »Wie auch immer es weitergehen mag, möchte ich dir sagen ...« Sie legte eine Hand an seine Wange. »Es war schön, dich kennengelernt zu haben.« Das war die Wahrheit. Was sie nicht daran hinderte, sich zu wünschen, er wäre an jenem Tag nicht über diese Kreuzung gefahren, sodass Scarlett noch hier wäre und die Welt mit ihrem Strahlen erhellen würde. Trotzdem war sie froh, Nate kennengelernt zu haben. Sie würde lernen müssen, damit zu leben, dass beide Gefühle gleichermaßen in ihr existierten.

Er legte seine freie Hand über ihre, die immer noch seine Wange berührte. »Und ich bin froh, dass ich dich kennengelernt habe, Evie Jenkins.«

Einen Moment lang standen sie da, und obwohl keiner von ihnen Anstalten machte, näher auf den anderen zuzutreten, fühlte Evie sich enger mit ihm verbunden als je zuvor – vielleicht sogar enger als mit jedem anderen Menschen, so als sei ihr Herz mit dem seinen verschmolzen. Deshalb war es vielleicht gar nicht so schlimm, dass er fortging und sie ihn womöglich nie wiedersah. Denn wie Scarlett hatte die Zeit mit Nate sie verändert. Und daran konnte sie sich für immer festhalten, ganz egal, was geschah.

Kapitel 38

Nate ist doch ein Vollidiot, oder? Er packt allen Ernstes seine Sachen, die sich mühelos in einem einzigen Koffer unterbringen lassen. Es ist deprimierend. Meine Enttäuschung ist so gewaltig, dass es mich wundert, dass sie sich nicht irgendwie manifestiert. Dabei habe ich keine Angst davor, dass Evie an der Trennung zugrunde gehen könnte – nicht mehr. Ich habe ihre Entschlossenheit gestern Abend mit eigenen Augen gesehen. Sie war erschöpft und wütend, hatte die Nase gestrichen voll, das ganze Programm, aber darunter lag auch eine stählerne Unerschütterlichkeit, wie sie sie sonst direkt vor Auftritten an den Tag legte. Es ist einige Zeit her, seit ich sie so gesehen habe. Es muss sogar noch zu Zeiten gewesen sein, bevor Will sie betrogen hat. Doch nun, da sie diese innere Stärke zurückgewonnen hat, wird sie sie nicht so schnell wieder verlieren.

Deshalb habe ich keine Angst, dass Nates Abreise Evie in ein Tief stürzen wird. Stattdessen bin ich mir ziemlich sicher, dass sie es verwinden wird, gleichzeitig finde ich auch ihr Verhalten absolut idiotisch, denn sie hätte sich ja wohl ein bisschen mehr ins Zeug legen können. Ich war mir sicher, dass Nate um sie kämpfen würde. Die beiden sind wie füreinander geschaffen: Ihm täte etwas mehr Stabilität im Leben gut, wohingegen sie ein bisschen mehr Abwechslung und Abenteuer gebrauchen könnte.

Er packt seine restlichen Sachen ein und sieht sich noch einmal im Gästezimmer um – ein hübscher Raum mit blau gestrichenen Wänden und einem unaufgeregt-neutralen Gemälde mit Meeresmotiv –, dann hievt er seinen Koffer vom Bett und die Treppe hinunter. Seine Mutter und sein Bruder sitzen am Küchentisch, als er hereinkommt.

Noah steht auf und klopft ihm auf den Rücken. »Wann kommt dein Taxi?«

»In zehn Minuten.«

»Haben wir noch Zeit für einen kleinen Abschiedsschluck?« Noah holt eine Flasche Brandy aus einem Versteck – Brandy? Ernsthaft? »Verratet Camille aber nichts«, sagt er und schenkt drei Gläser ein.

Nate setzt sich auf einen der Stühle. Für jemanden, der gleich nach Australien fliegt, wirkt er nicht sonderlich begeistert.

»Du willst das also wirklich durchziehen, ja?«, fragt seine Mutter.

Nate nimmt das Glas entgegen, das Noah ihm hinhält. »Sieht ganz so aus.«

Noah und seine Mum tauschen einen Blick über Nates Kopf hinweg, was er nicht zu bemerken scheint. »Du könntest es dir immer noch überlegen«, bemerkt Noah mit auffallend beiläufiger Stimme.

»Was soll das bringen?«, brummt Nate und nippt an seinem Brandy, ehe er Noah stirnrunzelnd ansieht. »Seid du und Camille eigentlich glücklich?«

Noah zieht die Brauen hoch. »Hast du so lange gebraucht, um das zu fragen?«

»Na ja, eigentlich stellt man solche Fragen anderen Menschen nicht, oder? Sondern ... man geht davon aus. Aber bist du's?«

»Ja«, antwortet Noah achselzuckend. »Wir sind glücklich.«

Ist es tatsächlich so einfach? Aus Noahs Mund klingt es kinderleicht, trotzdem bezweifle ich, dass immer alles glattläuft – inzwischen weiß ich, dass es bei niemandem der Fall ist.

»Wenn du mich fragst, hast du viel zu früh geheiratet«, wirft Grace ein. »Nur hat mich niemand gefragt.«

Noah verdreht die Augen. »Danke für diese Einsicht. Wirklich nützlich, heute, zwei Kinder und eine Hypothek später.«

Grace hebt einen Finger. »Ich war noch nicht fertig.« Sie sieht zwischen ihnen hin und her – den beiden Söhnen, die ihr geblieben sind. »Keine Ahnung, wieso wir hierüber reden, aber mir ist bewusst, dass euch Nick Tods schwer getroffen hat.« Nate verzieht das Gesicht, Noah wendet den Blick ab. »Du«, fährt Grace mit einer Geste auf Noah fort, »hast beschlossen, ganz schnell erwachsen zu werden, hast geheiratet und dich niedergelassen, ohne dir die Zeit zu geben, all das zu verarbeiten.« Ihre Züge werden weich. »Am Ende hast du es gut erwischt, deshalb kann ich wohl kaum etwas dagegen sagen.«

»Wohl kaum«, murmelt Noah, ehe er und Nate sich flüchtig anlächeln.

»Und du«, sagt Grace und wendet sich Nate zu. »Ich weiß, dass du Angst hast, wie Nick zu enden, mein Schatz. Nicht unterbrechen«, mahnt sie, als Nate protestieren will. Wieder verzieht er das Gesicht, verkneift es sich jedoch. »Aber du bist nicht wie Nick. Zumindest nicht in der Art, wie du fürchtest.«

»Woher willst du das wissen?«, fragt Nate leise.

»Weil ich dich kenne. Allerdings habe ich die Befürchtung, dass du, wenn du immer nur weiter durch die Welt ziehst, am Ende nicht den Rückhalt bekommst, den du brauchst.«

»Ständig in Bewegung zu bleiben hilft, dass die Depressionen einen nicht erwischen«, bemerkt Nate leise und dreht sein Brandyglas auf dem Tisch hin und her. Noah runzelt die Stirn, und Nate winkt ab. »Das habe ich bei meinen Recherchen zum Thema ...«

»Selbstmord«, sagt Grace. »Es bringt nichts, das Wort auszusparen. Das macht es nicht weniger wahr und auch nicht weniger grauenvoll.«

»Stimmt.« Nate räuspert sich. »Jedenfalls lautet die Theorie, dass man weniger Gefahr läuft, an Depressionen zu erkranken, wenn man in Bewegung bleibt und sich beschäftigt.«

Macht er sich allen Ernstes Sorgen darüber? Glaubt er, diese Erkrankung könnte auch ihn treffen? Tja, das werde ich wohl nie erfahren, oder? So etwas kann nur er selbst beurteilen. Er wirkt so glücklich, andererseits weiß man auch, was man über Clowns und Komiker sagt: Sie gehören zu den Allertraurigsten. Ich versuche, mir vorzustellen, wie es ist, mit dem Wissen zu leben, dass jemand in der eigenen Familie so bedrückt war, dass er es schlicht nicht länger ertragen konnte, am Leben zu bleiben.

Grace erhebt sich, tritt zu Nate und legt ihm voll mütterlicher Zuneigung die Hand auf die Wange. »Ich glaube, du musst dich fragen, ob du ständig durch die Welt reist, weil du es willst, oder aus Angst vor dem, was passiert, wenn du es nicht tust. Denn das sind zwei grundverschiedene Dinge.« Sie tätschelt ihm die Wange, nimmt ihr Glas und hält es Noah hin, damit er ihr nachschenkt.

»Wart ihr denn glücklich? Dad und du?« Noah ist derjenige, der fragt, doch Nate horcht interessiert auf. Ich frage mich, wie lange sich dieses Gespräch schon abgezeichnet hat. Vielleicht eine ganze Weile.

Grace nippt langsam an ihrem Brandy. »Nicks Tod hat den Bruch herbeigeführt, das lässt sich nicht abstreiten. Aber ...« Sie lächelt, als blicke sie liebevoll in die Vergangenheit. »Davor waren wir glücklich, ja. Mag sein, dass dieses ›füreinander geschaffen‹ nicht existiert, trotzdem bin ich bis heute überzeugt, dass wir dafür bestimmt waren, Teil des Lebens des anderen zu sein. Wir haben uns so lange gegenseitig Liebe und Glück geschenkt, wie wir es eben konnten, und dafür bin ich dankbar.«

Nate runzelt die Stirn. »Obwohl ...«

»Obwohl nichts«, sagt Grace. »Es bringt nichts, über dieses

›Was wäre, wenn‹ zu grübeln. Das ist Vergangenheit.« Sie kippt ihren Brandy in einem Zug hinunter, stellt ihr Glas auf den Tisch und sieht Nate an. »Bei der Zukunft sieht die Sache dagegen anders aus.«

Nates Handydisplay leuchtet auf. Mit einem Anflug von Resignation blickt er darauf. »Mein Taxi ist da.«

Er steht auf, und Grace schließt ihn in die Arme. »Das wird schon«, sagt sie entschieden.

Noah klopft ihm auf den Rücken und drückt ihn kurz an sich. Dann nimmt Nate seinen Koffer. »Weihnachten kommst du doch, oder?«

»Ich versuch's.«

»Das wird nicht reichen. Ich habe es den Mädchen schon versprochen.«

Ohne zurückzublicken, reicht er seinen Koffer dem Taxifahrer, der ihn in den Kofferraum wuchtet, steigt ein und schnallt sich an.

»Irgendwelche Wünsche zum Radiosender?«, fragt der Fahrer. »Classic, Heart, Radio One …«

»Egal.« Nate sieht aus dem Fenster auf das kleiner werdende Haus seines Bruders. »Aber Classic ist okay.«

Geigen, flehe ich stumm. *Los, macht schon, ihr Geigen.*

Da! Ein Stück mit Geigen ertönt. Natürlich ist mir klar, dass es nicht meine übernatürlichen Superkräfte heraufbeschworen haben müssen, aber hey, man nimmt, was man kriegen kann, denn es führt zum gewünschten Resultat: Nate erstarrt. Er schüttelt den Kopf und fährt sich mit der Hand durchs Haar. Und dann lächelt er, nur ein klein wenig.

Und da weiß ich es. Das ist sein Moment. Ob er es in dieser Sekunde ebenfalls merkt, ist eine andere Frage. Aber früher oder später wird er an diesen Augenblick zurückdenken und es erkennen. Das weiß ich ganz sicher.

Kapitel 39

Ohne es mitzubekommen, werde ich zu Evie gezogen. *Es ist alles gut, er wird zu dir zurückkehren!* So gern würde ich ihr das sagen, stattdessen sehe ich zu, wie sie am Fenster sitzt und auf die Straße starrt – dasselbe Fenster, an dem Astrid immer zum Üben steht. Nächste Woche wird Evie ausziehen. Die geplanten Wohnungsbesichtigungen hat sie allesamt abgesagt, sprich, es sieht ganz so aus, als würde sie London den Rücken kehren. Die nächsten Wochen will sie bei ihrer Mutter unterkommen, solange sie überlegt, wie es weitergehen soll.

Und sie hat tatsächlich ihren Job gekündigt. Sie hat diesem Blödmann in der Agentur allen Ernstes ins Gesicht gesagt, er solle sich jemand anderen suchen, der für den Geburtstag seiner Tochter eine Hüpfburg reserviert, und sie arbeitet noch nicht einmal bis zum Ende ihrer Kündigungsfrist, weil Henry meinte, sie könne gleich nach Hause gehen. Und all das ist heute passiert! Es ist ein großer Tag für Evie. Zu dem ich wohl auch meinen Teil beigetragen habe, da ihr nach meinem Fotoshooting – besser gesagt, dem Shooting in meinem Namen – klar geworden ist, dass es so nicht weitergehen kann. Ich frage mich, wie lange sie sonst gebraucht hätte, um zu dieser Erkenntnis zu gelangen.

Sie hat angefangen, ihre eigenen und auch meine Sachen zu packen, um alles nächste Woche nach Cambridge zu schaffen. Gerade macht sie eine Pause, und ihre Körperhaltung lässt darauf schließen, dass sie schon eine ganze Weile dort sitzt. Sie wirkt nachdenklich, und in ihren Augen spiegelt sich ein Anflug von Traurigkeit.

»Ich vermisse dich, Scar«, sagt sie leise.

Ich vermisse dich auch, erwidere ich. Denn ich bin zwar

hier, aber irgendwie auch nicht. Zumindest nicht richtig. Trotzdem ist es ein Geschenk, noch hier sein zu dürfen, auch wenn ich nicht gedacht hätte, dass ich froh darüber sein würde. Zu wissen, dass die Menschen, die mir am Herzen liegen, meinen Tod verkraften, auch wenn er für sie noch so grauenvoll war.

Evie steht auf und verschwindet in mein Zimmer. Ich könnte ihr folgen, tue es aber nicht, weil ich nicht so masochistisch veranlagt bin, um all die Sachen – meine Sachen, die aber nicht mehr mir gehören – verpackt dastehen zu sehen. Nach einer Weile kommt sie mit einem Bilderrahmen in der Hand wieder heraus. Es ist ein Foto von mir, wie ich mit ausgebreiteten Armen an einem Strand stehe und in die Kamera grinse. Das war in Kreta. Sie hat das Foto gemacht und mir an unserem ersten Tag an der Uni geschenkt, damit ich in diesem ersten, brutalen Semester immer an diesen Sommer zurückdenken konnte.

Sie stellt das Foto vor sich auf den Schreibtisch und betrachtet es. Dann greift sie zu ihrer Geige – die die ganze Zeit in der Ecke gestanden und auf sie gewartet hat. Ihre Bewegungen sind unsicher, und der Tremor setzt ein, sobald sie den Bogen auf die Saiten legt. Trotzdem lässt sie sich nicht beirren.

Sondern spielt. Sie spielt unseren Song, wacklig und unsicher, aber eindeutig den Song, der uns immer verbunden hat. Sie spielt, ich lausche. Obwohl sie zu weinen beginnt und ihr die Tränen über die Wangen laufen, spielt sie weiter – bis zum Ende. Es ist unwichtig, dass sie das Stück nicht bei meinem Begräbnis gespielt hat. Denn sie tut es jetzt, nur für uns beide, so wie es all die Jahre war – ein Song, der immer nur uns beiden gehörte.

Und dann kommt mir die Erkenntnis: Das ist er, der Moment. Er mag nicht romantisch sein, dennoch trifft er mich mit aller Kraft. All die Jahre habe ich verzweifelt nach meinem

Lebensmenschen gesucht, bin von einem Mann zum nächsten gesprungen, und erst jetzt wird mir klar, dass das ein großer Irrtum war. Vielleicht ist DER RICHTIGE einfach nur ein Mensch. Der Mensch, der einem mehr bedeutet als alle anderen. Der Mensch, dessen Seele mit der eigenen im Einklang steht. Und genau dieser Mensch ist Evie für mich. Das war sie schon immer.

Kapitel 40

Er ist weg. Evie war zu Noah gefahren, nachdem sie zu Ende gespielt hatte (für Scarlett, obwohl sie nicht länger hier war und es hören konnte). Sie hatte die Geige beiseitegestellt und sich aufgemacht, Nate zu finden. Um ihm zu sagen, dass sie mit ihm zusammen sein wollte. Denn es gab nur einen Grund, der sie daran hinderte: Sie hatte Angst vor dem, was passieren könnte. Dabei war es längst passiert, keine Chance, es rückgängig zu machen.

Aber sie war zu spät gekommen.

Wie betäubt schob Evie die Haustür auf und wollte die Treppe hinauf zu ihrer Wohnung gehen. Bald. In einer Woche wäre sie nicht mehr in London. Es fühlte sich surreal an.

Sie kramte in ihrer Tasche nach dem Wohnungsschlüssel, den Blick gesenkt, weil sie ihn nicht finden konnte, sodass sie prompt über die oberste Stufe stolperte und die Hand ausstreckte, um sich festzuhalten, als …

… sich eine Hand um die ihre schloss. Eine warme, vertraute Hand.

Langsam blickte sie auf und direkt in seine warmen schokoladenbraunen Augen. Ihr Herzschlag setzte aus. »Was machst du denn hier?« Das war inzwischen zu ihrer Standardfrage geworden, was?

Er lächelte, schien es ebenfalls zu bemerken.

»Astrid hat mich ins Haus gelassen«, sagte er, was die Frage nicht beantwortete. Evie sah zur Wohnungstür auf der anderen Seite des Korridors. Sie hatte Astrid bereits gebeichtet, dass sie aus London weggehen würde, doch Astrid hatte bloß die Augen verdreht. *Dafür gibt es doch Zoom!*

»Ich …« Ihr Herz schlug viel zu schnell. »Ich war bei deinem Bruder, der mir gesagt hat, dass du schon weg bist. Unterwegs nach Australien.«

»War ich auch.«

»Aber du bist doch hier.« *Er ist hier. Er ist hier!* Die Worte wirbelten so schnell in ihrem Kopf umher, dass sie keinen klaren Gedanken fassen konnte.

»Ja, na ja, ich bin umgedreht.« Erst jetzt fiel ihr der Koffer neben ihm auf.

»Du fliegst also nicht?«

»Ich ...«

»Oder doch?« Evie runzelte die Stirn. »Du bist hergekommen, um dich zu verabschieden?« O Gott, das würde sie nicht schaffen. Nicht noch einmal. »Weil ...« Sie holte tief Luft und fuhr eilig fort, um einen Rückzieher unmöglich zu machen. »Weil ich finde, dass du bleiben solltest. Ich will nicht, dass du fortgehst. Ich will ...«

Nate, der noch immer ihre Hand hielt, zog sie behutsam an sich. »Ich finde, ich sollte fliegen.«

»Oh.« Ihr Herz, das gerade noch vor Freude überzugehen drohte, zog sich zusammen. »Also, ich ...«

»Aber du solltest mit mir kommen.«

Sie starrte ihn an. Und er sie.

»Was?«

»Ich denke, du solltest mit mir nach Australien gehen.«

»Du meinst das ernst, oder?«

»Absolut.« Er nickte.

»Aber ich kann nicht einfach ...« Sie fuhr sich mit der freien Hand durchs Haar. Wieso eigentlich nicht? Ihren Job hatte sie gekündigt, die Wohnung ebenfalls. Sie hatte keine Pläne außer vielleicht der vagen Idee, als Geigenlehrerin zu arbeiten, was sie problemlos überall tun konnte. »Okay, sagen wir, ich gehe mit dir nach Australien.« Hatte sie wirklich gerade *Australien* gesagt?

»Okay«, erwiderte er grinsend. »Sagen wir das. Lass uns gehen.« Er machte eine Bewegung, als wollte er die Treppe hinuntergehen.

Sie legte ihm eine Hand auf die Brust, spürte sein Herz in einem schnellen, leicht unregelmäßigen Rhythmus schlagen – ein klares Zeichen, dass er bei Weitem nicht so locker war, wie er vorgab. »Sagen wir, ich komme mit«, sagte sie. »Und dann, in drei oder sechs Monaten oder vielleicht auch erst in zwei Jahren gelangst du zu dem Schluss, dass es nicht das ist, was du willst. Mit mir dort leben, meine ich.«

»Na ja, der Job ist ja nichts Endgültiges, deshalb werden wir nicht ewig dort bleiben. Wir könnten nach England zurückkehren und ...«

»Nate.«

»Entschuldige.«

»Was ist, wenn du dich in der Beziehung gefangen fühlst? Wenn du mich dafür hasst? Und was ist, wenn dir meine Krankheit über den Kopf wächst, auch wenn du das Gegenteil behauptest, und du mich ...«

»Dich verlasse?« Er strich mit dem Daumen über ihre Wange. Sie nickte. Weil es idiotisch wäre, etwas anderes zu behaupten und so zu tun, als spiele ihre Erkrankung keinerlei Rolle. Beziehungen waren an sich schon schwierig genug, und sie hatte noch dazu ein Riesenproblem am Hals.

»Das werde ich nicht«, sagte er schlicht.

»Das kannst du aber nicht versprechen«, flüsterte sie.

»Nein, das kann ich wohl nicht«, erwiderte er vorsichtig, »aber eines kann ich dir sagen: Ich liebe dich, Evie. Und das ist genug für mich. *Du* bist genug. Du bist mehr als nur das.« Er sah ihr in die Augen. Evie registrierte, dass sie sich nicht bewegen konnte, selbst wenn sie es gewollt hätte. »Was ich an dem Abend gesagt habe, war auch genauso gemeint. Ich wollte noch nie etwas so sehr wie das hier.« Er strich mit dem Daumen über ihre Wange. »Und das gilt auch jetzt noch.«

Kurz schweiften ihre Gedanken zu diesem Abend zurück, und sie spürte, wie sich ihr Magen zusammenzog, ehe ihr ein weiteres Gespräch in den Sinn kam, draußen vor dem Haus. *Die Krankheit ist unvorhersehbar. Ich bin unvorhersehbar.* Und vielleicht war das gar nicht mal so schlecht, sondern es hatte sogar eine schöne Seite. Denn es bedeutete nicht nur, dass man nicht wusste, welche schlimmen Dinge hinter der nächsten Ecke lauerten, sondern dass man auch die schönen Ereignisse nicht vorhersehen konnte.

Sie holte tief Luft. »Okay.«

Er blinzelte verblüfft. »Okay?«

»Okay.« Ein Lächeln umspielte ihre Mundwinkel. »Ich komme mit dir.«

Einen Moment lang sah er sie nur an, dann stieß er allen Ernstes einen Jubelschrei aus, riss sie hoch und wirbelte sie auf dem winzigen Korridor herum. Evie lachte.

Schließlich stellte er sie ab, ohne sie loszulassen.

»Und selbst wenn es nicht funktionieren sollte, lasse ich mir etwas einfallen. Ich finde schon eine Lösung.«

»Wir finden eine Lösung«, erklärte er fest.

»Wir«, bestätigte sie. *Ein Tag nach dem anderen,* sagte sie sich. Denn mehr konnte man nicht tun, oder? Man konnte nur einen Moment nach dem anderen erleben und versuchen, das Beste daraus zu machen.

Wieder zog er sie an sich, so eng, dass ihre Körper förmlich miteinander verschmolzen. »Ich liebe dich, Evie Jenkins.« Er küsste sie, leicht und doch leidenschaftlich genug, dass ihr heiß wurde. Dann löste er sich ein wenig von ihr. »Das ist die Stelle, an der du traditionell dasselbe sagst«, erklärte er in einem ironischen Tonfall, der jedoch nicht über seine wahren Gefühle hinwegtäuschte. Er *wollte* es nicht nur hören, sondern *musste* es.

Sie lächelte an seinen Lippen. »Ich liebe dich, Nate Ritchie.« Diesmal küsste sie ihn, und ihr Kuss war weder weich noch zurückhaltend. Es war ihr egal, ob jemand auf den Korridor trat und sie sah. In diesem Moment könnten sie überall auf der Welt sein – und sie würde überall auf der Welt hingehen, solange er nur bei ihr war.

Evie schnappte nach Luft, als Nate ihren Hals zu küssen begann. Und weil es sich so gut anfühlte, sagte sie es noch einmal, diesmal ein Versprechen und eine Ansage zugleich.

»Ich liebe dich.«

Kapitel 41

Als die Erinnerung an meinen Tod mich diesmal fortzuziehen versucht, wehre ich mich nicht. Ich stehe wieder in der Schlange in diesem Coffeeshop in der Nähe der London Bridge, mit dem hektischen Barista hinter dem Tresen. Doch etwas ist anders als bei den anderen Erinnerungen. Alles ist viel intensiver: der Duft des Kaffees, das Fauchen des Milchaufschäumers, die kühle Luft, die durch die geöffnete Tür weht. Es ist, als würden all meine Sinne auf Hochtouren laufen. Vielleicht ist es zu erwarten, weil ich ja weiß, was gleich passieren wird, aber es ist alles so ... unmittelbar.

»Was darf's sein?«, fragt der Barista. Und ich weiß, was gleich kommt. Ich bestelle einen Black Americano, weil ich mir blödsinnigerweise einen Kopf wegen der Kalorien mache, obwohl ich so viel lieber ...

»Einen Creme Egg Latte.« Es ist ausgesprochen, noch bevor ich kapiere, was los ist.

Ich habe das gesagt. Mein richtiges Ich, nicht das Ich meiner Erinnerung. Wie ist das möglich? So oft wollte ich ein Detail in der Vergangenheit verändern und konnte es nicht, auch wenn ich mich noch sosehr ins Zeug gelegt habe. Und jetzt stehe ich hier an meinem Todestag und kann ... kann ich es wirklich? Etwas verändern?

Wie erstarrt stehe ich da, als jemand mich anrempelt. Daran erinnere ich mich noch. Ich zog ein finsteres Gesicht, ohne jedoch aufzusehen, aber jetzt hebe ich den Kopf und sehe einen Mann in den Fünfzigern, der mich entschuldigend anlächelt. Ich trete zur Seite. Mein Körper gehorcht mir, ohne dass ich es willentlich versuche. Ich ziehe mein Handy heraus, scrolle durch meine Nachrichten, bis ich Jasons Namen lese.

Doch ich scrolle weiter zu einer Nachricht von Evie. *Ich* tue das. Es ist, als hätte ich mit einem Mal meinen Körper zurück. Mich selbst.

Ich hab dich lieb, Evie

tippe ich eilig, weil ich mir nicht sicher bin, wie lange dieser Zustand anhalten wird, wie viel Zeit mir bleibt, um den weiteren Verlauf zu kontrollieren, ihn zu verändern. Aber mir fällt nichts ein, was ich sonst noch schreiben könnte. Was sagt man, wenn man weiß, dass man in nicht einmal einer halben Stunde tot sein wird?

»Creme Egg Latte!« Der Tonfall des Barista verrät, dass er meine Bestellung nicht zum ersten Mal aufruft. Ich schicke die Nachricht an Evie ab und haste los, um meinen Kaffee in Empfang zu nehmen, wobei ich mir wieder wünsche, ich hätte meinen Glitzerkaffeebecher mitgenommen.

Der Name meiner Mutter erscheint auf dem Display, als ich aus dem Coffeeshop trete. »Hi, Mum«, sage ich. Weil ich sehr wohl rangehen kann. Im Gegensatz zum letzten Mal ignoriere ich sie jetzt nicht.

»Hallo, Schatz, ich habe mir überlegt, ob wir zu deinem ...«

»Entschuldige«, unterbreche ich sie eilig, weil ich jetzt keinen Geburtstag besprechen kann, den ich niemals feiern werde – einen Geburtstag, der bereits stattgefunden hat, auch wenn sie das vielleicht nicht weiß. »Ich kann jetzt nicht reden, sondern muss weiter, aber ich wollte dir zeigen, dass ich dich nicht ignoriere.«

Mum lacht. »Sei nicht albern, Schatz, wir wissen beide, dass du das regelmäßig tust.«

Tränen brennen in meinen Augen. Ich rede mit ihr, mit meiner Mum. »Selbst wenn es so sein sollte, habe ich dich trotzdem lieb.«

Ich hab dich lieb. Das ist letzten Endes das Einzige, was zählt, oder? Das Einzige, was ich sagen kann.

Vor mir zählt die Fußgängerampel bereits herunter. Die großen gelben Ziffern zeigen an, dass noch drei Sekunden bleiben, um die Straße zu überqueren. Und wie zuvor brauche ich zu lange und muss deshalb auf dieser Seite der Kreuzung stehen bleiben, als ungeduldige Autofahrer bereits heranrasen.

Dann ist er da. Ein Typ auf einem roten Fahrrad. Nate. In Jeans und Pulli, ohne Helm.

Er fährt – klar – nur mit einer Hand, die er in die Mitte des Lenkers gelegt hat, während er sich mit der anderen sein Handy ans Ohr presst. Und dann das Lachen. Ich kann es über das Rauschen des Verkehrs nicht hören, aber das ist auch nicht notwendig. Ich kenne es inzwischen so gut.

Ich sehe zu, wie er an mir vorbeirast, just in der Sekunde über die Ampel fährt, als sie von Orange auf Rot springt, ohne auch nur einen Blick über die Schulter zu werfen.

Es passiert erneut. Genauso wie an jenem Tag. Eines der herannahenden Autos hupt. Fluchend fährt Nate zusammen, kommt von der Radspur ab.

Das grüne Ampelmännchen piepst, die Ampel springt um. Trotzdem sehe ich ihm immer noch hinterher, verfolge, wie er mit dem Kopf voran vom Rad fällt – und nicht mehr aufsteht.

Auch jetzt überwältigt mich die Erinnerung so sehr, dass ich den Kopf verliere und losrenne, wobei der Kaffee durch das kleine Loch im Deckel auf meine Hand schwappt. Ich lasse den Becher fallen. Milchig braune Flüssigkeit spritzt wie Blut über den Bürgersteig.

Kurz vor der Bordsteinkante halte ich inne, erinnere mich daran, dass ich meine Bestellung geändert, Evie eine Nachricht geschrieben und den Anruf meiner Mutter entgegengenommen habe. Mir ist bewusst, dass ich einfach weitergehen könnte. Ich muss nicht alles noch einmal auf exakt dieselbe Weise durchspielen, wie es sich damals ereignet hat, sondern könnte es genauso gut dem Zufall überlassen. Vielleicht tritt Nate ja auf die Fahrbahn und hebt sein Fahrrad auf, wobei Tasha möglicherweise ihn überfährt und nicht mich. Vielleicht passiert auch nichts. Vielleicht können wir ja beide am Leben bleiben.

Eine einzige Entscheidung. Plötzlich wird mir bewusst, dass eine einzige Entscheidung alles verändern kann. Eine weitere Entscheidung kommt mir in den Sinn: die, an jenem Tag als Kind auf dieses Trampolin zu klettern. Diese Entscheidung hat dazu geführt, dass ich Evie kennenlernen durfte. Wie anders wäre mein Leben ohne sie verlaufen?

Noch immer verharre ich reglos am Straßenrand. Nichts um mich herum hat sich bewegt, als hielte die Erinnerung selbst den Atem an und warte darauf, dass ich eine Wahl treffe. Haben wir grundsätzlich die Chance, am Tag unseres Todes alles anders zu machen? Bekommt jeder die Gelegenheit, den Moment noch einmal zu durchleben und etwas anders zu machen? War es bei Nates Bruder dasselbe? Hat auch er seinen Selbstmord noch einmal durchlebt?

Nate. Der Evie sagt, dass er sie liebt. Die ganze Zeit habe ich gewusst, dass er es tun würde. Und sie liebt ihn ebenfalls. Er ist der Richtige für sie, das weiß ich genau. Werde ich mich daran erinnern, wenn ich jetzt einfach weitergehe und am Leben bleibe? Kann ich Nate ausfindig machen und ihn Evie vorstellen? Aber das wäre nicht dasselbe. Nur wegen meines Todes waren sie gezwungen, auf diese Weise aufeinanderzutreffen. Ohne dieses Ereignis hätte er keine Veranlassung, ihr zu helfen und sie dadurch besser kennenzulernen. Sie würden auf der Straße aneinander vorbeigehen und sich nichts dabei denken. Und Evie ...

Evie, die den Song für mich spielt. Sie spielt wieder, weil

durch meinen Tod eine Reihe von Ereignissen in Gang gesetzt wurde, unter anderem, dass sie London verlässt und ihre Träume verfolgt. Wird sie das tun, wenn ich am Leben bleibe?

In diesem Moment verstehe ich: Es ist die einzige Möglichkeit. Wäre ich nach meinem Tod schneller hierher zurückgekehrt – und hätte dem Sog der Erinnerung nachgegeben –, würde ich jetzt einfach weitergehen. Aber ich tue es nicht. Denn etwas hat sich verändert. Ist das nicht die blanke Ironie? Dass man als Mensch noch nach seinem Tod wachsen kann?

Aber vielleicht spielt all das auch keine Rolle. Weil es vielleicht in Wahrheit gar keine Entscheidung ist, sondern es passiert nur, damit man es zu akzeptieren lernt – sich bewusst macht, dass es nur ein Teilchen in einer Kette aus Ereignissen ist.

Also hole ich tief Luft, und als die Welt rings um mich herum wieder in Bewegung kommt, lasse ich mich von der Erinnerung einhüllen – und trete vom Bürgersteig. Nicht weil mein Leben bedeutungslos gewesen wäre, sondern ganz im Gegenteil. Mein Leben war von Bedeutung.

Weil *ich* von Bedeutung war.

Dank

Als ich vor über zehn Jahren (vergeblich) versuchte, ein Buch zu beginnen, verfasste ich im Geiste die Dankesseiten, wann immer ich mich mit dem Schreiben schwertat oder drauf und dran war, das Handtuch zu werfen – vermutlich als Motivation, weil ich in diesen Momenten davon überzeugt war, dass es sich real anfühlen würde. Und jetzt, viele Jahre später und mit einer völlig anderen Buchidee, kommen sie:

Als Allererstes möchte ich meiner großartigen, klugen, engagierten und reizenden Agentin Sarah Hornsley danken, die bereits so einige Höhen und Tiefen mit mir durchmachen musste (und wahrscheinlich kommen noch einige, sorry, Sarah) und ohne die dieses Buch nicht einmal annähernd so gut wäre, wie es (hoffentlich) ist. Danke für deine Begeisterung für diese Idee, dafür, dass du mich so unermüdlich zum Weitermachen motiviert hast und vor Freude genauso aus dem Häuschen warst, als wir den Buchvertrag in der Tasche hatten. Du bist fantastisch.

Danke an meine wundervolle Lektorin Sarah Hodgson für deinen Glauben an dieses Buch und deine Begeisterung, die gleich beim ersten Kontakt übergesprungen ist. (Ich danke dir auch für deine Worte, es hätte dich auch bei der zweiten Lektüre zu Tränen gerührt – tut mir leid.) Ich weiß aus eigener Erfahrung, wie viele Profis für den Entstehungsprozess eines Buches von der ersten Idee bis zu einem fertigen Exemplar notwendig sind, weil ich selbst in der Branche gearbeitet habe. Es erfordert so viel Arbeit, so viel Hingabe und Leidenschaft eines ganzen Teams und noch viel mehr, wovon ich gar nichts weiß. Ich danke Kate Straker, unter anderem für die Gelegenheit, »meine PR-Beraterin« zu sagen, obwohl ich normalerweise immer diejenige bin, die so bezeichnet wird, aber auch für deine Klugheit und deine Unterstützung. Ich danke Felice McKeown und Sophie Walker aus dem Marketing für eure kreativen Ideen und perfekte Organisation etc. Danke an Mandy Greenfield für deine Liebe zum Detail und Hanna Kenne für all die Arbeit hinter den Kulissen.

Wir alle kennen den Spruch, man soll ein Buch nicht nach dem Umschlag beurteilen, aber in diesem Fall ist das absolut falsch, und ich hoffe, ganz viele Menschen tun genau das. Ich bin hin und weg von der englischen Ausgabe und danke Holly Battle für das tolle Cover. Du hast es auf Anhieb getroffen. Ich bin restlos begeistert.

Georgina Moore (deren Buch übrigens ebenfalls gerade auf den Markt kommt) danke ich aus tiefstem Herzen, weil sie a) mich zu einem Schreib-Retreat auf die Isle of Wight mitgenommen hat, bei dem ein guter Teil dieses Buches entstanden ist, und b) auch dann noch fest daran geglaubt hat, dass ich eines Tages einen Roman mit meinem Namen auf dem Umschlag in Händen halten würde, als ich selbst den Glauben daran verloren hatte. Danke für deine Unterstützung, deine Ermutigungen und deine Freundschaft in den letzten Jahren, sowohl beim Schreiben als auch in allen anderen Lebensbereichen.

Dieser Roman ist mit der Hilfe von The Novelry entstanden, einem Online-Institut für kreatives Schreiben, dessen Mitarbeiter mir geholfen haben, meine »Ich kriege das nie hin«-Tiefs zu überwinden, und mich in einer Phase unterstützt haben, in der mein Selbstwertgefühl am Boden war. Eure Sachkenntnis und euer Engagement sind fantastisch. Ich danke Louise Dean und Katie Khan von The Novelry und besonders Emylia Hall für deine Hilfe, deinen Enthusiasmus, deine brillanten Ideen und dafür, dass jedes Gespräch mit dir eine Inspiration für mich war.

So viele Leute mussten sich im Lauf der Jahre anhören, dass ich ein Buch schreiben will oder es zumindest versuche. Sie alle haben mich mit ihrer Unterstützung – sowohl als es flutschte, aber auch, als es so richtig mies lief –, mit Ermutigungen und der festen Überzeugung, dass ich es schaffen kann, bei der Stange gehalten. Deshalb danke ich meiner Familie: Ian, Jenny, Sally und Sophie Hunter; meinen Freundinnen: Laura Webster, Emily Stock, Lucy Hunt, Polly Hughes, Rosie Shelmerdine, Emma Harris; meiner Verlags-»Supportgroup«: Naomi Mantin, Alison Barrow, Katie Brown, Becky Short, Millie Seaward, Jen Harlow, Phoebe Swinburn und Sophie Christopher, die niemals vergessen werden wird; und der CBC-Gruppe von 2015: Sean Lusk, Bill Macmillan, Jo Cunningham, Lynsey Urquhart, Robert Holtom, Sarah Shannon, Ella Dove, Charlotte Northedge, Ahsan Akbar, Victoria Halliday, Ben Walker, Georgina Parfitt, Paris Christofferson. Mein ganz besonderer Dank gilt Catherine Jarvie für deine unerschütterliche Unterstützung und Hilfe, dafür, dass du in diversen Stadien meines Schreibprozesses größere Begeisterung an den Tag gelegt hast als ich selbst und immer da warst, wenn etwas gelesen oder besprochen werden musste.

Und natürlich danke ich Ihnen allen, wenn Sie nun schon so weit gekommen sind, dafür, dass Sie dieses Buch zur Hand genommen und bis zum Ende gelesen haben.

Was würdest du tun, wenn du deine Vergangenheit ändern könntest?

Holly Smale

MEIN SCHRECKLICH SCHÖNES LEBEN

ROMAN

Cassandra Penelope Dankworth hat selten richtig gute Tage, aber heute läuft es besonders schlecht: Am Morgen trennt sich ihr Freund Will von ihr, und noch vor dem Mittagessen verliert sie ihren Job, weil sie angeblich Kunden vergrault.

Als am Abend jedoch Will auftaucht und so tut, als wäre nichts gewesen, ist Cassandra so erleichtert, dass ihre bisher längste Beziehung (immerhin vier Monate!) noch nicht vorbei ist, dass sie keine Fragen stellt. Allerdings fühlt sich der ganze Abend an wie ein einziges Déjà-vu – und am nächsten Morgen macht Will wieder Schluss, mit den exakt gleichen Worten wie am Tag zuvor.

Cassandras Schlussfolgerung ist so unausweichlich wie unwahrscheinlich: Sie kann in der Zeit zurückreisen. Doch ob das Fluch oder Segen ist, muss sie noch herausfinden – denn unendlich viele Möglichkeiten, alles richtigzumachen, können auch genau das Gegenteil bewirken …